NUNCA SABRÁS QUIÉN FUI

SALVADOR NAVARRO

NUNCA SABRÁS QUIÉN FUI

algaida

Primera edición: 2020

Avda. San Francisco Javier, 22
41018 Sevilla
Teléfono 95 465 23 11. Telefax 95 465 62 54
e-mail: algaida@algaida.es
ISBN: 978-84-9189-324-0
Depósito legal: SE. 646-2020
Impreso en España-Printed in Spain

A Fran Antúnez

Boca Chica

Colombia, 1974

Al dar la orden al piloto de despegar su Gulfstream desde el aeropuerto de Magangué y colocarse a su lado, tras desactivarle la salida de radio para acapararla solo él, Germán ya supo que no había marcha atrás, aunque no respirase hasta atravesar la ciénaga de Santa Marta y ver la Barranquilla de su niñez despedirse para siempre de él, a su izquierda, bajo la bruma celeste de sus días felices.

No vería a su madre morir ni volvería a pisar tierra colombiana, pero no había dudas que pudieran acechar su calma a pocas horas de pisar territorio estadounidense.

Las últimas semanas lo dio todo por perdido. En el silencio de la noche, abrazado a su mujer, su temple se venía abajo con las carcajadas desalmadas del mayor de sus hermanos.

La visión ansiada de Jamaica le confirmó que estaba a medio camino de un cambio de escenario que desconocía si su mujer firmaría, acostumbrada a convivir con él desapasionadamente, aun dando por innegociable separarse de su cría, a quien Germán no iba a permitir retornar a la ratonera de un futuro marcado con billetes sucios.

En el momento crítico del aterrizaje tenía que hablar mucho, distraer al piloto con historias inventadas que consiguieran evadirlo; tenía la palabra dada de una discreción absoluta, pero había mucho en juego como para arriesgarse a que los federales descuidasen movimientos, desde la pista del pequeño aeropuerto de Boca Chica, que pudieran arruinarlo todo.

Cuando al fin vio los Cayos en el horizonte, con el atardecer muy próximo, Germán falsamente confesó en voz alta su ruptura con su mujer:

—Tengo pensado matarla.

Consternado por la noticia, necesariamente extrema para llamar la atención de un carnicero sin escrúpulos, el piloto agarró con energía el mando del jet para dirigir la mirada a Germán, que lloraba sus nervios por otro motivo que por Liliana.

—¿Lo sabe su hermano?

—No, todavía no. Lo sabrán cuando ya no haya vuelta atrás. —Quiso dramatizar aún más, a escasos diez kilómetros de una pista estrecha de aterrizaje—. Era importante para mí contar con tu complicidad. —Los dos eran conscientes del desprecio con el que siempre lo trató Liliana en los vuelos entre Medellín y Bogotá—. Ten cuidado al arrimarte a la pista, este puto aeródromo es traicionero. Trae, pelado, deja que lo maneje yo.

El piloto, fiel escudero de una familia abominable, se tumbó hacia atrás, soltó los mandos y, con la vista puesta por última vez en un mar turquesa surcado por islotes encadenados, resopló.

Los federales no asaltaron hasta que Germán hubo descendido con sus dos maletas de cuero, llenas de documentación, por las escalerillas del avión de su hermano.

Aún escuchaba los aullidos de maldición lanzados desde el interior del aparato, cuando dejó sus maletas en el Coconut Mallory, se tocó el corazón para calibrar la magnitud de unas arritmias en las que se obligó a no pensar y llamó a su mujer a Miami. Tomó el teléfono la pequeña Dolores:

—¡Papi!, ¿cuándo vendrás a vernos?

A Germán la pequeña Dolores le provocaba algo parecido a las cosquillas del primer enamoramiento cuando la escuchaba preguntar, ingenua, todo ojos.

—Estoy aquí al lado, mi china. Recién aterrizado en la Florida. Mañana sin faltita os busco en Miami.

«No volverás a sufrir un domingo como aquel», quiso decirle, enrabietado del puro miedo que le impedía respirar a pleno pulmón.

Entonces, lo primero, era rescatarlas de la vida fácil de ese paraíso tropical y trasladarlas a Nueva York o San Francisco, siempre que la policía le confirmara con buenas noticias que no tenía de qué preocuparse. El pacto era claro: los federales informarían al piloto del arresto de su compañero de vuelo para evitar sospechas. Germán llamaría a su hermano para decirle que había conseguido ser liberado con una fianza, previa requisición del pasaporte, algo que no podrían aplicar a un piloto responsable de un vuelo ilegal; esperarían un mínimo contractual de dos meses para hacer uso de la información privilegiada acerca de los almacenes, contactos, laboratorios y cuentas bancarias suministrados por Germán, cuando este ya hubiera comunicado al cartel familiar su intención de continuar su vida, limpia y alejada del negocio, en unos Estados Unidos torpedeados desde cuatro años atrás por la fiebre del polvo blanco colombiano; algo que dolería, pero sería coherente con su impertérrito anhelo de dedicar sus esfuerzos a la infancia y doctorarse en Psicología en una prestigiosa universidad americana.

Le lloverían las críticas, ya las podía sentir, desde Villa Tres Torres, pero contaba con una madre defensora y no tenía enemigos en ese campo minado de la corte inexpugnable de aduladores que sus hermanos habían cimentado a base de un terror inquisitorial en el que más de una decena de ellos tenían dedos cortados o piernas amputadas tras un balazo.

Tras una semana pletórica de cenas viendo la luna reflejada en el mar tras grandes cristaleras, cargada de mañanas de parques de atracciones con la cría, en que pareció que incluso podría levantarse de nuevo el telón de la excitación en sus noches con Liliana, tuvo que comunicarle a esta su intención de no volver a Colombia para prepararse una vida en Nueva York, ciudad que prefirió a San Francisco por la pura necesidad de mostrarse decidido ante su esposa, más afín a la pose neoyorquina.

—Iremos y vendremos como hasta ahora, mi amor —respondió, ingenuamente cómplice, Liliana.

—No, princesa. Necesito estabilidad y alejarme tantito así de la familia.

Ella entendió, se conocían desde los quince años, que había una decisión firme tomada.

El inmenso dinero de su cuenta protegida facilitó un cómodo aterrizaje en la Gran Manzana. A Liliana le ilusionaba tanto montar una casa, que el brillo llegó a sus ojos secos por unas semanas. Todo era una noticia. Cada colegio que visitaba para la cría «debe ser católico, no hay prisas por encontrarlo», el coche a elegir «europeo, no cabe duda, con estas calles tan abarrotadas», el club donde haría natación «que salió en la última de Audrey Hepburn», el salón de belleza «donde acude Jane Fonda, mi amor»; mientras Germán se divertía, como nunca, con su libertad casi confirmada, a la espera de una señal de los federales que confirmase el lanzamiento de la «operación ciénaga».

Aprovecharían el viaje anual de su hermano y el resto de la familia a Los Ángeles para cazarlos, acompañarlos a la base de San Diego y remover el terreno para acceder al laboratorio de Canyon City.

Él confirmó al jefe del clan, con el entusiasmo aprendido de sus años de terror, que acudiría a la cita el día después de la llegada de la expedición, cuando el asalto policial ya habría desmadejado cualquier posibilidad de encuentro familiar.

—¡Ansiamos verte, hermano! —le gritaron, al otro lado de la línea intervenida, con una energía desatada, que le dio que pensar.

Durmió mal hasta cruzarse una mañana con una chica de paisano, alta y tatuada, que le solicitó ayuda bajando Lafayette Street con un plano en la mano y un vaso de café en la otra:

—La operación ciénaga ha sido un éxito —le comunicó en un perfecto castellano—. Cuídese de hacerse ver en los próximos días. Usted y su familia.

El sudor frío de la traición bajó correteando por la espalda, la chica agradeció con un thanks excesivo su silencio y la vista cercana de Canal Street con sus comercios orientales, donde acudía a comprar jengibre para sus tés, se le hizo inalcanzable. Giró la manzana por no dar media vuelta, con la mente puesta en los resortes que su hermano podría aún mover con una última llamada desde prisión, y entró en un supermercado del Soho para hacer acopio de una inmensa cantidad de comida que, conjeturó, no sabría cómo justificar de cara a Liliana. Deshizo la compra y volvió a casa. Todo debía continuar como si nada.

Los días pasaron eternos en espera de una señal, que no venía, que le confirmara la situación familiar. Cuando el corazón se cubrió de calma, decidió llamar a su madre, alterada y huidiza:

—Tu hermano me habló desde prisión, Germancito. Le pregunté por ti y no me supo decir nada.

Tras hacerse el sorprendido con frases ensayadas, trató de tranquilizarla.

—Aquí comentan que descubrieron cosas muy malas de ellos.

Preguntó por cómo estaban.

—Los tres iban en el mismo avión, Germán. Suerte que no te juntaste a tiempo.

Ante sus requerimientos acerca de su salud, ella respondía con monosílabos. Solo pudo sacar de su boca que tenía a su lado a la nieta mayor, y que las cuñadas estaban aterrorizadas en Villa Tres Torres.

—No se muevan, Germancito. No hagan ruido allí donde están. Cuídeseme, mi pelado.

Sorprendentemente, en ningún momento le pidió que se acercase a ver a sus hermanos ni solicitó ningún tipo de ayuda para ellos.

—Sabes que eres mi hijo favorito —le susurró, a miles de kilómetros de distancia, acostada en el sofá de su viejo salón de Barranquilla.

Liliana empezó a sospechar por su falta de actitud. Hablaba a menudo con sus cuñadas, que no ahorraban en críticas a la pusilanimidad de Germán. La madre de Liliana, seca y directa, le pidió explicaciones cuando su hija le habló de no volver por un tiempo.

—Os van a reventar por traidores, Lili.

Ella negaba la mayor ante su madre. No quería ver lo evidente, balanceaba sus conversaciones a las clases de su hija, el máster en Psi-

cología de Germán o sus dificultades para hacerse con el inglés. El terror a perder el futuro esperado la acongojaba, pero evitaba compartir esos miedos con una madre que podría sacar lo peor de ella si mostrase debilidad. Liliana sabía que llegaría el día en que la casa estuviese decorada, la niña asimilada al ritmo neoyorquino y Germán se habría hecho un hueco gracias a su brillantez académica; ese día temible en que ella ya no sería útil, cuando podría definitivamente confirmar que no era sino una mujer de campo sin inquietudes, más allá del vestir bien y presumir de los suyos.

—Odio esta ciudad, Germán.

—Odias la parte de ti que no sabe adaptarse, querida Lili. Lo tienes todo para ser feliz aquí, si te lo propones. Anda, mujer, apúntate a cursos de inglés, acércate al club ese de la película de Hepburn e inscríbete, aprende a cocinar pumcakes, ¡lucha! ¿O es que quieres volver al redil de los matones de tus cuñados?

La batalla estaba perdida para Liliana, porque fuese la que fuese la opción ganadora, ella estaría entre los derrotados.

PRIMERA PARTE

Accidente

Sevilla, 2017

El dinero no era problema y Lola me insistió en que tenía tiempo, de forma que, aunque todo lo preparé para el lunes, una chica sudamericana con un carrito de bebé a cincuenta metros del portal provocó que fuese el martes cuando encendiese el motor del Clio deportivo justo al ver apagarse la luz del apartamento de Dan. A esas horas tempranísimas de la mañana no había moros en la costa y los tiempos los tenía infinitamente controlados. Era consciente de que no podía fallar, aun sin haber podido ensayar una jugada que podía resultarnos demasiado cara. Dan no había dado dos pasos fuera del portal cuando, a más velocidad de la prevista y a escasos dos metros de él, empotré el morro derecho de mi coche de alquiler contra una farola. Tuve el tiempo de adivinar su cara de pánico justo antes de apoyar mi cabeza contra el volante y provocar la parada del motor del coche levantando el pie del embrague. Demasiado ruido, pensé. Fueron segundos interminables de incertidumbre en que era imprescindible que no me viera la cara por si la operación se fuese al traste. La puerta, sin embargo, terminó por abrirse.

—¡¿Estás bien?!

Balbuceé un ruido para evitar una llamada a la ambulancia.

—¿Tú crees que estas son formas de aparcar un coche? —me preguntó, con la ironía que producen los nervios.

Tener la cara baja y girada hacia la derecha, como había acordado con Lola, facilitó el que no apreciara mi sonrisa.

—¿Qué ha pasado? —gemí, sin fuerzas, en un intento improductivo por levantar la cara.

—¿Estabas buscando el móvil por el suelo mientras conducías?

Ya le noté el tono burlón que me habían anticipado, sin embargo tenía que seguir en mi papel por encima de todo. Me incorporé por fin, sin tener que disimular la expresión de mareo provocada por la excitación y la postura forzada. Miré a la cara de ese cuarentón del que conocía casi todo y en el que buscaría pistas en los meses futuros sobre mis propias miserias.

—Gracias, tío —afirmé, humilde.

—Vaya castaña, colega… ¿Te has quedado dormido?

—No lo sé, realmente no sé lo que me ha pasado. No sé cómo me he podido despistar…

Se quedó de piedra y su silencio bloqueó toda iniciativa en mí.

—Me llamo Dan. Anda, te ayudo…

—Gracias, Dan. Soy Álex. —Hice un falso gesto de dolor al ir a darle la mano—. ¿Has llamado a Urgencias?

—Pues no…

—Mejor así. Si este coche anda, prefiero quitarme de en medio. Seguro que algún vecino cotilla se ha encargado ya de llamar a la policía.

—¿Huyes de la pasma?

Me reí con unas carcajadas ensayadas y negué con la cabeza, tras prever en mi cabeza una frase similar.

Habíamos previsto acertadamente que en circunstancias extremas el ser humano retira alambradas, de modo que Dan aceptó mi invitación para un desayuno.

—No me puedo entretener mucho, Álex. Tengo una mañana movida.

Sabía qué mañana tenía, la visita de su gestor a las 9h de la mañana y la sesión de fotos una hora más tarde, pero no podía desaprovechar esa oportunidad ya que resultaría forzado quedar para otro momento sin establecer más vínculos que el haberme socorrido en ese aparatoso accidente de pacotilla.

En mis conversaciones del fin de semana habíamos ensayado sin descanso mi acento madrileño, por lo que el resto debía salir con naturalidad ya que para mí Sevilla era una ciudad desconocida por la que no me sabía desenvolver. Afortunadamente, el coche arrancó.

—Tú mandas, no conozco la ciudad.

Dan propuso aparcar junto a su trabajo para así ganar tiempo, cerca de San Jerónimo.

—¿A qué te dedicas?

—¿A qué me dedico? —Su mirada directa, ya sentado en el coche, me paralizó. Por un instante pensé que se iba a reír de mí, destapando todas mis patrañas—. Se supone que soy empresario.

—Ajá... Dime por dónde tirar, ando perdido.

Jugueteando con el móvil, me explicó con una transparencia extraña para con un desconocido, que su primera intención al montar el negocio unos meses atrás era la de organizar una empresa de catering.

—Pero esto está inundado de *enteraíllos* que pagan cuatro perras a niñatos, les ponen un delantal y te fríen tres bandejas de croquetas a un precio de risa.

Admiraba a la gente emprendedora; tal vez porque yo me movía por pura ansiedad económica y mis argumentos sentimentales, para tranquilizar mi conciencia en esta aventura que empezaba, se habían desvelado falsos desde que unos días atrás llegase a Sevilla con la misión clara de rebuscar en el pasado de Dan Burrows mediante la pura intromisión interesada en una vida ajena a mí.

No debía temer, en principio, por obtener resultados precipitados que dieran con todo al traste. Lola me había hecho ver que no debíamos correr riesgos para no hacer de esta una operación fallida que le impidiera a ella llegar hasta el final de esos planes suyos en los que me había enredado, supuestamente de venganza, desde que ella me planteó la posibilidad de este juego macabro que podría salvarme de la ruina en que años atrás me metí para sacar a mi madre de prisión.

Perversión

La aparición de Lola tuvo mucho de perversión, como casi todo en mis últimos años desde que me abandonase Estíbaliz y optase por seguir en Madrid, rehuyendo de la vida previsible de hostal de costa con la que cargaba a mis espaldas de adolescente desde que mi padre murió; si es que se puede definir como perversión el ansiar adentrarme en la mente privilegiada de una Lola de pudores masculinos que decía «no» con frases coloridas y tomaba lo mejor de mí en cada momento para su propio beneficio.

Yo por entonces, en la época en que Madrid se me apareció como redención en mi horizonte de hombre sin compromisos, no tenía escrúpulos en engancharme a la gente que me pudiese aportar una vía de salida hacia otra vida; entendía las relaciones como equilibrios de poder en los que cada cual tira para su terreno.

Mis locos años universitarios, al amparo de una Estíbaliz protectora, consentidora a borbotones, habían dejado paso a unas infinitas jornadas mal pagadas en un diario de extrema izquierda donde lo menos importante era contar con un periodista imparcial como yo soñaba ser.

Aprecio a la gente adinerada con mentalidad progresista en lo tangible, en sus explicaciones comprometidas en cócteles mundanos donde lo fácil es no mojarse. Así era Lola. Una venezolana cosmopolita que desperdigaba sus ansias de vida como si el mundo fuese a derrumbarse de un momento a otro.

La diferencia de edad y su vida compleja constituían un aliciente imposible de soslayar para mí, ávido de crecer aprisa, como si en la línea más allá de la adolescencia o los años universitarios se encontrasen las pistas de una existencia mejor, para lo que resultaba un buen asidero colocarse a rebufo de gente mayor que me trazara el camino hacia esos terrenos inexplorados de un futuro que yo pretendía fascinante.

Desde que, histérica, Lola me amenazara a gritos por un artículo benévolo con Hugo Chávez, ya se convirtió en una fuente inagotable de recursos melodramáticos para ese novelista, vacío de experiencias límites, que yo pretendía ser.

Tremendo

A Dan no lo volví a ver hasta el fin de semana posterior, cuando aceptó una cerveza por mi barrio. Supe que respondería afirmativamente, por lo que no me dejé llevar por una ansiedad que solo destrozaría mis argumentos para llegar a él: la gente no se siente atraída por plastas. Llegué al Tremendo con tiempo para encontrar una mesa alta donde apoyarnos. El ideal hubiera sido aparecer acompañado por alguien que diera fe de mi integración en la ciudad, ya que en ningún caso para hacerme con su amistad podría mostrar necesidad de tenerla.

—¿Cuánto hace que llegaste a Sevilla? —me preguntó, con la alegría propia de quien acaba justo de dejar atrás una semana de trabajo.

—No hace un mes —exageré.

Quería escucharlo, esa era la intención primaria, como si realmente solo supiese de él que estaba comenzando una aventura empresarial en su ciudad. Todo lo demás debía quedar velado si la naturalidad en mí debía parecer auténtica.

—Hace meses que soñaba con que llegara el momento de venir a esta ciudad —volví a mentir—, pero ahora que estoy aquí, no sé si tomé la decisión equivocada.

Dan dio un sorbo a su cerveza preguntando con los ojos, inquietos y directos, por qué.

—Madrid es mucho Madrid.

Ahí sí pude explayarme, porque era sincera mi sensación de sentirme desubicado en una ciudad que se reducía a tamaño de pueblo en sus calles del centro, donde elegí que me buscasen un piso de alquiler. Él me miraba atento, pensé que impaciente, con el culo de su Cruzcampo por terminar, mientras le explicaba por qué echaba de menos mi pequeño estudio de Aluche.

—¿Dejaste novia en Madrid, Álex? —me preguntó.

—No. —Todo lo que dejé en la capital eran compañeros de trabajo más revolucionados que revolucionarios y rolletes divertidísimos de las que apenas recordaba los nombres.

—¿Otra birra?

No devolví la pregunta ni supe retomar mi historial sobre mis andanzas por Madrid, avasallado por un tipo que hacía el papel que a mí me correspondía. Entender las claves, lo antes posible, en el otro. Mi propósito único en esa quedada es que hubiese una siguiente, y lo mismo en la próxima, hasta que Dan descubriese la valía que sin duda había en mí y yo comenzase a ser alguien importante en su vida. Solo entonces consultaría a Lola el segundo paso a dar. ¿Cómo conseguir ese escenario de citas sucesivas? Creía tener la clave infalible: escuchar. El ser humano, incluso el que con su aplomo manifiesta las maneras más sostenidas, está indefenso ante una persona dispuesta a escucharlo. Yo sabía que, en cuanto estos juegos previos de detectives dejasen paso al Álex de siempre, tenía un enorme atractivo como conversador.

—¿Tu empresa te permite tomarte los fines de semana libres? —inquirí, cuando la segunda cerveza empezaba a burbujear por mi cabeza.

—Mi empresa y yo somos lo mismo.

Me repelió su altanería y se lo hice ver con mi silencio. Intuí, en ese mutismo, que si mantenía la mirada y la boca cerrada acabaría por dar un paso atrás.

—Tiro de agenda, Álex, para organizarme —suavizó el tono—. Tengo dos personas de confianza que se alternan los fines de semana. Me pasan un informe la tarde del domingo y se ayudan entre ellos si surge algún problema irresoluble.

—¿Pagas bien? —pregunté.

—Lo suficiente como para que se sientan imprescindibles.

En su tono se traslucía que el espíritu vanidoso de Dan venía de un pasado complicado, en el que con torpeza muchos establecen una muralla defensiva a partir de respuestas cortas de una agresividad no meditada.

No recuerdo en qué momento de esas cervezas primeras decidí, pero sí sé que fue esa noche, que la aventura sevillana iba a convertirse en la novela con cuyo argumento no había conseguido hacerme en los últimos años, de modo que el esfuerzo de retentiva no solo sería productivo para Lola, sino que cambiando nombres, ciudades y *mcguffins* podría editar una novela de investigación candidata a algún premio menor, tanto como mis relatos de ciencia ficción consiguieron ya adornar de trofeos la estantería de mi habitación de Cambados. Es más, conforme las semanas pasaron y la incertidumbre fue acrecentándose, más sentido tomaban mis notas como manifiesto personalizado de un reto perturbador.

—¿Hay hambre? —me preguntó, con los ojillos propios de quien está noqueado por la cerveza y cansado tras una semana de trabajo.

—Mucha.

Cruzamos la plaza de los Terceros hasta la taberna Manzanilla. Pedí unas aceitunas mientras Dan miraba la carta.

—¿Un par de salmorejos? —me preguntó.

Asentí. Dan se apoyó en la barra para pedir.

—¡Joder, cabrito! —Un camarero joven, de aspecto *hippilón* y piercing en las orejas, se dirigió hacia Dan— ¿Qué haces por Sevilla?

Nos puso las cervezas sobre la barra, la rodeó para saludarlo. Dan se apartó, jugando con el móvil en sus manos.

—Quillo, Álex —me dijo tras cruzar dos palabras con el camarero—. Me llaman. Problemas en el catering. Te doy un toque ahora.

Me tomé los dos salmorejos para bajar el alcohol.

No tardó diez minutos en volver a llamarme, tras resolver un malentendido con el organizador de un cóctel de cumpleaños sin necesidad de acercarse al palacete que habían alquilado junto al Alcázar. Nos citamos en El Rinconcillo.

—Jolines, sí que eres resolutivo —le dije, de corazón.

—Tu acento no es de Madrid. —Llegaba acelerado, parecía haberse echado agua en la cara.

No valía enredarse, porque no se ganaba nada con mentir en lo que no era esencial.

—Soy gallego —le entregué su cerveza y me pidió tomarla fuera.

—¿De dónde? —me preguntó, interesado, mientras me pasaba su cerveza para liarse un cigarrillo.

—De Pontevedra.

La obsesión de Lola era ocultar toda traza que pudiera llevar a Dan hacia mi pasado y que atase cabos inconvenientes.

—Los gallegos habláis poco. Dentro de nada te veo metido en mi vida sin saber yo nada de la tuya.

—¿Qué quieres saber?

—Lo que tú me quieras contar.

Esa era la parte fácil, porque la tenía aprendida. En lo fundamental no tenía que inventar, puesto que simulaba seguir trabajando para la revista digital como articulista. Le hice creer que me enviaban a Sevilla para encargarme de la actualidad política andaluza sin abandonar mis reportajes socioculturales. Que el piso, la manutención y la buena vida corriese a cargo de Lola Montova no era algo que se pudiera compartir con Dan.

—Reportajes, ¿socioculturales?

—Sí. Las movidas que transcurren a nuestro lado y nunca nadie te explica…

—Por ejemplo… —Dan me pasó el cigarro, que rechacé.

—Voy a proponer uno sobre los negros que venden pañuelos en los semáforos. ¿No te llamaría la atención?

Dan asintió con la cabeza y un guiño de ojo que me hizo comprender que esa parte de mí podría darme muchos puntos, como así se confirmaría en los meses siguientes; algo que, no podía ser de otra forma, me agradaba saber en él.

—No tienes un gramo de grasa. —Para mi sorpresa, me levantó la camiseta, sin vergüenza alguna por su parte—. Los abdominales marcados y ni un solo vello. Las tienes que volver locas. —Me miró para comprobar mi gesto de pasmo—. Y ese careto además. Ojazos claros, ¿verdes o azules?

—Verdes.

—Cejas negras bien pobladas y esa dentadura perfecta. No voy a juntarme mucho contigo, que me vas a dejar sin comerme una rosca.

—Eres un tío muy atractivo —me atreví a responder—. Tus ojos sí son azules…

—¿Eres marica? —No le tembló la voz al preguntármelo, ni desvió la mirada.

—No —respondí, sin explicaciones que hubiesen complicado la respuesta.

Sus preguntas, tan afiladas como infantiles, me tuvieron a la defensiva hasta que la noche se volvió insustancial por su cansancio y mis recelos. Cuando él comenzó a bostezar, con la quinta cerveza, yo inventé la urgencia de la entrega de un artículo para escaparme de allí. La conexión quedaba establecida y a mí me tocaba dedicarme a explorar la ciudad e indagar acerca de ese sevillano de ojos azules que valía los cinco mil euros mensuales que Lola estaba invirtiendo en mí.

Abducción

De la venezolana me interesaba todo; su cuerpo, en especial su manera de utilizarlo conmigo, me volvía loco; su cadenciosa voz me seducía hasta el punto de perder el hilo en sus relatos americanos tan solo disfrutando de su pronunciar; su falta de pudor para hablarme de sexo con mujeres, de droga en reservados, de contratación de *gigolos,* de charlas con García Márquez, de desfiles propios en pasarelas parisinas. Lola caía del cielo y yo era consciente de mi pequeñez, al tiempo que de mi sagacidad para no complicarme con celos ni pretensiones extrañas que no fuesen disfrutar de la parte de ella que quisiera ofrecerme, el tiempo que decidiese hacerlo. Yo me dejaba hacer como objeto embelesado de excitación permanente, con todos mis atractivos puestos a cien, para qué negarlo, en aras de alargar esa relación, que no era de enamoramiento sino de abducción.

La primera vez que ella bajó a Sevilla, ya tenía yo mi circuito de tapas hecho por el barrio y el relato memorizado de leyendas de la ciudad cercanas a San Lorenzo.

—Tras esa puerta hay un convento medio abandonado —le expliqué al pasar por la calle Becas, camino de casa—. ¿Ves esa torre?

Ella me decía que sí con apretones en mi muñeca, cautivada como adolescente enamoradiza descubriendo el mundo con un amante que podía ser su hijo.

—Es del siglo XIII. La edificó el hijo de san Fernando, el rey católico que conquistó Sevilla a los moros…

—¿Cómo se siente un galleguiño como tú en esta ciudad tan caliente?

Yo hacía como que no la escuchaba y alargaba el relato sobre las aventuras sexuales de don Fadrique, en su torre, con la viuda de su padre, sin poder impedir la excitación de sus palabras guarras en mis oídos. Lola retorcía mis demonios, los sacaba fuera y mi sinvergonzonería explotaba en su cara, que se mofaba de mi impostura, con risas que se oían por todo el barrio.

—No entiendo tu parte cínica —le susurraba, mientras ella jugaba con mi sexo.

Ella me entendía, sabía que yo sabía, que observaba como niño obediente sus inexplicables flaquezas que la llevaban a enredarse en espionajes enfermizos para solventar deudas que no tenían razón de ser en una mujer que miraba de frente a la vida. Territorios prohibidos en los que no me dejaba entrar. Me había marcado una misión y yo la estaba cumpliendo. Hacerme con Dan, ganármelo sin fisuras. Con lo que quizás no contaba era con que su asalariado servidor no incordiaba con preguntas, algo que me hacía pensar que también le molestaba. No quería explicar las razones últimas de mi cometido, pero le fastidiaba mi falta de curiosidad por descubrir el porqué de tal envite del que yo era el campamento base.

—Algún día te contaré, Álex —me decía, pronunciando exageradamente la equis.

Yo hacía caso omiso y continuaba interrogándola acerca de sus años trabajando para el alcalde de su ciudad, imbuido por el miedo a que todo se viniera abajo si averiguase el objetivo real de mi aventura mercenaria sevillana. Pensarlo me llevaba al bloqueo y no me lo quería permitir. Necesitaba el dinero para desembarazarme de la ruina en que me metió mi madre para poder salir de la cárcel. En esas noches en que ella se me agarraba, desnuda, y sentía su fragilidad, abría los ojos al techo para preguntarme cuánto dinero tendría que darme para matar a Dan.

Amenazas

Nunca estuve tan delgado como esos meses en Sevilla. De mi padre heredé un cuerpo corpulento fácil de estilizar sin sacrificios. Coqueto como soy, el exceso de tiempo libre en la ciudad lo dividí entre lecturas y carreras interminables por una Sevilla llana repleta de parques inmensos donde perderme. Hacía el chorras cuando me cruzaba con una mujer bonita, lo que era pagado con sonrisas, la mayoría de las veces. Sabía explotar mi descaro con audacia, para desmontar las caras raras de los desconfiados.

De Dan, tras unos días sin tener noticias de él, encontré tres llamadas perdidas tras hacerme diez kilómetros yendo y viniendo del parque del Alamillo. No había un mensaje previo que diese pistas, así que decidí ducharme, serenarme y devolver la llamada sin la falta de aliento de corredor exhausto. No quiso adelantarme nada, ni mostró especial ansiedad en su voz. Pidió verme, se disculpó por su insistencia y me citó en la cafetería del hotel Inglaterra. Fuera lo que fuese lo que tuviera que contarme, por primera vez me sentí útil desde mi llegada, semanas antes, a Sevilla.

Llegué cinco minutos antes de lo previsto para reconocer el terreno, encontrar un buen sitio y pedirme un gin-tonic que me relajara. Lo vi llegar ya desde dentro de la cafetería, a un nivel de dos metros bajo el de la Plaza Nueva. Distinguí su vespa, sus piernas y vi cómo, sin que él reparase en mí, se miraba al espejo de la moto y se aderezaba el pelo. Por cómo se ajustó la camisa y resopló, supe que estaba nervioso.

—¿Qué tal, Álex?

Tras un abrazo torpe, me guiñó un ojo, se sentó y movió la cabeza de un lado a otro.

—¿Estamos a solas en toda esta gran sala?

—Eso parece —respondí.

Sí, tenía el gesto cogido por una excitación indisimulable.

—¿Cómo te ha ido la semana? —me preguntó.

Le expliqué que había tenido una invitada, sin darle detalles sobre Lola, que había estado supliendo a un redactor de Madrid para temas de puro formalismo en la revista y que andaba imbuido por el *running*.

—¿Siempre has corrido?

—No tanto como aquí. La lluvia me hace esconderme, y Madrid tiene demasiadas rampas.

—Te veo más chupado, sí…

—¿Qué te ocurre, Dan?

—¿Tomas un gin-tonic?

—¡Sí!

—Me tomaría otro.

Me giré e hice el gesto a la camarera para que pusiera otro igual. Por fin se lanzó:

—Quería proponerte un tema de investigación periodística…

—¡Qué bien!

Sí. Se me abría una puerta enorme; fuese lo que fuese, tendría material que pasar a Lola y se llenaban de sentido mis días en el sur.

—Verás… —No sabía cómo empezar, ni tenía la suficiente confianza conmigo como para venirse abajo, porque era evidente que estaba en estado de shock—. Hace un par de días recibí una llamada, de un teléfono oculto. Un tipo simpaticote me decía que tenía un negocio que tratar conmigo. —Se me aproximó, hablando en voz baja—. Supe desde el primer momento que había algo sucio en ese hombre.

—Siento no haber oído tus llamadas, salí a correr sin móvil…

—Nada, hombre. Perdona mi insistencia. Simplemente quería tu complicidad para que hubieras vigilado de lejos mi cita con ese cabrón, aunque ya conseguí dar con alguien.

—¿Qué temías, Dan? —Mi pregunta no tenía que ver con Lola, sino que realmente lo vi asustado.

—No sé. Quizás algún día te cuente. Pero, vaya, que no ha sido para tanto. Siento haberte molestado.

—Es un honor que…

—Era un tipo grande bien vestido —No me dejó seguir halagando su confianza en mí—, de unos cuarenta años. Aunque había cosas que no me cuadraban en él…

Le di un sorbo a mi copa y me acomodé para decelerar la tensión del relato.

—Me citó en un barecillo de Los Bermejales, pero yo preferí llevarlo a un terreno abierto, en la plaza del Avelino, en Heliópolis. No habíamos siquiera pedido las cervezas cuando sacó el móvil para enseñarme fotos de mi personal de catering en una hacienda de Utrera. —Volví a incorporarme al retomar su tono en clave de confidencia—. Me señaló uno a uno sus nombres, haciendo *zoom* en las fotos.

—No entiendo…

—Me fue desglosando cada uno de los expedientes de mi equipo, Álex. Quiénes no estaban dados de alta, sus otros curros…

—¿Lo trabajas todo en negro? —le pregunté, desconcertado.

—No pudo terminar la lista porque tengo legalizados, de una manera u otra, a una tercera parte de los que estaban en esa boda. —No respondía muy convencido—. Pero es cierto que ese fin de semana de mayo se nos juntaron tres eventos importantes y no supe decir que no.

—¿Crees que va a denunciarte a Hacienda?

—Podría denunciarme, pero no lo va a hacer. No gana nada.

—¿Qué pretendía entonces? —le interrogué.

—Meterme miedo, supongo. Vino a decirme que me tenía vigilado.

—¿Por qué?

—Eso es lo que quiero que tú averigües, Álex. No sé si es otro empresario de hostelería que va acojonando a sus competidores para quedarse con todo el pastel, o es un matón a sueldo.

—Si fuera un matón, te habría amenazado con algo más consistente, Dan...

—Ha sido el primer paso, tío. Me ha demostrado que hay mucho poder detrás. Esos expedientes implican una red de contactos muy fuerte, o mucho dinero para comprar información.

—¿Hay algo más que no me hayas contado?

—Se llama Jaime Martín...

Aunque Dan negó cualquier tipo de ocultismo, siempre quedaban puntos suspensivos en sus relatos y «ya te contarés» que no terminaban de cerrarse. Le pedí pistas para hacerme con la forma de llegar a ese hombre y solo pudo darme tres: una foto, cuatro letras escritas sobre sus nudillos y un falso acento andaluz.

—El tono sevillano era perfecto, Álex, pero metió un laísmo castellano imposible de pronunciar por un nativo andaluz. Sé, además, que él se percató de mi extrañeza.

Las letras eran I, R, R y U, todas en mayúsculas.

Dan llevaba la camisa sudada, así que utilizó el argumento de una ducha para no aceptar una cena por el centro. Quedé en informarle de mi investigación, mientras él pagaba las copas con un billete de cien euros.

Ya en casa, con la lengua rasposa del gin-tonic y las piernas levantadas en el sofá exhaustas de tanto ejercicio, le pregunté a mi reflejo en la ventana hasta qué punto empezaba a entrar en un camino sin retorno. Tomé una Coca-Cola para bajar el alcohol, un par de folios de la impresora y me senté para ordenar los interrogantes. Era necesario saber la dirección y fecha exacta de esta boda, el nombre de los contrayentes y si los nudillos de su mano, ese tal Jaime, los ocultó disimuladamente. Unas letras tatuadas eran una pista demasiado simple como para dejarse engañar a las primeras de cambio.

Era preciso reposar la información y, aunque estaba seguro de que Lola recibiría con alborozo esta noticia, darme la noche para rumiar los pasos a dar.

Silvia

Al día siguiente me zampé para desayunar un tarro enorme de *crispis* delante del ordenador.

IRRU era, según Google, un centro escocés de investigación social para empresas, algo que en sí ya me llamaba la atención, o bien una especie de secta familiar de Texas con un líder, Gary Luttrell, que organizaba encuentros titulados *Celebration of Life*. Cualquiera de las dos opciones me resultaban atractivas de investigar, pero era difícil encontrarles enlace con España. Jugué con varias combinaciones: IRRI, URRU, IRRO, por ver si con los nervios la retentiva de Dan le hubiese fallado. Nada... No encontraba pistas. Tal vez se le escapó el nudillo del dedo gordo, o los de la mano contraria para conseguir formar el puzle.

Rebusqué con el móvil tiendas de tatuajes en Sevilla para curiosear acerca de ese término, quizás habitual en ese mundo. ¿Tal vez un vocablo en latín? Me quitaba ciertas energías el convencimiento de la procedencia foránea de ese hombre a partir de los laísmos, agradecía la perspicacia de Dan y compartía su diagnóstico. Si así fuese, ese hombre estaba jugando un rol para el que habría sido contratado. Hacerse pasar por un matón para asustarlo. Las frases inacabadas sobre su pasado, además, dejaban traslucir en Dan una cierta oscuridad que justificaría un ajustes de cuentas. ¿Qué había sido de Dan antes de buscarse un hueco como empresario? Recordaba las primeras conversaciones, en las que me hablaba del catering como una actividad relativamente reciente. A sus cuarenta, con un físico atractivo que tuvo que ser espectacular y un carácter tan marcado, el historial de ese tipo señalado por Lola no podía ser indiferente, menos aún al saber que la venezolana estaba dispuesta a gastarse un dineral por hacerme con un hueco en su vida.

Tardé días antes de provocar una nueva cita. Creía, acertadamente, que la iniciativa no debía estar en mí. En las escasas conversaciones posteriores que mantuve con Lola, no mencioné en ningún caso la confesión realizada por Dan, convencido de ejercer la libertad de acción total con la que me había regalado para introducirme en su vida. A pesar de la incertidumbre de no saber por dónde atacar, retomé mi agenda deportiva de diez kilómetros diarios, que aderecé con un cóctel de eventos culturales en una ciudad que se me mostraba explosiva pese a mis recelos de españolito del norte que solo veía en el sur una alegre dejadez. Mi actitud ayudaba, y mucho. Mi cuerpo era incapaz de salir de una *performance* en un centro de arte contemporáneo o de un concierto de música *indie* sin llevarse consigo varios teléfonos y alguna cita.

Fue así como di con Silvia.

Las sesiones de pesas en el gimnasio me resultaban muy productivas a nivel informativo. Un colega de entreno, paciente oyente de mis historias personales, llegó un día con un teléfono recortado de una farola, en un papel en el que se anunciaba el comienzo de un curso intensivo de escritura creativa.

—Entendí que te interesaría —me dijo, con una sonrisa y cierto pudor—. Paso a diario por la puerta del local, y se ve un ambiente muy animado.

Ganas me dieron de darle un abrazo, no tanto por el curso en sí, sino por el sano interés que había puesto en mis sueños de futuro escritor. El llamar esa misma mañana me permitió no perderme el acto inaugural. Tan solo pedían que llevase algo de picar sobre las ocho de la tarde. Eché mano de mis recetas de empanada y busqué un par de Ribeiros en el Corte Inglés. Establecer horarios, sabía, era algo que iba a beneficiarme en todos los sentidos, desde la integración en la ciudad a mi estabilidad emocional. No todo podía apostarlo a carreras por los parques de Sevilla. A Silvia la vi nada más entrar, y supe que ella se fijó en mí incluso antes de que yo le pusiera los ojos encima. Di una vuelta a la mesa grande donde coloqué la empanada dando besos y manos a unos futuros compañeros de letras que me parecieron de lo más heterogéneos.

Silvia olía a limón.

Esa tarde deliciosa, los raros días en que el estómago se cierra con la emoción de los amores descubiertos, la profesora nos explicó las reglas del juego: debíamos plantear un proyecto sobre el que trabajar de forma cruzada, por simple o ambicioso que fuese. Por entonces tenía bien claro que las horas no iban a pasar muertas en Sevilla ni lo iba a jugar todo a la memoria. Cada vez se hacía más fuerte en mí la idea de domesticar todo este empacho de situaciones en un relato de ficción que no sabría qué formato acabaría teniendo. Había organizado la habitación de la plancha con un corcho y cartulinas recortadas que me llevaban a mi escuela de Cambados, con el fuerte olor a sal entrando por las ventanas del viejo edificio de grandes techos y luces tristes. Así que, con mi futura novela de espionaje retozando en el cuartillo de la ropa en trozos de cartulina, decidí no arredrarme y hablar de ella, sin dar más claves de las necesarias, mientras un recién jubilado proponía meter en juego la composición de unas sevillanas, un chaval con clavos en las orejas planteaba un relato sobre la vuelta a la tierra de Jesucristo y Silvia, hablando al resto, me contaba a mí su extraña facilidad para componer cuentos cortos de ciencia ficción.

Ella salió por piernas cinco minutos antes de terminar esa sesión de conocimiento y yo conté los días para empezar la primera clase.

FANFARRÓN

SIN DEJAR DE RONDAR POR MI CABEZA LAS INCOHERENCIAS EN EL encuentro amenazante de Dan con el hombre de los nudillos tatuados, planeé una jugada anónima de poco riesgo: hacerme pasar por un novio en busca de una empresa para su boda. Lo haría desde un teléfono oculto e insistiría en preguntar por los seguros sociales de los trabajadores para comprobar la reacción al otro lado del teléfono.

—No haría nada si no tengo el listado exacto de todo el personal con sus seguros respectivos —repliqué, cuando me orientaron acerca de distintas posibilidades.

—Lo tendrá desde el momento en que deposite la señal —me respondieron, con tanta profesionalidad que no tuve dudas de que su trabajo estaba mucho más estructurado de lo que hubiese podido imaginar.

Como abogado defensor, de golpe, creí en la inocencia de mi cliente y tomé fuerzas para empezar, entonces sí, una investigación periodística para desenmascarar al tal Jaime de impostado acento andaluz.

Era cierto por entonces que mi empatía hacia Dan había ido disminuyendo desde el episodio del accidente fingido. Ante una situación de emergencia la gente saca lo mejor, o lo peor, de sí misma; era difícil, sin embargo, asentar una amistad a partir de un incidente puntual y la actitud siempre abierta de Dan hacia mí dejaba traslucir, a pesar de todo, un punto de desconfianza en el que no se mostraba dispuesto a dar más de sí, algo comprensible cuando entre dos personas no surge la química necesaria. Mi carácter burlón y mis capacidades sociales jugaban a favor de romper diques, pero se me antojaba compleja una tarea que no hubiese continuado de no ser por los cinco mil euros mensuales, la buena vida sevillana, el morbo por conocer la historia, mi enganche sexual a Lola y, por qué no decirlo, el sol con nombre de mujer que se me apareció en la academia de escritura.

Evité enviarle un mensaje para no hacerle pensar y me planté en las puertas de su oficina una tarde de martes.

—¡Hombre, el gallego! —Por un momento pensé, no sé si equivocadamente, que había olvidado mi nombre.

—Venía a que me enseñaras estas oficinas desde donde tramas contrataciones fuera de la ley.

Soltó una carcajada que me pareció sincera y me invitó a entrar. Las vistas eran espectaculares desde el décimo piso de una torre del complejo de oficinas Nueva Torneo al norte de la ciudad. Pulcro, acristalado y sobrio, el ambiente era tranquilo a esas horas de la tarde.

—Tengo casi siempre a alguien de guardia para atender a los clientes, que suelen llamar a horas poco comerciales.

Me presentó a un par de chicas jóvenes de aspecto cuidado, al tiempo que me abría la sala donde sentaban a los clientes que buscaban información. Había una nevera y una cristalería impolutas para agasajar con una copa a aquellos que acudían con un presupuesto siempre importante de cara a celebrar un evento.

—A estas alturas nos permitimos incluso buscarles financiación.

Entendí que me veía como un auditor que quiere encajar piezas de un mosaico que él mismo me invitó a componer.

—En esta mesa ha habido más de un revolcón —confesó, en susurros, tal vez por quitar hierro a la visita.

Sonreí y bromeé con un gesto de desaprobación.

—Soy inocente. —Levantó las manos—. El que te habla está soltero y sin compromiso.

—¿Se te insinúan las futuras esposas?

—Si solo fueran insinuaciones, Álex… —Por fin se hizo con mi nombre, pensé.

Recuerdo cómo, en ese instante y producto de mil conjeturas amontonadas de golpe, lo vi como un pobre diablo.

—¿Qué ocurre? —Mi mirada perdida debió asustarlo.

—No sé de qué vas, Dan.

—¿Perdona?

Podía estar metiendo la pata; el inicio de confianza podría romperse de cuajo y, a partir de ahí, podría alargar apenas unos días mi pacto endiablado con Lola. Mi aporte a sus perversiones perdería impulso y volvería a mi estudio desordenado de Aluche. Hay ocasiones, sin embargo, en que hay que apretar el acelerador.

—Eres un tipo extraño. Me muestras imágenes de ti que me hacen pensar que no eres una persona de fiar.

Dan cerró desde dentro la puerta de la sala.

—¿Qué imágenes?

—Fanfarronadas como esta de tirarte a futuras esposas en esta mesa de madera…

—Son ciertas, Álex.

—¿Esta empresa es una tapadera de algo que yo no sepa?

—No —contestó, tajante.

—¿Tienes a la gente dada de alta en la seguridad social?

—A toda la que puedo.

—¿Por qué quieres que investigue a Jaime Martín?

—Porque si ha venido una vez y no me ha chantajeado, va a venir una segunda…

—¿Y qué tiene contra ti?

—Quiero que tú lo averigües.

—Yo, cuando me meto en algo, me meto de verdad y con todo el corazón…

Dan se sentó sobre la mesa, apoyó los codos sobre sus rodillas y se inclinó hacia mí.

—Soy un tío coherente, Álex. No tengo mil caras.

Me lancé de lleno:

—¿Qué gano yo con esto?

Era una pregunta torpe. Dan se levantó de la mesa, se colocó frente a mí, apenas unos dos centímetros más bajo y unos ojos transparentes hipnotizadores. Todo mi cuerpo se puso en tensión.

—No me vayas a dejar tirado, cabrito.

Dos madres

El padre de Dan era americano. Su nombre venía, precisamente, de una decisión práctica: corto, simple y fácilmente pronunciable en los dos idiomas. Sentado, de nuevo en la mesa, me explicó que ese neoyorquino que era su padre se casó con una sevillana recién salida de un matrimonio plagado de amenazas y golpes. Su forma de abrirse a mí, por fin, era la de retrotraerse a su infancia con la mirada perdida en unos tiempos que no podía recordar.

—Te puede parecer una paja mental, Álex, pero tu chocazo contra la farola mi mente lo ha interpretado como una operación de rescate.

Sí, Dan me veía como un ángel. Le pregunté las razones para ser salvado.

—He caído todo lo bajo que se puede caer.

Parecía haber roto el cristal. Me senté en una de las sillas de cuero de la gran mesa de reuniones y le invité a sentarse frente a mí. Sus frases encerraban un dramatismo tan impropio del Dan que conocía que dudé de si pudiese estar drogado.

—Hace tiempo que tuve que haberme ido de esta maldita ciudad. —Se crujía los nudillos de cada mano—. Sin embargo, siempre encuentro la forma de reinventarme para volver a darme una oportunidad en ella.

—¿Qué es lo que te engancha a Sevilla?

—Mi pasado.

—Suena poético —ironicé.

—Hay gente aquí de la que soy muy dependiente.

—¿Quién?

—Gente que... —Parecía atrancarse con las explicaciones—. Gente que algún día espero que conozcas.

—No entiendo tanto misterio, Dan. Estoy de paso por tu tierra. No tengo ningún lazo que me una a ti más allá del que nos puso por delante el azar...

—No creo en nadie. Lo siento.

Me desesperan las frases melodramáticas. Ya tuve mi dosis completa con las lindezas de mi madre. Apretar, de todas formas, se me antojaba peligroso, o ridiculizar en mi interior su actitud. Debía hacer de tripas corazón y tener paciencia.

—Cuenta lo que me quieras contar, Dan.

Él tenía dos madres. Ese era su recuerdo. Cuando Dan nació del segundo matrimonio, ya había una hermanastra adolescente pendiente de su llegada, Patricia, más responsable que la madre que compartían. Si en sus relatos, a partir de ese día en que rompió aguas su confianza hacía mí, había alguien que lo llenaba todo esa era su hermana. Un referente tan fuerte que las menciones a su madre se limitaban a descripciones cómicas de sus manías. Su padre, Martin, era el de los viajes, el de los libros y los experimentos en la cocina.

—Papá es un ser de otro mundo. Sinceramente, no sé cómo aguanta a la mujer con la que se casó.

Ese nombrármelo como «papá» me resultaba ridículo, tal vez un intento de integrarme en su vida de forma acelerada. A mí, rey de la poca vergüenza, sus intentos de aproximación me provocaban rechazo. Había en él una torpeza emocional tan alta que el precipicio existente entre nosotros se agrandaba a cada tentativa suya de hacerlo más estrecho. Lo único que me motivaba en esa charla en torno a la mesa de reuniones, era saber qué podía haber visto Lola en él.

—¿A qué se dedica tu padre, Dan?

—Da clases en el colegio Europa. —Puse cara de no saber—. Está por el Aljarafe, es donde llevan las familias progres con dinero a sus niños a estudiar. —Se destilaba cierta admiración por su padre—. Es un hombre que nos cuida. Le gusta mucho cocinar, ¿sabes? Llega tarde a casa, pero siempre hace de cenar a mi madre... Desde que soy chico ha sido así... Los desayunos, las comidas al mediodía, las cenas...

—Hay que tener ganas. —Quería provocarlo a seguir hablando.

Dan rio con la mirada puesta seguramente en su infancia.

—Sí. Experimentaba con nosotros. Siempre tenía turno de tarde y nos hacía la comida cuando llegábamos de clase...

—¿Eras buen alumno?

—Todo lo bueno que puede serlo un niño diagnosticado como autista.

Una ráfaga de viento helado atravesó la sala, pero solo me golpeó a mí. Él notó mis escalofríos.

—Por entonces no lo sabía, Álex. Ni yo, ni mis padres, ni Patricia.

—No imaginaba. Siento...

—Gracias. Yo, verás, toda mi vida ha sido una lucha por forzar la comunicación con los demás.

No entendía que una persona autista pudiese dirigir una empresa, ni vivir a solas, ni tener sexo con mil mujeres encima de una mesa de trabajo. Necesitaba dilucidar cuánto de verdad había en la declaración de Dan, si era posible o no que un autista llevase una vida normal.

—El autismo no se cura, Álex, pero sí hay grados. Te he hablado de autismo para que lo entiendas, pero en verdad soy síndrome de Asperger... Digamos que estoy en el límite de la normalidad. Puedo vivir solo, puedo organizar una vida coherente...

—Ya... —Me daba respuestas que no sabía hasta qué punto Lola conocía.

—¿Has visto lo que me gusta el término coherente?

Le sonreí, esta vez sí, con emoción.

—Toda mi vida es un apretar de dientes por llevar una vida coherente.

—Qué frase más bonita.

Él sonrió con torpeza.

—Se la dije un día a mi padre y le encantó. Me gusta decirla. Porque es verdad.

De pronto me entraban ganas de achucharlo, de confesarle mis pecados de espionaje, de ofrecerle mi falta de pudor para agrandar su incipiente desparpajo.

—Gracias por confiar en mí, Dan.

Esa tarde terminó antes de lo previsto, cuando llamaron a la puerta de la sala de reuniones para enredarlo en un listado de preguntas referidas a un congreso de móviles usados.

Cambados

Los días siguientes fueron una sucesión de encuentros inesperados, con compañeros venidos de Madrid, sorprendidos y escamados por mi alto nivel de vida sevillano, que culminaron con la bajada a Sevilla de Teresa. No podía ni quise hablarlo con Lola, de la que siempre temía una aparición sorpresa; de ahí que, en mi recuerdo, las escasas y fugaces visitas de Teresa las relacione con la más estricta clandestinidad. Hacia Lola, hacia Silvia, hacia Dan y hacia mí mismo.

Siempre fue retorcida mi relación con Teresa. No hubo un tiempo, tal vez no lo haya nunca, en que fuéramos libres para devorarnos. Ya en Cambados, en nuestros encuentros furtivos de entre semana a la salida del instituto, ella me transmitía su ansiedad por no ser descubierta por su novio de entonces, el que la dejó embarazada tan joven que ya nunca supo caminar sola por el mundo sin andar agarrada a alguien que la sometiese; ella era mujer de arriar bandera y sucumbir, como si el amor implicase fustigación, acostumbrada a un rol de esclava experta en romper cadenas cada noche para decirse a sí misma que era capaz de escapar si quisiera.

Conmigo follaba embarazada, casada, divorciada y vuelta a casar, sin darme nunca el espacio para otra cosa que las catacumbas del sexo perfecto y las risas, en un delirio impermeable a preocupaciones que implicasen jugarme nada por ella.

—Cállate, mi niño. Yo no te voy a complicar la vida.

Deberían hacer muñecos hinchables con mi careto, porque no es ajeno a mí el papel de juguete sexual. Lo fue, tal vez nunca dejará de serlo, con Teresa. Lo es, no sé cómo terminará, con Lola. Apenas un vibrador humano enganchado a los ojos de las usuarias que explota el juego de sus orgasmos.

—¿Qué sabes de Estíbaliz? —me preguntó, desde las entrañas.

—Nada. —Quise ser aséptico para evitar el dolor de hablar.

—Hija de puta.

Hubo momentos en las tardes sevillanas junto a ella, como el de suicidas asomados al balcón, en que quise vomitarle a Teresa todas mis escaramuzas con Dan; pero hablarle de Dan implicaría hacerlo de Lola, y ella vería en mis ojos tanta tensión sexual hacia la venezolana que la buscaría para romperle los labios. Yo había representado ante Teresa la carta de la libertad absoluta y no quería romper el cristal de mis reflejos, aunque eso supusiese, una vez más, mostrar la imagen del Álex que ella quería ver, la del niño de pueblo empalmado dispuesto a satisfacerla sin preguntas.

—Sé que tus artículos no te dan para este nivel de vida, mi niño...

Es lo máximo que se atrevió a decirme, acariciándome los muslos, al amanecer del primer día que se fue.

Creación

La primera clase en la escuela de escritura fue un retorno a los nervios del colegio, aún más cuando vi tras los cristales a Silvia rellenando su inscripción. La profe explicó las reglas de juego con frases inacabadas que teníamos que resolver. Compusimos los trazos biográficos de un personaje imaginario a partir de descripciones que comenzaba uno y terminaba el otro. Desde que, a las primeras de cambio, el protagonista de ese futuro proyecto literario en común se desveló como masculino, yo pensé en Dan para definirlo. Un tipo de mediana edad, ojos transparentes, trato distante, empresario de mil oficios, hijo de americano, criado por su hermanastra, que aderezaron con características más o menos complejas mis compañeros de clase mientras Silvia lo perfilaba con un historial de toques retorcidos que fui integrando en Dan como si no fuera posible que un tipo como él, de mirada desviada, tuviese otros pensamientos que los abyectos que ella sugería.

Las clases eran los martes y jueves y ya en la segunda conseguí enredar a Silvia para una cerveza de fin de semana con la falsa excusa de mis dudas para continuar el curso. Que el jueves, en el descanso, le insinuara que no me volvería a ver a la semana siguiente tuvo un efecto narcotizante para ella.

Ya en la primera cita, viernes noche en el Corral de Esquivel, mostró sus armas de mujer despojada de dobleces. Risueña, me dejaba hablar y contestaba sin recovecos a mis preguntas directas.

—¿Eres una tía feliz?

—En momentos como este, sí.

A los descarados nos gusta la gente que lo es, tanto como nos impone. Desde la primera cerveza supe que me seguiría justo al límite que yo quisiera llegar, apuesta inteligente en ella al darme el mando y la responsabilidad.

—No tengo ningún plan —me respondió cuando le pregunté por su fin de semana, despistado por su total concentración en mí, sin móviles a los que recurrir ni miradas ausentes al horizonte de la Alameda—. Sí, soy sevillana. —Cuando le propuse la terrible sugerencia, por infantil, de que me hablase de ella sin más. Hubiera preferido conocerla a través de sutilezas que me llevaran a saber que era sevillana sin preguntárselo, pero en tantas ocasiones nuestra conversación se adelanta a nuestros deseos que no pude sino dejarme llevar—. Mis padres son profesores universitarios, están separados, y yo decidí quedarme aquí con él cuando a mi madre le ofrecieron una plaza fija en una universidad del sur de Francia.

Dejar a una madre sola, pensé, era duro y extraño. Debió ver mi cara al no comentar su relato.

—Me cogió en la época adolescente, tenía mis amigas aquí, un noviete… y a mi padre lo adoro, lo veía más necesitado de mí que nadie. Un hombre realmente preparado en su cátedra de Termodinámica, todo un coco que, sin embargo, no se maneja bien con su vida social.

Hubo en mí un avergonzamiento repentino de no saber qué contar de mi familia, de un padre con invalidez permanente por un día de mala mar, muerto años atrás; de una madre neurótica, antigua reclusa, regentando un hostal destartalado.

—Nosotros somos dos mellizos, niño y niña, criados en un pueblecito costero de Galicia.

—¿Qué pueblo? —preguntó con el interés de quien quiere saberlo todo del otro.

—Cambados.

—Vaya, ¡Cambados! —Me mosqueé—. El bar preferido de mi padre.

—¿Qué bar? —interrogué.

—Aquí en Sevilla. En Heliópolis. Una marisquería donde nos llevaba de pequeños mientras dejábamos a mi madre en misa. ¿Tus padres se dedicaban a la pesca?

Quería escurrir todas las preguntas sobre mi infancia y pasar a oler su sexo, a comerle la lengua, a averiguar a qué sabían sus pezones, cómo de grandes y rojos los tenía. No podía dejar pasar la noche sin comérmela entera.

—Más o menos, Silvia. Allí todo tiene que ver con pesca y turismo.

Entendió que no quisiera seguir por ahí y ofreció su moto para picar algo en el Cambados de Heliópolis.

El fin de semana dio para un sexo sin restricciones que boicoteó mis ganas de otra cosa más que de ella, mujer despojada de tabúes con ganas de vivir sin calentar con planes B cada respuesta. Desarbolado por su magnetismo, fui yo quien atendía a la parte mal pensante de hombre acosado por los temores a una mujer total. Mi desvergüenza, afortunadamente, podía con mis miedos y los complejos de pensar por qué era yo el elegido los oculté en la nevera de mi cocina y bajo la cama de su estudio de San Bartolomé.

Silvia trabajaba en urgencias como médico residente de cardiología. Tumbado en la cama, con sus manos jugueteando en mi pecho para estudiar mis latidos, le pregunté por el síndrome de Asperger.

—¿Se puede hacer una vida normal de adulto con esa enfermedad?

—Sí. Estoy convencida que hay muchos Asperger a nuestro lado sin diagnosticar. Gente incapaz de empatizar ni manejar sus sentimientos.

Se giró hacia mí.

—Pero ese no es tu problema, ¿verdad?

Estuve tentado de hablarle de Dan, de contarle por qué me encontraba en Sevilla y las razones de mi nivel de vida en mi apartamento de diseño, fuera de los juegos de articulista de una revista de izquierdas que una mujer como ella estaba lejos de creerse. Silvia, sin embargo, no cometía las torpezas de mis preguntas impulsivas y esperaría el momento en que yo le explicase las contradicciones que veía a años luz de mis ojos.

—He tenido sexo con tíos guapísimos —confesó, espontánea, mirando al techo. Se giró hacia mí—. Pero tú eres espectacular, Álex. No he visto un físico como el tuyo en mi vida.

El lunes por la mañana retomó su vida normal con 24 horas de guardia y yo aproveché para dormir como un perrillo asustado.

Novelas

Los días siguientes fueron de periódicos, carreras por el parque y anotaciones para la reflexión. Esperaba la llamada de Lola como un lanzamisiles y quería tener bien cubiertas mis defensas para no contradecirme ni parecer despreocupado de mi tarea principal en la ciudad. Listé posibles reportajes sobre la realidad de la sociedad sevillana. Quería indagar en las cloacas del Vacie, y entender así cómo un barrio de chabolas podía mantenerse en pie desde hacía 60 años; adentrarme en los recovecos de la aristocracia sevillana, casi tan pudiente como la madrileña y no siempre entretejida con el papel cuché de las mesas de peluquería; patearme los pasillos del Virgen del Rocío para relatar el trabajo de miles de profesionales ocultos bajo la capa gruesa de la Sevilla noticiable por graciosa. Era precisa una planificación que me obligase a acudir a cada uno de esos focos autoimpuestos para conseguir una línea de continuidad que me abriese huecos en el universo periodístico de una ciudad que me abría sus puertas con un cierto chirrido de goznes. Transcurrían así lentos los días gracias a mi habilidad para llenarlos de cosas nuevas, aunque cada cierto tiempo surgían, sin duda varias veces al día, calambrazos de ansiedad por no hacer lo suficiente por satisfacer a los fantasmas de Lola. Descargas que saltaban como chispazos cuando el reflexivo que hay en mí descartaba que se pudiera trabajar con tanta calma una venganza; tarde o temprano ese buscar algo entre la nada la llevaría a abandonar, y con ello se acabaría un contrato que no tenía papel ni duración. Ese proyecto de vida sin futuro garantizado me jodía tanto como me excitaba. El no saber qué debía encontrar, el dudar acerca de las verdades de Dan, el no divisar una línea de investigación para llegar a Jaime Martín. Cada vez que el móvil vibraba por el suelo del salón temía el cierre de la aventura sevillana, por lo que me determiné a ahorrar el máximo dinero para no verme excesivamente tirado el día en que eso ocurriese.

Dan apareció por casa el día en que más destartalada la tenía, algo que enrareció mi reacción de los primeros minutos al pensar qué, de entre mis cosas, podría resultarle sospechoso. Cuando lo vi ya sentado y con el café entre sus manos, quise hablarle de Silvia.

—He empezado un curso de escritura creativa.

Su media sonrisa era poco explícita y no supe hasta qué punto aguardaba al acecho para hacerme partícipe de algo, por lo que retrasé el compartirle mis escarceos con la cardióloga.

—Estoy decidido a meterle mano a mi primera novela.

—¡Suena bien! —exclamó con un tono poco creíble e incorporándose hacia mí. Veía su autismo por todos lados—. ¿De qué tratará?

No quise mirar hacia el corcho con mis etiquetas para no delatarme. Aun sin nombres, todas las cartulinas recortadas en verde limón correspondían a él, todas las rojas a Lola, yo era el azul. No ponía en pie cuánto de descarado podría haber en la información panelada en ese tablero.

—Digamos que será una novela de espías.

—Yo escribiría una novela de traiciones… —confesó, bajando la mirada al suelo, y a mí se me cerraron todos los chacras de golpe.

El silencio me podía delatar, aun así lo retuve, espeso, acorralador.

—Me encantaría que me fueses contando cómo es toda la movida esta de construir una novela. —Inteligente, había cambiado de tercio—. Me apasiona leer.

—No lo sabía.

—No sabes casi nada de mí. —Era cierto—. Si vinieses a casa entenderías mi pasión por la lectura.

—Dime una novela.

—*La montaña mágica.*

—Thomas Mann... Hay que tener huevos para meterse en ese libraco.

—Yo me metería para no salir, Álex. Entraría en ese balneario, lejos de todo. Allí, fresquito...

Me iba ganando por goleada, me bailaba de un lado a otro y yo no sabía cómo devolver las pelotas, agotado en el fondo de pista.

—¿Cuándo me vas a enseñar tu casa llena de libros?

—Otro día. —Ahora sí me miró de frente—. Hoy quería presentarte a mi hermana Patricia. Inaugura exposición en su galería.

Match ball.

Llegamos a las ocho, tras hacer tiempo tomando cañas en el Salvador. Como entrenamiento previo, Dan quiso ponerme al tanto del historial de Patricia, mientras yo asistía, atento y mostrando despreocupación, al relato devoto de un hermano imbuido desde pequeño por la presencia de una mujer que se me antojó fundamental en todo lo que pudiese saber de él a partir de entonces. Mi novela comenzaba a vislumbrarse en mi cabeza mientras observaba a unas chicas taparse la falda con el viento en las escaleras de la iglesia.

Lower East Side

Nueva York, 1991

PARA EVITAR UN ENCUENTRO CON MANHATTAN TORPEDEADO *de besos, Patricia engañó a su padrastro sobre el día de llegada a la ciudad; así pudo patearse las calles, desde Central Station hasta Lower East Side, con la maleta a cuestas y sus pulmones a medio abrir, sin que su tía Eleanor la esperase en la puerta de salida del JFK con el BMW en el parking. Buscó sin prisas la calle Bowery, memorizada días atrás en su mapa visual desde que decidiera cambiar de vida, pero en línea recta por la Segunda para soltar cuanto antes el equipaje, admirada por la potencia de avenidas que no atravesaba desde ese viaje iniciático con Martin cuando apenas contaba 13 años y sus pechos eran poco menos que una promesa falsa. El pacto con su padrastro para aceptar la casa de Eleanor consistía en no contar nada acerca de los últimos esquizofrénicos meses en Sevilla. Patricia tendría la potestad, si lo viese oportuno, de abrir su corazón a una mujer que sabía cálida y humana. Para que ese momento llegara tendría que convencerse de lo acertado de su elección, afianzar su nivel de inglés, establecer distancia con la familia y olvidar el sabor de los años con Quini.*

La atendió una señora enorme con un palito en la boca que dificultó aún más las explicaciones que, en un inglés de la América profunda, le señalaba cómo entrar a partir de las diez de la noche y dónde encontrar las llaves del baño compartido de su planta. Patricia tenía un día invisible todo para ella. No existía para nadie: su familia la hacía en Madrid y sus amigos de Madrid no sabían nada de ella. Hasta la noche del domingo no aparecería en la casa de su tía en el Village. Quería aprovechar esas horas de escapada para recorrerse Manhattan a tumba abierta, sin apellidos, origen ni oficio que explicar. Jugó, en cuanto escapó de la pensión de mala muerte, a recorrer sus paseos futuros por las cafeterías de Mercer Street, con el espíritu abierto a conocer al amor de su vida o a la amiga del alma en esas horas de desconexión de su particular planeta Tierra. Alguien a quien contarle su vida sin desvirgar, sus anécdotas reales y las inventadas, sus viajes nunca hechos, las risas que hubo y las que no, prescindiendo de madres, novios, padrastros, traiciones y pecados.

Tenía hambre. El Subway de la calle 8 con Green Street le sirvió para hacerse un bocata de pan de trigo con todos los aderezos que la dependienta le permitió. Metió pollo, cerdo, pepinillos, salsa barbacoa y mayonesa, además de todas las verduras expuestas tras la vitrina. Su obsesión por ahorrar le impulsaba a llenar el bocata como si le fuera la vida en ello. Se sentó en una de las fuentes de Washington Square con una botella grande de agua y un puñado de servilletas. Recordaba la plaza como si hubiera sido el día anterior cuando observaba de lejos, saltando entre los bancos, los abrazos de Eleanor y su padrastro, cómo le mesaba el cabello, cómo lo animaba a seguir. Sí, estaba segura de que ese viaje a Manhattan de diez años atrás fue una pausa necesaria en la vida de Martin ante las bravatas cada vez más frecuentes de su madre.

En su primer café, en un garito de la avenida A con vistas a Tompkins Square, salió literalmente corriendo cuando la camarera, una peruana charlatana que había vivido en Pamplona, le hizo ver sus orígenes españoles. Patricia quería inglés en vena hasta olvidar de dónde venía, sin entender que no era posible desentenderse del castellano, ni de los orígenes, en una ciudad como Nueva York.

Buscó de nuevo Washington Square para andarse la Quinta Avenida desde el principio, dispuesta a llegar a Harlem haciendo todos los zigzags posibles, sin prisa por conocer nada ni obstáculos que saltar.

Su meta era la pollería donde su padrastro Martin se hizo amigo de Rubén, y con él de la pandilla de hispanos, que le llevó a su amor por el castellano. Pasó de la calle 8 a la 14 en un suspiro, y de allí a la 23 para tumbarse en el parque Madison a contemplar cómo sus pies jugueteaban a aprisionar la torre Flatiron hasta deformarla.

Pesada por el bocadillo, se levantó la camiseta para tocarse el ombligo por recrearse en su vientre plano y sus ganas de gustar. La genética era de su madre, sin duda, porque Dan era igual, como si los padres de cada uno no hubiesen aportado más que el apellido a su vida de hermanastros todo carne y seducción. Quería gustar y manejar, harta de papeles sumisos que no repetiría mientras tuviera memoria. La tarde era perfecta y el parquecillo estaba lleno. Cortó tiras de césped para pensar la primera apuesta.

«No sigo subiendo la Quinta Avenida a solas».

Se sabía observada. Patricia se sentía explosiva y no estaba dispuesta a desaprovecharlo. Se giró en redondo sobre sí hasta apoyar la barriga sobre la hierba, y pudo ver al menos a dos chicos girando la cabeza, cazados. Ninguno le gustaba. Se volteó de nuevo, hacia el edificio de la Pan Am. Allí sí cruzó la mirada con un tipo enorme con cara de crío, pecoso, que por momentos le recordó a su hermano. Le sonrió con tal descaro que el chico agachó la cabeza, azorado. No tenía nada que perder, tanto así que se acercó con presteza para no arrepentirse con argumentos judeocristianos. Él lo entendió y enderezó su espalda. Patricia confirmó que estaba solo.

—Hi, it's Patricia, an spanish girl just arrived in town…

—Hi «Patrizzia». It's Albert here, an american boy happy to find this spanish girl in my town.

Revolucionada por un descaro en ella recién descubierto, se sentó frente a Albert y le preguntó qué tenía que hacer en las horas siguientes, a lo que él contestó en un inglés pausado:

—Nada importante.

—Quiero llegar a Harlem paseando. ¿Me acompañas?

Entraron en la catedral de Saint Patrick, en la tienda oficial de la NBA y en el hall del Plaza mientras se contaban con calma sus visiones particulares de los dos países.

—Para mí Europa es Alemania, Patricia. Mi madre es de allí. Un país que admiro tanto como me aburre.

—Yo no conozco Alemania. Del resto de Europa solo conozco el sur de Portugal.

A Albert le sorprendió que un europeo no conociese más allá de su rincón en un continente tan exótico para un americano. En Central Park él le invitó a unos pretzels al tiempo que compraba alimento para las ardillas. Le explicó que su familia era de Maryland y que él compaginaba sus estudios de medicina con un trabajo en una aseguradora de Brooklyn.

—¿Tienes novia? —preguntó Patricia, sin retrasarlo más.

—En Maryland. Es mi novia desde antes de nacer —sonrió.

Patricia, cohibida y cómoda con su sinceridad, rio su frase de hombretón ingenuo y le animó a hablarle de ella, mientras cruzaban en diagonal el gran mall de Central Park camino de la fuente de Bethesda. No recordaba haber llenado nunca tanto los pulmones. El verde era estruendoso, los edificios sobresalían con apuros entre la canopea del gran parque metropolitano.

—No puedes imaginar, Albert, la de tiempo que he soñado este paseo.

Albert, andando en círculos a su ritmo, manos en los bolsillos, le respondía con sonrisas.

—Vengo a instalarme aquí un tiempo, ¿sabes? He pasado por una experiencia muy desagradable en mi país, y no quiero saber de nada que me lleve allí.

—¿Cómo hablas tan bien el inglés? —Albert rehuía los agujeros negros de su pasado.

—Mi madre me dio el pecho, literalmente, en la facultad de Filología de la Universidad de Sevilla.

—¿Es profesora?

—No. Era alumna. Estudió inglés para ayudar a mi padre en sus viajes a Londres, para comprar maquinaria de imprenta. Quería ser útil.

—Es hermoso lo que me cuentas.

—A mí me hablaba inglés desde que yo recuerdo, cuando estábamos a solas.

—Pero tus expresiones son muy americanas.

Se sentaron en una colina frente al lago. Patricia no podía imaginar hasta qué punto Albert estaba erotizado con su relato, su acento, la visión de su cintura bajo la camiseta.

—Mi padrastro es neoyorquino.

—Vaya…

—Mi padre murió joven. Un tipo alcohólico e inestable. Salimos ganando con el cambio. —Forzó una sonrisa.

—Me dejas de piedra.

—La vida es así, Albert. No hay que maquillarla.

Tras abrazarse bajo un árbol, Albert, ardiente de deseo, la convenció para entrar en el Metropolitan. Sus intentos de hablarle de Quini quedaban bloqueados por la sonrisa del rubio aspirante a médico, que le explicaba las edades de cada edificio de la Quinta Avenida, los famosos que los vivían, las instituciones que financiaban, cada proyecto que las grúas delataban en el horizonte lejano de esa ciudad plana.

—Quiero acercarte al lugar que llevó a mi padrastro, a mi padre, a Sevilla.

Jugueteó con papeles en su bolso para encontrar la dirección de la pollería de Rubén. Albert provocó un rodeo en el trayecto para enseñarle el Museo Whitney, que pudieron visitar gratis al haber jornada de puertas abiertas. La convenció para entrar en uno de los baños, Patricia se dejó besar entera, pero cortó cuando Albert quiso desabrocharle los vaqueros.

—Vamos, Albert. Hoy no es el día.

Él insistió y ella se molestó.

—¡Déjame en paz!

Salió corriendo de allí, bajó de dos en dos los escalones del Whitney. Atravesó Park Avenue a la carrera sin saber si el rubio la perseguía. Entró en una tienda de bolsos y observó sin resuello desde el escaparate. Una chica se acercó a preguntarle si podía ayudarla.

—¿Por cuánto sale esta pamela?

—Son 475 dólares, señora.

Galería

Un corrillo de fumadores en la puerta, en horario de cierre comercial, nos indicaba desde la entrada de la calle Trajano por dónde se situaba la galería de Patricia. Una llamada inesperada de Silvia no consiguió extraviarme de mis nervios imprevistos. Decidí responderle en cuanto tuviera ocasión, sin tener dudas de que esa noche no podría estar para ella.

Dan dio besos y abrazos, con la cabeza gacha de no sé muy bien cuánto de timidez, a los congregados en la entrada. La sala expositiva era todo color. Sangre, añil, mostaza, lima, berenjena y buganvilla, concentrados en grandes formatos con relieves a partir de trozos de espejo, redes y cordones. No pude centrarme en nada antes de dar con la hermanastra, a quien divisé en una esquina de la sala central, con una copa en la mano, pelo negro estirado hacia una gran coleta alta y el carmín impactante de unos labios rojos. Sus cincuenta y tantos se me hacían insultantes y su metro setenta parecía llegar al techo alto, escaso de luz. Dejó su copa porque supo, ahora puedo asegurarlo, quién era yo. Miró a su hermano con una sonrisa maternal para enfilarme con su mirada extraviada de mujer total, segura de que un influjo tan grande como el mío en su hermano, macho esquivo, de atractivo animal, no podía ser espontáneo.

—¿Álex? —preguntó tras besar a su hermano y oler su cogote, como tigresa controladora.

—El mismo. —No recuerdo nunca haber sentido esos nervios.

—Bienvenido a casa.

Abrió los brazos con la certeza absoluta de la trayectoria de sus manos abiertas y su copa de champán horizontal y quieta. Todo en esa familia era una prueba de observación descarada, de silencios aprendidos.

—Imponéis —ataqué, para defenderme.

—¿Quiénes? ¿Los sevillanos?

—No —Ella jugaba fuerte—, los hermanos Burrows…

—Yo no soy Burrows.

—Cierto. Los hermanastros, quise decir.

—Yo soy Cordero. Patricia Cordero. Para servirte. Los amigos de mi querido Dan son amigos míos. —Su hermanastro, y todo el mundo exterior, habían desaparecido a mil kilómetros de distancia en esa sala asimétrica.

—¿Y tiene muchos amigos tu hermano?

—Los tiene de uno en uno, Álex. Y ahora ese pedestal lo ocupas tú.

—¡Qué gran honor!

Ella se rio a carcajadas para bajar espadas.

—No me hagas caso —me dijo, mientras me tomaba del brazo para acercarme a la mesa de las bebidas—, me gusta provocar cuando conozco a alguien por primera vez, síntoma claro de timidez.

—No te veo tímida, Patricia.

—La timidez es sana —No tomó a mal mi respuesta—, siempre que no entre en terrenos patológicos.

—¿Como con tu hermano Dan?

—Mi hermano está diagnosticado y tratado —respondió con naturalidad—. Su vida es impecable ahora.

Vi que Dan se acercaba con gente a quien presentarme.

—¿Cuándo podremos hablar de él? —le pregunté.

—Luego te doy el teléfono, y ya quedamos.

Tardamos tanto en quedar Patricia y yo que, cuando lo hicimos, casi todas las preguntas sobre Dan tenían ya su respuesta. Sin embargo, este encuentro me abrió puertas desconocidas al pasado de esa familia y consiguieron casi doblar mi agenda de contactos sevillana. ¡Cómo disfrutaba yo en ese ambiente bohemio de profesores universitarios, políticos municipales y empresarios de andar por casa! La noche terminó en la azotea de un charlatán pretendidamente moderno, de *piercings* por toda la cara y contenido escaso. Patricia echó las persianas del local desde dentro un rato después de que Dan y otros muchos se marchasen. Yo, en mi particular rol de investigador, quise pescar en campo enemigo con mi técnica preferida: la escucha. Saqué en claro que Patricia poseía una colección de arte contemporáneo sublime que exponía, bajo contratos blindados y de forma itinerante, en centros culturales de medio mundo.

—Dicen que tiene un Pollock en su salón —comentó un contertulio que apreció mi larga charla inicial con ella—. ¿Es eso cierto?

—Aunque lo supiera, no lo comentaría en público. Un Pollock es un objeto muy apetitoso. —Deseaba abrir el móvil para averiguar quién era ese pintor.

Charo, la única mujer de entre los que quedábamos, me guiñó el ojo como signo de aprobación y le respondí con una sonrisa de complicidad, que precedió a un paseo nocturno en el que me habló con la calma de un alcohol bien tomado acerca de sus años en Sevilla con la elegancia de quien sabe hablar acerca de uno mismo sin atosigar con información no deseada, serpenteando la conversación con preguntas sutiles en que situarme en esa ciudad que yo le confesaba reciente en mi peregrinar de periodista *freelance* sin rumbo claro.

—No es una ciudad fácil, Álex. Es todo lo dura que nadie puede imaginar, hasta que llega un día en que te resulta imprescindible, cuando comienzas a entender los códigos de los que han sido criados en la reverencia continua a su belleza.

Su acento era extraño, con impronta norteña entremezclado de eses andaluzas. Tenía que entender la relación exacta de Charo con Patricia, porque había en ella claves que me hacían pensar que podría ser mi confidente el día, seguro que cercano ya por entonces, en que las cosas se complicaran.

Viuda de muerte tonta, Charo no supo volver a Donosti cuando se quedó anclada en la Sevilla que tanto criticó de joven, sumida en una hipnosis de la que no quería salir por mucho que desde su tierra practicaran todos los sortilegios razonables para hacerla regresar, más teniendo piso en la calle Okendo y un negocio rentable por heredar. Lo que en un principio fue un bloqueo burocrático por saber en qué consistiría su vida tras el accidente de su marido, cuando ya supo que el apartamento de la Alfalfa sería suyo había comenzado su transmutación en la parte de él que disfrutaba de los desayunos en la Campana y se recorría las iglesias viejas de la ciudad para contemplar en silencio cada capilla, aspirando su propia soledad disfrutona. Entendió que el coche que se paró en seco delante del de Eugenio no podía devolverle a la vida previsible de veinte años atrás y decidió, sin decidirlo, que todo su futuro sería un homenaje a la vida que él no podría completar, secuestrando su risa empática, la energía para conversar sin alterarse y sus ansias de vivir. Charo se conjuró, sin saberlo, para ser una mujer impecablemente buena. Cuando la dejé en su portal de Peris Mencheta, ya quería hablarle de Silvia, del reportaje previsto del Vacie, de mis años en la redacción o del dinero que tuve que pedir prestado para sacar a mi madre en la cárcel de Teixeiro. No hubo, sin embargo, más que un beso y un cruce de móviles que se antojaría fundamental en mi futuro. Y en el de ella.

DIVERGENTE

DESDE LA NOCHE DE LA GALERÍA COMENCÉ A UTILIZAR UN cuentagotas selectivo para comunicar mis novedades a Lola. Ayudaba su aparente desconexión de mi día a día en la ciudad; tanto que cuando llamaba parecía realmente más interesada en mi integración en Sevilla que en obtener datos sobre Dan.

Obnubilado por los encuentros con Silvia, que siempre encontraba un hueco en su agenda inundada de guardias en el hospital, me planteé ofrecerle mi piso para que se viniese a vivir conmigo. La falta de garantías operaba en contra, ya que los cambios de humor de Lola, aunque respetuosa hasta entonces conmigo, me hacían temer un golpe en la mesa que me obligase a rehacer mi vida fuera de allí en cuestión de días. En todo caso yo aprovechaba mi libertad, en una suerte de esquizofrenia dopada de una realidad paralela que evitaba ver el decorado y se centraba en llevar una vida normal. Silvia y yo nos veíamos sin condiciones ni preguntas complejas que nos llevaran a tomar decisiones a las que, en todo caso, no tendría por qué renunciar. Pronto comprendió, debió de comprender, que mi vida no cuadraba del todo. Así que, no sé si tarde, comencé a practicar una vida más austera para modular el espléndido recibimiento de mis primeros días con ella, en que no faltaban cenas soberbias en los mejores restaurantes de Sevilla. Conforme le hablaba, con la sinceridad exquisita a la que me llevaba el cúmulo de falsedades impuestas, de mi infancia en Cambados, del desastre de familia o de mi falta de recursos en Madrid; conforme le hacía partícipe de mi espíritu buscavidas, más me empequeñecía para adecuar mi verdad de reportero para una revista de mala muerte a unas costumbres consecuentes con esa situación. De ahí que cambiásemos las cenas en el Salvador Rojo por serranitos en Las Columnas a un ritmo tan indisimulable como los metros cuadrados de mi piso.

Silvia vivía, realmente, en un mundo divergente al mío. Sus preocupaciones eran otras, menos políticas y más terrenales; las ilusiones tenían que ver con un progreso en lo profesional sin dejar de cuidar sus ansias de explicarse su mundo. No por otra razón, entendía entonces, había entrado en la escuela de escritores; quería profundizar en su capacidad de expresar sus emociones sin necesidad de pensar en comunicárselo a nadie. Su objetivo era personal, sin bifurcaciones: necesitaba crecer. Todo esto suponía ponerme frente a un espejo enorme, diáfano, como de ciencia ficción, para retratarme en mis sinsentidos de mercenario sin senda que recorrer. Cada día junto a ella me transmitía emociones puras que yo no sabía procesar sin aderezos.

Tenía que hablarle de Dan, hacerme humano ante ella contando mis miserias, aunque supusiese destapar un tarro pestilente que podría provocar su huida o su desprecio. Estaba enamorándose de un asalariado del rencor. Cada vez tenía más claro que todo lo que movía mi misión era el odio de la venezolana. No había entendido aún a quién o a qué desengaño, pero el saberme partícipe me quemaba. Silvia, en cambio, sacaba de mí lo mejor; compensaba mis remordimientos de espía de pacotilla y me animaba a continuar con mis reportajes callejeros a base de decirme qué es lo que le gustaba de mis construcciones narrativas y lo que no.

—Tu ingenuidad al escribir me vuelve loca.

Mientras me entrevistaba con vecinos del Vacie, me acercaba a la fundación de gentes sin hogar u observaba a los negros vendiendo pañuelos en los semáforos, me martirizaba el pensar por qué ella no me investigaba para averiguar que todo era un bluf. Tal vez, pensaba, antes de darme de bruces con la realidad, ella ya lo sabía, conocía mi mentira y la asumía a la espera de mi confesión definitiva. Yo, alma libre y desacomplejada, me estaba volviendo un neurótico obseso por ser descubierto cada vez que Silvia, torbellino limpio de vida, se acercaba a mí y me sonreía.

Celos

Dan quiso acompañarme al Vacie. Le cogía cerca del trabajo y se impregnó de mi emoción al contarle cómo me había recibido Rocío, la matriarca del barrio, días atrás. Aproveché el café al que me invitó justo antes para hablarle de mi relación con Silvia.

—Celoso me tienes —me dijo.

Di un sorbo largo al café, ardiendo, y digerí en esa frase toda su vulnerabilidad. Enlacé con aquello que me confesó su hermana Patricia acerca de su incapacidad para mantener dos amigos al mismo tiempo y visualicé la espita de donde tirar para acelerar el proceso que me reconcomía por dentro. Tenía que desequilibrarlo para derribar sus defensas y entender qué caray ocultaba que costara cinco mil euros al mes.

—Silvia piensa que tú quieres algo de mí —solté, sin pensar mucho, una vez asumida la estrategia.

A él se le olvidó el Vacie y el mundo.

—¿Quién es esa Silvia?

—Joder, Dan, la médico que va a la escuela de escritores. La chica esta que me trae desquiciado.

Mostró cara de no comprender nada sin querer mostrarla, por la mecánica de sus gestos, lo que me provocó un calambrazo de ternura hacia ese lado suyo infantil que no casaba con el hombretón que comía con sus ojos azules y se tiraba a las futuras novias en la sala de reuniones de una empresa que no acertaba a entender cómo había conseguido montar si sus debilidades eran las confesadas.

—¿Qué piensa Silvia que yo quiero de ti? —construyó la frase como el robot del GPS de un coche.

—Que eres maricón y estás loco por mí. —No quise andar con medias tintas.

—Ella también está celosa —dijo con una sonrisa inesperada—. Será que tú nos vuelves locos.

Su ego no afirmó en ningún momento su sexualidad, sino que centró su reflexión en las emociones. Inesperado. Mi estratagema, maldiciendo haber utilizado a Silvia, parecía venirse abajo.

—¡Qué tonto eres, Dan!

—Que piense lo que quiera.

Ese tipo era una caja de sorpresas que por momentos se situaba a la altura de la neurótica y brillante venezolana. No me atrevía, no podía, preguntarle si alguna vez conoció a una chica venida de Caracas, de pelos rizados negros mutantes en mil formas con gomas de colores, de pechos redondos con pezones muy rosas duros como piedras, de dientes blancos separados como los de una ratita y de labia para conducirte hasta la parte de ti que nunca hubieras imaginado.

Visualicé a Lola tumbada desnuda en la gran mesa de las oficinas de Dan y perdí el paso. Preguntarle por su posible pasado con Lola suponía entrar en el desfiladero donde estrellarme contra mi vida anterior sin haber sacado fruto a la que me permitía largas carreras por una ciudad llana y luminosa que me mostraba que otros ritmos eran posibles; era renunciar a mi relación tal cual estaba con Silvia e incluso a mis ejercicios periodísticos sobre realidades que nadie tiene tiempo de investigar.

—¿Sigues queriendo acompañarme al Vacie? —le pregunté, sin dramatizar más el café.

—Estoy deseando, Álex. Es algo que no haría nunca si no fuera por ti.

Vacie

Dan conversó con Rocío Montero con tal soltura que dudé de todo su pasado. La mujerona, con más de 20 años viviendo en una chabola junto a su Manolo, le habló de sus siete niños y tres nietos, de que su vecina Loli era paya y que Corina trabajaba limpiando el teatro de Pino Montano.

—Allí actúo yo —nos decía entusiasmada, con su falta aleatoria de dientes, los treinta kilos de más y el rímel rodeando unos ojos vivarachos en alerta—. Todas las semanas ensayamos la casa de la Bernarda Alba esta. Qué mujer...

A Dan, mientras yo grababa, le excitaba preguntarle por los ensayos, y con sus preguntas crédulas abría la veda a que ella nos contara su día a día sin aspavientos. Él le preguntaba por esa cicatriz, por el hueco de la pared de la cocina, por el enganche del televisor, por la ropa tendida y las camas revueltas, mientras le explicaba a Rocío que él tuvo un amigo gitano en el colegio.

—Y era un guarrete —le decía, sin pensar en quedar bien.

Tanto se acercó a mí Dan desde esos días, los planes compartidos los forzaba de tal manera, que sentí que nunca habría tenido un amigo como él de no ser por la suciedad de los cinco mil euros. Miraba el móvil cada hora a la espera de sus mensajes, propuestas de cerveza o mosqueos con alguno de sus clientes. De golpe, todo sus pasos los daba consultándolos conmigo, con la elegancia de quien lo hace de forma generosa y sin ansiedades. Me pedía consejo acerca de las peticiones laborales de sus empleados, me animaba a que le pasara copia de mis artículos con la ilusión de quien se siente orgulloso de su mejor amigo y me preguntaba, apoyados en las mesas altas del Corral de Esquivel, con cervezas que corrían sin tiempo de calentarse, acerca de mi infancia.

—¿Por qué te interesan tanto mis recuerdos de niño?

—Porque ahí está la clave de todo, Álex —sentenciaba, seguro.

Yo, entonces, le narraba mis excursiones en solitario por los fangales de la desembocadura del Umia y cómo me gustaba pasar las horas en las islas Illeiras viendo subir la marea para experimentar la sensación de peligro. Él me daba la palabra a partir de preguntas cándidas, como a la matriarca del Vacie, y yo me lanzaba a hablarle de los años de cárcel de mi madre como si hubiera ocurrido hace siglos, de los trapicheos de las lanchas motoras en la ría y de cómo mi hermana Olaia me tocaba el pito cuando éramos unos enanos.

—¿Te masturbaba? —preguntó Dan, como si le fuera la vida en ello.

—No exactamente. Verás, al ser mellizos e ir creciendo juntos, ella jugueteaba con mi cuerpo como si fuera un peluche. Entre mi falta de pudor y lo espabiladas que son las niñas a esas edades...

—¿Y qué te hacía? ¿Qué edad tenías?

Su morbo al preguntar me cohibía y excitaba al mismo tiempo, porque veía una puerta de entrada a un mundo singular que se mostraba a partir de interrogatorios. Yo exageraba en función de sus reacciones.

—No sé, empezó como un juego en la bañera cuando mi madre nos dejaba solos, y terminó...

—¿Cuándo terminó?

—Terminó cuando mi hermana se dio cuenta de que mi cuerpo estaba cambiando y de que era yo quien la buscaba para dejarme tocar.

Él decía no saber clasificarme, con esa mente cuadriculada que imagino que tiene la gente autista, en que todo tiene que ser catalogado en una categoría específica que lo abarca todo.

—¿Cómo te definirías tú? —me retaba.

Y yo entraba al trapo:

—Como un niño que se hizo adulto antes de tiempo y que descubrió que el mundo que le había tocado no era el que le gustaba. —Dan me dejaba hablar—. Yo forzaba los pasos para salir de allí. Quise tener sexo antes que nadie, porque leía novelas para adultos y entendía que en el sexo estaba la pócima secreta. Me iba a los parques buscando señoras y me encontraba de todo. Yo me bajaba los pantalones con una facilidad pasmosa, ¿sabes? Quería ser un hombre. Que me ocurriesen aventuras, que una señora madrileña de las que paseaban a su perro por la rúa Nova se prendase de mí y me pagase los estudios a cambio de sexo, que mis padres vendiesen el negocio y nos repartiéramos el dinero para salir escopeteados de aquel hostal de mala muerte…

—¿Y apareció alguna señora madrileña?

—No —mentí, celoso de mi pasado con Estíbaliz.

—¿Quién apareció?

—Apareció Teresa, una chica de mi edad, y caí rendido.

—¿Esa Teresa existe aún?

—Existe, Dan. —Me agotaban sus preguntas, pero era consciente de la importancia de no cortar el flujo…

—¿Dónde está?

—Vive en Coruña.

—¿Mantenéis el contacto?

—No hace mucho estuvo en Sevilla. Me vino muy bien su visita.

—¿Follasteis?

—Claro. Ninguno de los dos tenemos compromisos. Bueno, al menos yo…

—¿Y Silvia?

—Silvia está ahí. La quiero mucho.

—¿Y te la follas?

—Sí, Dan. Nos follamos mutuamente.

Él se bloqueaba en esos momentos de bifurcación en que, como en esa tarde deliciosa de cafés, había que seguir a Teresa o a Silvia.

—Las vuelves locas —sentenció.

—Habló el que se tira a las futuras novias en la mesa del salón de juntas…

—Tal vez exageré.

—¿Cuánto exageraste?

—Lo suficiente… —Y ahí lo dejó.

Esquizofrenia

Lola desapareció tanto tiempo por entonces que lo único que confirmaba la base real de mi estancia en Sevilla eran los ingresos mensuales que me enviaba por mensajero. Me afanaba en mi compromiso de hacerme con la amistad de Dan al pie de la letra y esperaba instrucciones. Empecé a tener claro que si estas no me satisfacían ya nadie podría quitarme los ahorros ni los meses vividos en Sevilla, aquejado de una suerte de síndrome de Estocolmo difícil de catalogar.

Silvia, por otro lado, era el segundo pilar de mis días sevillanos. Integró mi relación con Dan con una normalidad rayana en lo paranoico, quizás sustentada en su conocimiento del autismo o, quién sabe, la dependencia obsesiva de Dan respecto de mí le proporcionaba una libertad que le facilitaba su relación conmigo. Tan despegada era respecto a mí que a veces llegué a pensar en una doble vida. Noches en que no me cogía el teléfono ni me respondía a los emails en que los celos me corroían. Lo cierto es que no tenía derecho a echar nada en cara a alguien con quien yo no estaba siendo sincero. A cada gesto extraño por su parte yo me comía por dentro imaginándome delatado. Rehuía hablar de mis publicaciones, porque temía que descolgara el teléfono para tantear a mis compañeros de Madrid y se topara con la gran mentira. Así que decidí asumir sus ritmos y, algo impensable en mi relación con las mujeres, organizar un plan de acción. No podía contactarla más de dos veces seguidas. Si ella llamaba o respondía a mis mensajes, se descontaba un punto, pero nunca podía pasar del «menos dos». Esa forma estructurada de pensar consiguió disminuir mis comeduras de tarro.

De Silvia me gustaba, aparte de su desinhibición en la cama, su conversación. Sabía de todo y lo expresaba con humildad. Se mojaba en cuestiones políticas, con una mentalidad muy crítica con la izquierda tradicional, me interrogaba acerca de mis principios éticos, «¿qué harías conmigo si mañana te digo que no puedo tener hijos?», y me escuchaba con una atención imponente al hablarle de mis lecturas.

—Admiro a la gente que lee ficción.

Yo le explicaba por qué sí podía meterme en las novelas inventadas por los grandes clásicos.

—En el fondo no es ficción, Silvia. Si esas historias estaban en la cabeza de quien las inventó, quiere decir que existieron.

Ese razonamiento cartesiano le hacía gracia, tanto como mi forma anárquica de cocinar potajes norteños o mi indisimulable acento gallego. Yo vivía con tremenda felicidad mis días con ella, sin evitar el runrún de no preguntar demasiado para no ser preguntado, con el freno puesto por no saber hasta dónde podía llegar el desgarro si todo se precipitaba; de ahí que sus jornadas de guardia me resultaran un alivio necesario para reconstituirme en el Álex que yo quería que ella viese.

Pollos

Cuando Patricia apareció por segunda vez en escena, entrando en casa de Dan mientras veíamos la tercera temporada de *Juego de tronos*, comprendí que su hermano había estado preocupado por ocultarme de ella de forma sutil.

—Hombre, ¡el periodista podemita!

—Te dije que hoy no podría verte, Patricia —protestó, infantilmente, Dan.

—Pues aquí traigo un par de pollos asados y champán, así que ir dándole al *pause*.

Me incorporé del sofá recomponiendo la figura y abrochándome el pantalón, como si de una pareja de novios en plenos arrumacos acabase de ser descubierta. La figura de Patricia era todo lo que yo podía pedir de una mujer: esplendorosa, vital, apabullante... madura. Su sola presencia iluminaba toda la casa, oscura y vacía, para plantearnos cómo podíamos no haber disfrutado antes de un pollo con champán con ella.

Hasta no tener preparada la mesa, tras un brindis por los tres y dos sorbos a mi copa, no confirmé la cara desencajada en Dan.

—No he visto una serie en mi vida —terció ella, conocedora privilegiada de las caras de su hermano—. Desde que viví en Nueva

York sin tele, es un aparato que para mí no existe. Para ver una película, tengo que ir al cine.

—Eso es fabuloso —sentencié, abandonado a su causa.

—*Come on, little Dan, I'm not the witch of your nightmares.*

—*Sometimes you seem.*

No había pensado hasta qué punto el inglés estaba enraizado entre ellos, pero me pareció hermosa la escena.

—Bien, Álex, habíamos prometido vernos, ¿no?

—Sí, claro. Pensaba pasar por tu galería para ver si me encontrabas un hueco —mentí.

—Soy muy fácil para quedar, no hace falta más que un mensaje de móvil. Así que no salgo de aquí sin acordar una cita para un café —me miraba fijamente al decirlo, evitando con ese pulso el que yo pudiese ver la cara que yo imaginaba de Dan asistiendo al duelo.

—Así haremos.

Tardaríamos en quedar, pero no fui consciente de que todos los desencuentros los produjo Dan hasta mucho tiempo después. Siempre que vi a Patricia fue en su presencia más o menos directa, algo que no me cohibía porque no pretendía más que integrarla en mi vida sevillana. Tenía tantos componentes de literatura clásica para un escritor en ciernes que hubiera sido un delito no intentar acercarme a ella, observadora furtiva de mi relación con su hermano.

Para levantar tensiones con Dan, les hablé de Silvia con denuedo, para dar a entender a ambos que me mantenía al margen de guerras que no eran las mías. Había algo de inaccesible en ella que me relajaba, como un adolescente que se enamora de una cantante de *rock*. Entendía con una clara certidumbre que mi mundo era estrecho para sorprenderla, que mi físico, por espectacular que fuera, no iba a desquiciarla, ni mi intelecto destacaba como para embarcarme en luchas que, para más inri, ponían en riesgo mi único objetivo: consolidar la amistad con Dan. Me iban cinco mil euros al mes en ello. La noche del pollo fue, pese a todo, un inocente coqueteo de iniciación. Me gustaba verme dirigido por sus preguntas, directas y cortas, tanto como por su capacidad de atender a mis narraciones, acerca de mi traslado a Madrid o mi relación con mi hermana melliza, con absoluta atención:

—¿Sabes que el padre de Dan también tiene una hermana melliza?

Negué con la cabeza y miré a Dan, un tipo al que apreciaba y del que no sabía casi nada a pesar de tantas horas juntos.

—Querrás decir nuestro padre, Patri.

—Sí, Dan. Tu padre y mi padrastro. —Se giró hacia mí para evitar terrenos pantanosos—. Martin, un hombre encantador.

Quise echar un cable a Dan:

—¿No lo consideras tu padre? —Tenía que aprovechar para pasar yo al ataque.

—Sí. Es un buen hombre que siempre me ha tratado como a su hija. Es mi padre, sí. —Tomó la mano, esquiva, de Dan para afirmarlo.

Con la tele sin volumen, Patricia se comportaba como gata ágil para retomar el hilo y rápida para proyectar el foco sobre mí, maleable en mi sofá a responder con la libertad que me daba no pensar en Lola.

—No entiendo cómo un periodista *freelance* se permite abandonar Madrid para bajarse a una ciudad más pequeña sin un contacto previo ni un lazo emocional. Porque, si he entendido bien, a Silvia la has conocido ya aquí, ¿no?

Tragué saliva. Toda mi libertad se había ido al carajo y Patricia me enfrentaba al espejo de mis malicias. Llevaba semanas en Sevilla y nadie se permitió atacar tan de lleno mis contradicciones.

—Siempre soñé con vivir en esta ciudad —mentí.

—¿Y eso? —insistió.

Dan asistía al combate desde el mismo sofá que su hermana, con sus pies apoyados en los muslos de ella.

—No os podéis imaginar el atractivo que tiene esta ciudad para un gallego.

El tribunal que había enfrente se sonreía, tal vez menos incrédulo de lo que mi contrariedad podía imaginar, achispado con el champán.

—¿Te gustó el pollo? —preguntó ella, como estocada final.

Dan insistió en que me quedara esa noche a dormir allí; yo, desmadejado, acepté por temor a malinterpretar la noche con obsesiones infundadas, esperanzado en escuchar los comentarios de él sobre una Patricia que se fue tal como vino, revolucionando la falsa placidez de la que disfrutaba sin remordimientos.

—Es brava tu hermana.

—Es preguntona, querrás decir. Se ganaría bien la vida como detective. Por mucho que yo quiera llevar mi vida, siempre acaba sabiéndolo todo de mí.

Tumbado aún en el sofá, mientras Dan se estiraba para preparar mi habitación y recoger los restos del pollo, esperé paciente a alguna reacción más en él, esquivo, seguro que digiriendo aún el torbellino de la entrada y salida en escena de Patricia. Por momentos, conseguía cambiar la máscara y disfrazarme de Lola e intentar descubrir en él, en sus dudas o su manera de rascarse bajo la camisa, la parte de Dan que merecía contratar un mercenario para hacerse con su amistad. Era un hombre que funcionaba solo con estímulos. Hablaba si yo le preguntaba; ofrecía si tú mostrabas interés en algo, al ser un tipo generoso. Podrías, no obstante, llevarte todo un día a su lado, que él no propondría ni hablaría nada de sí; si acaso, asaltaría con un tropel de preguntas para reconstituir su espacio.

—Dan.

—¿Qué?

—Estoy muy contento de ser tu amigo.

A él se le iluminó la cara y comenzó a coger los cojines del sofá y golpearlos como si le fuese la vida en ello. Me producía emoción, sí, e intentaba ponerme en su cabeza, comprender cómo funcionaban los circuitos en él para hacer que, con su físico, su capacidad de amar y su nivel económico, fuese un recluso de su propio mundo. Creía entender el papel de Patricia como hermana-madre protectora, vigilante de las amenazas de un hermano que se manejaba torpe en esta sociedad escasa de empatías.

—No conozco la historia de vuestros padres, Dan. De tu padre americano y del que falleció de Patricia.

—Es tarde ahora, ¿no?

—No tengo sueño con tanto champán…

Dan se sentó, solícito y despierto.

—Mi padre se llama Martin, sin acento en la i.

Lorca

Nueva York, 1967

García Lorca llevó a Martin un verano a Sevilla queriendo ir a Granada. Como Rubén le llevó a la Filología Hispánica en vez de a la rusa que hubiese querido su madre. Y a Rubén lo llevó una chica de la que no recordaba el nombre, que una noche de otoño le hizo ver que Manhattan no terminaba en la calle 73 de las oficinas de su padre.

No había recuerdo más divertido que esa noche en la casa de pollos de la familia de Rubén. Fue su primera cerveza, tras bajar de un apartamento insalubre con los ánimos encendidos por haber tenido un sexo casi primerizo con dos chicas a la vez. Tan nervioso estaba, que relató a un chaval desconocido, inimaginable como amigo imprescindible de juventud, cómo las niñas lo camelaron para desvestirlas a dos manos y besarlas por tandas para superar el terror de la más pequeña al primer sexo.

—¡Dame el teléfono ahora! —gritó desde el otro lado de la barra Rubén—. ¡Dime la dirección de esas dos guayabas!

Los meses que siguieron fue un subir todas las tardes en la línea 6 desde Bleecker Street hasta la 118, charlotear en el parque de Thomas Jefferson pelando la pava y compartir libros con un Rubén carnal todo sensibilidad, destrozado cada mes y medio por una historia de amor. Con sus pecas inundando la cara y los ojos claros, Martin, más corpulento que los chicos de su edad, era un espécimen importado del corazón del Manhattan blanco a ese Harlem latino donde se esforzaban en no hablar en español delante de él para no hacerle el vacío.

—Mi madre quiere que duermas en casa esta noche.

La familia le fue haciendo un hueco en su piso desordenado allí donde Park Avenue dejaba de merecer su nombre, mientras él contaba la mitad de la historia en una casa donde, en cambio, no había horarios de cena en torno a la televisión. Su hermana Eleanor, asustada por sus juntiñas latinas, era su única confidente y quien, pese a sus miedos, animaba a Martin a cuidar de su amistad con Rubén, tan intensa por entonces que pensaba que, en cualquier momento, la sacaría a un café de Christopher Street para confesarle que eran novios. No entendió, sin embargo, que su currículum impecable en secundaria lo llevase a estudiar Filología Hispánica.

—Hazlo en tu tiempo libre, Martin. Aprende español con tus amigos, pero no hipoteques tu futuro.

Martin no era doblegable con argumentos que implicasen llevar la vida prevista y, finalmente, se matriculó en Columbia con una de las mejores notas, a escasos metros de la facultad donde Eleanor comenzó su meteórica carrera de investigadora médica.

Poeta en Nueva York, incomprensible de frases retorcidas, imágenes metálicas y colores de hormigón, se convirtió en un tótem para un Martin abducido ya en los últimos años de carrera por la cultura hispana. Solicitó una plaza en la Universidad de Granada para terminar sus estudios y obtuvo una propuesta para hacerlo en la de Sevilla, ciudad que ya amaba por Machado, Cernuda y Bécquer. Trató de convencer a Rubén, pero sus raíces estaban demasiado pegadas a la esquina noreste de Central Park.

Sevilla abdujo a Martin. Llegó un quince de septiembre esplendoroso para buscar piso, previendo dos semanas de adelanto para organizar su estancia de nueve meses, pero ya el primer día durmió en la que sería su casa, cerca de los Jardines de Murillo, mucho más allá del tiempo imaginado. Cierto es que fue con más dinero del estrictamente imprescindible para vivir bien, como cierto era que no mintió ni exageró para que su padre le pasara una paga estrambótica para la Sevilla de la época. Con cierto ánimo conservador, fue ahorrando lo suficiente para alargar unos meses su estancia conforme se fue haciendo a los ritmos de un país acostumbrado a vivir en la calle. Tuvo la suerte de enlazar con una familia sevillana heterodoxa a cuyo primogénito conoció como alumno en la Columbia. Los Sandoval proyectaron en él los anhelos hacia su hijo y, aunque no consiguieron hacerle ocupar la habitación de invitados, sí convirtieron su casa en un hogar para Martin.

—Serás nuestro hijo varón americano —proclamó la madre en una mesa abarrotada antes de bendecir la mesa.

Aunque las primeras semanas en la facultad se le hicieron durísimas y el acento andaluz de algunos profesores le hacía perder el hilo, pronto marcó territorio gracias a su habilidad para congeniar a partir de dos claves: su procedencia estadounidense y su sonrisa sincera. Todos querían practicar inglés con él, pero Martin se negaba a dar unas clases que no necesitaba para subsistir, de ahí que fuera el perfecto invitado para estudiantes ávidos de aprender, no solo otros idiomas, mundo.

Tras un curso espléndido donde lo de menos fueron los exámenes, en que se aplicó con deleite tanto a hacerse con la tradición sevillana como con los garitos que cerraban a última hora, sus padres y Eleanor se presentaron en julio para comenzar una larga ruta por Europa, de la que se intentó escapar pero a la que sucumbió en cuanto descubrió la grandeza del continente. La familia de Martin conocía lo que era planificarse sin que el dinero fuese una variable a tener en cuenta, por lo que cada noche decidían si seguían en el hotel de Venecia, tomaban un avión a París o se recorrían los Países Bajos en tren. Días deliciosos de conversaciones largas en que su padre le intentaba hacer entrar en razón para volver a su futuro previsible en Manhattan:

—Ya tienen una plaza para ti en el Liceo de Bleecker Street.

Mientras su madre y, especialmente, Eleanor le manifestaban lealtad absoluta a sus decisiones:

—Haz lo que consideres mejor para ti, Martin.

Se habló con claridad del futuro, sin amenazas. No podrían mantenerlo indefinidamente si decidía instalarse en España, por una cuestión de principios luteranos más que por chantaje emocional.

—Necesito un año más en Sevilla, quiero que lo comprendáis. Estar solo en esa ciudad me está ayudando a crecer como persona. Siempre estaré pendiente de vosotros. Entendedme.

Fueron ocho semanas inolvidables que nunca más se repetirían. Desde entonces, los períodos más largos que Martin pasó en Nueva York se contaban por quincenas y las visitas a Sevilla de su madre o de Eleanor se fueron espaciando cada vez más en el tiempo. Un tiempo en que, con la jubilación acechando, plantearon comprar una casa en el barrio de Santa Cruz para pasar largas temporadas junto a su hijo. Todo quedó en un deseo.

Mientras tanto la vida pasaba rápido. Martin pertenecía al reducido grupo de personas que nacen en el lugar equivocado. Se hizo andaluz sin saberlo, a pesar de su físico y la dificultad con determinados sonidos, incluso siendo consciente de todo lo que de Sevilla no le gustaba, que era mucho: su ombliguismo, el ritmo lento y el ruido en los espacios cerrados. En la ciudad él encontraba humanidad frente a un Nueva York anónimo que lo angustiaba. Vivir en un lugar donde se podía charlar en la calle de nada durante horas iba con sus biorritmos vitales; su cuerpo ansiaba ese espíritu abierto al tacto y al contacto, en un carpe diem constante por sobrevivir al paso del tiempo. Siempre pensaba que era el último año y cada final de curso se veía buscando un apartamento nuevo. Hubo rollos, novietas y novias, grandes amigos y muchos conocidos, proyectos literarios, negocios compartidos y una constante búsqueda de la perfección de su español, un idioma que adoraba por encima de todas las cosas, al haber sido la herramienta, y su capacidad de usarla con brillantez, que le había lanzado hacia un mundo único en el que sentirse triunfador.

El primer contrato fijo que firmó, terminada la universidad, fue con el Centro Americano del Arenal. Todo vino encadenado por una serie de encuentros que le confirmaron que la sociedad sevillana se movía por la agenda de conocidos que uno pudiera atesorar. Fue el último día en esa escuela de idiomas, tiempo después, cuando apareció quien daría el vuelco definitivo a la vida de Martin.

Fase dos

Me desperté, envuelto en un edredón, en el sofá de la casa de Dan. Aún no había amanecido y, a riesgo de parecer desagradecido, consciente de su dependencia emocional hacia mí, tomé mis cosas y me fui. Era día de salida de Silvia de su guardia y me apetecía estar con ella, incluso si solo fuera para verla dormir. A tiempo de llegar a la salida de su turno en el Macarena, desayuné en el bar Galería mientras tanto. Recibió mi mensaje y apareció con toda la luz de una mañana espléndida. Aceptó, cariñosa, la propuesta de ir a casa a descansar.

—Mientras te duchas, te voy preparando un zumo y unas tostadas.

A Silvia todo le parecía bien; su sonrisa constituía el mejor regalo. El ruido del exprimidor silenció una llamada de Lola, de quien no recibía noticias hacía tiempo. Devolvérsela era complicado con Silvia a punto de dormir, aunque me inquietaba que contactara conmigo a horas tan tempranas. Decidí escribirle para disculpar mi demora:

«Te llamo en un rato».

A lo que Lola respondió de inmediato:

«Estoy en Sevilla».

De golpe el zumo se volvía amargo y la presumible mañana abrazado a los sueños de Silvia se rompía en dos. No me apetecía, ni convenía, hablarle de ella a Lola, pese a que nuestro pacto no firmado no incluyese la fidelidad. La venezolana era un volcán siempre a punto de erupción, por lo que cuanto menos argumentos le diera para calentarse, más sencillo era mantener una relación sensata, de la que yo era el principal beneficiado. Me resultó eterno el mantener la cara bobalicona observando a Silvia desayunar. No había contestado a Lola y cada minuto que pasaba se me hacía una losa. Cuando uno siente sus culpabilidades, hasta en el mínimo gesto se ve observado por gente que ni de lejos imagina los demonios cuando estos se apoderan de ti. Entré al baño, tiré de la cisterna y le escribí:

«Tengo invitados en casa. ¿Dónde te veo?»

Tenía que salvaguardar ese día prometido a Silvia, a la que, en paralelo, le comenté:

—Se acaba de presentar aquí una amiga de Madrid.

Ella, tras lavarse los dientes, me miró con cara de no haber roto un plato.

—¿Prefieres que me vaya a casa?

—Ni lo sueñes. Simplemente, tendré que salir un rato. Llevaré el móvil encima.

La acurruqué metido entre las sábanas, la acaricié entera mientras se dormía y me excité teniéndola a ella con la cabeza puesta en Lola, en medio de la penumbra de la habitación, sin saber si había contestado ya a mi mensajes, ni si sus tetas eran las de Silvia o el gemir de esta era ensoñación mía. Me quedé dormido sin quererlo.

Llegué justo a tiempo a la cita con Lola en el Café de mayo. Espléndida como siempre, embutida en una camiseta roja que dejaba traslucir sus pezones, me miró con cara de desengaño.

—¡Qué bien se lo monta el sevillano!

No quise entrar en batallas que no entendía, por lo que respondí con una sonrisa y le di dos besos para confirmar la tensión, mientras levantaba la mano para pedirme un café.

—¿Tomas algo?

El que viniera de improviso facilitaba no tener estrategias que defender, a pesar de las muchas construidas en mi cabeza para cuando la ocasión se presentase. La única artimaña consistía en dejarla hablar.

—¿No tienes nada que contarme? —preguntó, para jugar con mis nervios.

—¿Qué quieres saber, Lola?

—Todo. Me cuesta mucho dinero al mes tenerte aquí como un príncipe.

—A ver. Llegamos a un trato. Yo me tenía que hacer íntimo amigo de Dan Burrows y no tenía derecho a preguntar por qué ni a dar pistas de mi relación contigo. Objetivo cumplido cien por cien.

—Que te veas con él no implica amistad. —Vi que relajaba su gesto.

—Puedes preguntar a quien quieras de su entorno. Soy imprescindible para él.

—¿Lo quieres?

—No.

Se hizo un silencio terrorífico y me acordé de la noche anterior con Patricia ejerciendo el mismo papel. Me apetecía mandar al carajo los cinco mil euros, tomar mi maleta y salir hacia cualquier lugar en que volviera a sentirme libre.

—Entramos en la fase dos, entonces. —Lola estaba segura de mi tirantez, pero no aflojó la mirada—. Si ya eres su amigo habrás comprobado que es un desequilibrado.

—Síndrome de Asperger.

—¡Bah! Nunca han llegado a confirmar el diagnóstico. Es un hombre a medio hacer, eso es todo. —Me dolía profundamente ese desprecio hacia Dan—. Ahora necesito que te hagas con toda tu imaginación para conseguir volverlo loco. Tienes dos meses como máximo para hacerlo. A partir de ahí entro yo en escena.

—Habría sido justo que me hubieses explicado al principio de esta historia que había una segunda fase.

—Querido Álex, te lo estoy diciendo ahora. Tú sí pareces un hombre hecho y derecho, y vienes de una tierra dura donde sabes cuál es el precio del dinero. Mira tu pobre madre, tantos años en la cárcel. Nadie regala nada... —Se me acercó, como si los centímetros de menos fueran complicidad de más—. No te saqué de esa redacción de mala muerte para regalarte una vida de lujo por un par de buenos polvos...

—No es necesario que hables en ese tono. No soy un matón ni tengo por qué aguantar esta escena.

—Querido...

—Querida... Lola. Entiendo que la fase dos no es negociable y ya he captado el mensaje. Imagino que tan fácil como pagarme a mí esa cantidad de dinero es pagárselo a otro para que acabe conmigo.

—Nadie ha dicho nada de eso...

—Solo quiero saber si habrá una fase tres.

—Ah, claro que sí, Alejandro. La fase tres es la del premio final. Si todo sale tal como está previsto, entonces doblaré la apuesta por ti.

—Reconozco que estoy en estado de shock. —Dejé el café, sin probarlo, y tomé mi chaqueta—. No sé qué daño han podido hacerte ni sé si quiero saberlo, pero necesito despejarme para asimilar todo esto.

Le di dos besos.

—Hueles tan bien como siempre.

Ella me tomó la muñeca, como en una película de serie B:

—Me gustaría cenar esta noche contigo.

No supe decir que no.

No quise ir a casa, con Silvia durmiendo allí; la ansiedad me subía por el pecho y temí un colapso pateándome la Alameda camino del río. El cambio de escenario era tan brusco, la Lola que yo conocía había desaparecido tan de golpe que el juego de los cinco mil euros transmutó en una operación mafiosa de la que poseía todas las papeletas para salir escaldado. Tenía dinero para coger un vuelo a cualquier lado y desaparecer por un tiempo, a expensas de retar a una mujer que mostraba más poder del que yo podía suponer; ir a la policía era ridículo, no había ni siquiera transferencias bancarias que mostrar como prueba de este chantaje; hablar con Dan era ponerlo en la boca del lobo, involucrar a Patricia supondría, de principio, mi expulsión del círculo familiar por haberme prestado a jugar con su hermano. Tenía a Teresa en Galicia, a la que siempre le fue la marcha, pero ella lo revolucionaría todo y me dejaría una cuenta a deber que no estaba dispuesto a pagar. La congoja, por no decir un halo de terror, me consumía recorriendo el paseo junto al río entre jubilados andando a paso firme.

Lola, además, me daba una segunda cita, esa misma noche, tal vez para rematar la amenaza. ¿En qué cabeza cabía que yo iba a prestarme a volver loco a un chaval del que me había hecho encariñarme durante los últimos meses? ¿Pretendía que entrara por las noches en su casa con una guadaña y música de muertos? No sé si los desequilibrios en Dan eran mayores de los confesados por él y confirmados por Patricia, ni hasta qué punto esa fragilidad mental le pudo llevar a cometer alguna atrocidad. Debía negociar con Lola otra forma de abordar sus planes. Proponerle una rebaja en el salario a cambio de un aumento de tiempo de investigación para hacerle confesar lo que ella necesitase. Agotado por la incertidumbre, me senté frente al puente del Alamillo y comencé a fotografiar los puentes nuevos de Sevilla como terapia.

Perdí la naturalidad propia de un día de derrochar el tiempo con Silvia en casa. Sin que ella lo supiese debía deshacer sus previsibles ganas de hacer la compra para la cena en el Arenal; sin que se me notara, debía excusarme para dejarla en su casa antes de verme con Lola. Aún dormía cuando entré. Me duché para quitarme los sudores secos provocados por una fase dos no prevista. Sin hacer ruido me introduje en la cama, desnudo, y me permití ir haciéndola mía a base de bajarle las bragas y sobarle los pechos. Ella protestó sin ganas, dejándose hacer, hasta que conseguí colocarla encima de mí como una muñeca muerta. Agresivo con mis pensamientos, hice el amor con ella de forma compulsiva, acogotado por la que se me venía encima, con la guillotina de la locura tirando la cabeza de Dan por los suelos.

—¡Álex, me haces daño!

Tomé sus gritos como piropo, la revolví contra el colchón y me lancé contra su boca. Su cara de terror, inesperada, me hizo parar en seco e irme al baño para descargar mi excitación dislocada.

Entró en la ducha cuando ya el agua me taponaba los oídos, se me agarró por detrás, cuando ya buscaba yo las disculpas necesarias para evitar reproches merecidos.

—¿Qué ha pasado?

No quise devolver una respuesta que no adivinaba a construir, tan solo le pedí que me acariciara, lo que hizo de arriba abajo de mi cuerpo hasta acabar los dos sentados en el baño en una postura imposible, con el agua helada del termo agotado acorralándonos.

Hugo Chávez

Admiraba el sagaz planteamiento de Lola para secuestrarme en sus propósitos; me tenía de tal modo coadyuvado que solo pensar en delatarla se me hacía irreal, tal como si ese trato entre dos me situara en una esfera de cristal perteneciente a otro universo y todo fuera a estrellarse contra el suelo si yo abriera un agujero en ella para pedir auxilio.

En Silvia tenía la cómplice perfecta, mujer independiente, desconectada de la venezolana y experta en escucharme, a veces tanto que temía entrar en contradicciones cuando mezclaba mi pasado con la vida actual en Sevilla. Que ella me notase extraño esa tarde invernal podía actuar como palanca para, al menos, decirle que andaba metido en líos. Confesarlos, los líos, suponía alimentar fantasmas que no contribuirían a engrandecer nuestra relación, de ahí que me refugié en mi ordenador, con el artículo sobre el Vacie por construir, para idear cómo dar explicaciones sin contar nada. Ella me mesó el pelo durante un largo rato, en el que yo contuve mi desplome. Esa caricia me llevaba a tiempos en que Teresa, en encuentros furtivos, me masajeaba la cabeza apoyada en su pecho tras hacer el amor. Tiempos de soledad enjaretados de futuros días de vino y rosas en que yo me derrumbaba en sus tetas sin el pudor de tener que explicar por qué.

—Me voy a ir a casa, Álex. No me caigo de un guindo y sé que algo gordo ha ocurrido, no sé con quién, dónde ni por qué. Sabes que me gusta escuchar los relatos de tu vida y que me interesa todo lo que te pase…

Solo pude articular un «gracias» infantil de cabeza gacha y corazón en puño.

Arrumbado frente a la pantalla, con una lata de cerveza a medio terminar y ganas de salir corriendo, el recuerdo de las piedras del Umia como paraíso hipnótico, las risas de mi hermana Olaia al grito de ¡gamberro!, los olores solo recuperables por instantes de la madera de la escalera podrida del hostal, con el alma contaminada de estupor, recibí una llamada de Charo.

—No es que me apetezca, guapa, es que necesito ese café contigo.

Me esperaba con un cigarro a las puertas del café Central, con su piel ajada y los ojos vivarachos. Olía a vida intensa de perfume de tabaco. Le supliqué que terminara su pitillo con tranquilidad, a pesar de haber salido de casa sin imaginar el frío de la tarde.

—¿Puedo decirte que tienes la cara desencajada, Alejandro?

Me gustaba que me llamase así, de la forma en que solo lo hacía una madre inexistente.

—No son buenos momentos, Charo.

Ella meneó el café como solo saben hacerlo quienes escuchan sin condiciones y te dan el silencio preciso para dejarte ordenar lo que realmente apetece compartir.

—Estoy metido en un lío que no puedo contar a nadie.

—Pues si no se lo puedes contar a nadie no tengo forma de ayudarte.

—Imagino que eres una persona que no se asusta por nada —tanteé.

—Sobre todo por cosas tan poco transcendentales como las que te oprimen por dentro, Alejandro. A veces nos creemos el centro del universo, que todos nos miran… Pero nadie se preocupa tanto por ti como tú mismo. Yo no te conozco más que de un paseo tras una exposición, y he querido llamarte porque me he acordado de ti estos días, quería saber cómo te hacías a esta ciudad, qué tal iban tus artículos sociales…

—Estoy trabajando como un mercenario aquí en Sevilla, Charo. —Me tembló la voz al decirlo, pero sentí que los pulmones se me abrían al mismo tiempo.

—Vas a hacer que tenga que salir a fumarme otro cigarro con frases así… —Nos reímos—. ¿No serás un yihadista a sueldo?

—¿Tengo yo pinta de terrorista?

—Espero que no, Alejandro. Nunca me tomé un café con ninguno.

—A ver, Charo… yo trabajaba en una revista digital de ultraizquierda en Madrid. Me pagaban un fijo de miseria por artículo escrito y por los clics que recibía cada uno de ellos. Tenía mis novietas, estaba hecho al barrio, no tenía lejos mi tierra…

—Te escucho…

—Apareció una mujer cuarentona indignada por un artículo mío a favor de Hugo Chávez, un encargo más en la línea editorial de la revista. Se metió en la redacción a voz en grito. Nos llevamos un buen susto, estaba reciente lo del *Charlie Hebdo*… Iba nombrando mi nombre de guerra: ¡Carmelo! Todos me miraron por instinto y esta mujer se vino hacia mí. Una preciosidad, debo reconocerlo. —Charo sonreía con mi forma de relatar el asalto—. Me preguntó si yo había visitado alguna vez su país para permitirme ese tipo de alegatos a favor de Chávez.

—¿Era venezolana?

—Sí. Lola es venezolana, y está hoy aquí en Sevilla. Ceno con ella en un rato.

Nombrarla supuso poner nombre al demonio y expulsarlo, lo que deceleró mi narración para no involucrar a Dan ni especificar las amenazas de unas horas antes de Lola. No sabía por entonces hasta dónde llegaban los lazos de Charo con Patricia y su familia.

Un marido muerto

Madrid, 2003

Pocas semanas después de incinerar a su marido, Charo se entrevistó con Patricia en su oficina de Madrid. Sabía que el proyecto sería suyo, apostó todo en la preparación de la entrevista y se plantó en la capital un día antes de la cita para hacerse con las colecciones de su galería, aconsejada por quienes supieron informarle de las pretensiones de Patricia de montar sede en Sevilla; todo con el único objetivo de encontrar un asidero al que agarrarse para evitar desmoronarse en su decidida pretensión de hacerse fuerte en la ciudad de su marido muerto.

Aun yendo bien las pocas clases en la facultad, ganadas a base de contratos inciertos cada año, necesitaba salir de la zona de confort, tenía que rebelarse contra una pensión de viudedad con cincuenta años para llevar una vida previsible de largas caminatas por la ciudad. Había un catedrático de Contemporáneo que le habló de Patricia meses atrás. Amigo de la familia de la galerista, aconsejó a Charo que se pusiera las pilas para hacerse con ese trabajo, conocedor de sus capacidades tanto como de sus inquietudes.

En Madrid Charo encontró a una Patricia hiperactiva con demasiadas incertidumbres por resolver. No llevaba demasiado tiempo en España tras media vida en Manhattan, nunca había imaginado tener una colección de arte como la que poseía, ni se manejaba bien con el personal y la corte de aduladores en la que se metió sin proponérselo. De todo ello le habían avanzado algo, lo que facilitó el no enredarse en preguntas egoístas acerca de condiciones salariales que no estaban entre sus principales preocupaciones. Para hacerse con el puesto debía hacerse con Patricia, para lo que era fundamental ganarse la confianza a base de hablarle sin tapujos de sus contradicciones. Al venir recomendada, Patricia decidió citarla en un restaurante de Embajadores cercano a su casa. Los diez años de más de Charo debían contar a su favor.

—Hay quien está convencido de que tú eres la persona que necesito, Charo.

Charo se puso la servilleta sobre los muslos y la cara de escuchar sobre los hombros, consciente de la fortaleza que le daba el jugar sin prisas frente a una mujer acelerada en busca de quien le salvara el futuro inmediato.

—Todo me ha caído muy de golpe encima, ¿sabes? Mi objetivo primero es estabilizar mi vida y mi negocio para preparar el retorno a Sevilla. No me apetece cogerle cariño a Madrid.

Charo se enamoró de su marido en un curso de restauración en Madrid. Cerrada ella de acento y de costumbres, ese andaluz alto de cultura rebosante y profundas convicciones de izquierdas la abdujo a un mundo del que no escaparía ni tras su muerte accidental. Era la historia de amor cantada de dos hijos únicos burgueses impregnados de lecturas que soñaban con valerse por sí mismos. A Charo le costaba incluso dormir al pensar en los ojos de Eugenio mirándola fijamente para explicarle la Sevilla de su infancia, o describirle con detalle enfermizo cada una de las capillas ideadas por Charles Rouen en su catedral, tan rápido como cambiaba de tema para interrogarle sobre el aterrador panorama político del País Vasco de esa época de plomo en que se conocieron.

Fue definitorio, tras un verano con Eugenio en una habitación alquilada en el donostiarra barrio de Amara, que las prácticas del curso de Madrid les llevaran a la restauración integral del altar mayor de la iglesia de San Juan Bautista de Marchena. Así, Charo conoció el sur, en Marchena, la tierra de la madre de Patricia, algo que esta interpretó, ávida de señales, como una confirmación de la idoneidad de Charo para hacerse cargo de la colección.

—Mi madre salió corriendo de ese pueblo, Charo, pero no para de nombrarlo. Es una especie de obsesión por haber escapado de allí en busca de una vida que luego se le estropeó.

—Allí viví yo mis más dulces meses de amor, Patricia —le confesó Charo, evitando decir en voz alta que la vida se nos estropea en algún momento a todos.

Las aventuras eran más fáciles con Eugenio al lado y el apoyo económico de una familia buena que asumía con el dolor de la lejanía sus proyectos. Tras instalarse en un estudio de la Alfalfa, tiraron de contactos de Eugenio para hacerse imprescindibles en las principales ferias de arte contemporáneo de la época. El francés de sus veraneos en Biarritz y el inglés del bachillerato de Eugenio en Escocia hicieron de pasaporte para montar una asesoría para las galerías al sur de Madrid, a las que promocionaban, acompañaban y entrelazaban en exposiciones itinerantes de cuyo beneficio invertían en una colección propia pensada como seguro para su jubilación.

Eran, sin embargo, derrochadores. Lo invertido lo desinvertían y las cuentas acababan por no salir, por lo que Eugenio aceptó un contrato con el Centro Andaluz de Arte Contemporáneo y Charo decidió parar. Se le antojaba idílico el tomarse un año sabático para cuidar de los dos, reciclarse en Bellas Artes y disfrutar de un hogar tranquilo. Una calma que trajo preguntas que Eugenio respondía sin ambages. No quería tener hijos. Charo, acongojada por sus dudas, asumió con entereza los caminos de Eugenio, por más que este sacara el tema con aparente generosidad para darle la opción de abandonarlo si consideraba injusta su cerrazón. Tenía el miedo de todos los humanos a una vejez solitaria, pero no un instinto maternal que la frustrase. Entendió pronto la dificultad de hacer verdaderos amigos en Sevilla, más aún cuando el carácter de anfitrión de su marido hiciera que ella se adaptara a sus círculos y envagueciera su tendencia natural a buscar mundos nuevos.

—No puedo echar en cara nada a Eugenio, yo quise adaptarme a él cuando tuve el tiempo de construir mi vida en la ciudad —confesó a Patricia, cuando esta se interesó por sus amistades en Sevilla.

—¿Y ahora te arrepientes? —preguntó Patricia, experimentada en el arte de buscarse la vida en lugares distantes.

—Ahora quiero vivir, Patricia. Tengo energía para desenvolverme por mí misma y experiencia en el mundo en el que tú te mueves, me motiva especialmente como homenaje a los años locos que viví con Eugenio... Es una puerta que se me abre que no quiero desaprovechar.

No hizo falta llegar a los postres para que Patricia se levantara a darle un beso.

—El puesto es tuyo, Charo.

Ella, descontrolada por un alcohol que no acostumbraba a beber, se emocionó con un torrente de lágrimas no vertido tras la muerte imprevista de Eugenio.

—No me hagas caso, Patricia... Han sido días muy duros, eso es todo. —No podía dejar de llorar—. Sé que no te vas a arrepentir, porque soy una mujer muy válida y honesta.

Se acordaba de los niños nunca tenidos con Eugenio y lamentaba no tenerlo a él al otro lado del teléfono para decirle que volvía al mundo de las galerías, a esa vida de entonces en que investigaban en su desordenada, gigantesca librería fotográfica de la Alfalfa para distinguir lo excepcional de lo indiferente, aquellos tiempos en que el salón era una comuna de aventureros de la cultura y su acento vasco camelaba tanto como su nariz fina, los pechos pequeños, la alegría de sentirse querida con devoción.

Ya al día siguiente, sin contrato firmado ni reglas establecidas, compró dos agendas, la suya y la de Patricia. La iniciativa debía ser toda suya y así canalizar el torrente de proyectos desordenados de su jefa para garantizar la rentabilidad de su negocio. Tenían un buen sustento, una colección de obras del siglo XX tejida con buenos mimbres que daba combinaciones temáticas suficientes para varias exposiciones dignas. Bloqueó una hora diaria para trabajar con ella, sin distracciones, mó-

viles o ventanales de café que las desviasen de la charla pausada con un papel por delante para entender cuáles eran los objetivos.

—Nada es sagrado, Charo —afirmó contundente, el primer día, Patricia—. Todos los cuadros tienen su precio. Busco generar dinero de forma honesta.

—¿No hay ningún cuadro del que no te desprenderías?

—Ninguno que esté consignado en el archivo. Lo que yo quería para mí, ya lo tengo.

No invitó en ningún momento a Charo a su piso de Madrid para poder juzgar la elección de sus preferencias, seguramente en un intento de marcar distancias para no olvidar quién llevaría la batuta mientras su relación se rigiera por un contrato; algo, por otro lado, que Charo apreciaba en cuanto a la libertad que le ofrecía para criticar con severidad o alabar sin adulación sus decisiones, coherentes en su mayoría pese a su falta de experiencia en el negocio.

—Yo siempre he sido una profesora de lengua, Charo.

Charo preguntaba qué quería ser, no cómo había llegado a ello. Eso tenía que salir de una Patricia hermética con su pasado.

Tardaron casi un año en instalarse definitivamente en Sevilla, tiempo que a Charo le sirvió para valorar su relación con la ciudad. Los fines de semana los aprovechaba para saltar de Madrid a Donosti, imponiéndose un retiro calculado para depurar las heridas que suponían pasearse por las calles empedradas de la Alfalfa. Alquiló su piso a un par de profesoras de Jaén con todos sus muebles, libros y recuerdos sin tocar. Si iba a negociar locales a Sevilla, dormía en el hostal Alameda, evitando dar señales a sus amistades de su presencia por rehuir preguntas ni lamentos. Cuando la vieran de nuevo debía ser sin las alas rotas.

En uno de esos viajes, Patricia le pidió el favor de acercarse a casa de su madre para entregarle una colección comprada en el Rastro de libros en inglés, de Jack London, uno de sus autores favoritos.

—Quiero que la conozcas y me digas.

El día que apareció en su casa ya Charo sabía que Aurora tenía problemas mentales de pésimo diagnóstico, pero se encontró a una mujer encantadora, solícita, que la trató con el cariño propio de quien se siente familia. Lo que se planeó como un café formal acabó siendo una tarde deliciosa en la que Aurora le confesó con lucidez que estaba condenada a perder la cabeza.

—El problema, querida Charo, es que tengo huecos en mi memoria que me hacen dudar hasta a mí misma de lo que es real o no, de lo que he dicho o no, de modo que cuando salgas de aquí te costará distinguir qué es cierto o inventado. Un buen argumento para una novela cómica, ¿verdad?

—Admiro tu entereza, Aurora, para asumirlo con tanta dignidad.

—Es duro, Charo. —Sus manos, inquietas y a otro ritmo, contradecían la serenidad de sus labios—. Tengo fantasmas en la cabeza sobre lo que he hecho con mi vida y no sé hasta qué punto he sido una mujer mala o buena.

—Por lo que yo sé, Aurora, usted ha sido una mujer luchadora, que escapó de la vida previsible de Marchena para estudiar en la universidad, criar a sus hijos, ayudar a su marido a levantar un negocio…

—¿Y me puede decir si a mi marido lo maté?

Charo quedó totalmente bloqueada ante la pregunta, mientras sonaban las llaves de Martin abriendo la puerta de la entrada. Aurora se tapó la cara, casi arañándose.

—Martin te dirá que no, porque me cuida como a una princesa.

Aventura

—¿Qué relación tienes tú con Dan? —me preguntó Charo para escapar de su propio relato—. ¿Cómo os conocisteis?

—Por puro azar, Charo. —No tenía todas conmigo para construir un pasado distinto al oficial—. Iba medio dormido buscando aparcamiento por Sevilla a primera hora de la mañana y me tragué una farola justo delante de su casa, en el momento en que Dan salía a currar.

—Algo me contaron.

—¿Patricia?

—Sí.

Me dio pánico preguntar si Patricia le transmitió alguna duda sobre mí, así que obvié el tema.

—Dan es un tío especial, me ha ayudado mucho a integrarme en Sevilla.

—Tú lo has dicho. Es especial...

Se hizo un silencio denso entre los dos. Nos miramos fijamente sabiendo cada uno que el otro se frenaba en sus explicaciones, en un tanteo por no saber hasta dónde estaba dispuesto a desnudarse el otro. Descubrí, en cambio, que Charo era todo generosidad.

—Patricia sostiene que tiene problemas mentales. Autismo, síndrome de Asperger… Yo creo que es simplemente una persona extremadamente sensible. Su madre y su hermana lo cuidan como si fuera de porcelana porque ha sufrido mucho, tiene dificultad para relacionarse, para establecerse de forma independiente, para conducir su vida de forma estable sin encerrarse en su burbuja…

—Tal vez estás describiendo el comportamiento de una persona autista, Charo.

—Una persona autista no empatiza con nadie. —Comedida por no traicionar a Patricia, me preguntó directamente a los ojos—. ¿Tienes la sensación de que él no se preocupe por ti?

—No, no la tengo. —Me crecía al responder con sinceridad.

—Pues eso. Extremadamente sensible.

Sabiendo los dos que tenía cita con Lola, pasó el tiempo raudo sin detallarle las causas de mi desazón.

—No pienses que no confío en ti, Charo, después de confesarte que estoy trabajando para algo sucio.

—Si es algo sucio, entiendo que te dé pudor compartirlo.

—No sé lo que es el pudor, más bien un sentimiento de culpa. Alguien me pagó por integrarme en esta ciudad y observar a determinada gente. No tengo ninguna otra misión, no he amenazado a nadie ni he cometido ningún delito. Hago de espía sin saber muy bien lo que espío.

—Ten cuidado.

—Por eso tengo la cara desencajada, porque la venezolana que me paga por no hacer más que de *voyeur* ha venido desde Madrid y quiere proponerme algo.

—De ahí la cena de esta noche…

—Sí. De ahí la cena.

—¿Quieres que vaya y me siente cerca de vosotros?

Me reí a carcajadas de puro nervio.

—¡No!... Pero me llega al corazón tu disposición…

—No tengo nada que temer, Álex. Y una aventura de esas a mi edad, qué quieres que te diga, me hace ilusión.

Santa

Lola, radiante, llegó diez minutos tarde al restaurante. Era consciente de que venía en son de paz y en busca de sexo; lo que tenía que decirme ya lo había soltado esa misma mañana. Si tenía certidumbres, una era que ella disfrutaba con locura de mi cuerpo, de mi forma de revolearla, agarrarla y comerla por todos lados, ese cuerpo suyo que se entregaba todo, con cada músculo relajado al placer.

—Hola, mi amor.

Le di dos besos todo lo fríos que supe.

—¿Cómo ha ido este día? —me preguntó, para llevar la delantera.

—Estuve con una amiga esta tarde.

—Ya veo que has hecho muchas amistades en este tiempo. ¿Sigues encantado con la ciudad?

—Sigo encantado con mi vida, Lola. En esta o en otra ciudad.

Mis cartas estaban claras, no podía sucumbir como una marioneta a sus caprichos.

—Y yo estoy encantada contigo, Álex. Creo que nos entendemos bien, en todos los sentidos. Formamos buen equipo.

—Tus palabras de esta mañana sonaron a amenaza, y no es justo.

—Tal vez estuve brusca, sí. Te pido disculpas. Simplemente quería comentarte cuáles eran los pasos siguientes a seguir.

—Cuando llegamos al trato fue con unas condiciones, Lola. Nadie habló de hacerle daño a nadie, no lo hubiera aceptado.

—No se dan cinco mil euros al mes y un alojamiento de primera a alguien para no hacer nada…

—Hice lo que me pediste.

—Y lo has hecho bien, ¿pero no pensarás que yo soy una santa jesuítica que va pagando sueldos a la gente para que se hagan amigos?

—No te veo santa, no…

—Ahora te pido un paso más, y te lo recompenso con creces.

—Me pides que haga lo posible por destrozarle la vida a un tipo bueno.

—Te pido que, puntualmente, lo desestabilices. No pretendo acabar con ese tipo bueno del que hablas…

—¿Qué te ha hecho, Lola?

—No puedo contestar a eso.

—¿Y qué me harás si te digo que hasta aquí hemos llegado?

—No te haré nada. No soy una matona.

No la creía.

—Piensa en todo el dinero que puedes ahorrar si sigues trabajando conmigo, en los artículos que podrás escribir sin presión, en las oportunidades que se te abrirán estando a mi lado… Ya tienes medio pagadas las deudas por la fianza de tu bendita madre, ¿no?

—Me estás comprando.

—Estoy ofreciéndote un futuro diferente, Álex. Puedo prometerte, además, una cosa: mi objetivo no es hacerle daño a Dan. Él no es mi objetivo.

Pensé en Patricia, pero no quise preguntar. Haber dicho que no, en ese instante, era jugarme el tipo y perder de golpe el hilo de toda esta historia; confié en mi capacidad para controlar mis pasos, tomé aire y acepté.

—Ya me dirás cuáles son las siguientes instrucciones.

Ella me sonrió y, entonces, miró la carta.

Benaocaz

Lola abandonó mi apartamento a una hora incierta de madrugada. El sexo fue violento y ya adivinaba las marcas sin mirarme al espejo, lo que me obligaba a cortar de raíz por unos días el contacto directo con Silvia. Tirado en la cama, decidí buscar por Internet un rincón perdido de la sierra para desaparecer. Antes de desayunar ya tenía la dirección de una casa en Benaocaz, cerca de Grazalema, donde pasar unos días.

Pero Dan me llamó.

No tuve más que admitir las razones por las que yo estaba en Sevilla, que no eran sino él, de modo que una hora después lo estaba recogiendo en Plaza de Armas para tomar juntos camino hacia la montaña. Podría ser el principio de la fase dos, esa en que me veía obligado a meterle una zancadilla y hacerle perder pie para no sabía muy bien qué propósitos. En todo caso, su compañía me agradaba, tenerlo cerca serviría para calibrar hasta qué punto sus desequilibrios eran reales. Mi propósito único en ese viaje era que el mutismo de mis reflexiones solo lo rompiera lo que Dan quisiera contarme de él, sin adivinar que no podía ganarle a silencios.

Hubo una curva en que se abrió un paisaje esplendoroso con una roca alta anticipando la vista del pueblo, escarpado en la montaña. Un viejo nos explicó con parsimonia dónde encontrar cada cosa, cómo aprovisionarnos de leña y se largó pensando la buena pareja gay que hacíamos Dan y yo.

—Tengo hambre —ventiló.

Casi no había hablado durante el camino, inquieto observador de paisajes.

—¿Compramos un pollo asado en la tienda de abajo y nos lo tomamos junto a la chimenea?

A él se le alegró la cara, con el gesto infantil de lo que Dan debía haber sido si esos ángeles extraños no rondaran por su pecho.

—¡Qué te gusta un pollo, Álex!

No hay mejor forma de abrir el corazón de alguien que mostrando el tuyo. La chimenea me había llevado al hostal de Cambados y este a mi madre, dolorosa figura presente y esquiva. Le relación que yo tuve con ella dejó de ser feliz en un instante y para siempre. Las malas juntiñas me llevaron un día a tomar un autobús equivocado hacia Ponte Arnelas. Fue esperando el autobús de vuelta, aterido de frío por una lluvia inesperada, mi falta de ropa y un anochecer poco menos que gélido, cuando un cochazo negro de cristales tintados dejó a mi madre, a escasos cincuenta metros de donde yo me encontraba, vestida de negro y tacones, con el pelo alborotado y borracha. Me escondí entre los coches, avergonzado, y esperé a que el autobús hacia Cambados se la llevase. Esa noche llegué a casa congelado, tras conseguir que unos chavales tuvieran a bien acercarme hasta las afueras de mi pueblo. Entré, como tantas otras veces, por la ventana trasera de la casa. Me duché con agua ardiendo y me enfundé unos vaqueros antes de acercarme a la cocina, donde oía el ruido metálico de cacerolas propio de las cenas de mi madre. Ya no había pelos alborotados, ni tacones; solo nada menos que su mirada demoledora.

—¿Has cenado, cariño?

Moví la cabeza para decir que no de tal forma que ella comprendió todo. Abrió la nevera, tomó una cerveza y se subió para su habitación.

—¿Tu madre era una puta? —A Dan la historia le conmovió. Descubría a un Álex mucho más interesante. Suele ocurrirle a las personas extremadamente sensibles, como me decía un día antes Charo, esas que se estremecen con el drama ajeno.

—Mi madre era una persona desquiciada que nació en el lugar equivocado. Se merecía vivir en el Manhattan de los años 30, donde habría sido una líder; pero se casó con un tipo gris, tuvo mellizos y le tocó regentar un hostal de moqueta apestosa.

Lleno de grasa de pollo en los mofletes, Dan asentía, convencido de que mi diagnóstico era cierto. A la luz de la chimenea su belleza matizada por la oscuridad se hacía incontestable. Probé a introducirme en la fase dos de sopetón:

—Eres guapísimo, Dan. —El comentario, sincero, resonó en todo el salón.

Él dio un sorbo a la cerveza y respondió con humildad:

—Gracias.

Tras una pausa en que no supe si se me abalanzaría encima o me interrogaría acerca de mi piropo inesperado, volvió al tema de mi madre como si nada:

—¿Tu padre supo que ella se acostaba con otros?

Noqueado por su falta de reacción, respondí que a mi padre le trajo al pairo lo que hiciera mi madre con su vida. Dan quedó en silencio, meditando la próxima pregunta, al tiempo que una terrible emoción me invadió al sentir la escena como protagonista. Hablar de mi familia con tan terrible acidez, a mil kilómetros de mi pueblo, con un tipo pretendidamente autista, en la oscuridad de una noche fresca tomando pollo junto a una chimenea. ¿Quién espiaba a quién?

Dan colocó cojines en sus rodillas y con la naturalidad de sus propios códigos, me pidió que me recostara sobre ellas, lo que no dudé en hacer. Coloqué los pies bien pegados a la chimenea; él se movió varias veces hasta conseguir la postura más cómoda, oí por su garganta caer el último sorbo de cerveza, el golpe seco del botellín contra el suelo; comenzó a acariciarme el pelo, tan lento que tardó un buen rato en llegar a mi frente.

—Has debido sufrir mucho, Álex. —A mí me entró una enorme pena—. Has debido sufrir…

Sin quererlo, había atravesado una barrera inmaterial de difícil paso en el espacio más íntimo de Dan. Mi fragilidad, vista a sus ojos, era una disposición inherente a conectar con él. No debía quedar mucho para comenzar a entender sus zonas oscuras, pensé, tras quedársele la pierna dormida por el peso de mi cabeza y pedirme que me levantase; se olía la proximidad a los datos clave que me llevarían a entender por qué Lola me eligió a mí para esta extraña misión de introducirme en el territorio más recóndito de Dan.

Me di una ducha rápida apurando el agua caliente que me había dejado en el termo, listos para pasearnos el pueblo, empinado de cuatro calles y hermosas vistas, con las que Dan se maravillaba en cada comentario.

—¿Cuál es el lugar más lejano al que has viajado?

—Estuve épocas viviendo en Nueva York, con mi hermana —respondió, como dándolo por sabido.

—¡Qué pasada!

—Sí. Es una ciudad brutal. ¿No la conoces?

Negué con la cabeza, sentado en uno de las muros que daban al gran valle que dominaba el paisaje, ya anocheciendo.

—De no haber sido por mi madre es seguro que ahora estaríamos viviendo en Manhattan. Patricia se ha llevado allí media vida, mi padre es neoyorquino y a mí me han… —Hizo una pausa, agachó la cabeza—. Yo he ido para allá cada vez que me he puesto peor.

—¿Peor?

—Me avergüenza hablar de mi enfermedad. No sé cuántas veces he estado en un centro de salud mental, ni las veces que me han tenido que… esconder.

Paralizado por el frío de sus palabras, le pedí que se acercase a mí.

—Anda, ven.

Él dio un paso atrás.

—No sé medir mis actos, Álex. Soy un monstruo que no sabe controlar sus sentimientos, un producto defectuoso…

—Un producto defectuoso que tiene no sé cuántos empleados, que se liga a las mujeres de dos en dos y que tiene un corazón enorme.

—No tengo a nadie en realidad, ¿sabes? Mi familia me aguanta porque no tiene más remedio, pero si pudieran darle la vuelta al reloj… Veo a mi padre tan cansado de mí, a mi madre con la cabeza tan perdida.

—¿Yo no soy nadie?

—Tú eres mi última víctima —se rio, con la mirada torcida—. Acabarás huyendo de mis abrazos de oso.

—¿Quién te ha metido tanta mierda en la cabeza?

—Prométeme que cuando haga lo que no debo, me lo dirás.

—Dan… ¿hay algo que quieras contarme de tu pasado?

Él negó con la cabeza y se alejó hacia la casa por el camino equivocado.

Zoo

Nueva York, 1993

En Eleanor tuvo Dan a su mejor cómplice desde que se *bajó del avión en el que lo montó su padre tras ser amenazado de muerte en el instituto por segunda vez. Su tía entendió nada más abrazarlo que ese chaval estaba constituido de otra materia menos irredenta que la de su hermanastra Patricia. Además, a fin de cuentas, Dan sí era sangre de su sangre, en su sonrisa encontraba los mofletes de Martin, la fragilidad de sus explicaciones le divertían; Dan era un ángel que no merecía las dudas con las que sus padres adornaban el relato de chico conflictivo. El día soleado en que Eleanor recogió a Dan en el JFK, Patricia estaba con su amiga Dolores en Pensilvania, lo que le vino de perlas al haberse pedido el día libre en el trabajo para estar con él.*

—I couldn't imagine how cute it's you, my dear nephew!

Le entregó, mientras metía las maletas en el coche, los billetes para el zoo del Bronx.

—Tu padre me ha explicado cómo te gustan los animales.

Dan no habló hasta exclamar su admiración al encarrilar el puente Queensboro.

—¡Qué pasada!

Con el tiempo Dan se plantearía qué habría sido de su vida de haber tenido a Eleanor cuidando de él desde pequeñito. Ella no se reconocía a sí misma, así, tan impresionable con su sobrino asomado a la ventana abierta de su BMW. Desde que pisaron Manhattan, no veía el momento de parar y mostrarle Park Avenue, el edificio de la ONU, Central Park, el rascacielos de la Met Life.

—Aquí empieza Harlem, Dan. ¿Has oído hablar de este barrio?

—¿El de los negros?

—Y de los hispanos, y de muchos estudiantes que encuentran aquí pisos más baratos. —Giró para tomar la 110 y rodear por el norte Central Park—. Mira, aquí trabaja tu tía, en Harlem.

Dan la miró por primera vez de forma directa, sin decir palabra. Siguió conduciendo por el Boulevard Malcolm X, incómoda de sentir la mirada escrutadora, silenciosa, de su sobrino. No quería ni tragar saliva para no denotar su tensión.

—Pero, ¿qué me miras?

—No te pareces a papá.

—¡Pues somos mellizos!

—Eso me dice él —confirmó Dan.

—Pero es la verdad, muchacho. ¡No te vamos a mentir sobre eso!

—En las fotos sí te pareces, pero será que papá ha roto las fotos en que apareces como ahora, con esa nariz. —No había ironía en las palabras de Dan.

—¡¿Qué le pasa a mi nariz?!

—Es la de una persona interesante.

Eleanor resopló, con una carcajada.

Para sus 17 años, Dan ya había atravesado todas las tormentas posibles. La pérdida de Quini y el exilio voluntario de Patricia lo colocaron en una situación de vulnerabilidad tal que ni una Aurora estricta ni un Martin entregado recondujeron hacia tierra firme a quien solo quería escapar de no sabía dónde. El billete sin retorno a Manhattan implicaba una ácida derrota para unos padres que comenzaron a ver en él, sin decírselo, la causa de sus desavenencias.

Aurora nunca trató a Martin como un marido al que seducir, como si la diferencia de edad constituyera una barrera para poder entregarse, sin prejuicios, a un hombre que amaba en ella sus hechuras de mujer rotunda, construida a sí misma desde la adolescencia. Martin sentía el cosquilleo de los niños pequeños al ser acariciados cuando Aurora le preparaba la cena, pero también la integraba en sus fantasías más perversas de sexo naranja, negro, ruidoso hasta la estridencia, ciego de empujones, de mordiscos dolorosos, cargado de faltas de respeto y olores animales. Él se sentía amado porque Aurora lo idolatraba, más allá del amor. Martin era el príncipe conquistador de un territorio en barbecho, de una mujer frustrada por el dolor de no haber sabido construir un amor normal. El americano la colmaba de lo que ella necesitaba, abrazos en la cama y olor a hombre. No haberlo tenido le producía el vértigo propio de la muerte en vida. Cuando, en sus paseos cotidianos hacia la biblioteca hispanoamericana, aparecía la reflexión acerca de sus lazos con Martin, Aurora meneaba la cabeza, físicamente, para escupir las palabras que se medio construían para conformar frases demoledoras a propósito de su egoísta forma de tenerlo a su lado, un chupar la sangre joven sin entrega, con la maestría de quien sabe cómo retener, qué mirada dibujar, cuánto sexo dar para hacerle ver que el amor era auténtico, voraz, especial por diferente.

Ahí Dan molestaba, porque sacaba su desasosiego y la delataba.

La tarea para Eleanor era tan delicada como motivadora; su hermano Martin llevaba tiempo insinuando la posibilidad de que Dan se uniera a Patricia en la aventura neoyorquina. Ella, calvinista, contenida, educada en principios sólidos, mantenía una postura neutra para no delatar sus ansias por tener llena la mesa de desayunos con gente joven. Como toda persona serena y segura, Eleanor se sentía más que capacitada para reorientar los andares confusos de la adolescencia de Dan, pese a las palizas, expulsiones y conflictos relatados con sordina por su hermano desde Sevilla en los últimos años. Le buscó un instituto cercano a casa para que los meses no fuesen perdidos, con horarios marcados, donde tuviese que trabajar sus habilidades sociales, tan frágiles según Martin, para integrarse en una ciudad donde ser anónimo era sencillo, pese a ser experta en devorarlo todo. Eleanor integraba en su disciplina cartesiana el dejarlo volar pese al sufrimiento que supondría lanzarlo cada día a la jungla.

—Ya tienes preparada tu habitación, Dan —le comentaba mientras paseaban por un zoológico reluciente de sol.

—¿Has visto el baile de ese elefante? Siempre se mueve igual, y levanta la pata igual. ¡Mira cómo lo mira el otro!

Atravesaron hacia la zona de los leones, donde durante media hora estuvo apoyado en tanto les lanzaban grandes trozos de carne roja. Llegaron a los jardines de las aves tropicales, y allí Dan se quedó prendado de una cacatúa verde que no hacía más que meter una cáscara de fruta en un agujero para luego sacarla.

—Esta también se está volviendo loca, tía Eleanor.

Quería a toda costa ver los orangutanes, no mostraba cansancio ni preguntaba nada acerca de su nueva vida.

—¿No tienes hambre, Dan? Debes estar muerto tras el viaje…

—No.

Pasaron por un camino lleno de canguros, se asomaron a un canal donde nadaban nutrias, contemplaron largo tiempo el recinto de las jirafas y terminaron en el estanque de los cocodrilos. Se impresionó cuando salió el mayor de ellos con la boca abierta.

—¡Cómo debe sufrir!

Hasta el día después no llegó Patricia, a la que Dan esperó haciendo guardia, atento a cada sonido tras la puerta. Eleanor lo había llevado de compras por Broadway la tarde anterior, sorprendida por su espíritu presumido. Durmió 12 horas antes de disfrutar de un domingo frío en que se celebraba el día de Polonia. El pasillo helado de la Quinta Avenida, despejado para el desfile, colmó su capacidad de impresionarse. No entendía de dónde salían tantos polacos, orgullosos de bandera y raza.

—Es lo bueno que tiene esta ciudad, Dan. Encuentras gente de todo el mundo. ¡En grandes cantidades!

Dan aseveraba sin preguntar, sin disimular la tensión con la que escuchaba cada nueva propuesta que le hacía su tía.

—El miércoles empezarás a ir a un instituto cerca de casa. Es de lo mejor que hay en Nueva York. Allí seguro que haces amigos.

—¿Hay chicas?

—Hay chicas.

El gesto en Dan sugería alivio. A fin de cuentas las chicas eran un salvavidas para alguien siempre expuesto a la chanza de gallitos que veían en él un enemigo inclasificable por su silencio, su porte y su sonrisa.

Salió corriendo al oír la cerradura, con Eleanor enredada en los preparativos de la cena.

—¡¡¡Enano!!!

Se abrazó a Patricia como a una roca en medio del océano. Su hermana lloró desconsolada con su enorme Dan en brazos. Lo acariciaba, se lo comía, lo magreaba. Eleanor, desde el salón, no asimilaba tanta ternura.

—Mira, Dan —le dijo su hermana, compungida por la emoción—. Esta es mi amiga Dolores.

Dan se adaptó a la ciudad con una desenvoltura pasmosa. Con toda la carga de los paisajes de la infancia esfumada, la mirada severa de Aurora se desvanecía entre los taxis amarillos que sorteaba para ir a clase. El perfecto inglés neoyorquino en que fue criado por su padre le hacía, sin saberlo, sentirse en plena comunión con Nueva York, como si la patria fuera la lengua y esa metrópolis estuviera en sus genes sin haberla visitado antes.

No era tonto. Asumía las críticas de sus padres al excesivo empeño que ponía en amistades unívocas, de ahí que desde el día en que la profesora Richardson lo presentó a sus compañeros, con el curso ya empezado y tras una larga reunión con Eleanor acerca de los motivos de su llegada a Estados Unidos, Dan no buscase, como hizo siempre, al candidato a cómplice exclusivo. Relajado en sus descubrimientos constantes, atropellado por tanta novedad, Dan usó la libertad vigilada que le concedió tía Eleanor para decir sí a todo, sin excusas, en un viaje sano a su proyección exterior, tan laminada en su adolescencia sevillana, llena de mesa camilla y horas de televisión a oscuras. Al ser todo nuevo, sus días no se parecían el uno al otro. Recorrió todos los lugares que su padre le anotó en un folio, para visitar así el bar del pollo donde comenzó su flirteo con el castellano que llevaría un día a Martin a Se-

villa para marcar la vida de Dan, más fruto del azar que ninguna de las que conociera. Lo que no hizo fue llamar al amigo de su padre, por mucho que este le insistiera desde Sevilla, preocupado por la incertidumbre de no verlo a diario, pese a los mensajes entusiastas de Eleanor acerca de su integración en la ciudad.

Con la habilidad de un cirujano, Eleanor consiguió, sin que los hermanos se dieran cuenta, que los espacios entre los dos no se colapsasen. Patricia tendió, solo en los primeros días, a cargar con él a todas partes. Le llevó a sus clases en la universidad, lo invitaba a comer con sus compañeros del departamento al salir Dan del instituto, le rogaba su compañía para sus paseos por Central Park. Dan decía que sí, feliz, a todo. Su tía, en cambio, organizaba meriendas, lo apuntaba a visitas a museos, le pagaba excursiones a Long Island con los amigos de modo que, por pura inercia, Patricia comenzó a no llevar la agenda de Dan en su cabeza.

Para entonces Patricia ejercía como una neoyorquina más, no había llamadas diarias a mamá ni le suponía gran esfuerzo soñar en inglés.

Dan se sentía cómodo en el papel de observador frente a Patricia. Tenerla cerca cada noche le era suficiente, quizás porque su cuerpo se cargó años atrás de anticuerpos contra la dependencia hacia ella, reventado de sufrir tanta adicción al hermoso ser inaccesible en que se había convertido, por mucho que siempre rondara en su cabeza, como un moscardón, la imagen de Patricia desnuda en su cama.

Olaia

Amanecimos en Benaocaz con las ventanas empañadas tras una noche corta en que un bocadillo cerró un día largo. Dan transitó por su dolor como un fantasma hasta quedar dormido, mientras yo chateaba con Charo para tranquilizarla respecto a mi cena con Lola y hablaba en susurros con Silvia hasta amodorrarme.

Internet y una señora del estanco nos propusieron una ruta romana hasta Ubrique, un paseo largo, exquisito, que nos permitió airear pulmones, cada uno en sus cuitas, en un camino plagado de guiños, risas y carreras infantiles. Entendí cuánto echaba de menos la naturaleza, como si en ella se encontrara la clave a mis preguntas, el olor tremendo a hierba que no podía llevarme más que a Galicia sin necesidad de cerrar los ojos. Dan, educado en la ciudad, caminaba torpe entre las piedras, con risas exageradas que hacían dudar de su cordura. Su cuerpo, prieto, no parecía de su edad. Lo imaginaba tocado por mil mujeres desengañadas. Los interrogantes acerca de sus días en Nueva York me asaltaban, el porqué de esos retiros forzados, la reacción de su cuerpo a la inmersión en la inmensa mole americana. No. No podía sustraerse su presente a tan arrebatador pasado adolescente, zigzagueado de reproches, halagos, rupturas, retos impuestos, amistades necesariamente inacabadas, olvidos obligados.

—¿Qué sabes de tu tía Eleanor?

Él, en otro mundo, en el suyo, me intentaba despeinar con una rama. No sé en qué consistían sus desequilibrios, pero sí que tenía un componente muy sano de disfrute despótico de lo presente. Dan era una rama despeinándome, no había Eleanor ni ganas de recordar qué era de ella a esas horas tempranas de una mañana fría en la sierra gaditana.

Quería garbanzos. Preguntamos en las dos tabernas de Benaocaz, sudados de la caminata. Nos ofrecían carne de retinto y setas, pero Dan quería garbanzos. Cogimos el coche hasta Ubrique y nos guiaron hasta la venta Ocuri, junto a unas ruinas romanas a la entrada del pueblo.

—Allí ponen el mejor guiso de garbanzos con berzas de Andalucía.

Definitivamente, me sentía a gusto con él. Todo lo tendía a ver con el filtro de su pretendido desequilibrio mental, sin embargo sus silencios me reconfortaban; silencios de quien está instalado en un mundo compatible con el de quien le acompaña, sin necesidad de rellenarlo con frases hechas para demostrar cómo de bien estás con el otro. Silencios que daban pie a conversaciones más llenas de contenido, que ofrecían vías para meditar o descartar respuestas; como comida bien masticada de cubiertos apoyados en la mesa a cada bocado y sorbos de vino lentos, olidos.

—¿Cómo se llama tu hermana melliza? —me preguntó, con las berzas ya humeando entre nosotros.

—Olaia.

—¿Qué significa Olaia?

—A ella le encanta explicar su nombre. Te explicaría que es una evolución de Eulalia, un nombre griego que significa «la que habla bien».

—¿Y tu hermana habla bien?

—Con un acentazo gallego mucho mayor que el mío. No ha salido en su puta vida de Galicia la muy petarda.

—Háblame de ella, Álex.

—Olaia se toma todo a risa. Es de esas personas que no saben sufrir, que a todo le saca punta. No sé, tal vez es una reacción al imaginar la vida que tenían preparada para ella, ya sabes, a las niñas siempre se las protege más, se mira porque se echen un buen novio, por su imagen en el pueblo…

—¿Es tan atractiva como tú? —me soltó, sin torcer el gesto.

—Físicamente es un bombón. Ya quisiera yo…

Me frené, inimaginablemente ávido de recibir un nuevo piropo de él, que no vino.

—¿Trabaja en el hostal?

—¡Ni loca! Se fue a Vigo a estudiar una ingeniería y encontró trabajo en Coruña. Allí sigue. No le va mal. Está con las energías renovables, con todo el viento que hace por allí. ¡Imagina!

—Qué hermanas más emprendedoras nos han salido, ¿verdad?. Me cago en la puta. ¡Qué alegría de mujeres!

Yo no quería delatarme pasando a hablar de Patricia, las cosas podían fluir sin forzarlas; no estaba dispuesto a entrar en la fase dos, más bien volver a la fase cero, tratar de acercarme a Dan como si no hubiera habido un antes sucio de dineros entregados con condiciones.

—Siento que ella cuida de mí en la distancia. —Porque era así como siempre lo sentí desde que se nos fue a Coruña—. Apenas hablo con ella, pero no hace falta. Sé que la tengo y eso me da una especial tranquilidad. Ella es mi carne, mi aliento; más incondicional que nadie sin haberla puesto a prueba.

—Seguro que hubo momentos.

—Lo más duro que yo he vivido es ver a mi madre en un juicio declarada culpable, con condena firme. Es jodido, ¡pero era tan merecido! ¡Mi madre ha sido tan cabrona!

Dan, paralizado, me miraba.

—¿Estás bien, Dan?

—Sí.

—Ya mi madre está en su hostal, ya todo pasó… —¡Debía tranquilizarlo yo a él!—. Tiene la vida que merece. Ya todo pasó…

Yo nunca

Nos hablaron del Roque de los buitres. Sin darnos apenas cuenta subimos calles que se convertían en sierra de pedruscos. El desnivel era asumible, el ruido humano iba quedando atrás mientras Dan esperaba a que yo marcase la ruta para pisar fuerte tras de mí. Recordé las palabras de Patricia hablando de un hermano de amistades únicas.

—Ya veo lo que te gusta una excursión —le dije, con poco resuello, tras saltar a una gran roca desde la que ya se divisaba todo Ubrique.

Él sonreía sin responder.

—Es precioso poder escapar así del mundo. —Noté mi acento gallego al proclamar mi frase al viento, con Olaia todavía en mi cabeza—. Echo la mirada atrás y me doy cuenta de que he puesto por delante mi vida a todo.

—¿Qué quieres decir?

Estaba aprendiendo a encontrar los resortes para captar su atención.

—Que me he ido moviendo al ritmo de lo que me ha ido apeteciendo, sin importar dejar la familia, el pueblo, los amigos atrás.

Ansiaba una reacción en él que no vino.

—¡Buitres! —gritó.

Se puso de pie y saltó agitando las manos, evitando escuchar cómo dejé atrás todo lo cercano.

El asalto al último cerro fue un clímax de silencio entre los dos, contagiado de su autismo embelesado entre ramas secas. Momentos regalados en que nada condicionaba lo que pudiésemos enlazar en libertad. Me senté a observar durante un rato bien largo sus secuencias infantiles de miradas al infinito, hasta que me cazó abstraído en mis pesquisas.

—No soy buena compañía.

—Lo eres, Dan. El silencio es algo valioso entre dos personas que se quieren.

Sabía que atacaba fuerte y quería atacar así.

—¿Alguna vez sentiste un amor profundo, inmenso, de esos que narran los poetas? —me preguntó con todo el alma, tal vez analfabeto de cuelgues emocionales de darlo todo.

—Sí.

—Háblame de ella. —Se sentó con calma, tomó una piedra con cada mano y se asomó a mis ojos sin escrúpulos.

Me daba miedo que sacase conclusiones básicas tras el torrente de confesiones que supuso sincerarme acerca de mi madre.

—Se llamaba Estíbaliz.

—¿Está muerta?

—¡No! —me reí de su inocencia—. La relación, sí. Ella no.

—¿Cómo sabes que no está muerta?

—Imagino que no lo está.

—¿Es vasca?

—Madrileña.

—Ese nombre…

—Es madrileña, Dan. Sé que vivió media vida en Los Ángeles antes de conocerme, que quedó viuda y volvió a Madrid.

—¿De qué murió su marido?

—Un infarto, creo… A Estíbaliz no le gustaba hablar de su pasado.

Cinco años con ella no me permitían construir un relato de ni tan siquiera cinco líneas acerca de su pasado. Podría dibujarle a Dan detalles de cada día a su lado, cada postura, los platos aprendidos, las novelas recitadas, el número de botones de sus blusas, el sabor inconfundible de su saliva, las tres veces que la vi llorar, sin embargo, su pasado…

—¿Era mucho mayor que tú, Álex?

—Treinta años —escupí, incómodo.

Él se removió en la roca, aturdido por la información. Yo lamenté el juicio que intuía aproximarse. No quería oírlo de su boca, quería volver a guardar a Estíbaliz en la caja burdeos que solo a mí pertenecía.

—Como una madre para ti…

Me levanté, indignado conmigo mismo, y me fui. Él, jugando con sus piedras, no supo captar mi desasosiego.

—Me estoy quedando helado, Dan.

Llegamos ateridos de frío a Benaocaz, con la noche ya caída. Nos duchamos rápido para no perder el agua caliente. El hambre podía al sueño, pese al cansancio. Mientras Dan silbaba sus canciones en la ducha, investigué un restaurante donde invitarle a cenar. Fuimos al Refugio de San Antón. Habíamos acordado volver al día siguiente a Sevilla, él tenía comprometida su asistencia a un catering y no quise hacerle buscar horarios de autobuses de vuelta. Me apenaba no tener unos días más para seguir perdidos como cabras por el monte. Esa noche Dan estaba fácil, pidió un tinto malagueño que conocía de una excursión sexual hacía unos años a la sierra de Ronda.

—Un portento en la cama, la muy jodida. No he conocido nunca a nadie con tan poco pudor.

—Yo tampoco sé lo que es el pudor, Dan.

—Eso es mentira —afirmó, rotundo.

—¿Por qué dices eso? —pregunté, extrañado.

—Enrojeces cuando te digo lo bien que estoy contigo.

Efectivamente, esa vez también enrojecí.

—¿Jugamos al «yo nunca»? —propuso, con el restaurante ya casi vacío, botella y media de Pago El Espino en el cuerpo y una garrafa helada de licor de hierbas sobre la mesa.

—Claro que sí —contesté, envalentonado, borracho de alcohol y cansancio—. ¿En qué consiste?

—Es un juego de valientes, en el que no se puede engañar. Así que tienes que prometer...

—Venga ya, Dan, sí, sobre la Biblia... —No pudo notar el sofoco interior que me provocaban mis mentiras.

—Veamos. Por turno vamos diciendo cosas que nunca nos han pasado... yo que sé... por ejemplo, yo nunca he ido a Tokio. Pues eso, yo levanto la copa y digo «yo nunca he ido a Tokio». Si tú, bajo promesa de sangre, no has ido nunca a Tokio, pasa el turno... Pero si has ido, te bebes el chupito que yo te sirva. No vale dar explicaciones ni preguntar detalles mientras continúe el juego.

—Joder, capullo, tú conoces mucho de mi vida y puedes sacarme de aquí arrastrándome...

—Más me conoces tú a mí. —Tenía razón.

—Hala, ¡dale! —Me coloqué de rodillas sobre la silla, para mantenerme más estable, sin prever la que se me venía encima.

Dan sirvió un chupito, lo presentó al techo y afirmó:

—Yo nunca esnifé cocaína.

Lo miré con cierto desasosiego, con un hueco en el estómago, le tomé el vaso y me tragué el chupito de una vez. Me apetecía tanto explicarle que en el círculo en el que yo me movía, con madre narco de pacotilla incluida, no era posible no haber probado una raya de coca, como interrogarle acerca de esa pregunta. ¿Qué diantres de imagen tenía de mí?

Me pasó la botella y su vaso, que llené hasta arriba mientras, bloqueado, pensaba en mi declaración. Tenía que sacar partido al momento, pero mi mente no estaba fresca.

—Yo nunca... —En todas se me aparecía Patricia por la cabeza—. Yo nunca... —Tenía que estar a la altura de su arranque brutal—. Yo nunca...

—Debe ser más rápido, que aquí tienen pinta de querer cerrar en un rato.

Él estaba tan achispado como yo, mantenía la figura erguida, sin embargo sus trastabilleos al hablar lo delataban.

—Yo nunca... —Me lancé con los ojos a medio cerrar, tratando de evitar el impacto—. Yo nunca follé con un tío.

Dan me miró fijo durante segundos interminables en los que quise salir corriendo de allí. Se levantó de la silla, apoyó las rodillas sobre ella imitando mi postura, tomó el vaso que le había preparado y se lo bebió.

No dejó de mirarme para no perderse un instante de cada músculo congelado de mi cara enfrentando su mirada. Tomó el licor de hierbas y llenó el vaso a tientas. Se lanzó a tumba abierta:

—Yo nunca he simulado un accidente de coche contra una farola para buscar la amistad de alguien.

No supe soportar la presión.

Bebí de un trago y me acerqué a pagar. Al girarme hacia la mesa, él ya se había ido. Corrí hacia la casa asustado, consciente de haber atravesado una barrera que se cerraba con pestillos de acero tras de mí.

Esperaba sentado en el escalón del portal. No nos quisimos hablar. Encendí la ducha y me abrasé de agua caliente. A oscuras me acerqué a su cama. Acurrucado, en posición fetal y los ojos cerrados, hizo que dormía.

La noche fue un colapso de emociones. Tentado mil veces por abrazarlo, por enviar un mensaje a Lola para abandonar, convencido de que mi etapa en el sur había terminado de la peor manera, sin nada a lo que agarrarme ni pequeña victoria que celebrar. Me reproché los años perdidos en caminos egoístas de buscar salidas en las que no contar con nadie, obseso por hacerme un hueco en un mundo de aventureo que no sabía en qué consistía. Todo en mí era huida del compromiso, todo era un sí categórico a la siguiente etapa, quemando el pasado para borrarlo como esperpento del espejo en el que no quería mirarme. A punto de mis treinta años, no tendría nadie cercano con quien celebrarlo. Escribí a Teresa:

—Necesito verte.

Ese mensaje, cerca de las cinco de la mañana, fue el único bálsamo que me hizo dormir.

Me levanté con la lengua pastosa y mucho frío. Planteé una ducha y salir hacia Sevilla. Me avergonzaba tener que compartir hora y media de viaje con Dan, sus silencios previsibles, los argumentos endebles que yo pudiera oponer.

Miré por ver si ya estaba despierto, pero la cama estaba vacía.

Sexo suave

Me refugié en Silvia toda una semana. Trasladé mis cosas a su casa, ropa, aseo y ordenador. Ella, perspicaz, entendió que lo que tuviera que contarle caería por sí solo; se limitó a cuidarme. Lo hizo tan bien que conseguí olvidarme del mundo durante al menos dos días, los que tardé en recibir el mensaje de respuesta de Teresa, frío y sensato:

—Todos nos necesitamos.

Sí. Todos nos necesitamos antes o después, la pena es que no nos demos cuenta hasta que se nos viene el mundo encima. La cura a la que me estaba sometiendo Silvia me impulsaba a no contestar, al menos de inmediato, a no hablar de la vacuidad de mi vida para no rasgar más mis débiles principios de persona de ningún sitio. Mi necesidad inmediata era evitar interferencias, dejarme embaucar por el sexo suave, de no írseme la vida en él, que Silvia conseguía conjugar conmigo en tardes de persianas echadas, entre libro y pelis, entre pelis y café con pasteles. Volví a las carreras por el río, contacté con mis compas de Aluche, ofreciendo la patita de mis reportajes sociales por el sur, paseé la ciudad alejado de circuitos que se aproximaran a los puntos negros donde respiraba la familia de Dan.

Era un temeroso ser pasivo feliz en espera de que la tormenta estallase con una llamada de teléfono desde no sabía muy bien qué coordenadas. Mi actividad como espía había terminado en fracaso, solo quedaba esperar la sentencia. Estábamos degustando unos huevos fritos con patatas espectaculares cuando la llamada llegó. Era Teresa.

Teresa

—No quise avisarte. He venido en cuanto he podido. —Paseaba con su maleta por los Jardines de Murillo—. Puedo quedarme esta noche o coger el AVE de vuelta.

—No digas tonterías.

Tomé su maleta de ruedas ruidosas y enfilamos el camino de casa. Hasta que Teresa no me tomó por la cintura, me sentí un niño cogido en falta, de malas notas y gamberradas, al que vienen a recoger tras ser expulsado de clase.

Con Silvia fui medianamente sincero al hablarle de una gente de Cambados que había llegado a Sevilla. Una gente. Una gente a la que tenía ganas de follarme de una manera distinta a como ella lo hacía conmigo. Con Teresa no había administración de tiempos ni preámbulos que disfrutar. Ella era mujer rompebotones, yo a ella la deseaba sin decencia.

—¿Podrás aguantar hasta llegar a tu casa sin contarme qué te pasa?

—Podré.

Me sonrió, espléndida. Se había cortado el pelo, parecía mayor. Andaba tras ella por las calles de la Judería y veía sus nalgas prietas moviéndose con vida propia bajo el pantalón azul. Inmensa mujer.

Quería sexo sin condicionantes, entendí. Comernos como siempre sin habernos calentado la cabeza con nuestros mundos, ajenos a nuestra realidad de amantes circunstanciales. ¿Podía estropear yo ese enganche haciéndome real, hablándole de complots y dinero sucio? Mi mensaje de días atrás era un buscarla para escapar de mis mediocridades, invitarla a venir para subirme a su luna, sentir de nuevo que nos poseíamos en los tiempos robados que nos regalábamos.

El sexo de esa tarde fue sin compasión.

—¿De dónde sale tanta rabia, Teresiña?

—¿Por qué dices eso? —preguntaba, desnuda y bocabajo, con la luz ocre del atardecer mojando su cara blanca.

—Porque te conozco. Por cómo me follas sé cómo estás.

—¿Y cómo estoy?

—Cabreada con el mundo.

—Tal vez.

Me puse los calzoncillos, me senté frente a ella.

—Me hace mucho bien estar contigo, Álex. Deberíamos firmarlo por contrato.

Asentí, sonriente.

—Tenemos que vernos así, lo justo, sin preguntar más allá de cuatro frases hechas. Me da miedo saber mucho de ti.

—¿Y eso? —pregunté.

—Porque me asusta lo que te pueda pasar, en lo que te puedas meter. No quiero sufrir contigo. Tú has nacido para darme placer y yo para corresponderte.

—Eres un personaje, Teresa.

—Un personaje muy mediocre fuera de esta habitación.

—Ya será menos...

—¿A que no te apetece que te cuente mi día a día? ¿A que no quieres descubrir que me tiño el pelo y no llego a fin de mes?

—Quien no llega a fin de mes no viaja de una punta a otra de España.

—El autobús nocturno Coruña-Sevilla sale por 50 euros. Es una necesidad.

—¿Tu niño?

—Con mi madre, me la subo a Coruña cuando me escapo para verte a ti.

—¿Sabe que vienes a verme?

—Claro. Ya conoces a mi madre, no hay secretos.

—¿Qué piensa ella?

—Que tú has sido el verdadero amor de mi vida.

Mantuve el tipo.

—¿Y piensas que tiene razón?

—No. Tú eres un regalo del cielo, pero no me entregaría nunca a un tipo como tú.

—¿Por qué?

—Porque no sabes lo que quieres y nunca lo sabrás.

Dormimos abrazados cuando el cuerpo no dio más de sí. En los pocos instantes de la noche en que me desvelé, tuve claro que no había posibilidad ni ganas de hacerle partícipe de mis desconsuelos. Yo también firmaría el contrato que ella me proponía, sin más. Exigirnos otra cosa era comprar demasiadas papeletas para dejar de vernos y hay veces que es mejor saber apreciar los límites para no poner en peligro lo que se posee. Me bastaba saber que cuando acudía a ella, Teresa venía. Un porcentaje bajísimo de la humanidad tiene esa ventaja, no era cuestión de tirarla por la ventana, sin ni siquiera saber las ganancias que podría aportarme el hablarle de una mujer explosiva venida de Venezuela para chantajearme por no sabía muy bien qué. Podría anticipar sus respuestas sarcásticas, que se resumirían en un sencillo «mándala al carallo», que no me aportarían más que cierta vergüenza por retratarme tan dócil como mercenario.

Con el desayuno me anticipó que saldría para Madrid esa misma mañana.

—Asuntos que resolver.

No quise preguntar. Era nuestro contrato. Había que firmarlo.

Chulapa

Me escapé a Madrid, necesitaba pasar por la redacción, dar un paseo por la Gran Vía y empapar mis pulmones de alquitrán.

No quise avisar a Lola, pero en cuanto llegué a Atocha comprendí que necesitaba mirarla a los ojos para comprender dónde nos estábamos metiendo. Me aproximé a Doctor Fourquet para evitar que me diera largas. Una vez en la puerta de La Chulapa, la llamé. Había dos posibilidades sobre tres de encontrarla allí a esa hora precisa. El frío soplaba racheado y me coloqué en el hueco de entrada esperando su respuesta.

—¿Lola? ¿Dónde estás?

Me dijo que a punto de entrar a comer, yo me asomé a la calle y me topé de frente con su cara descontrolada en un gesto de sorpresa. Iba agarrada del brazo de un hombre mayor, muy abrigados los dos.

—¿Qué tal, Alejandro? —Era la primera vez que no me llamaba Álex, lo que entendí como un código frente a ese señor de gafas gordas y abundante pelo gris.

—Muy bien. He subido a Madrid a resolver un par de cosas y me apetecía verte.

Bloqueada, les animé a que entraran en el restaurante y se refugiaran del vendaval. La conocía lo suficiente como para entender que su parsimonia para quitarse el abrigo y ayudar al caballero a instalarse no era sino tiempo ganado para recomponerse del desconcierto y contraatacar.

—Vamos a ser tres, Eugenia —le comentó a la camarera, que me saludó con la complicidad de quien sabía de nuestro pasado entre esas paredes de ladrillo visto, cuando llegábamos siempre tarde para cenar y soportaban, estoicos, la mala educación de Lola pidiendo el último chupito con todas las mesas recogidas—. Y bien, os presento. Este caballero es mi padre, Germán. Papá, este hombre es un reportero muy reconocido acá en España por sus crónicas sociales.

Germán saludó amable con una bajada de cabeza, disperso en otros asuntos que yo no podía intuir.

—¿Ha llegado usted desde Venezuela? —pregunté, para romper el hielo.

—No. Él es colombiano, pero ya no vive allá —se apresuró a responder Lola.

—Hace una eternidad que no visito mi tierra, Alejandro —contestó él—. Casi mi hija es más neoyorquina que bogotana. —Su voz, grave y cadenciosa, me turbó.

Sé que mi sobresalto no estuvo a la altura del estupor de Lola por sentirse descubierta en sus burdas mentiras acerca de su pasado.

—Ah, sí, Alejandro. Yo he vivido mucho tiempo en Nueva York.

—No podía imaginarlo —comenté, con un tono neutro, para magnificar mi indignación. De golpe creí entender todo. No era a Dan a quien buscaba, sino a Patricia. Hacerme llegar a ella a través de su hermano, aunque siguiera sin entender por qué—. Yo tengo una amiga que ha vivido mucho tiempo en Nueva York —la reté—. Se llama Patricia.

El semblante del padre de Lola resplandeció:

—¿Eres amigo de Patricia?

—¡Alejandro! —cortó Lola—. Hace tiempo que no veo a mi padre y nos merecemos este almuerzo a solas. Te ruego que nos disculpes.

No quise jugarme mi relación con Lola en un momento tan delicado. Traté de comportarme de forma sensata, sin mostrar ofensa ni extrañeza.

—Lo entiendo, querida. Esta tarde te llamo para un café.

—Ok, Alejandro. Ha sido un placer.

Germán me apretó la mano con la mirada de nuevo gacha, acostumbrado sin duda a los comportamientos neuróticos de su hija.

Estuvimos mensajeándonos toda la tarde para recomponer la situación. Ella se mostraba esquiva y yo no mendigué una cita que no necesitaba, hasta que la tarde dio paso a la noche, el frío se apoderó sin compasión de Madrid y Lola me pidió vernos en el Gin Club de la calle Reina.

—Hacía mucho que no tenía a mi padre conmigo, Álex —me susurró al darme dos besos.

—Volvemos de Alejandro a Álex.

—No me castigues.

—Entiendo que lo de haber pasado más de media vida en Nueva York era anecdótico —ironicé—. Total, yo soy un mercenario sin derecho a preguntas.

—Nunca te traté como tal.

—Así lo pensaba.

—A decir verdad, nunca te hablé de mi pasado más lejano.

—¿Qué tal tu padre? —quise cortar de raíz sus justificaciones sin sangre.

—Me haces sentir mal.

—Es normal que te sientas mal, Lola. Yo tampoco me siento especialmente contento de estar cobrándote cinco mil euros al mes por hacerme amigo de un desconocido. Conocía las reglas y sabía que me metía en algo sucio. ¿Qué tal tu padre?

—¿Por qué piensas que hay algo sucio en todo esto?

—Porque no me chupo el dedo, Lola. ¡Seamos honestos! Vuelvo a preguntarte por tercera vez por tu padre... Si la conversación continúa por otro lado seguramente acabe al final de esta noche sin ese sueldo fijo que me viene tan bien.

—Lo siento —me manifestó compungida—. Lo siento mucho...

—Así que no eres venezolana...

—Soy colombiana, Álex. Tenía que protegerme de algún modo.

No quise decirle que quería saber más, porque todo el local rebosaba de mis ganas de entender qué estábamos haciendo los dos con ese juego retorcido. Dejé que se recompusiera, sin saber si las lágrimas que se secó con la servilleta eran de cocodrilo.

—Mi padre está envejecido, Álex. Ahora que lo tengo conmigo me planteo mil cosas sobre mi vida, y lo lejos que lo tengo de mí. Cuando lo busqué anoche en el aeropuerto me sentí realmente como una niña mala.

—¿No tienes madre? —No podía preguntar ni no preguntar.

—Mi madre se volvió a Colombia hace muchos años y lo dejó solo en su maravilloso apartamento del Soho.

—¿No quiere volver a su tierra?

—No puede, Álex. Mi padre no puede volver a pisar su tierra si no quiere que le revienten los sesos nada más pisar suelo colombiano. ¡Es un traidor a la familia!

No quise indagar más allá de lo que ella quisiera compartir, pero es seguro que nunca vería un gesto más adusto en mí. Tenía unas enormes ganas de desnudarla y follármela sin más argumentos que el deseo.

—Debemos tenerlo en los genes. Ser traidores a la familia.

Ella pagó la noche en el Óscar, con la única concesión de confesarme que era colombiana.

—Tenía que protegerme, Álex —repitió, seguro que esperando que yo le preguntase de qué.

Cuando desperté su sombra era un recuerdo y mi cuerpo, desnudo, pura carne utilizada.

Germán, si así se llamaba, parecía un hombre bueno. Conocía, con total seguridad, a Patricia. Su mirada cambió en cuanto la nombré. Llegar a saber de él se antojaba sencillo a través de la hermana de Dan; jugaba en contra el saber que Lola lo sabía. Ya, de golpe, Dan aparecía como un actor secundario, lo que en cierta forma tranquilizaba mi frágil conciencia. Ahora sí resultaba obvio que no tardaría Lola en dar señales de vida; un cruce imprevisto lo había descontrolado todo, ya no era ella quien dominaba los tiempos, su cotarro ya no era solo suyo, tanto así que yo comenzaba a adquirir un nuevo valor inopinado. Tenía que hacerme partícipe de más información o sería yo quien comenzaría a buscarla por mi cuenta. El nivel de riesgo aumentaba, eso sí. Bien se había cuidado de hablarme de sesos reventados en Colombia para, con esa cara de pena hablando del pasado paterno, amedrentarme acerca de la falta de escrúpulos de gente no muy lejana a la familia. Tenía que andarme con siete ojos, sí, aunque el peligro no pareciese inminente.

Resolví cogerme una habitación de hotel un par de días más para pasearme por Madrid con mi ordenador portátil. Lola no aguantaría más de dos días sin volver a buscarme. Mi novela de investigación comenzaba a tomar forma.

MADRID

MADRID SE ME HACÍA RETORCIDA SIN ESTÍBALIZ. APETECÍA vivirla como infiltrado, un espía invisible que la caminase con los ojos de la vez primera, como cuando llegué de mi tierra gallega con idea de hacerme periodista y, en cambio, echar de menos a los dos días mis tardes en la desembocadura del Umia, impactado por el ritmo atolondrado de gente anónima caminando con prisa a todos lados; ciudad antipática y acogedora al mismo tiempo, porque es de nadie y se deja pertenecer. El Madrid de habitación compartida, cielo turquesa, cafés caros y viento helado.

El tiempo matiza los recuerdos para convertir en felices días que no lo fueron tanto. Ir a estudiar a la capital era una confirmación de lo que no quería hacer con mi vida. Si con dieciocho años ya ansiaba mi refugio de las islas Illeiras, más claro tenía que no me apetecían competiciones de notas ni trabajos de sol a sol. Me veía como un viejo adelantado que quería escribir artículos de investigación que me permitieran gestionar los tiempos, sobrevivir con cuatro perras y pasear mucho por el monte de cualquier ciudad pequeña. Soy vividor de instantes con pretensiones sencillas que huye despavorido de los compromisos. Dicen que eso ocurre a los hijos de matrimonios fracasados; yo soy producto de un matrimonio esperpéntico.

Me gusta ejercer mi soledad en el momento en que me apetece.

Me senté, con el ordenador, en mi querido café de la Luz, tras buscar la mesa más recogida. Me puse los cascos tras pedir café y tarta de zanahorias. El *Adagietto* de Mahler me vendría bien para pensar y escribir mis últimos días. La información comenzaba a ser intensa; mi memoria era privilegiada, sin embargo tenía que dar forma a la estructura de la historia. Mis dudas eran no solo de estilo, sino de contenido. Podría construir una novela dentro de otra, donde en la primera escribiera el relato de los Moldova hasta llegar a los días en que Lola decide, con los papeles perdidos, contratar a un mercenario para acosar a una víctima con tal de volverla loca; mientras en la novela que contuviera a esta escribiría, en primera persona, mi experiencia detallada como perseguidor a sueldo del chaval con problemas mentales. La idea prometía.

Debía reorganizar, en cuanto llegara a Sevilla, el gran corcho con todas las escenas escritas y pensadas. Habría, por tanto, dos líneas de trabajo. En la primera debía ser necesariamente yo el protagonista; en la segunda, el protagonismo iría pasando de Lola a su padre, de este a los miembros de la familia colombiana y, si fuera como era previsible, encontraría así el enlace para unir a Germán con Patricia en Nueva York y viajar con ella de vuelta a España para recuperar a Dan para la historia. Aparecerían personajes aún desconocidos para mí a los que tendría que, de modo más o menos natural, acceder. Pensaba en los padres de Dan o los amantes pasados de Lola. Para facilitar la tarea, además de que cada personaje tendría un color, los golpes de efecto, que presentía fuertes, quedarían marcados en rojo, habría líneas temporales para ir saltando entre épocas pasadas y la actual, así como trazos donde situar las localizaciones. Se presumían al menos cinco: mi tierra gallega, Sevilla, Nueva York, Colombia y esta ciudad donde escribía. La etiqueta que me representaría sería de color azul, como mi añorado mar gallego.

Mahler era mágico para organizar la mente.

Sonó el móvil antes de lo previsto. Era Lola.

Una aparición tan apresurada me hacía crecer, con este resorte tan vanidoso que tenemos los humanos para creernos más fuertes cuando la gente que nos importa se nos acerca. Miré a mi alrededor, acelerado con mis pensamientos, para concluir que prefería mentir. Ya no estaba en Madrid para ella. Le tocaba a Lola entrar en la fase dos y buscarme. Me jugaba mis cinco mil euros mensuales, pero tenía una buena historia entre manos con la que amedrentarla. Cambié el billete de tren desde el móvil y me planté a las diez de la noche en la habitación del hotel. Debía llegar a primera hora de la mañana a Sevilla, para que no se me adelantase Lola.

Justo antes de dormir le envié un mensaje:

«Acabo de llegar a Sevilla. Estoy muerto».

JOËL DICKER

LOS DÍAS TRANSCURRIERON ESPESOS HASTA LA APARICIÓN DE Lola. Yo los vivía con la tranquilidad de su pronta aparición; aún quedaba mucho para fin de mes, por lo que era una incógnita saber si aún seguía fichado como confidente manipulador de sus desdichas.

Era cierto que echaba de menos la presencia de Dan. No sé hasta qué punto conseguí en algún momento su amistad, sí sé en cambio que añoraba su compañía, la presencia silenciosa, sus hechuras de hombre bueno. Esa melancolía seguía siendo soportable a base de muchos kilómetros corriendo junto al río, paseos por las iglesias de Sevilla, tapeos anotados en mi libreta con estrellas de valoración y mucha lectura. Devoraba en esas tardes largas encerrado en casa *La verdad sobre el caso Harry Quebert* de Joël Dicker. Su novela dentro de la novela, los saltos en el tiempo, los ritmos, el cierre de los capítulos, la estructura en sí me daba mil ideas para continuar con mi relato. Retomé el corcho grande, las cartulinas de colores y un puñado de chinchetas comprado en un chino. Fui desplegando todos los personajes previsibles para así constatar la tarea por hacer. Me planté, con una cerveza bien helada, delante de todo lo conocido hasta entonces y decidí, sin darme tiempo a pensarlo, que sería

Charo quien podría abrirme puertas. Había que tomar riesgos. La llamé.

El apartamento de Charo, al fondo de una plaza con única salida a Peris Mencheta, era luminoso y amplio. No había paredes.

—¿Un café? —me preguntó.

Me había confirmado que esa tarde trabajaba en casa. No quise insistir en disculpas anticipadas por robarle el tiempo, los dos sabíamos que nos apetecía ese café.

—¿Teletrabajo? —me interesé.

Charo movió la mano como insinuación de que no había reglas.

—Mi trabajo con Patricia es a todas horas y a ninguna. Solo le robo un rato cada mañana, cuando la cojo bien despierta nada más entrar en su estudio. Ahí nos ponemos las pilas, reorganizamos la agenda y me llevo los deberes.

—¿En qué consiste tu trabajo?

—¿Puedo contárselo al espía sin traicionar a mi jefa? —preguntó con sorna; pero lo preguntó.

—No lo sé —confesé.

Me puso el café por delante y una torta de aceite.

—Patricia tiene una maravillosa colección de pinturas que abarca todo el siglo XX. Escogida con mucha anticipación, adivinando autores que no eran nada y ahora cualquier galería europea se da guantazos para tenerlos.

—Pero ella es filóloga, si mal no recuerdo… —razoné, para darle pie.

—No tiene por qué haber sido ella quien montara esa colección en sus orígenes… —paró ahí su relato—. ¿Cómo estás, Alejandro?

—Mejor que la última vez que te vi. Con más control sobre mi vida.

—Me ha hecho mucha ilusión tu llamada.

Me tomó la mano como solo la toman las personas con aplomo. Yo le apreté la muñeca.

—Pregunta lo que quieras, Charo. Me lo pondrías más fácil.

—Me disgusta hacer de inquisidora. Háblame de lo que te apetezca, es mejor así.

—Estoy pensando escribir una novela. —Ella hizo un gesto de admiración, sin querer interrumpirme, incorporándose hacia mí—. Es un sueño que siempre he tenido.

—¿Qué tipo de novela?

—Una novela de un escritor que escribe otra.

—¡Vaya! Eso es todo un reto. ¿Conoces a Paul Auster?

—No. He oído hablar mucho de él.

—No dejes de leerlo. Te servirá de aprendizaje.

—Estoy tomando como inspiración un best seller de hace unos años. *La verdad sobre el caso Harry Quebert.*

—No hay mejor forma de aprender a escribir que leer buena literatura, Alejandro.

Sin especificar nombres, le vine a contar que la primera línea argumental de la novela sería mi esquizofrénica situación de esbirro a ciegas, algo que le entusiasmó.

—¿Seré entonces yo un personaje de esta historia?

—Claro, Charo. Todo lo que digas ahora te retratará en la novela.

—Vaya. Eso implica que tengo que tomar posición.

Me reí con ganas, disfrutaba de esa mujer como niño atolondrado.

—Ahora mismo estás jugando el papel de tutora del narrador.

—¡Qué responsabilidad!

—Y te he dado el color verde aceituna en mi corcho.

—No hay bar bueno si no ponen aceitunas con la primera caña.

—¿Te apetece hacer de mi valedora en esta novela que empieza?

—Me apetece.

Sacó un par de chupitos de licor helado de café para celebrarlo.

—La última vez que tomé chupitos acabé delatándome.

—Menudo espía de pacotilla —sentenció, entre risas de los dos.

Rebuscó en su inmensa estantería para prestarme varios títulos de Auster. Con el tacto propio de quien se sabe necesaria sin forzar la máquina, me habló de la belleza de la exposición de Murillo y Velázquez en la Fundación Focus, de su hermano abertzale enfermo en Donosti y del próximo aniversario del fallecimiento de su marido en un accidente tonto de tráfico.

—Eugenio me mantiene viva, ¿sabes? Llevo la vida que a él le gustaba llevar, me pego los paseos que él se paseaba, tomo café en su café de La Campana, leo sus periódicos y miro el futuro con sus ojos. Soy su representante en la tierra. —Me guiñó el ojo al decírmelo—. Y Eugenio jamás traicionaría un secreto de un novelista amigo.

—Me gusta lo de novelista, Charo. Pero más me gusta lo de amigo.

El palacio de la luna

Esa noche no cené. El licor había subido a las nubes. Tomé *El palacio de la luna* de Auster nada más llegar a casa, me tumbé en el sofá, feliz, y me quedé frito en cuanto descubrí que el título de la novela hacía referencia al neón de un hotel de Manhattan.

Me despertó una llamada. Era Lola. No lo cogí. Me desveló lo suficiente como para esperar unos minutos a que llegase su mensaje.

«Estoy en Sevilla».

Disfruté con la decisión de hacerla esperar. Los nervios corrían a mi favor. Ya daba por descontada la pérdida del sueldo, tenía ahorros para varios meses en un apartamento más asequible y tiempo suficiente para abrirme las puertas con las que dar respuesta a las incógnitas de ese estúpido juego. La conversación con Charo me había inyectado optimismo, por lo que ansiaba una verdadera catarata de escándalos tras las andanzas de Lola, Patricia, Dan y compañía; aunque siempre flotaba la posibilidad de que todo fuera un castillo de naipes y la novela tuviera que crearla con los escasos cimientos de un sueldo en negro por investigar a un chaval autista. Quité el sonido al móvil. Los sueños fueron movidos, con fuertes escenas sexuales que mezclaban caras de mujeres picassianas de cuerpos deformes donde podía reconocer a todas ellas, incluso a Dan, en un paisaje arruinado de fuego, metales y rampas que me arrojaban al vacío.

Me vino bien la cerveza esperándola para cenar junto al ventanal de la Azotea. Ella había decidido incluso la mesa y el asiento donde sentarme. Seguí al camarero.

—Ella me pidió que le reservara esta silla —se explicó.

No era para Lola una cita más, los dos lo sabíamos. Como artimaña para volver a tiempos en que todo era virgen entre nosotros, apareció con su vestido rojo escotado de la primera noche. Yo me tocaba los pies entre sí para comprobar que no flotaba. Las tetas bien apretadas, la piel tersa y algún punto negro pintado en sus mejillas. Labios rojos con un toque brillante.

—¿Dónde te metiste anoche? —No podía reprimir la pregunta, aunque fuese en su contra el arrastrarse.

—Caí rendido, ni siquiera cené. Estuve toda la tarde de chupitos.

—¿Con alguien que yo deba saber?

—No. Nadie que tenga que ver contigo.

—Todo lo que tenga que ver con la familia de Dan tiene que ver conmigo.

Le mantuve la mirada. El camarero le trajo su cerveza con una sonrisa de oreja a oreja, sin duda regada por el aroma de los billetes de Lola.

—Charo es la secretaria personal de Patricia —soltó como un misil.

Me mantuve impávido. Si ella era tan experta en conseguir información, yo no iba a darle más pistas. Menos aún de Charo. Quería escandalizarme.

—Si quieres seguir cobrando tu dieta, imagino que tendrás que ser fiel a la mano que te paga.

—A Charo la conocí en una exposición.

Se hizo un silencio en plena bulla. El local estaba repleto de turistas americanos y japoneses, los únicos que podían cenar a horas tan tempranas en la ciudad. Lola venía con el guion aprendido; ganaba la batalla.

—Sería muy doloroso que Charo conociera las razones por las que estás en Sevilla.

—No las conoce —respondí.

—Hablamos de lealtad, Álex, ¿recuerdas? Entre personas maduras existe un código de respeto a los contratos, estén firmados o no. Basta la palabra. Te he invitado para preguntarte si quieres seguir trabajando conmigo. Te doblaré la paga en ese caso desde este mismo mes, pero debo tener claro que me eres fiel. Aquí no estamos para matar a nadie, ni cometiendo ningún delito.

—¿Qué ocurre si digo que no?

—Que tendrás que abandonar Sevilla esta misma noche, romper todo vínculo con Dan y devolverme veinticinco mil euros por falta de resultados.

Nos sirvieron un gran plato de coquinas con habitas. Lola tomó pan y comenzó a comerlas con cierta ansiedad.

—Me habían dicho que las ponían riquísimas aquí.

Me dejó beberme la cerveza con tranquilidad. Me observó, vio que yo mismo trataba de espaciar la respiración, desbloquearme, decidir qué riesgo tomar. Me agarré a su compromiso de no cometer ningún delito.

—En menuda situación me has metido, Lola... joder.

—Es cuestión de que me jures lealtad.

Yo estuve minutos mirando mi cerveza desaparecer.

—Te seré leal, Lola.

Podía más mi novela.

Tras un par de cigalas a la brasa, unos saquitos de queso y ochocientos gramos de lomo alto de vaca de mi tierra, tomamos una crema de azahar con helado de naranja para terminar el vino, mientras ella me narraba, con la dulzura propia de quien acaba de atravesar un muro complejo, la llegada de su familia a Nueva York. Su padre era Germán, su madre Liliana, pero no había fechas ni direcciones.

—¿La fundación de tu padre es altruista? —me atreví a preguntar.

—Cien por cien.

VAQUEROS

Nueva York, 1991

NO FUERON POCAS LAS VECES QUE PATRICIA OYÓ HABLAR DE LA Fundación Barranquilla, siempre con buenas referencias, ni había evento al que acudiera con sus chavales en que esta entidad no apareciese como patrocinadora. Bien es cierto que con sus alumnos los actos a los que acudía seguían un mismo patrón: jóvenes interesados en la cultura hispana de los barrios menos favorecidos del estado. La Universidad Pública de Nueva York era un referente en estudios hispánicos, acceder a ella estaba al alcance de cualquier buen estudiante y estaba bien localizada en metro para millares de chavales latinos habitantes del extrarradio de la ciudad. Muchos acudían con la ilusión de no perder un español contaminado por expresiones anglófonas que veían en su lengua materna un capital de futuro, más en una ciudad con varios canales de televisión, periódicos, emisoras de radio, librerías y negocios plenamente castellanizados. Transcurridas varias semanas desde el inicio del curso, con los tablones repletos de actividades externas y un grupo de veinte chicos bajo su tutoría obnubilados con su acento andaluz, Patricia decidió proponerles un viaje fin de curso a España, forzando así una fecha en su futuro indefinido para regresar unos días a casa. Que Dan no diera demasiadas señales de vida resultaba entendible tras la tragedia de Quini, pero se le hacía duro estar tan lejos de su madre, desconsolada con la lejanía de su hija. Investigó a la fundación tras confirmar con compañeros su disposición a subvencionar estudios, de modo que decidió proponer un proyecto de investigación cuya base estuviera en la documentación del Archivo de Indias. Alguna relación tendría que existir entre el estado de Nueva York, la Costa Este o algún lugar remoto de Estados Unidos con los legajos del archivo sevillano para montar un dossier que convenciera a los directivos de la entidad.

Aun sabiéndose nerviosa, entró en aquella sala de reuniones de la Octava Avenida con la determinación de una persona resuelta acostumbrada a lidiar con temas de mayor enjundia. La sala, enorme, le mostró a dos personajes al fondo que dejaron de charlar en cuanto Patricia abrió la puerta, para así provocar un silencio absoluto. Oyó sus propios tacones golpetear el suelo de madera en su caminar decidido hacia ellos. En su cabeza se repetían las palabras del rector: «es un hombre afable»; era cuestión de que los segundos tensos pasaran para dar paso a su exposición. No contaba con la chica de estiradísimo pelo negro y ojos grandes que observaba, desde su atalaya de jersey violeta de cuello alto, cómo se colocaba frente a Germán para exponerle su proyecto.

—Adelante, señora Patricia Cordero, está usted en su casa. Esta personita que usted ve a mi lado es Dolores, mi única y amada hija, secretaria organizadora de esta nuestra Fundación Cultural. —Patricia saludó con una reverencia, correspondida por la hija—. Tengo especial debilidad por la cultura y la nación españolas, con lo que ya tiene un tramo de su exposición bien lanzada. La escuchamos.

—Verá, señor Moldova… Llegué hace unos meses desde España como profesora de literatura en la Universidad Pública de Nueva York.

—Hemos leído su currículum —avanzó Dolores, apoyada sobre sus codos y con los ojos fijos en Patricia—. Tenemos incluso muy buenas referencias de su departamento, tenga en cuenta que trabajamos con ellos desde hace años y la comunicación es muy fluida.

Patricia sintió un enorme calor al escuchar, ver y digerir las palabras, las miradas y los gestos de la hija de Germán Moldova.

—Entonces paso directamente a la propuesta.

—No tenemos prisa ninguna, señora Cordero.

—Pues bien, vengo a proponer un proyecto de investigación para el grupo que yo tutorizo, que se desarrollaría durante cuatro meses y tendría su culmen en un trabajo de campo, en el Archivo de Indias de Sevilla.

—¿Sobre qué versaría? —interrogó Dolores.

—Sobre las rutas de colonización de la Florida, señora Moldova.

Con una emoción agarrotada y caliente en medio del estómago, Patricia salió flechada hacia Union Square en cuanto abandonó la fundación. Quería contar a sus alumnos que todo estaba hecho; llamar a su madre para decirle que en cuanto comenzasen los calores por Sevilla volvería a tener a su hija allí; llegar a la casa para hablarle a Eleanor de Germán. Todo había salido redondo y, sin embargo, lo que más le emocionaba no había estado previsto en ningún momento: Dolores, la hija de Germán, la erotizó.

Con todas las letras, fue puro erotismo, una sensación jamás sentida de forma tan explosiva por Patricia, menos aún tratándose de una mujer. Sí, ella sabía de roces y atracciones adolescentes con amigas, pero jamás ese chaparrón de hormonas liberadas como fuegos artificiales en su interior. Solo en momentos así alcanzaba a comprender la magnitud de la belleza, de su belleza, como arma indisimulable, descontrolada muchas veces, de sus circunstancias. Era consciente de que ese día, expresamente, había jugado delante del espejo para sacar de ella lo mejor de sí, que no era poco, para conquistar al señor bien plantado que firmaba los editoriales de la revista bimensual de la fundación. Los vaqueros ajustados, un cinturón fino, rojo, para resaltar su cintura, y un blusón de gasa que transparentase sin exceso sus formas conformaban, junto con los tacones de media altura, una carta de presentación inmejorable para solicitar una ayuda apoyada en unas pretensiones ambiciosas sobre un estudio previo mediocre. Pasó lo que quedó de mañana entre las estanterías de Barnes & Nobles a la búsqueda de documentación sobre los colonizadores españoles de la Florida. Todo debía empezar a partir de Juan Ponce de León.

Fueron días felices.

Eleanor se prestaba al juego de preparar un encuentro con el presidente de la Fundación, los chavales asistían exaltados a los planes de viaje de su profesora y Patricia, hecha ya a la ciudad, no se perdía actividad cultural o cena entre compañeros que se plantease. Estaba viviendo la adolescencia con diez años de retraso, pero con la madurez que dan esos años para disfrutarla con consciencia. El mundo se abría ante ella y Quini solo se aparecía en sueños para confirmarle su belleza de macho primigenio que daba como asignatura aprobada. Sexo como el de Quini no volvería. Ese arrojarse plenamente sobre otro para que hiciera con ella lo que quisiera, con toda la plenitud y frustración que aparejaba, lo daba por vivido. Había estado secuestrada por su capacidad animal de poseerla, había subido al cielo con él y la había hecho llorar como si nada tuviera sentido, magullada por el desprecio. Ahora tenía 23 años y podía aún masturbarse pensando en esa figura fugaz que la revolucionó para convertirla en la mujer todoterreno que se atravesaba cada día la calle Houston para ir a trabajar a miles de kilómetros del zulo en que Quini un día la encerró.

—Yo me hubiera quitado los pechos, si él me lo hubiera pedido —le confesó, con dos vinos de más, a Eleanor.

La llamada de Dolores llegó días antes de la firma del convenio. Ella salía de su última clase camino del comedor de la facultad y el teléfono sonó justo antes de abandonar su despacho.

—Alo?

—Hi, Patricia. It's Dolores Moldova.

La llamaba desde el mismo hall de Washington Square, a escasos doscientos metros de donde se encontraba. Le confesó haber visto el horario de sus clases en los tablones para poder llegar con el tiempo justo de invitarla a comer.

—¿Conoces la Gramercy Tavern?

El paseo hasta allí en taxi fue acaparado por los nervios de Patricia, mientras Dolores la escuchaba sin retener nada de lo que le contaba acerca de la organización del claustro de profesores. Las recibieron con la ceremonia propia de quien es habitual en el negocio; a instancias de Dolores las colocaron en una de las mesas más cercanas a la barra.

—¿Te apetece un Jerez?

Patricia asintió, en tanto se disculpaba para ir al baño y acicalarse. Creía estar sudando. Dolores aprovechó para dejarle el mejor sitio con el que disfrutar de la visión de ese clásico de la coctelería neoyorquina. Moría por dar un sorbo a su copa para calmarse.

—Bueno, espero no haberte roto los planes.

—Me encanta que me rompan los planes, señora Moldova. Más en esta ciudad donde aún no conozco mucha gente.

—Puedes llamarme Dolores, por favor.

Patricia sonrió, más relajada. El espejo le había guiñado nuevos bríos.

—No tenía otro objeto esta invitación que agradecerte que hayas pensado en nuestra fundación para un proyecto tan hermoso. —Dolores, maquillada sutilmente para realzar sus ojos, resplandecía hermosa con la luz sinuosa que entraba desde el exterior—. Suelen recurrir a nosotros para temas más simplotes, puedes imaginar. Una conferencia de algún psicólogo, una representación teatral de un grupo de muchachos o financiar la edición de un libro. Nuestra línea es ayudar en lo posible a difundir la cultura hispana y apoyar a las familias con menos recursos.

—¿Cómo surge todo esto, Dolores?

—Por mi padre. Él es un santo. ¡Mi santo! —A Patricia le hacían reír las expresiones exageradas de la colombiana—. Viene de una familia... llamemos complicada, de la clase alta bogotana. Dejémoslo ahí, sin dar más detalles. —Dolores doblaba y desdoblaba, con sus uñas pintadas, su servilleta de tela marfil—. Digamos que era un intelectual en un ambiente menos sofisticado, pero con mucha plata. En su momento resolvió escapar de allí y encontrar su sitio en esta hermosa ciudad. Para hacerse un hueco decidió, con acierto como puedes ver, dar un poco de su riqueza y su intelecto a la sociedad que lo acogía. Siempre ha estado muy comprometido con las clases más desfavorecidas, ya desde la época en que estudiaba en la Universidad de Bogotá.

—¿Qué estudió?

—¡Qué no estudió, Patricia! Empezó por matricularse en Clásicas, pero lo compaginó con Ciencias Políticas y luego hizo un doctorado en Historia. Precisamente él estuvo en tu ciudad trabajando sobre

Rodrigo de Bastidas, un personaje clave en la colonización de nuestro país.

—¿En el Archivo de Indias?

—¡Sí, querida! Tiene recuerdos imborrables de tu ciudad, de ahí que desde que leyera tu currículum y el proyecto que traías entre manos no veía el momento de recibirte.

—¡No podía imaginar!

—La vida tiene estas cosas maravillosas. Yo te vi tan guapa y preparada el otro día presentando tu iniciativa y me entraban ganas de interrumpirte para decirte: ¡es todo tuyo!

Se hizo un silencio que solo interrumpió el camarero para entregarles las cartas con los menús. Patricia se dejó aconsejar por ella y le preguntó por su relación con Manhattan.

—Llevo aquí desde muy cría, Patricia.

Le narró su inadaptación a las noches largas del invierno y al frío glaciar de la Navidad, sus dificultades con el inglés y la añoranza de su abuela.

—Es lo que más dolor le causa a mi padre, no haber podido despedirse de ella.

—¿Murió?

—No. Está quejosa y con mil achaques, pero la doña sigue viva.

—¿Por qué no va a verla entonces?

—Si yo pudiera contarte... —A Dolores se le humedecían los ojos—. Es todo complicado en nuestras vidas, Patricia.

No daba explicación al hecho de emocionarse con ella. Podía imaginar mil cosas para que el padre de Dolores no pudiera volver a ver a su abuela, cualquiera de ellas la conmovía. Se le subían desde el estómago a Patricia todas las imágenes pasadas del dolor del vivir, concentradas en una masa deforme de incomprensiones que la agitaba por dentro para solidarizarse con esos enormes ojos húmedos de la colombiana.

—¡Pero bueno, que se nos cambia la cara! ¿Bebes vino?

—Sí, Dolores, ¡claro que bebo vino!

Un día después de aquella comida en Gramercy, en clase de Historia de la literatura, Patricia sintió un chispazo brutal pensando en Dolo-

res. Recordó su risa contando su primer día de clase en Manhattan, ese día que se hizo pipí encima de tanto nervio, o la ilusión con que fue enseñando a su madre a hablar inglés, imitando en su gran vestidor a las dependientas de las zapaterías a las que no se atrevía a entrar por no confesar su torpeza con el idioma. Lo que más le emocionaba, sin embargo, era recordar cómo hablaba de su querido Ralph.

—Mi amante, mi amigo, Patricia. Un hombre tan bueno que no imagino mi vida sin él.

Los días de invierno llegaron con una suavidad pasmosa, a pesar de las ventiscas que atravesaban con desparpajo las avenidas haciendo de cada cruce de caminos una aventura. Llegó la nieve, a borbotones y sin piedad, los resbalones, las calabazas y las luces de Navidad. Entendía, entonces, las noches oscuras de las que le hablaba la Dolores niña que un día llegó para no volver a esa ciudad de apresurados transeúntes anónimos.

Aurora, desde Sevilla, le hablaba de normalización. Dan volvía a los estudios y, sobre todo, comenzaba a salir. Su madre hablaba de una chica Erasmus, letona, que lo acompañaba a todas partes, inquieta por saber de ella y quejosa, como siempre, con la cerrazón de su hijo para hablar de sí mismo. No había dejado de medicarse, salvo que tirase las pastillas al váter, pero el desconsuelo del chaval había dado paso a otro tipo de fase ante la que Aurora no sabía cómo enfrentarse. Patricia era un nombre tabú en las conversaciones entre ellos y Martin, siempre afable, se desesperaba con su negativa a compartir cubierto ni un solo mediodía en el comedor de casa. Desde la lejanía, Patricia interpretaba las narraciones de la vida de Dan como un grito de socorro de su madre pidiéndole volver, al tiempo que con la boca pequeña hacía mucha fiesta a todas las novedades que su hija le contaba acerca de los días helados de copo de nieve de sus paseos.

Fue en esa época, sin saber encontrar una frase puntual o el detalle de una conversación, cuando Patricia comenzó a temer por el equilibrio mental de su madre. Había ciertos olvidos, incoherencias en la narración de su día a día, siempre previsible, cambios de humor y reproches que no casaban bien con la mujer que despidió meses atrás entre sollozos en el aeropuerto de Sevilla. Intuirlo le daba pánico, ra-

zonarlo con frialdad era imposible de asumir; de ahí que cuando llegó el día en que la llamó por otro nombre, años después de aquellas conversaciones transoceánicas, trató de encontrar sin éxito el instante en que todo empezó; quería saber cuánto había de ella en los desequilibrios de su madre.

La azotea

Lola aceptó la invitación a gin-tonics que nos hizo Juan, el propietario de la Azotea. No sé si por los nervios, pero prácticamente me había bebido una botella de Juan Gil yo solo, de ahí que cuando di el primer sorbo a la copa ya estaba seriamente perjudicada mi capacidad para enfocar bien los gestos femeninos de la colombiana. Los dos sabíamos que esa noche habría sexo del de pelearse por dominar.

—¿Sigues teniendo casa en Nueva York?

—Claro, en el Upper East.

—¡Qué acentazo te sale cuando hablas inglés!

—Lo aprendí a base de repetir lo que escuchaba en la calle…

—Cuando todo esto pase, me gustaría organizar un viaje a Manhattan… —Ella me miraba, por fin, relajada—. Yo pago el viaje y tú pones la casa del Upper ese.

—Hecho.

Tenía que frenarme para no preguntar cómo de lejos debíamos llegar para dar por concluida nuestra relación contractual. El local estaba hasta arriba, ya se había transmutado la clientela de guiri a española. Me giré hacia ella de nuevo, que dio un respingo incontrolable al asomarse a la ventana. Retorcí la cabeza para ver qué era eso que la espantaba. Justo frente a nosotros, sentado en un portal de la calle Jesús del Gran Poder estaba Dan, con la mirada indolente puesta en nuestra mesa. Me levanté por instinto, casi tiro las copas. Lola me tomó por la muñeca para frenarme, sin embargo le insistí para que me ayudase a salir, retirando la mesa. Busqué como pude un hueco entre la gente, con las mesas bien apretadas cerrando los pasillos. No tardaría más de medio minuto en salir, pero Dan ya no estaba allí.

Lola me convenció para que no le dejara un mensaje en el móvil.

—Lo va a tomar como una pérdida de papeles por tu parte, Álex. Como si tuvieras que disculparte por tomarte unas tapas con una amiga.

—¿Él sabe quién eres tú?

—Sí. Eso ya no tiene remedio. Nos ha visto.

—Me cago en la puta…

—Tranquilízate. Terminémonos la copa. Venga, respira…

—¿Qué le cuento mañana, entonces?

—Que somos amigos, a fin de cuentas él no es tonto. Tendrá problemas mentales, Álex, pero Dan no es tonto.

—Cuéntame algo más de él, Lola. ¿Por qué quieres volverlo loco?

Lola dio un sorbo largo a su gin-tonic, preparando su negativa a hablarme más de él.

—Ya te dije que él no es mi objetivo, pero necesito que hable.

—¿Que hable de qué?

—Ya te lo contará él, Álex. Todo a su tiempo…

Rechazo

Aunque nos besamos en San Lorenzo, Lola entendió mis ganas de dormir solo. A fin de cuentas, seguía siendo su asalariado. Especialista en subir y bajar en el sexo, de llevarme al paraíso para cortar de golpe, su beso final lo entendí de no retorno por esa noche. Ni siquiera le pregunté dónde dormía, para evitar la tentación de desandar los pasos. La imagen de Dan en el portal era demasiado violenta como para abstraernos de ella por las buenas. Necesitaba hablar con él, incluso sin saber qué contarle. Era difícil explicarle que le había traicionado sin responder a sus preguntas. Había prometido fidelidad a Lola, tenía un contrato; debía ser más inteligente de lo que ninguno de ellos pudiesen esperar de mí. Todos teníamos un objetivo, pero el mío era el más hermoso: escribir mi novela. Llevaba toda la vida esperando un momento así, una confluencia de despropósitos de la que yo fuera protagonista. Pensé en llamar a Charo. Era tarde y era parte. La necesitaba en la retaguardia, a mí me correspondía desbrozar el camino.

Tras una mañana tranquila, consciente de la presencia de Lola en la ciudad, de kilómetros junto al río, compra de más cartulinas para el corcho y de lubinas del Mercadona para comer, salí a tomar un café con Joël Dicker. Su novela me tenía abducido. Los saltos en el tiempo me venían como anillo al dedo para hilvanar los episodios neoyorquinos. Contaba las palabras de cada relato para saber cómo organizar una historia con continuos flashbacks sin hacer volar el ritmo por los aires. Tenía un reto por delante, tras estar leyendo por segunda vez el caso de Harry Quebert; el relato en pasado de mis personajes, con un narrador omnisciente neutro, debía desembocar en el relato acelerado en primera persona en que yo era protagonista; el único obstáculo, salvable, era cómo atacar esa confluencia, en que ya estaría yo dentro de la novela como uno más de sus personajes, para describir lo que todavía estaba por pasar.

Tocaba uno de los momentos más complejos: recuperar a Dan.

Retrasé al máximo la llegada a sus oficinas, lo que facilité yendo a pie hasta las torres, para cogerlo con el menor personal posible; necesitaba captar su atención. Me recibió una chica, quien confirmó que Dan estaba en su despacho. Había jaleo en las mesas, con al menos un par de matrimonios. Me pasaron a la famosa sala de juntas de los juegos sexuales del rubio. Como la espera iba para largo, saqué mi portátil para poner en pie la escena del día anterior en la Azotea. Aún tenía reciente el repelús que sentí al ver a Dan en la acera de enfrente observando nuestras risas tontas de alcohol. ¿Desde cuándo estaría ahí?

Dan entró en la sala como un vendaval.

—¿Qué quieres?

Me levanté de un salto, di un golpetazo al ordenador.

—¡Dan!

Hice por acercarme, él estiró el brazo como rechazo.

—Venía a disculparme.

—Ok. Disculpado. Como puedes ver, tengo la oficina llena y no tengo tiempo.

—Te esperaré aquí. No tengo prisa.

—Quiero que te vayas, Álex. No hay más nada que hablar.

—Te esperaré aquí. Mereces una explicación.

Cerró la puerta sin mirarme.

Bebé

Sevilla, 1978

Martin trajo una corriente de aire tan fresca a la casa, que el anuncio a Patricia del embarazo de Aurora el día de Navidad de 1977 trajo tal alegría a la familia que no parecía posible que meses atrás la habitase un descompuesto personaje alcoholizado, enfermo de sexo y resentimiento. Aurora recuperó de un soplo la expresión de su juventud, despistada en ese inesperado papel de esposa de un americano quince años menor que ella que la trataba con la delicadeza y atención que toda mujer merece. Patricia contribuyó con sincera emoción, tal vez excesiva, a la incorporación de Martin a casa. Era el paño que borraba todo lo sucio, el hombre bueno que traía amor, sin gritos, órdenes ni desplantes propios de alguien educado en una sociedad machista. Hacía de cocinar, organizaba las tareas de casa y animaba a Aurora a seguir con sus clases hasta que el embarazo se lo permitiese. Todo se hacía fluido entre ellos tres.

El embarazo fue un proceso feliz vivido con especial pasión por Patricia, ávida de adoptar como suyo a ese crío tan deseado. Era el regalo que su madre, y ella, ofrecían como bienvenida a Martin. Le asustaba, sin embargo, la actitud tan extraña en su madre. Aurora perdía el paso en pequeños detalles domésticos, la llamaba con nombres equivocados, se asustaba con las apariciones de Martin a media tarde. Lógico, pensaba, para quien había vivido situaciones traumáticas tan recientes. Ya por esas fechas decidió que cuando terminase el bachillerato seguiría los pasos de su madre en la facultad de Filología. Era el ambiente que respiraba en casa, sabía recitar de memoria los principales errores de los alumnos españoles con el inglés y ayudaba a corregir exámenes a sus padres. Impusieron días de prohibición del español. Patricia disfrutaba preguntándole expresiones a su padre, que hacía por modularles el pronunciado acento británico con que la había educado Aurora.

—¡Cuando vengáis a Nueva York se van a reír de vosotras!

Un viaje que el embarazo y nacimiento de Dan, así como la no muy boyante situación económica heredada de Federico, retrasaron hasta hacer que solo fuesen Martin y Patricia quienes pudiesen escaparse cuando Dan ya comenzaba a ir a la guardería.

El niño nació rollizo, como un ángel libre del pecado original de los Cordero. Aurora, entrada en peso y con los cuarenta años cercanos, tiraba para todo de una Patricia solícita. Martin se ocupaba de lo que no fuera el niño, emocionado como un extraño que no terminaba de creerse que esa casa fuera suya ni esa señora su esposa. La idolatraba como a una virgen de porcelana, loco por dormir cada noche junto a ella, pese a la falta de sexo y al exceso de lamentos por sentirse tan torpe como madre de nuevo.

—¡Quién me iba a decir que me tocaría cambiar pañales a mi edad!

Aurora no tuvo tiempo de hacer el duelo de su vida anterior cuando ya se encontró con un hijo en sus brazos. Todo en su vida era precipitado, se decía. Temía volver a equivocarse, poner ilusión como entonces en un proyecto fallido del que salieran mal parados.

Dan era un niño silencioso. Le pusieron ese nombre buscando uno entendible en los dos idiomas. Lo propuso Martin al recordar a sus abuelos daneses, de quienes le venían imágenes de amor que conformaban la leyenda de un matrimonio luterano emigrante, en el Nueva York de la posguerra, que vivió unido hasta su muerte, con apenas diez días de diferencia. Dan, el rubito angelical y callado, aparecía como un tributo al amor de sus abuelos. Martin observaba con delectación los mimos de Patricia hacia su hermanastro, sosegado de saber que el niño contaría para siempre con dos madres, dos mujeres unidas por el horror de unos años terribles que él conocía de primera mano y que desconocía hasta qué punto había condicionado de por vida el futuro de las dos. Ese dolor tan puntiagudo contaminaba en cierta forma la atmósfera de ese hogar que no terminaba de sentir suyo a pesar de los esfuerzos sinceros de Aurora, y especialmente de Patricia, por abrírselo de par en par.

—He luchado mucho por esta casa, Martin —afirmaba con determinación Aurora cuando este planteaba su venta para irse a un piso céntrico donde empezar de cero—. No voy a irme de aquí por muy malos recuerdos que tenga. Ya se borrarán.

Martin entregó gran parte de su tiempo a estar con Dan, tanto que desatendió su exuberante vida social sevillana. Pese a los tirones de oreja de su pandilla de la calle Betis o del equipo de voleibol, la paternidad superó sus convicciones personales de no cambiar por ser padre. Vivió con plenitud ese período incomparable de sentirse creador de algo tan hermoso; significaba su definitivo asentamiento en una ciudad a la que llegó por azar, adoptar un lugar en el mundo lejano de su amado Manhattan, cercano en sueños, al que seguía conectado gracias a su hermana Eleanor. Hubiera dado la vida por traerla a Sevilla para cerrar el círculo de la felicidad. La conocía lo suficiente como para saber que disfrutaría en esa tierra, alejada de la soledad del sombrío piso del Village, entregándole ese niño para cubrir la mezquindad de un útero improductivo deseoso de parir, y así disfrutar de ella, conectar el tercer vértice del triángulo de sus mujeres. Sin embargo, la exitosa carrera profesional de Eleanor como investigadora en el Monte Sinaí era obstáculo insalvable para quien había encontrado en su trabajo la única forma de sentirse plenamente realizada.

Fue Martin el primero en sospechar del comportamiento retraído de Dan, pero no sería hasta su adolescencia cuando se planteasen consultar con expertos si su carácter huidizo tuviese algo de anormal. Su padre pensó, en un principio, que era cierta reacción natural a tanto mimo. Tener dos madres cosconas no debía ser buena medicina para un crío en edades tan tempranas, de ahí que forzase en cuanto pudo el llevarlo a una guardería con la excusa de recuperar los ingresos de Aurora con sus clases. Martin preguntaba a los maestros, que no notaban nada más allá de un carácter tranquilo.

—Pero, ¿juega con alguien?

Los cuidadores se miraban sin saber dar una respuesta rotunda.

—Sí, juega. Sobre todo le gusta pintar. Es un niño obediente, formal.

Quizás lo estaban acogotando con tanta modernidad de hablarle en dos idiomas, pudiera ser eso, pensaba Martin, que tardara tanto en explotar por sus dificultades para comunicarse en una lengua, para dominarla por completo. Intentaba no preocupar a su mujer:

—Amor, qué callado lleva toda la tarde Dan…

—Lo propio de un niño inteligente, Aurora. Él es feliz en su mundo.

Los jueves por la tarde, Martin acudía a natación con Patricia. Era el momento perfecto de la semana para ponerse al día. De no ser por esos paseos, Martin no estaría al tanto de sus primeros novietes, de las preocupaciones no contadas por su mujer; sin ellos no habría ganado la complicidad de adolescente en Patricia, que agradecía esas charlas donde no se cortaba para preguntarle por amores pasados, o si funcionaba bien el tema sexual entre ellos dos.

—¡Patricia!

—Veo a mamá apagada desde que nació Dan, pero volverá a ser lo que fue, te lo aseguro.

—Yo con tu madre estoy feliz como una perdiz. —Patricia se reía de las expresiones aprendidas por Martin—. El tema sexual, como tú dices, no lo abarca todo.

—Ya…

No conoció a Aurora de joven para confirmar hasta qué punto era como la Patricia con la que paseaba, resuelta y preguntona. La Aurora de la que sí disfrutaba era una mujer curtida que lo quería sin condiciones, pero con unos recovecos inexplorables que bien se ocupaba de defender. En una de las caminatas hacia natación, tras una charla desgarradora con Eleanor acerca de la crudeza de su soledad, Martin se lanzó a preguntar a Patricia:

—¿Qué es lo que hace sufrir a mamá?

La niña se paró en seco, como si esperase esa pregunta desde siempre. Se recolocó la mochila sin responder.

—¿De verdad quieres saberlo?

VÉRTIGO

TARDÓ CINCO MINUTOS EN ENTRAR EN LA SALA UNA VEZ QUE la oficina quedó en silencio; incluso temí que se hubiese ido dejándome dentro. Abrió y salió hacia fuera.

—¿Apetece una cerveza? —propuse.

—No. —Se ponía el chaquetón—. Dame esas explicaciones que me debes, disculpado ya estás.

—No te creo, Dan. Yo no disculparía tan fácilmente estando en tu lugar.

—Álex...

—¿Cómo sabías que estábamos ayer en la Azotea? No creo en las casuali...

—No te hagas el tonto, quillo. Que seré autista, pero no capullo.

—No te entiendo.

—Un sobre debajo de la puerta, ¿te suena de algo?

—No sé de qué me hablas.

—22h. Azotea. Jesús del Gran Poder. Era tu letra.

—¿Cómo piensas que era mi letra?

—A ver. Coge un papel. Escribe algo. Azotea, por ejemplo.

Escribí aprisa, sin pensarlo. Dan sacó un papel de su chaqueta. Sí, tenía la misma forma de componer las letras, se parecía mucho, pero estaba claro que no era yo.

—Se parece, pero no es mía.

—He estado varias veces en tu casa, me has pasado los borradores de tus artículos, vamos…

—Te lo juro, Dan.

—Habrá sido la puta esa. Es igual. ¿Cuál es la explicación?

—Estoy metido en un lío.

—Imagino. Soy todo oídos.

—Me hablaron muy bien de ti, tenía ganas de conocerte, de ahí que forzara lo del accidente…

—Álex, ¡por Dios! Que no me caigo de un guindo. Destrozar un coche para conocerme, ¡tú eres un capullo!

—Estaba a todo riesgo.

—¡Vete de aquí, Álex! Si es que te llamas Álex…

—Dan, coño, ¿tú no has metido la pata en tu vida?

—Hasta aquí hemos llegado. Me espera una limusina con una fiesta exclusiva y debo salir. Ya deben de estar abajo.

Tomó su cartera, se colocó el reloj.

—¿Puedes mirar si ya está abajo o es pedirte mucho?

Agarrotado por la situación, me agarré a ese cambio de tono para asomarme a la ventana. Sentí un descontrolado vértigo. Era un décimo piso. Oí un grito tremendo a mi espalda. ¡Dan se abalanzó sobre mí para empujarme por la ventana!

—¡Hijo de puta, cabrón! —Hice por desembarazarme, pero me empujaba con fuerza. Me agarré a los dos lados de la ventana y le propiné una patada en los huevos para zafarme de él. Corrí buscando la salida, temía cualquier cosa de Dan. No encontraba la escalera. Llamé el ascensor y sostuve la puerta de su oficina desde fuera. Cuando lo escuché abrirse salté dentro y pulsé con más nervios de los que he tenido en mi vida para que se cerrase.

Alejado lo más posible de la torre de oficinas, al otro lado de la avenida, con taquicardia, soplé descontrolado para recuperar la respiración. No había limusina por ningún lado que lo esperase. Aguardé más de diez minutos hasta verlo salir; lo hizo con precaución, miró hacia todos lados antes de tomar hacia la derecha. En todo momento hablaba por el móvil. ¿Contándole a Patricia el fallido intento de asesinato? La situación había llegado más lejos de lo que yo podía prever. A pesar del frío, estaba empapado en sudor. No quise perseguirlo, sino caminar en sentido contrario, buscar un refugio donde tomarme unas cervezas.

¿Qué tipo de traición representó, para él, verme cenar con Lola? Necesitaba preguntarle a alguien. Con suerte, ella estaría aún en Sevilla. Era seguro que estaría interesada en saber que el objeto de sus desvelos, por cuyo espionaje pagaba un dineral al mes, se había quitado la careta. Era un asesino en potencia y a mí, Lola, desde esa misma noche, me tenía como fiel colaborador. Me dio cita en su hotel.

—Cálmate —me dijo, nada más abrir la puerta—. Entra y me cuentas mientras me ducho. Vamos a tomarnos algo por ahí.

—Prefiero hablarlo con una copa por delante. Te espero aquí.

Me tumbé en la cama, acurrucado por el sonido de la ducha, en una habitación enorme, calentita, que me invitaba a dormir, a olvidarme del mundo. Sentía, con los ojos cerrados, los movimientos pausados de Lola no queriendo despertarme. Hasta que no se vistió de negro, se colocó un gran collar de medallones de nácar y se perfumó, no me despertó con un beso.

—¿Sigues queriendo salir?

Nos tomamos el aperitivo en el mismo bar del hotel Mercer. Abrieron un Deutz para nosotros.

—Esto es una delicia para los nervios, Álex. No hay mejor ansiolítico que una buena copa de champán.

Ella me hablaba en un tono de otro mundo, al que me invitaba a entrar.

—Si querías volver loco a ese tío, ya lo has conseguido. Ha intentado tirarme por la ventana de su oficina.

Lola dio un salto de su taburete, casi me tira la copa encima.

—¡Qué me estás contando, huevo!

Había algo en su reacción que no terminaba de convencerme.

—¿Fuiste tú quien le envió el anónimo diciendo que se presentara en el restaurante a las 10?

—No puedo negarlo. Somos un equipo, debo ayudarte a acelerar el proceso.

—Llegaste a imitar bien mi letra.

—Quería que pensara que eras tú. Él sigue admirándote, Álex. Es un tipo hiperdependiente. Muy frágil. A pesar de tus traiciones, sigues siendo un referente para él.

Forzó un silencio para que yo reaccionara.

—¿Te empujó con fuerza? —Le podía la curiosidad—. ¿Crees que te hubiera tirado de verdad de haber podido?

—Creo que no —confesé.

Ya en el Petit Comité, encerrados en un rincón apartado del restaurante, ella me sorprendió con un sobre.

—Es para ti.

—Aún no es final de mes. —No era dinero lo que necesitaba en ese momento.

—No todo es plata. Sobre todo ahora, que te siento más cercano que nunca —sonrió, victoriosa.

Abrí con impaciencia el sobre, que contenía un billete a Nueva York. ¡Salía al día siguiente! Mi primera reacción fue no aceptarlo, pero quedé callado.

—¿Qué me dices?

Estaba demasiado emocionado para hablar, se me venían a la cabeza imágenes de Estíbaliz.

—Gracias, Lola. De corazón.

—Es por trabajo, no creas. Sé que querrás tener tiempo para hablar con el jefe de los Moldova, mi señor papá.

—Gracias…

—Me reprendió por cómo me comporté contigo durante ese almuerzo en Madrid, del que casi te expulsé.

—Del que me expulsaste…

—Es hora de subsanarlo.

La ciudad de Auster, de Patricia Highsmith, de Irving…

—Te lo acepto por ser un regalo laboral, Lola. Mil gracias.

—¿Y si lo hiciera por amor?

—Por amor, no podría aceptarlo. Me lo ofrecieron mil veces por amor, y mil las rechacé.

¿Dónde estaría Estíbaliz? ¿Con quién?

Nueva York

Los nervios no me dejaron dormir. Cuando sentí que Lola estaba plenamente dormida, me largué de allí. Me esperaba Nueva York.

Consciente de que era un regalo envenenado, ya aprendí a cabezazos que nada es gratis en esta vida, sabía que iba a aprovecharlo. Visitaría el edificio Dakota, el Preemption, el News Museum, caminaría por High Line Park, me pasaría horas en Barnes & Noble, atravesaría el Hudson para recorrerme Williamsburg, daría de comer a las ardillas en Central Park. El sueño de todo creador estaba a solo unas horas y lo disfrutaba con toda la emoción, no podía ser de otra forma. Mi caminar siempre había ido en una única dirección, llenar la mochila de experiencias que se alejaran de ese hostal de moqueta apestosa que tenía grabado a fuego como destino insobornable.

Llegué un jueves noche a un JFK colapsado en la zona de control de pasaportes. Busqué el autobús que me indicaron y me planté en la Grand Central Station en un soplo, tras observar el skyline desde Queens en un recorrido iniciático inolvidable. Germán tenía los datos de mi vuelo, por lo que no quise hacerle esperar y tomé el metro que me indicó Lola, tras hacer unas fotos desde Lexington Avenue a la torre Chrysler. No tardó en abrir la puerta nada más llamar, vestido con jersey de cuello vuelto y pantalones anchos, más joven de lo que recordaba el día de nuestro tropiezo en Madrid.

—Esos días estaba enfermo, Alejandro. Y un poco triste.

—Ya me dijo Lola…

—Me hace reír que llames Lola a mi Dolorcita… —confesó, con ojos achinados—. Ahora me coges en plena forma. Anda, deja la maleta en el rellano. ¿Quieres ir al baño o necesitas algo? —Negué con la cabeza—. Tienes Manhattan a tus pies y al mejor cicerone colombiano que te puedas encontrar para entregarte la ciudad toda para ti. Tenemos reserva en diez minutos en el Katz.

—Yo no quisiera molestar, señor Moldova.

—Si me vuelves a llamar señor es cuando me voy a molestar. Vamos a tomar un taxi, porque calculé mal los tiempos y no quiero abusar de la confianza de mi amigo Joe. Ya nos paseamos la ciudad a la vuelta.

Dejé las cosas en la entrada de lo que parecía una casa señorial, en la que imaginé a Lola trasteando entre sus pasillos, excitado por estrenarme con uno de esos taxis amarillos de las pelis.

—Y tranquilo —me aclaró Germán, ya montado en uno de los clásicos Ford Crown Victoria—, que solo hoy tengo previsto fregarte, no me gusta que me tilden de cansón.

No reconocí el Katz hasta que Germán no me habló de siglo y pico de historia, o del orgasmo fingido de Meg Ryan frente a Billy Cristal.

—Trinca el boleto que te den, Alejandro. Aquí se come el mejor pastrami.

Nos colocaron en una mesa fija junto al ventanal que daba a Houston Street.

—Podía haberte llevado a un *restorán* más chévere, pero ninguno como este clásico para entender a esta ciudad.

—Es meterme en una película, Germán. No puedo estar más agradecido. Por cierto, ¿qué es el pastrami?

—Ahora lo verás. No sabría explicarte. Como una res macerada. Muy jugoso, nada extraordinario. Tú te encargas de echarle mucha mostaza, que te rebose bien por las manos, y lo disfrutarás rico.

Servían rápido. En cinco minutos me vi con una jarra de cerveza y los manchurrones de salsa barbilla abajo. Comerlo obligaba al silencio, a observar el bullicio del Soho por la ventana y escapar de la mirada avezada del viejo colombiano.

—Gracias por dedicarme su tiempo.

—Estás pesado, mi españolito. Los amigos de mi Dolores son tesoros por cuidar. —Hizo una pausa incómoda para él—. ¿De qué la conoces? —Tuve la torpeza de no llevar yo la iniciativa en nuestra primera conversación con contenido, así que no sabía qué podía contar y qué no.

—¿Sabe por qué somos reconocidos los gallegos en España? —pregunté.

—No se me viene a la cabeza qué pueda ser. —Su expresión era simpática.

—Pues que siempre respondemos con una pregunta.

—No son claros los gallegos, quieres decir...

—Eso dicen.

Él terminó su cerveza, reposando su espalda contra la silla. Me dio la vez con su brazo derecho estirado hacia mí con la palma hacia arriba.

—¿De qué dijo su hija que me conocía a mí?

—Me asustáis los gallegos.

Nos reímos. Tuve un pinchazo de felicidad allí, en esa mesa de formica con vistas a las luces de Houston Street. El silencio era un pulso.

—Verás, Alejandro. Me disgustó la escena que viví en Madrid. Dolorcita se comportó contigo de mala manera y me puse rabón con ella. —No hacía falta traducir sus expresiones para entenderlas—. Así que le pedí explicaciones de quién eras tú.

—¿Y qué le contó?

—¡Maldito gallego!

No podíamos parar de reír. Pidió dos jarras más de cerveza.

—Se me atravesó que el desencadenante de todo fuera el nombre de Patricia. Entonces ella me contó que tú eras un medio amante que estaba intentando ayudarla a conectar de nuevo con ella.

—¡Ajá!

—¿Y no es así?

—¿Usted qué cree?

—Gallego raponero... No me hables más de usted, que me haces sentir un maldito cucho.

—Me encanta su vocabulario.

—Vocabulario mezcla de mala gente bogotana y pudientes mafiosos.

Di un trago de cerveza dispuesto a hablar.

—Yo no quiero preguntar de más ni hacer ningún daño, Germán.

—A este cucho ya no le hace daño nada, caballerote español. Para tu información, además, mi hija no me ha dado ninguna instrucción de lo que pueda o no pueda cantar. Así que la vamos a pasar bien.

Frenó la presión explicando cómo se llegaba desde allí a su primer apartamento, cómo de pejiguera era Liliana, cuánto miedo sintió al dejar a su familia colombiana.

—¿Conoces el significado de la palabra terror?

ATROZ

Bogotá, 1963

HASTA QUE NO HUBO PISADO BOGOTÁ CON DIECIOCHO AÑOS, *Germán no comprendió el miedo atroz que seguía provocándole el orinarse por las noches en la cama, en ese viaje de primerizo en que ya por fin consiguió hacerse con un apartamento en Carrera 15 donde instalar su fortaleza inexpugnable de libros y amigos nuevos.*

No fue difícil convencer a su madre de su amor por los estudios, el problema radicaba en cómo de liberado iba a estar en la capital poseyendo en sus archivos neuronales tantas imágenes vergonzantes de falta de escrúpulos ejercidas sin pudor por un clan irreductible que flirteaba cada día con el precipicio de lo maldito. Su hermano Eulogio tuvo que transigir a cambio de amenazas tan directas que no dieran pábulo a la duda en un chaval que prometió fidelidad eterna a los Moldova, que estampó con su firma la corresponsabilidad en los secuestros más mediáticos y que se hizo fotografiar con la cabezas reventadas de policías en sus finas manos a cambio de sus años de libertad como estudiante. Tan vergonzosa era para su hermano la elección de la facultad de Clásicas en la universidad bogotana que todo era una crítica hacia su sexualidad, cuando no a su cordura. Para quien la vida se medía en tacos de billetes de mil dólares, no era comprensible que nadie escapase de la jaula de oro en que habían convertido el negocio familiar.

—Tu vida está en nuestras manos, chino. Estarás vigilado hasta que mueras.

Tenía vecinos normales, que lo saludaban; compartía aulas con jóvenes de su edad que no sabían de secuestros; paseaba ¡solo! por el parque Metropolitano como un chaval sin urgencias, aún desconfiado de quien pudiera andar a sus espaldas. Quiso una vida austera sin excesos, sin despreciar la paga semanal que llegaba desde Villa Tres Torres, porque disminuyendo la dependencia tendría muy avanzado el corte del hilo que lo ataba a una vida anterior que quería matar, pese a su madre y los paisajes verdes de su infancia. El miedo a reacciones extrañas desde casa hizo que buscase trabajos de camarero en un restaurante en la avenida del Dorado, a quinientos metros de la ciudad universitaria. Si le cortaban el suministro semanal tendría ingresos suficientes para vivir en cualquier habitación compartida en una zona más asequible de la ciudad.

Germán conocía sus fortalezas, entrenadas durante años ante las incertidumbres de un futuro marcado en negro para quien no era amante de los tumultos ni la ostentación. Estudiar latín y griego era toda su ambición. No cabía más felicidad en su almohada. Sus compañeros de clase eran raros, sí; sus profesores, también. Esa clase de rareza era la elegida, sin embargo, por quien se sentía diferente del mundo. Los primeros meses fueron, pues, dulces como había soñado, justo hasta que Eulogio decidió que el juego había terminado para su hermano pequeño. Las personas de mala naturaleza no resisten con facilidad la pureza en los otros, más si son cercanos y tienen ilusiones incomprensibles para ellas.

La pesadilla comenzó de forma inesperada. Una llamada de teléfono para avisar de la visita de su primo Sancho, que le produjo un golpetazo de alegría, fue el principio de la invasión a su intimidad conquistada. Sancho no era visita de un día ni tenía pensado compartir su vida de estudiante, sino que se convertía en guardián de las esencias de los

Moldova en el hogar de un Germán que tardó semanas en darse cuenta de quién removía sus cajones e interceptaba llamadas para anular citas sin consultar.

—Te juntas con gente extraña, primo. No sé qué pensaría el Eulogio de todo esto.

El segundo semestre del primer curso fue, pues, una cruzada para ser más inteligente que el resto, en una guerra de escaramuzas para hacerse fuerte en territorio propio. La mejor arma para combatir a quien le sojuzgaba era la sonrisa valiente. Dedujo, tras las ansiedades propias de quien se ve de nuevo atado tras creerse libre, que el combate debía consistir en una falsa rendición. Integrar a Sancho en su mundo era aburrirlo, hacerse acompañar por él a las tertulias de la bolera de Santa Cruz era demostrarle que no había miedos que tener respecto a él. Insistirle cada día en tomar el té con los compañeros de Filosofía era un castigo que su primo no pudo soportar.

—¿Para cuándo me vas a llevar de putas, chino?

Germán se reía por dentro y tan solo esperaba que, como fruta madura, su primo volviese al nido de los que no saben marcar un futuro propio.

Ido Sancho, no hubo mes en que por Carrera 15 no se presentara Eulogio, su madre o alguno de los matones a sueldo de confianza para recordarle que su paraíso era ficticio. Le encomendaban entregas a las que no se atrevía a negarse, asistía a reuniones de códigos inentendibles y le informaban de ataques al clan para hacerlo sentir víctima de esa sociedad a la que quería integrarse sin hipotecas.

Las desazones no desaparecieron sino años más tarde de vivir con cierto desparpajo sus rutinas bogotanas, y si había vértigos a los que enfrentarse estando sereno, estos tenían que ver con el qué hacer con su futuro cuando su fulminante carrera universitaria llegase a su fin. Tenía Germán, tal vez por ese pánico a asumir que su vida estudiantil tenía los días contados, cierta obsesión por integrarse en círculos que le protegieran de su familia. Se enamoraba con facilidad de chicas de clase alta para conquistar a suegros que le dieran una salida, sin asimilar que su apellido era un impedimento para atravesar ciertas fronteras en la sociedad capitalina de la que quería formar parte. Todo se sabía.

Tenía todo lo malo de su familia, el apellido, y nada de su fortuna para abrir puertas de otras maneras, de ahí que todo su empeño lo aplicase en formarse como persona noble que asumía la imposibilidad de luchar contra la parte del destino que no era elegible. Lo notaba, sobre todo, al acudir cada festividad a Tres Torres. Su presencia era otra y la capacidad de seducción enorme, tanto que hasta su madre admitía que la vida de su hijo favorito no podía estar allí.

—Eres un orgullo, hijo —le confesaba en los pocos momentos de soledad en la gran cocina de la casona principal, inquieta por las primeras consultas médicas que le auguraban un corazón frágil a su niño—. Busca la forma de quedarte en Bogotá.

Los estudios acabaron con la prisa con la que transcurren los sueños que se temen perder. Había sido tanta su obsesión por aprovechar el tiempo, con tan poco margen para el descanso reflexivo de sus pequeñas victorias, que en el futuro a Germán esos años universitarios se le aparecerían como una película en blanco y negro a cámara rápida; un revoltijo de emociones desorbitado que no distinguía un año del otro, las caras se le hacían borrosas, confuso para retener nombres al mezclarse los oficios en que trabajó, las conferencias que organizó, las notas de prensa culturales que aprendió a redactar para El Espectador, los miles de turistas a los que guio por el cerro de Monserrate, las prácticas como pinche en La Puerta Falsa, sus noches de guardia en el café el Automático para recibir a autores que venían de toda América a disertar sobre sus publicaciones.

Enamoradizo y poco constante, Germán tardó en perder la virginidad. No lo hizo hasta el segundo curso de la facultad, cuando una profesora costarricense, joven recién llegada a Colombia con la familia, se apoyó en él y sus enormes ganas de aprender para descubrir la ciudad. De piel sin vello y pelo negro, su cuerpo era una joya que daba miedo tocar, de tan inasequible para sus expectativas. Ella se entregó a Germán como si no hubiera otro objetivo en su vida, y lo cazó por completo. Tanto así que cuando terminó su contrato de tres meses y se instaló en Cartagena, Germán creyó morir. Había comenzado tan alto, siempre pensó, que ya no existiría mujer en el mundo que lo pervirtiera. Todas eran mamitas medio analfabetas con miras cortas y sexo húmedo, inhabilitadas para seducirlo.

La trampa fue Liliana. Cuando se acababan los argumentos para permanecer en la capital, a pocos meses de terminar el curso, su madre lo llamó para decirle que la pequeña de los Castro no terminaba de adaptarse a sus estudios de Derecho en la ciudad. Los Castro. Si algo había que debían respetar era a los Castro, pudientes justicieros de Antioquia. Familia bien, criolla, sutilmente corrupta, enlace perfecto de los Moldova con el mundo oficial de los gobernantes de la región, la pequeña Liliana era la joya de una familia en la que la segunda generación no hizo nada por seguir la traza de los padres, respetables representantes de la alta sociedad de Medellín.

—Haz por verla, ella siempre te hizo mucha fiesta cuando era pequeña. ¡Aún te nombra!

Haciendo de tripas corazón, Germán se plantó en la casa que los Castro tenían en Carrera 17, bien peinado y con los pantalones negros de las grandes ocasiones. La niña se había convertido en una muñeca de exposición, fina, blanca de piel y los mismos ojos enormes, penetrantes, de entonces. Le recibió la madre, encantadora en su papel de anfitriona que sabía que recibía al pequeño de los más poderosos camorristas de Colombia; pero el sano, el rebelde, el intelectual. La conjunción perfecta entre ética y fortuna.

Germán ejerció de tutor con la esperanza de que le sirviera de anclaje para permanecer en la ciudad, sin saber que la fría dependencia de Liliana respecto de él se iba a convertir en un no poder vivir sin ella. Curiosa, gamberra, provocadora, la niña de los Castro sacaba el lado más tierno de Germán, y al mismo tiempo el más perverso, impulsado por el morbo que le producía estar actuando como nadie quería imaginar y todos anhelaban. Empezó a ejercer como novio en Carrera 17 mucho antes de serlo, sin apenas haberse dado un beso ni rozado los brazos al andar. Las conversaciones telefónicas con su madre, su indisimulado tono de alegría al otro lado, demostraban que las dos familias estaban más que compinchadas para que los pequeños de cada casa asegurasen el enlace perfecto entre ambas, sedientas una de plata, la otra de legitimidad. Eulogio le encontró un trabajo limpio en el Banco de Comercio, como financiero, mientras la niña terminaba los estudios de abogacía.

Liliana se mostró como una mujer amante de su marido desde ya antes de la gran boda en la catedral de Medellín, que tanto diera que hablar en la prensa colombiana. Le dejaba los espacios bien abiertos a su Germán para que pudiera moverse en un ambiente que poco tenía que ver con los de los círculos económicos de poder de la capital, tan fácil de frecuentar de haberlo querido, porque desde un primer momento supo que su marido era un ser especial, bueno como un perro huido de una camada de lobos, con heridas sin sanar, desde la infancia, de mordiscos por todo el cuerpo. Sí tuvo claro ella que los estudios de Derecho no le interesaban lo más mínimo, por lo que una vez hecha la foto que sus padres esperaban con el título en las manos, comenzó a diseñar una vida futura como señora de Moldova. Adoraba Bogotá. Por razones bien distintas a las de su marido, pero con una base similar, escapar de la vida previsible, ser libre, tener ilusiones propias de una mujer joven con ganas de sentirse hermosa, vestir bien e integrarse en una sociedad cosmopolita. Querría llevar un negocio, pero a su manera, sin prisas y por el simple hecho de ocupar el tiempo de forma elegante. La economía doméstica, a la que daba toda la importancia para mantener el estatus, corría a cargo de su marido, al que cuidaba como a un niño el poco tiempo que lo tenía en casa. Lo bañaba, vestía y perfumaba cada noche; ávida a diario de salir a cenar con los escasos amigos que Germán aportaba. Liliana sabía picar entre ellos, sobre todo entre sus mujeres, para irse abriendo a la metrópolis. Acaparaba conversaciones con su carcajada sonora de mujer bien hablada y belleza serena.

Era un matrimonio de foto perfecta que vivía en planetas diferentes.

Penrose

El paseo, helado, Bowery Street arriba, fue un respirar pausado de la tregua con la que Lola me había obsequiado. El viejo me tomó por el brazo para decelerar el paso, con el silencio de ser sensible a mis ganas de introversión en las imágenes que la ciudad proyectaba en mí. Seguro que tendría historias que contarme de cada calle, que pasaríamos por bares habituales y casas de amigos, pero me dejó disfrutar de las decisiones de mirar cada altura, de frenar en cada escaparate, de escoger la Cuarta Avenida frente a la Tercera y de girarme cada cien metros para apreciar los tamaños. Germán pertenecía al selecto grupo de personas capaces de entender cuándo alguien no necesita decir nada con palabras.

—Sabrás que este paseo lo guardaré para siempre —afirmé, llegados al cruce de la Flatiron.

—Porque lo sé, me callo. Es puro egoísmo. Agarrado a tu brazo me conecto a la energía de tus emociones, Alejandro. Daría cualquiera de mis cuadros, ¡cualquiera!, por ver ahora Nueva York con tus ojos.

Lo tomé por la cintura, a través de su gran abrigo, para apretarlo fuerte.

Un taxi nos dejó en el Penrose de la Segunda Avenida. Sonaba jazz en directo y acepté que Germán pidiera un par de sus cócteles favoritos.

—Es el mejor bar con música a estas horas. Se puede hablar.

—¿Qué es?

—Un Old Pal Spencer.

—Suena fuerte.

—Bourbon, vermú, aperol y bitter… ¡Nada menos!

—Tu hija es buena bebedora también. —Traté de volver al relato de Dolores de forma suave.

—No me asustes. —Sus expresiones eran cómicas.

—¡Todo lo contrario! Me encanta la gente vividora.

—No hay otra que vivirla, Alejandro.

—¿Qué pasó entre Patricia y ella, Germán?

Enfrentó su copa a la mía en un brindis lento, previo a una historia larga.

—¡Qué no pasó, Alejandro! ¡Qué no pasó!

Roce

Nueva York, 1994

Patricia acudió rauda en busca de Dolores tras recibir la llamada de Ralph. Tomó el metro en la calle 4. Le daba pánico admitir que se iban al traste para siempre los días felices junto a él. Dolores no asumiría el perderlo por sus torpezas de mujer enamorada sin estarlo, prometedora de futuros que no vendrían a un chaval que hubiera dado la vida por ella. Entró como una exhalación en la fundación, pero ya en la conserjería le comunicaron que acababa de salir. Imaginó acertadamente que se habría refugiado en el café Luxembourg; hacia allá se fue.

—¿Cómo está mi coscona?

Dolores lloraba con lágrimas gordas y pesadas, Patricia veía su propia cara sin pintar reflejada en el espejo, tras su amiga. Le producía ansiedad quererla tanto.

—Llora lo que tengas que llorar, Dolo. Llora y descarga tu pena.

La camarera esperaba a una prudente distancia un gesto de Patricia, que le suplicó unos minutos antes de pedir su café.

Las últimas semanas, tras rechazar Dolores con argumentos débiles la invitación de Ralph a cenar el pavo con su familia por Acción de Gracias, fueron duras para la pareja. Patricia, casi adoptada por ellos dos, vivía confusa la inestabilidad de quienes formaban, junto con su tía Eleanor, el sostén emocional de sus años locos en Nueva York. Lo cierto es que Dolores daba pistas de desgaste, algo de lo que se sentía culpable al ser Patricia un ventilador que arrojaba aire lleno de experiencias que a ellos, boquiabiertos, les entusiasmaba. Historias con mucha carne de una mujer libre en su esplendor que refractaba a dos tortolitos ensimismados en una relación construida sobre el carácter bonachón de un Ralph educado para noviazgos largos de palomitas en el cine.

—Hay cosas que no deberías contar delante de él —le reprochó en alguna ocasión Dolores, queriendo decir que evitara hacerla partícipe de aventuras en las que Ralph y ella acababan confundiendo nombres, agravios y promesas.

Salieron del café Luxembourg, tras almorzar allí, horas después. Dolores estaba decidida a dejar Nueva York. Tenía casi convencido a su padre para abrir sede de la fundación en Orlando, donde pasaba largas temporadas Liliana, con lo que podría empezar una nueva vida sin sentirse desubicada. Ya por entonces, Patricia le hablaba de acompañarla a España.

—¿De verdad te apetecería que me fuera a tu país contigo?

A Patricia le apetecía todo lo que fuese estar con ella. No tenía quien la quisiera más ni persona de mayor confianza. No imaginaba su vida sin sus llamadas de cada noche, sin el rato de los domingos compartiendo las tartas de queso de Eileen's.

—Yo sufriría más sin ti que lo que tú sufrirás sin Ralph.

Dolores se paró en mitad de la avenida Ámsterdam y se abrazó a Patricia, superada por la frase, quien sintió su pecho taquicárdico golpeando al suyo.

Fueron caminando a casa de Dolores en silencio. Patricia llamó para que la sustituyesen en clase. No podía no estar con ella lo que quedaba de día. Sabía, por el tono de Ralph, que no había vuelta atrás. Quería estar ahí cuando su amiga tomara consciencia de que todo se había acabado. Aprovechó que se duchaba para llamar a tía Eleanor al trabajo.

—Tal vez me quede con ella a dormir.

La convenció para bajar a comprar algo para cenar; el simple hecho de confirmarle que iba a quedarse con ella la animó a buscar unas velas, sacar el mantel que heredó de su abuela, golpear los cojines y recolocarlos. No quería pensar en que su pequeño gran Ralph ya no vendría más a aplastarlos, ni que no le reñiría nunca más por colocar sus zapatos sucios sobre la mesa de cristal. Los vacíos llegaban, como agujeros negros, pero se agarraba a la presencia de Patricia, a esa energía española embriagada de vida que la sacaría de sus eternas dudas para volver a sentir su propia belleza desparramarse por Manhattan.

—Yo tenía una risa hermosa, Patri.

—¿Por qué hablas en pasado?

—No sé. Me siento como la leona domesticada a la que se le ha ido el domador.

—No hables así de Ralph, pequeña.

—Lo voy a echar tantito en falta. ¡Tantito!

Descargaron las verduras sobre la gran mesa central de la cocina. Dolores se sentó a ver cómo Patricia preparaba una de sus insípidas ensaladas mediterráneas, feliz en su tristeza.

—Tengo que darle la vuelta a mi vida como a una calceta.

Patricia, con el cuchillo cortando cebollas, se carcajeó.

—¿De qué te ríes, gurrupleta?

—De tu delicioso acento colombiano.

A Dolores le gustaba imaginar las calles de Sevilla, acostumbrada a escuchar las historias que le contaba una Patricia que no olvidaba sus orígenes.

—¿Cómo está la Aurora?

—Bregando con mi hermano y con Martin. Entretenida.

—¿Ha vuelto a liarla Dancito?

—Lleva una época tranquilo, Dolo. Mejor ni lo nombremos, que miedo me da.

—A mí lo que me asusta es que un día te levantes triste de aguantar el frío de esta maldita ciudad y tires para allá sin avisarme.

—Eso no ocurrirá y lo sabes. No voy a escapar a escondidas…

—Nunca terminaste de contarme por qué huiste de allí.

—Ni se lo contaré a nadie.

—¿Algún hombre te hizo daño?

Patricia la miró con un gesto simpático, la boca llena y su mano derecha tapándosela, para suplicarle que no insistiera.

—Te he contado con todo lujo de detalles las vergüenzas de mi familia. ¡Que no son pocas! Venimos de una trupe de medio narcotraficantes y mafiosos que nos hace sentir muy mal.

—Tú no tienes culpa de tus antepasados, Dolo.

—¡Llamas antepasado a mis papás!

—Tu padre escapó de esa mierda y lo denunció a la policía.

—Lo sé.

Se hizo un silencio frágil, acallado por el sonido de las velas humeando.

—Pero sé que esta mansión que tengo en pleno Manhattan está manchada de dinero ensangrentado. Mi padre se escapó, pero no regaló su cuenta bancaria a los pobrecitos de África.

—Todos tenemos nuestras miserias, cariño. —Patricia estaba bebida y emocionada.

—Quiero consolar las tuyas, querida Patri.

—Las mías son imposibles de consolar.

El vino hizo estragos en Dolores, que acabó sentada en la bañera con Patricia echándole agua fría por la cabeza. Lloraba sin recordar por qué, desconsolada, excitada, perdida.

—Anda, vamos para la cama.

Patricia terminó de desvestirla, ella rechazó el pijama. La tapó con cuidado, la besó en la frente, se sentó en su lado del colchón, a oscuras, sin poder olvidar esa otra escena, también sentada en el colchón, junto a su hermano Dan, encerrado, con la piel apestando a alcohol tras escapar de casa de Quini. Meneaba la cabeza al recordar la imagen, convencida de que hay maldiciones que te persiguen para siempre, con la incómoda certeza de saberse responsable de muchas amarguras que tocaban a los suyos, mucho más débiles que ella, exploradora irresponsable de terrenos vedados. Patricia se retorcía allí, sentada como una efigie, mientras la tortura era comprobar que no era de fiar ni para ella misma. Sabía que esa noche iba a dar otro paso en el que complicaría de nuevo a gente querida, pero sabía que no podía dejar de hacerlo. Se desnudó. El cuerpo de Dolores estaba caliente de la ducha final, se colocó justo detrás y la abrazó.

Dolores tembló al sentir los brazos de Patricia rodearla, sus dedos jugando con el perímetro de su pecho, el resoplar de su aliento en el cuello. Quiso respirar normal y no podía. Se ahogaba en su propia saliva de pura excitación. Todo daba vueltas alrededor en esa habitación. Quería más. Que los brazos bajaran, que jugara con sus pezones, demostrarle que estaba húmeda como nunca lo estuvo con Ralph, sin saber que Patricia recordaba en esos instantes, pervertida como nunca, los abdominales marcados de su hermano, y que cuando jugó con las ingles de Dolores buscaba el sexo de Dan, a sabiendas de que le esperaba un volcán salado que llevaba siglos aguardando, sin saberlo, la llegada de sus dedos.

Asalto

Dormí borracho. Tengo incluso vacíos acerca del camino de retorno a la casa. Recuerdo un taxi, poco más. Cuando desperté, antes de que amaneciera, con la lengua estropajosa de bourbon y la vejiga llena, no entendí dónde estaba ni cuáles de las puertas cerradas del largo pasillo al que accedí correspondía al baño. No tuve más remedio que mear en el fregadero de la gran cocina que encontré al fondo. Limpié lo mejor que pude, bebí agua hasta atiborrarme; traté de hacer el menor ruido posible al volver a la habitación. No encontré el móvil, estaba vestido con la ropa del viaje y, aun así, solo quería conciliar de nuevo el sueño, para lo que intenté recuperar las historias contadas por Germán acerca de su llegada a los Cayos en el jet familiar, los interrogatorios de los federales, sus semanas recluidos en un apartamento vigilado. Era un conquistador intrépido de su propia libertad, me transmitía la mayor de las confianzas, una profunda admiración, a mí, un gallego hecho al trapicheo de poca monta al otro lado de esa trama de inmoralidad que comenzaba en los laboratorios clandestinos de aquella Villa Tres Torres que el viejo me describía con un fascinado desprecio detallista de tono épico.

Me despertó el sol de mediodía. Tardé segundos en descubrir dónde me encontraba, a lo que siguió un punzante festejo interior de confirmar que Nueva York estaba, literalmente, a mis pies. Recorrí la casa hasta dar con la puerta de salida, un piso más abajo, donde recuperé mi maleta. No había sino silencio por todos lados. Tomé el móvil para enviar un mensaje de agradecimiento a Lola y darme el gusto de saludar a cada una de las personas a las que quería, casi todo mujeres, para contarles que uno de mis sueños se había hecho realidad; pero encontré unas fotos que, desde un número desconocido, mostraban mi apartamento de Sevilla destrozado.

Silvia me llamó dos horas después para confirmarme, desde la comisaría de la Alameda, que la denuncia estaba puesta. Pudo escaparse desde el hospital para ir al apartamento, donde certificó que habían reventado la cerradura. No sabía decirme qué se habían llevado y qué no. Lo fundamental, salvo la tele de plasma, estaba allí, a pesar del revuelo de ropa y muebles tirados. Llamé insistentemente al móvil desde el que había recibido las fotos, pero aparecía desconectado. Germán no había dado señales de vida, aunque me hubiese dejado una llave en la entrada, junto con un plano del metro de Nueva York e instrucciones para sacar una tarjeta telefónica. Si bien mi primer impulso fue salir corriendo al aeropuerto, mi explosión de rabia se apaciguó en cuanto pude gritarle mi angustia a Silvia. Su tono calmado de voz desde su consulta de urgencias me hizo ver que no se acababa el mundo por un robo. Le mentí al decirle que la información me había llegado gracias a la llamada de un vecino. A su pregunta lógica de si sospechaba de alguien respondí con una negativa, no era momento desde el otro lugar del mundo para contarle lo que no había sido capaz de hacer teniéndola una semana en mis brazos.

—Algún cabrón del bloque me habrá visto salir con mi maletón a cuestas.

Afortunadamente tenía todo mi dinero en diversas cuentas y a la casa no me unía ningún vínculo afectivo; mi ropa preferida la tenía conmigo, así como el portátil con todos mis trabajos. Puse un mensaje a Silvia para preguntarle por el corcho de mi novela y me lancé a tumba abierta a las calles de Manhattan.

El metro más cercano era el de Chambers Street pero prefería atacar a pie, pese a los consejos de Lola, los alrededores de Central Park. Salí a una hora extraña, no era tiempo de desayunar ni se veía aún a gente comiendo a través de los escaparates de los restaurantes. Tenía el estómago vacío. Más pendiente de encontrar un café donde sentarme a tomar algo que de orientarme por la ciudad, llegué a un local donde gente con bandejas esperaba a que le sirvieran en distintos mostradores. Tomé un batido de chocolate y una tarta de zanahorias, que deglutí como si me fuera la vida en ello.

Meditaba acerca de las personas que conocían mi partida a Nueva York y Lola se aparecía por todos lados. Algo tan descarado, sin embargo, parecía absurdo de establecer como primera hipótesis del desvalijo, salvo que ella creyera que yo podría ocultar información sobre Dan entre mis cosas. Que se hubieran llevado la tele o que me hubiera enviado fotos de los destrozos, además, tiraba por tierra su autoría, salvo que lo hubiese hecho para maquillar el asalto. Dan, por otro lado, no tenía forma de saber que yo había abandonado Sevilla por unos días. Traté de llevar a mi memoria alguna imagen de algún tipo espiándome, un cruce de miradas con alguien llevando mi maleta a cuestas, pero no aparecía nada. La única prueba era el teléfono, pero desde allí no podía sino llamar con insistencia. Mi duda en ese momento no era solo si pedirme otro trozo de *carrot cake,* sino informar o no a Charo del asunto. Era la única persona, de ser inocente, que me podría ayudar en la distancia.

«El corcho de tu novela estaba intacto», me escribió Silvia en ese instante.

Como un zombi busqué la Quinta Avenida. Miré de reojo la ciudad, apabullante, en un movimiento en diagonal de suroeste a noreste confirmado con una ojeada al plano del metro. Evitaba mirar al cielo hasta no ver el esplendoroso Empire State, sumido en un cerebro que actuaba de lavadora a la que no podía poner en pausa. Escupía pensamientos inútiles que acechaban para fastidiarme ese paseo de grandes zancadas en que huía de no se sabía muy bien dónde. El anonimato fue la mejor medicina. Saberme transparente para toda esa gente que se movía con prisas era el mejor antídoto para mis cuitas sin salida. Yo no era nadie, lo que facilitaba incorporarme poco a poco a la ciudad, de modo que cuando atravesé la última gran manzana, ya pasada la Sexta Avenida, mi cuerpo estaba exorcizado contra todo lo que no fuera disfrutar del gran coloso de acero y hormigón al que cantara Lorca, el objeto del deseo de King Kong. No quise subir. Lo fotografié desde mil ángulos, tras observarlo desde todas las posiciones que las aceras hormigonadas salpimentadas con chicles como fósiles del nuevo mundo me permitían. Solo sentía el frío cuando me paraba en una esquina, embelesado, contando los pisos, disfrutando de la vida tras las ventanas, de las japonesas con bolsas en el hueco de los brazos y ejecutivos con vasos plásticos de café calentando las manos. Miré arriba y abajo, para decidir que mi camino se dirigiría hacia Central Park tras parada previa en Saint Patrick.

En cuanto compré la tarjeta telefónica llamé a Germán. Me propuso enseñarme el MOMA y acepté.

—Mi espacio favorito es la Frick Collection, pero ya habrá ocasión, hoy no es día para lugares pequeños. —No imaginaba hasta qué punto esa galería de la Quinta Avenida significaba algo en las historias que restaban por escuchar de sus labios.

MOMA

NO TARDÉ DOS MINUTOS EN VALORAR EL PRIVILEGIO DE VISItar el museo de la mano de Germán, el tiempo que tardó en explicarme las conferencias que había dado, la escultura de Heriberto Juárez que había donado o las cuarenta y tres veces que lo había recorrido de abajo arriba.

—Hoy va a ser la cuarenta y cuatro. Hermoso número, loco.

—¿Loco?

—Para un colombiano, todo amigo es un loco.

De espacios imponentes y líneas rectas, el MOMA se me ofrecía virgen a esas horas del almuerzo. Le pregunté por su cuadro preferido y él me tomó por la mano.

—Gallego loco preguntón —me dijo, entre risas.

Era un Matisse: *La danza.*

—He cambiado de lo abstracto a lo figurativo en cada visita para elegir mi cuadro favorito. De hecho, me sirven de guía para mis futuras adquisiciones. Ahora, a la vejez, estoy en el momento de color y líneas simples. ¡Fuera artificios! ¿No es eso la vida? Me encanta Matisse, Alejandro.

El cuadro, de grandes dimensiones, era todo azul y verde, con cinco bailarinas dibujadas con trazos simples marcados en negro.

—¿Sabes que este hombre pasó un invierno entero en tu ciudad?

—¿En qué ciudad?

—En Sevilla. Bueno, en tu ciudad de adopción.

Me entraron ganas de decirle que en mi ciudad de adopción tenía a la policía investigando mi apartamento desvalijado, pero la atmósfera no era propicia para romperla de cuajo.

—Vamos a ver los Pollock, Alejandro. Son mi debilidad.

Llegamos a La Esquina pasadas las tres de la tarde. El Soho estaba revolucionado de tráfico, con un tímido sol calentando las cristaleras de un bar de taburetes altos y no más de quince metros cuadrados. Germán dio su nombre al llegar. Por un *walkie* avisaron y nos dieron paso. Lo de arriba no era sino un escaparate que servía como periscopio al local para hacerse ver. Bajamos unas escaleras empinadas, al fondo de las cuales una chica alta de cabellera engominada comprobó el apellido Moldova. Nos dio paso. Atravesamos una cocina desorganizada con pinches corriendo de un lado a otro, hasta llegar a una gran sala oscura de techos bajos y música altísima.

—¡Señor Moldova! —Un chico chaparrito de bigote bien mexicano buscó con presteza a Germán—. Ya tienen la mesa preparada donde usted gusta.

—Aquí traigo a un amigo españolito. Espero nos traten bien.

—No tendrá queja, señor.

Me pidió permiso para elegir el menú.

—¿Picante?

—Lo que haga falta —respondí, muy a pesar mío.

No tardó en preguntarme por mi recorrido matinal, tras confirmarme haber hablado largo con su hija esa misma mañana.

—Me preguntó por cómo de emocionado estás.

—Mucho, Germán. Ha sido una mañana de sensaciones imprevistas.

Me miró con cara rara. No me atreví, ni con el cambio horario ni con la cerveza que comenzaba a hacer sus efectos, a hacer preguntas incómodas acerca del tono de la llamada de Lola. Tenía serias dudas acerca del conocimiento que ella pudiese tener del asalto a mi casa.

—¿Cómo de imprevistas? —Él sí estaba ausente de mis disquisiciones.

—Recibí unas fotos de mi casa destrozada —exageré— esta misma mañana.

Se quitó la servilleta del cuello, descolocado.

—¿En qué ambientes te mueves tú, hijo de Dios?

—En ninguno extraño, Germán. Ya envié a mi novia para que denunciara los hechos a la policía. He decidido calmarme.

Se hizo un silencio incómodo que me vi obligado a romper.

—Quizás un vecino que me viese salir con las maletas para un largo viaje.

—No sabía que Sevilla fuera así de peligrosa.

—No lo es —admití.

—¿Y quién te avisó de todo?

—Alguien desde un número desconocido que no responde al teléfono.

—¿Pasarías ese teléfono a la policía, imagino?

—Aún no, Germán.

Volvió a colocarse la servilleta en el cuello de la camisa, pensativo.

—Creo que vas a tener que aclararme varias cosas con el café.

Atravesamos la plaza de Cleveland, tras una comida divertida en que bebí toda la cerveza que pude con la que atacar el picante, para tomarnos una tarta de queso en Eileen's, un diminuto local donde apenas había una mesa alta para tomar un café.

—Aquí está la mejor cheesecake de todo Manhattan, loco —forzaba a llamarme así para quitarle tal vez hierro a sus suspicacias sobre mí.

—Siento que le estoy traicionando y no es justo para mí.

—Te pedí que no me hablaras de usted, Alejandro. —Me animó a pedir una pequeña tarta con el topping que yo eligiese—. Me vuelven loco las de Oreo. Ni se te ocurra decirle algo a mi hija, esta dieta está prohibidísima para mí. Mi corazón está malito y no le conviene meterle estas bombas a mi cuerpo.

Se me quedó mirando, hasta hacerme hablar.

—No sé qué puedo contar y qué no, Germán.

—Verás, Alejandro. Tienes toda la confianza para tomar esa tarta en silencio sin más. Luego tienes todo un Nueva York para ti así como las llaves de casa. Yo estoy muy viejudo como para molestarme por nada. Vienes en nombre de mi hija, eso es sagrado.

—Me metí en un buen lío, ¿sabes?

Él no respondía, atento a separar la tarta en trozos simétricos.

—Yo nunca estuve en Sevilla hasta que tu hija me contrató.

Germán removía su café, sin hablar.

—Mis aventuras deben parecerle cuentos para niños al lado de su vida de refugiado protegido por los federales y amenazado de muerte.

—Cada cual sus miedos, Alejandro…

—Yo trabajaba como redactor en una revista digital de ultraizquierda. Una publicación con cierto gancho mediático con la irrupción de Podemos en España. ¿Está al tanto de la política en mi país?

—Trato de estar al tanto de todo, aquí donde me ves tan despistado.

—Su hija se hizo pasar por venezolana para entrar en la redacción a grito pelado, buscándome por un artículo que me vi obligado a escribir a favor de la causa chavista.

—Nada que ver el acento venezolano con el nuestro, querido.

Parecía no sorprenderse por nada.

—Se hizo llamar Lola.

—Ella es Dolores, luego no mintió mucho, aunque a mí me suene tan exótico. El nombre de las dos abuelas, ya sabes cómo de tradicionales somos los hispanos. Más mi querida Liliana, tan purista para ciertas cosas…

—Su hija me cameló.

—A mí me tiene camelado desde bien chiquita, Alejandro.

—¿Quiere que siga?

—Quiero que me cuentes lo que me quieras contar, pero si te parece nos andamos las cuadras que nos separan de los muelles del Hudson. Ahora me reconcome el remordimiento de haberme merendado esta tarta endemoniada.

Recorrimos el Soho a ritmo lento, con interrupciones constantes en mi relato acerca del acuerdo económico forjado con su hija, sin los sobresaltos esperados, propios de una persona tan ávida de emociones como espantada de sustos. Lola compraba con dinero mi voluntad para volver loco a alguien y Germán entremezclaba anécdotas de sus paseos primerizos con Liliana en busca de un piso grande.

—Teníamos que gastar dinero, ¿sabes?

Yo frenaba mi narración, para darle pie a la suya, que entendí como escapatoria de quien no quiere escuchar acerca de las miserias de alguien amado.

—Tardó un tiempo mi familia en sospechar de mí, por lo que toda mi fortuna estaba a buen recaudo cuando yo me instalé en esta bendita ciudad, Alejandro. Así que la utilicé en comprar viviendas para que nadie pudiera arruinarme. El dinero es frágil en un banco. Yo temía que mi hermano Eulogio maniobrase para buscar mi ruina.

Con las manos en los bolsillos, me entregué.

—Pero él no se enteró de nada hasta que lo capturaron en un almacén clandestino que los Moldova tenían en California. Yo había dado el chivatazo, su hermano el traidor. Entonces debió verlo claro, pero ya no podía moverse fácilmente contra mí el *hijueputa.* Ya todo eran amenazas a través de terceros que no me dejaban dormir, que me hacían mirar a cada tantito hacia atrás por ver si tenía un lambón siguiendo mis pasos... —Llegamos por fin a Washington Street—. ¡Mira allá, el Hudson! No imaginas cómo han renovado toda esta zona, que era bien fea cuando yo llegué.

Respiré el aire a mar que traía el inmenso río, oscuro, frío y guerrero.

—No me gusta lo que me cuentas de Dolores —confesó, sin mirarme, con tono alto, seco, lúcido.

Se giró hacia mí.

—No me gusta.

BURDA

Sevilla, 1966

LAS NOCHES DE LOS VIERNES ERAN PARA AURORA LO MÁS PARECIdo a la felicidad. Con intransigencia en las fechas, se turnaban los abuelos el cuidado de la niña y Federico la llevaba a restaurantes siempre nuevos. Tras dedicarse los jueves la costurera a coserle una prenda nueva del Burda, las charlas se consumían en escucharlo hablar de sus proyectos de nueva cartelería, con sus manos finas dibujando en la libreta los bocetos con que sorprender a los clientes. Le gustaba cederle el protagonismo en los primeros platos, verle mancharse los bigotes con los sorbos de cerveza, observar sus ojos achinados de hombre en construcción, tomarle la muñeca y jugar con sus pies, excitada de pensar en los juegos que le tendría preparados en cualquier hotel. Se reía, sin atender a la conversación, pensando en si habría disfraz, si tendría que interpretar el rol de enfermera o si la colmaría a besos borrachos de champán. Era su hombre y era su niño; jugaba a ser su muñeca. Modelaba en ella lo que creía entender en él como sueño de mujer, de su mujer; sueños que hacía suyos para convertirse en la esposa ideal, que al tiempo ejercía de tutora de sus debilidades. Los ataques de inseguridad en Federico la colocaban en su sitio de anima-

dora; sus complejos físicos ella los convertía en atractivo personal, porque a Aurora realmente le gustaba su calvicie prematura, las piernas zambas y esa pequeña joroba a la que acariciaba por las noches como a un perrillo asustado. Jugaba a subirlo en el pedestal y adulaba al triunfador que ella había creado.

Ya se conocieron en Marchena, en los veraneos en que la familia Cordero abría la finca del Pedregal para soltar a los hijos durante los meses de vacaciones; familia venida a menos a tiempo de que Fede, el pequeño, se enganchara a un compañero de universidad emprendedor y consiguieran, con la brillantez de este y los contactos propios de la familia, organizar la primera imprenta automatizada de Andalucía. Se casaron impacientes, uno por salir del clan abrasivo, otra por vivir deprisa. Aurora había nacido para ser señora, no niña. Le aburrían los coqueteos en la piscina, los años de la escuela y la vida previsible de pueblo. Sabía que sus inexplicables ojos azules, los pronunciados pómulos rosados o la cintura que le dejaba rodear por completo con sus manos no dudarían eternamente y que él no se conformaría, pasados los años, con una mujer florero, por lo que precipitó, con ayuda de un embarazo pretendidamente inesperado, una boda exultante, el traslado a Sevilla y una inscripción en la universidad para no parecer interesada en ser exclusivamente la mujer de Cordero.

Por entonces, Federico gastaba tiempo y dinero en viajar a Londres para hacerse con la maquinaria de un negocio que empezó a darles alegrías ya antes de una boda muy celebrada por la familia de Aurora; de ahí que ella eligiese una licenciatura en Filología Inglesa, tras calcular cómo podría convertirse en más útil para su esposo. Ella quería que él presumiese de ella. Su criticable egocentrismo no era sino fedecentrismo, quería de corazón formar parte de la vida triunfadora de un hombre tímido, conversador y sexual a partes iguales, al que amaba sin falsos miedos. Aurora, su barrera de protección y su lujuria.

Patricia no vino sino a consumar un cuadro de pinceladas deliciosas en que las ilusiones se hacían norma. Bellísima desde que el embarazo la hizo mujer, Aurora se las compuso para mantener sus estudios incluso con la niña sin destetar. No cabían años perdidos, de forma que cuando las primeras dudas acerca de lo físico, que vendrían, apareciesen, ya tendría ganados otros territorios a los que su escaso bagaje adolescente le había vedado el acceso, pero que sí intuía a través del mejor cómplice desde sus años más tiernos: la literatura. Aurora lo leía todo y sin asustarse. Mientras su mundo cercano se divertía en tardes azules de monotonías y risas abiertas, ella leía. Viajaba sin salir de Marchena, se enamoraba sin conocer hombre, compartía mesa con gente complejísima sin haber probado una vichyssoise; palancas que utilizaba, herramientas relacionales que almacenaba en su maleta de recuerdos casi vividos, situaciones límite que solo las novelas de Flaubert, Dostoievski o Laforet le podrían haber aportado en las calles empedradas de su pueblo. Bagaje que no hizo sino aumentar a pesar de boda, mudanza, maternidad y estudios. Sin darse cuenta Federico, su mayor enemigo estaba en la mesilla de noche de su esposa.

Los años fueron apagando, muy a pesar de ella, las caricias bajo la mesa. La empresa se hizo cada vez menos innovadora y más burocrática, perdió viveza y ganó en gastos fijos, una inercia demasiado pesada para el socio de Federico, que buscó otros aires fuera de España cuando el timón se hizo ingobernable. No hubo hundimiento ni shock. La familia no se arruinó de golpe ni hubo un día crítico en que se pusieran las cartas sobre la mesa. Las noches de los viernes empezaron a parecerse unas a otras, la costurera dejó de coserle vestidos nuevos y la libreta de Federico quedó en una quimera por falta de bocetos que mostrar.

Estaba, al menos, Patricia. Cada año más avispada, madrera y perspicaz, observaba activamente la caída al infierno de su padre, ausente de la mesa del comedor; la subida a los cielos de una madre que se negaba a ser mediocre, a quien acompañaba en la vida paralela que se fue creando a medida que fue perdiendo las atenciones de su marido. Ya con cuatro años tenía un inglés casi adquirido gracias a que, como pacto invisible, su madre le prometió que ese sería su lenguaje secreto cuando estuviesen a solas. La constancia de Aurora hacía que no se perdiesen un estreno en la cartelera de los cines que subtitulaban; su pundonor, que fuese conformando un grupo de amigos angloespañol que se reunía cada jueves en torno a un café en el Alfonso XIII; su curiosidad, que siempre hubiese música en inglés, revistas internacionales y novelas compradas por correo a Staples. Hasta que un día Federico, Patricia tenía 8 años, llegó a casa con ganas de romperlo todo.

Lo que Aurora supo ocultar con buenas maneras y conversaciones en un solo sentido, fue pudriéndose con aceleración geométrica. Federico se cayó de bruces del pedestal construido por su mujer y esta acabó pagando el haberlo subido encima. Empezó por traerse trabajo a casa para terminar fiscalizando cada movimiento de su mujer, enfermo de los celos que provoca el no ser capaz de seguir el ritmo vital de una persona independiente. Lo que le ocurría a Federico tenía, como todo desajuste emocional, una explicación simple que él no quiso ver: su impotencia para dar a la familia lo que esta esperaba de él lo bloqueaba en una esfera de rabia hacia sí mismo imposible de controlar con buenas intenciones. Cada contrato que dejaban de firmar era una aguja clavada más; cada empleado que le discutía una decisión era un traidor. Hubo días, quizás semanas, en que creyó en la fuerza redentora de su mujer, de cuyo amor tardó en dudar. Esos períodos cortos de lucidez, sin embargo, actuaban como un bumerán, desde el momento en que le hacían ver que el mal no estaba en Aurora, sino en él.

Fue una tarde de septiembre, cuando todo un verano sin poder permitirse cerrar la imprenta estaba por terminar, el día que confirmó que nada era recuperable. Tras muchas cenas pagadas con tarjetas esqueléticas, esa mañana había recibido por fin el certificado que confirmaba el contrato por tres años para hacerse cargo de la cartelería y publicidad de la Feria de Muestras de Sevilla. Con ese simple aval podría renegociar todos sus créditos bancarios, mudarse por fin a unas oficinas dignas y pagar el salario de varios meses al reducido equipo que le quedaba. Aurora estaba leyendo en su mecedora, asomada a la terraza con sus pies descalzos. No lo oyó entrar y tuvo el tiempo de observarla con ternura, como no recordaba desde los años de Marchena. Tanta fue la emoción que no pudo contener un llanto que lo delató. Su mujer se giró, asustada. Sin saludarlo, hizo por volver a su novela de Gironella. Él, con un soplo de voz, le susurró con voz cortada:

—Me han dado el contrato de la Feria de Muestras.

Aurora cerró el libro, se calzó, metió la silla en el salón y le pasó la mano por su antebrazo camino del baño, donde ocultó bajo pestillo su absoluta falta de emoción.

Todo hubiese quedado en un matrimonio roto de no haber sido por el mal perder de Federico. El contrato de la feria se convirtió en un arma letal para su relación con Aurora, pues le dio gasolina limitada para volver a creerse el triunfador del que no tenía más remedio que depender de una mujer que no era ya la de entonces. Esa Aurora de los vestidos nuevos y la capacidad de escucha se había ido para no volver; la memoria era terca en almacenar los gestos violentos que confirmaban que su marido nunca la quiso de verdad. Hubo cenas a dos, sí; recorrieron de nuevo los restaurantes de la ciudad y viajaron a Londres como cuando se firmaban los grandes contratos de diez años atrás, pero nunca más rebuscó Aurora los pies de Federico bajo la mesa.

Federico buscó una amante con descaro, consciente de que Aurora se la hubiera entregado para confirmar los destrozos vividos. No era fácil para un hombre desmoronado y con los recursos mucho más limitados de lo que sus corbatas diesen a entender, conquistar a ninguna mujer que concitara todas las cualidades de la suya. La farsa duraba un par de noches y las frustraciones las pagaba con gritos en casa que Aurora dejó, simplemente, de escuchar. Patricia no. Su hija sí oía los gritos, los porrazos y olía el desprecio de un padre alcoholizado. Su orgullo de buena estudiante se chocaba con el desinterés de Federico por saber del detalle de sus exámenes ni sus necesidades extraescolares; de ahí que la niña, desde los cinco años, prescindiera de cualquier afecto paterno. Las amantes se convirtieron en putas y las cenas con Aurora en soliloquios con cubatas en tugurios de mala muerte.

Aurora esperó año y medio la llegada de una buena noticia. Cruzaba los dedos por la concesión de algún trabajo para la imprenta, porque ese sería el instante, con Federico de nuevo esperanzado, en que le plantaría los documentos del divorcio sobre la mesa. Solo quería la casa. Ni siquiera se hacía a la idea de recibir una pensión. Quería la casa del Porvenir como única condición para continuar su vida junto a Patricia. Ese momento, sin embargo, no llegaba; el día en que un rayo de luz iluminara de nuevo los ojos de Federico para poder abandonar ella el barco sin que estuviese a la deriva. Si algún sentimiento resistía en ella era el de la compasión, no otro. A lo mejor un atisbo de culpabilidad por haber sido su acompañante en esa travesía de los desatinos acurrucando a un hombre que no merecía mimos; no haber sabido el monstruo que había dentro de ese tipo, educado para ser un triunfador por una familia de alta alcurnia que no tenía donde caerse muerta.

Aurora, una niña de Marchena criada en dos comidas diarias y tareas domésticas, lamentaba haber puesto sus ojos en el maná prometido del hombre rico que la llevaba a la capital sin haber mirado al corazón seco que había detrás. También ella, en sus accesos de locura, se fustigaba con ese pasado deformado por las imágenes de su presente, tanto así que no sabía colocarse en la niña de entonces, en los veraneos en la piscina, para confirmar si realmente lo que sintió por Fede fue alguna vez amor desinteresado.

Chiquitito

—¿Conoció usted al hermano de Patricia? —me atreví a preguntar, incómodo por no saber si eran fronteras que él quisiera atravesar—. A Dan.

—Sí, claro. Un *pelao* complicado ese Dan. Este era su exilio cuando daba mucha lata por Sevilla.

Con mi silencio quería darle pábulo a continuar.

—¡No me mires así, loco! No sé mucho más. La señorita Patricia lo superprotegía como a un juguete roto.

—Dicen que es autista.

—Cada uno somos autistas cuando queremos. ¡Yo soy el autista mayor de la república!

—Es una enfermedad, Germán.

—Ese *pelao* no está enfermo, Alejandro. La madre sí dicen que está loca, ¡doña Aurora!, pero Dan es un cuerdo muy protegido por su aspecto angelical.

—A mí quiso tirarme desde un décimo piso —confesé, aún noqueado por esa imagen.

—¿Con qué motivo?

—Haberlo traicionado.

—¿En qué lo traicionaste?

—Descubrió que era un mercenario en busca de su amistad.

—Deberías escribir una novela, loco. Entre lo que me cuentas y lo que fantaseas, debe salir algo grande.

—Germán…

—Hazme caso. Ve tomando nota, y escribe…

Experto en llevar el timón, Germán desapareció tras mirar el reloj.

—Paséate la ciudad sin rumbo, Alejandro. Esta ciudad está hecha para vagabundearla.

Tenía unas ganas locas de beber. Tomé la directa a Times Square, con la determinación de barajarme entre la muchedumbre, encontrar el garito más cutre, de gente pasada, rebotada, sin parar hasta ligarme a alguna oriental que supiera comerme bien sin preguntas ni segundas citas; un arrojo contrariado por la impersonalidad de bares vulgares de turistas reventados de tanto caminar. Mi inglés no daba para bromear, menos aún para flirtear con mujeres que no me veían. Tomé cervezas en un sitio de comida rápida, cené un sándwich en un local de loterías y acabé comprando piezas de Lego en una inmensa tienda a los pies del Rockefeller Center. Un par de *whiskies* fueron suficientes para desintegrarme en paseos por una Quinta Avenida congelada de taxis amarillos emborronados. Me llamó Lola.

—¡Lola!

Tras constatar que me encontraba bebido me pidió información acerca del asalto a mi apartamento de la Alfalfa.

—Será el capullo del señor Dan, ¡loca!

Intuí una sonrisa al otro lado del Atlántico. Su voz, pausada, jugaba con mis tropiezos. Decía desearme, extrañaba mi borrachera, me preguntaba por Germán, se recreaba en mis respuestas.

—Tu padre es un tío diez, Lola. A su lado me siento así de chiquitito.

Me miraba en los escaparates de la tienda de la NBA colocando los dedos muy juntos para adornarle mi pequeñez.

Voluntario

De nuevo amanecí sin recordar los momentos finales de la noche anterior. Esta vez, al menos, sabía dónde encontrar la ducha. El móvil abundaba en mensajes diversos llegados de una España que dormía la siesta. La policía había llamado a Silvia para interrogarla, Charo se interesaba por los avances de mi novela, Lola me enviaba emoticonos de corazones y Dan me escribía desde debajo de mi casa.

—Anda, baja, que te invito a una cerveza.

Le respondí que estaba en Pontevedra para evitarle pistas que lo confundieran aún más. Hablarle de Nueva York no sería sino confirmarle que andaba tras los pasos de su hermana, de él mismo y sus exilios. No era deseable, por mucho que Lola me lo pidiera, provocar daños innecesarios. Antes de salir me llegó su mensaje de respuesta.

—Te debo una disculpa, Álex.

Mensaje luminoso como bálsamo mágico. Yo quería a ese tipo autista de emociones apretadas.

Germán quiso recibirme en la Fundación Barranquilla. Ya pude imaginar, al atravesar el pasillo de suelos de madera, esa escena fundamental, en mi presente, de Patricia con los vaqueros y zapatos de tacón presentando su proyecto universitario. Ahora era yo, testigo accidental de su pasado, quien acudía allí donde comenzó el cruce de caminos que llevó un día a Lola a requerir mis servicios para ajustar no sabía aún qué viejas cuentas.

Había un extremo buen gusto en la estética de cada sala, con grandes fotos en blanco y negro de chavales sonrientes que transmitían el objetivo último de la institución, no otro que integrar a quienes estaban predestinados a una vida más marginal que mediocre. Allí, a dos pasos de la Torre Trump, donde un miserable ególatra forrado de dólares había sido elegido por el pueblo blanco más xenófobo a establecer muros de desintegración social.

—¿Cómo está mi caballero? —Salió a la recepción en cuanto di mi nombre—. Ven, pasa, me ilusiona enseñar este espacio que me ha dado tantas alegrías.

Una gran biblioteca, salas de estudio, incluso algunas habitaciones para dar cobijo en casos extremos de desamparo.

—No puedes imaginar, Alejandro, las situaciones a las que a veces nos enfrentamos. —Pasamos a uno de los cuartos, austeros, con un pequeño baño y mínima decoración—. Sobre todo son mujeres asustadas las que se refugian. Hay mucho criminal machista en esta inmensa ciudad.

—¿No corren riesgo aquí? —pregunté.

—Siempre hay vigilancia en la puerta. Mientras están aquí tienen todo lo que necesitan, y no salen si no están acompañadas por alguno de nuestros voluntarios.

—¿Qué tipo de voluntarios se ofrecen?

—Hay de todo, gente con recursos, gente buena.

—Admiro a los que se entregan a cambio de nada —confesé con sinceridad.

—¿Te parece nada una sonrisa? ¿Un gracias?

Lo miré a los ojos y lo entendí.

—Uno de los voluntarios más activos que nunca tuve fue tu amigo Dan. ¡El autista!

Me interesé por el dossier presentado por Patricia muchos años atrás para sus viajes de fin de curso al Archivo de Indias con sus alumnos. Una vez que aceptó mostrármelo no tardé en comprender que lo guardaba en un espacio privilegiado, en un archivador de su propia mesa de trabajo, sobria.

—¿Qué edad tenía ella cuando vino aquí, Germán?

—La fecha debe estar en el encabezado.

Efectivamente, era el 23 de noviembre de 1991. Había corrido mucho el tiempo desde entonces, más de lo que yo pensaba. Era el momento oportuno para saber de ella, de su relación con Germán, de qué vínculos habían establecido padre e hija con la sevillana, de en qué devino para llegar a odiarse si, como suponía cada día con más fuerza, Dan no era sino un monigote utilizado por Lola para hacerla sufrir a ella.

—Patricia ha pasado media vida aquí, loco —aclaró al ver mi cara de sorpresa por la fecha—. Vivió muchos años con su tía Eleanor —me dijo, aséptico por no entrar en territorios a los que yo no quisiera llegar.

—La hermana melliza de su padrastro… —Eleanor era la cartulina naranja de mi novela, pero sus trazos eran demasiado gruesos para describirla.

—¿Te apetece que vayamos a buscarla? —preguntó, impetuoso, tras haber descubierto un plan no previsto a ese gélido mediodía de sol.

Se me vino a la cabeza la imagen de Dan como voluntario de la fundación, echando una mano a mujeres maltratadas, a niños desclasados, y me entraron unas ganas enormes de llamarlo para decirle que yo estaba de su lado.

—¡Claro que sí!

Eleanor

Nueva York, 1991

La vida con tía Eleanor se hacía demasiado fácil para Patricia, acostumbrada a tirar ella sola de una familia y acarrear con relaciones perturbadoras que la obligaban a estar en tensión como rutina. Eleanor la ayudaba sin entrometerse, con la exquisitez propia de quien lo ha vivido todo. Así, mantenía la distancia suficiente para no atosigarla, le hablaba en un inglés neutro para no confundirla y le programaba tareas de la casa para que no se sintiera inútil. No era consciente, en las primeras semanas, de cuánto ella podía saber de su pasado inmediato con Quini. Patricia prefería no hablar más que de aquello por lo que Eleanor pudiera interesarse; algo complejo debido a su excesiva discreción.

—Esta es tu habitación, está alejada del salón y tiene entrada independiente —le dijo, nada más llegar, en un español de pronunciación lenta y perfecta, leído de un papel—. Es tu espacio, en el que no voy a entrar nunca y donde podrás estar con quien quieras. —Soltó en ese momento el papel para comunicarle que ahí se había acabado todo su español—. That's all my Spanish, young lady.

Esa fue la primera vez, de muchas, en que Patricia lloró en sus brazos. Su vida se estaba partiendo en dos y Eleanor era consciente de ello. Ya Martin le había hablado tanto de su hermana melliza que, cuando esta le abrió la puerta de su gran apartamento neoyorquino, ella comprendió toda la grandeza de su vida anterior, narrada con calma por su padrastro, tomando caracoles, en las noches calurosas de Sevilla. Recordaba esa noche en que quedaron a solas en uno de los veladores de la Alfalfa, tras un nuevo numerito de su madre, cabezona y encantadora a partes iguales, cuando Martin le habló de los duros días pasados por su hermana tras ser abandonada sin más explicación por el que fuese su marido, un alto ejecutivo de cuentas del Bank of America, al que conoció muy jovencita en Harvard.

—Eleanor es mi ángel de la guarda, Patricia.

Tal vez esa noche de caracoles fue la que le provocó un sí inmediato cuando, años más tarde y con Quini ya muerto, su padrastro le ofreció, en nombre de su hermana, ir a rehacer su vida a Nueva York.

—Mi hermana ha sabido reponerse a una vida llena de obstáculos, ¿sabes?

Patricia conocía, efectivamente, los años de lucha de Eleanor contra un cáncer de útero que le impidió, ya de joven, pensar en un futuro con críos propios; algo que, tal vez, le hizo centrarse en su marido, al que perdió de la noche a la mañana, y en su meteórica carrera como investigadora médica en la clínica Monte Sinaí.

—Uno de los principales orgullos de esa institución es su diversidad social —le explicaba Martin—. Sus pacientes vienen tanto de la parte más pija de Manhattan como de Harlem, y siempre tienen preparadas muchas habitaciones para gente sin recursos.

Eleanor solía llegar tarde a casa, cuando Patricia, tras salir a correr por el parque Tompkins, ya había tomado su café por Mercer Street con los apuntes de filología norteamericana y disfrutaba preparándole la cena, para luego invitarla a un vino blanco muy frío y escucharle acerca de los avances en sus investigaciones.

—Hoy hemos dado dos pasos hacia atrás por un despiste.

Patricia le preguntaba por el despiste y Eleanor le aclaraba, moviendo vasos, servilletas y cubiertos, la disposición de sus indagaciones, mientras un gran diccionario de páginas amarillas servía para traducir genomas mitocondriales, ácidos nucleicos o plasmas somáticos.

Suele acontecer, y Patricia no escapaba a ello, que convivir junto a gente tan brillante empequeñece la propia vida hasta el punto de plantearte qué poco has luchado por darle un sentido. Ocurría, sin embargo, que la humanidad debilitada de Eleanor frente al vino blanco de cada noche la fragilizaba en su envidiada soledad de mujer triunfadora.

—Daría media vida por escapar de esta rutina previsible. Desde que mi marido me dejó solo veo los días que me quedan para jubilarme.

—¡Pero si te veo disfrutar con tu trabajo como una cría!

—Mientras estoy en el trabajo soy feliz, Patricia. Tal vez por eso pase en el hospital tantas horas, pero cuando salgo de allí, cuando doy vueltas en la cama, solo pienso en por qué no habré hechos más amigos y en lo lento que es el proceso de investigación contra el maldito cáncer. Es probable que me jubile sin haber aportado nada significativo a la ciencia.

Poco a poco Patricia consiguió resquicios para ir rompiendo la cotidianidad de Eleanor, a quien encontraba una mujer especialmente hermosa con sus rasgos achinados de pómulos salientes. Observarla cada noche en sus lecturas incorporada en el sofá era delicioso, lo que la llevaba a ir adquiriendo cierta responsabilidad, una suerte de deuda, con su futura autodesechada felicidad. Tenía que encontrarle un hombre. Durante meses anduvo con esa cantinela en la cabeza. Bajaba cada día a la cantina de la facultad con los ojos prestos a encontrar alguien para Eleanor. La inmensidad de las emociones, en cambio, operaban en sentido contrario y solo volvía a acordarse de ella al oír las llaves de la puerta horas después.

Al formar parte del equipo de lectores de la universidad, Patricia se movía en un cóctel de culturas tan diverso que se planteó qué había sido de su vida hasta entonces. Sevilla se colaba pequeñilla por rendijas de su memoria, con imágenes de sol, risas y calma. El bullicio andaluz era silencio frente al continuo ronroneo de las maquinarias que mantenían en marcha el engranaje neoyorquino. No había sitio donde no se escuchara una turbina, un motor, una refrigeración, un tictac.

Exuberante como se veía, Patricia tuvo unas primeras semanas de abstinencia sexual. Solo el pensar en los prolegómenos de apareamiento provocaba su renuncia, más basada en la pereza que en los malos recuerdos de Quini. Había, además, aderezos para que esa abstinencia se alimentara y floreciera. Todo eran prisas de todo el mundo cercano y conocido. Cuando Serge, su compañero lector de francés, a quien observaba embobada tomando su café de la pausa de las 11 h, terminaba su última clase a las 16 h, sin haber comido en todo el día, tomaba el tren para Albany para asistir a un MBA nocturno, se planteaba el para qué. Si Siboney, la chilena con la que podía intercambiar horarios, le aceptaba una cerveza era para atiborrarla de ansiedad describiendo sus horas de metro y autobuses para venir y volver a Morristown, Nueva Jersey.

—¿Cómo se te ocurre ir a vivir tan lejos, Siboney?

Ella le hablaba entonces de su familia de acogida, unos tíos lejanos de Concepción a los que no había visto en su vida, para concluir, diseccionando sus mensajes enrevesados, que Nueva York estaba lleno de refugiados de tragedias personales que entraban en la minipimer de la rueda de hámster que suponía la vida en esa ciudad. Si no había tiempo de hablar, no había dolor. Si encontrabas gente nueva a diario, era fácil reciclar amistades incipientes fallidas.

Se sabía hermosa y jugaba con ello. Su primera relación sexual fue irrefrenable desde que un chico brasileño recién llegado a su departamento, tres años más joven que ella, le mantuvo la mirada durante un eterno minuto en la sala de reunión de los profesores invitados. Rogerio era la vida. No se había maleado aún con los tiempos ni tenía compromisos que saldar. Su habitación en Harlem era minúscula, de cocina y baños compartidos, pero no necesitaba nada más.

—Vengo de donde vengo, querida Patricia.

No fue hasta las Navidades cuando realmente Patricia echó de menos Sevilla. Con su madre había conseguido mantener un contacto casi diario desde un locutorio camino de la universidad; con Dan, en cambio, necesitó semanas antes de escribirle la primera carta. Su her-

mano reaccionó distante, enumerando una serie de eventos relacionados con sus estudios que no transpiraban afecto ni dejaban traslucir cómo había superado, si es que lo había hecho, el estado de shock con el que lo dejó en Sevilla. En sus respuestas, largas y cariñosas, Patricia no quería utilizar la información privilegiada de sus charlas telefónicas con Aurora, por mucho que Dan pudiese suponer que las preguntas que se deslizaban en sus cartas ya tenían respuesta a través de su madre. El amor hacia Dan se le hacía a Patricia insoportable. Tanto así que prefería no conocer los detalles de fines de semana encerrado en su dormitorio que Aurora le relataba.

—Dile que salga, mamá. ¡Dale dinero y que se emborrache!

Aurora no quería decirle que andaba asustada, ni que tenían cita tras las fiestas en la unidad de Salud Mental del Virgen del Rocío. Haría los esfuerzos necesarios para pasar el invierno junto a él hasta que Patricia confirmase si su año en Nueva York se prorrogaba. La distancia podía magnificar sus miedos y el desbarajuste podría envenenarlo todo.

—Está en una edad muy mala, Patri. Ya irá saliendo cuando se le pase lo de Quini.

Su hermana, mientras tanto, le enviaba paquetes con camisetas de los Knicks o cintas con películas aún no estrenadas, sin que Dan le dijera nunca que eran imposibles de verse en Europa con el sistema americano.

Eleanor, tal vez instigada por su hermano, preguntaba a Patricia acerca de su relación con Dan; pregunta ante la cual encontraba una cerrazón atávica en ella, temerosa de abrir las compuertas de todo lo que vendría detrás si tuviese que hablar de la relación con su hermano.

—¿No echas de menos a Martin?

—Cada día, Patricia. Lo que sí he aprendido es a establecer juegos para engañar esa falta, de modo que lo tengo presente en mi vida como si la distancia no existiese.

—Cuéntame uno de esos juegos.

Eleanor se levantó de la mesa y acudió a su estudio. Trajo una caja con fotos.

—¿Qué me dices de la Polaroid de tu padrastro?

Patricia convenció a Eleanor para organizar una excursión a Washington uno de los fines de semana más fríos del año.

—Siempre me ha maravillado esa ciudad, Patricia —le confesó.

Allí había estudiado un par de años, donde estuvo haciendo prácticas en un reconocido hospital oncológico antes de terminar sus estudios en Boston. Fue la primera vez que pasaba una temporada larga en libertad, lejos de la familia. Meses tan sexuales como enamoradizos en que desde la ventanilla del autobús que le acercaba al complejo médico solo veía belleza y vida, a pesar del frío de la ciudad, de sus calles rectilíneas, aun sin conocer a nadie cercano. El mundo le abría sus puertas de par en par a Eleanor, que se regocijaba con la visión de un paisaje tan hermoso como lo era su futuro sin explorar. Cada operación quirúrgica en la que participaba era vida, cada café que compartía con un compañero era un salto al precipicio del descubrimiento del otro, cada roce de un amante en sus piernas finas, en sus pies helados, era suficiente para volar tan alto que perdía el paso.

Descubrió, sin embargo, que ese éxtasis era finito, que enamorarse tan fuerte no era sano, golpeada por la realidad de las cosas, las llamadas no respondidas que la dejaban clavada durante días a la silla de su habitación, las miradas esquivas ante su canto al mañana que ella no quería disimular. Washington era para Eleanor el lado oscuro del paraíso, aquel con el que soñaba despierta desde su gran despacho del Monte Sinaí, mientras cerrando cada tarde los avances analíticos diarios se le iba la mirada hacia un Central Park que no era sino reflejo cruel del pequeño parque al que daba el estudio donde soñó, décadas atrás, que la vida era un regalo extraordinario imposible de soportar con cordura.

Tuvieron suerte con el tiempo. Eleanor se dejó hacer para no condicionar el largo fin de semana y evitar así visitar los lugares de siempre, donde tendría que mirar hacia todos lados buscando si cada árbol o farola se mantenían en su mismo sitio. Hicieron las visitas obligadas al Mausoleo o al Capitolio, entre cuyos pasillos Patricia escuchaba, con todos sus sentidos, pasajes resumidos con cirugía científica de la historia americana narrados por su tía, entremezclados con anécdotas ingenuas que delataban dos aspectos de su pasado: que allí fue una mujer feliz y que el futuro no estuvo a su altura.

Guantanamera

—Esta es una de las instituciones más respetadas en Nueva York —me dijo Germán entrando en el edificio de laboratorios cercano a Central Park.

—¿Y entras así? —pregunté—. ¿Como Pedro por su casa?

—No sé si como Pedro, pero sí como Germán Moldova.

Me reí, extrañado de su altanería, impropia de él.

—No me tomes por un endiosado, loco. Simplemente soy un contribuidor neto a las cuentas de esta sociedad, y eso, en Estados Unidos, te abre la puerta de par en par.

—¡Qué bueno! —admiraba todo en él.

—Esta es buena hora para ver a la tía de Patricia, no creas que venimos a molestar. De hecho, es habitual venir entre semana para sacarla a dar una vuelta por el parque. Así despeja la vista de tanto microscopio.

—Debe ser ya muy mayor… —me atreví a insinuar.

—Se conserva muy bien —respondió diplomático.

—¿Habla español?

—Me temo que no, Alejandro.

Fue llegar a la puerta del despacho de Eleanor y ver con nitidez la fragilidad de mi posición. Hacerme presentar como conocido de Dolores implicaba que ella me relacionara, sobre todo viniendo de España, con sus sobrinos. De ahí a llamarlos para informarles de mi presencia en Nueva York había un paso; si alguna credibilidad me quedaba hacia con Dan, era la manera de destrozarla. Era tarde para suplicarle a Germán que nos fuéramos de allí.

—¿Puedo pedirte un favor mayúsculo?

—Claro que sí. —Se detuvo en mitad del pasillo.

—No me relaciones con nada que tenga que ver con Dolores o Patricia. No me relaciones con Sevilla. —Germán me miraba a los ojos, inescrutable en el gesto—. Soy un periodista haciendo un reportaje sobre las fundaciones benéficas de Nueva York.

Quedó en silencio.

—Mejor me voy y te dejo a solas con ella.

—No sé qué miedo te ha metido mi hija en el cuerpo, Alejandro.

—Puedo recoger mis cosas de la casa y desaparecer. Le estoy agradecido, muy agradecido. Es usted…

—¿Ahora me hablas de usted?

—Eres generoso, un tipo de gran calidad humana.

—Entiendo que eso de tipo no es despectivo… —Sacó por fin una sonrisa.

Se abrió la puerta del despacho de una frágil Eleanor.

—¡Germán! Creí que te habías perdido en el ascensor… Hace diez minutos que me avisaron de que subías.

Se acercó a darle dos besos, que me supieron a amor.

—Vas a tener que ralentizar tu inglés. Vengo con un periodista español que lo habla muy mal.

Ella, fina de piel y de cintura, con grandes ojos azules, me dio dos besos lentos.

—Yo tengo familia en España —me dijo con inocencia en un castellano forzado.

Yo no pude decirle que lo sabía.

No acepté una cena en el Balthazar de Spring Street con falsas excusas que no buscaban sino alejarme del peligro que suponía delatarme frente a una mujer que no tenía por qué saber que yo estaba ganando un dineral por acosar a su sobrino. Germán podría descubrirme, cierto; sin embargo el trato de esos días me confirmaba que él no era persona de denuncias, más si su hija andaba por medio; a saber qué podría temer o no de ella ni cómo de doloroso pudo resultar el que acabasen mal entre las dos amigas.

Rodeé el gran parque sin rumbo fijo, entonado por el frío y la cerveza que compartimos antes de despedirme de ellos. Tiré Octava Avenida abajo, ya con hambre, a paso lento. Un local animado, el Guantanamera, con música latina en directo hizo el resto. Grandes murales de colores, ladrillo visto, calor de estufa, junto con un filete empanado que rebosaba el plato.

—¿Le hace un vino chileno?

—Claro que sí.

Me asomé al placer de ser neoyorquino para disfrutar de la milanesa, bebiendo a sorbos grandes, concentrado en la cadenciosa música de guitarra, agradecido a todas las emociones que, independientemente de con qué objeto, me había regalado la Lola que se apareció gritando como una energúmena en la cutre redacción de Aluche. Había puesto el mundo a mis pies, sucio, agitado, revolucionado, feo, grandioso, en carne viva, desmadrado y terco. Lo puso en mis manos y yo lo tomé, me sumergí en él como un mendigo de experiencias para encontrarme ahí, en un local de ladrillo visto de Manhattan embelesado con la música que tarareaban mis pies contra el suelo al ritmo de un tinto chileno de temperatura perfecta.

Necesitaba escribir.

MATISSE

LOS DÍAS EN NUEVA YORK SE ME CONSUMIERON COMO UN PAquete de caramelos en manos de una pandilla de escolares. Busqué los garitos más envilecidos, me monté en la montaña rusa de madera de Coney Island, descorché botellas de vino en enotecas de Brooklyn escuchando música country, pagué por follar a quien creía caída en mis manos, recorrí las estanterías de Staples haciendo acopio de métodos de escritura que me permitiesen construir la historia de un mercenario con orejeras.

Hubo una tarde dulce, en el sentido literal de los trozos de pastel de zanahorias que me tomé en un café de estudiantes de Mercer Street, en que llamé a Charo para pedirle que me fuese a buscar al aeropuerto. Me habían pasado un par de porros y subí al cielo desde ese sofá de cuero en el que le conté cómo iba a estructurar la novela.

—Debo empezar por la llegada a Estados Unidos de Germán, ¿sabes?

Ella me dejaba hablar, acostada en la cama de su apartamento sevillano. «No tengo sueño, Álex».

—En Germán empieza todo, Charo. Es él un imán poderoso de bondad, pero de la humana, no la santurrona. La de un tío que hace cosas grandes pero se equivoca, la de un valiente que manda a chirona a sus hermanos narco-asesinos pero que utiliza la fortuna familiar para llevar una buena vida y trabajar por los que no han tenido oportunidades. Son tipos como él los que hacen avanzar el mundo, ¿sabes? No veo otro comienzo que él montado en el jet privado camino de los cayos de Florida.

Charo asentía sin dar pistas, cuando yo quería que ella me confirmase qué lazo había entre el Germán coleccionista y la galería de arte de Patricia en la Alameda. No tenía, sin embargo, derecho a hacerla posicionarse.

—Me acordé mucho de ti, Charo —mentí—, cuando me paseó toda una mañana por el MOMA, explicándome sus cuadros favoritos.

«Dime uno de ellos», me pidió.

—*La danza,* de Matisse —le contesté, sin saber yo que ella ya lo sabía.

Cervezas

Sevilla me acogió con sol. Charo me abrazó al llegar.

—Ya que me he escapado del trabajo para recogerte, me invitarás a una cerveza, ¿no?

No quise decirle que me angustiaba pensar qué me iba a encontrar en casa; qué más daba un par de horas más. Los dos sabíamos que nos hacíamos mucho bien.

—Muero por una Cruzcampo bien fría, Charo.

Especialmente interesada por que le hablase de Germán, el camino en coche hacia el centro fue un monólogo acerca de mis impresiones.

—*I have felt in love,* Charo.

—No es mala cosa caer enamorado de una ciudad. Ellas no te traicionan.

Me entraban ganas de achucharla. Veía su perfil duro de mujer hecha, el cuello fino, el pelo desordenado; coincidíamos en miradas furtivas de semáforos. La hubiera besado. Su mano venosa sobre la palanca de cambio, los años rotos tras la sombra de un marido refulgente; su cuerpo era una gruta no lejana que pedía caricias. La hubiera invitado a beber de mi cerveza. La risa peleona, los dientes torcidos; dominio de circunstancias terribles. Me hubiera entregado en sus brazos. Mi corcho de etiquetas, mi cuenta corriente, mis promesas compradas.

—¡Qué miras!

—Me encanta la gente mayor.

—Cabrón... —Sonreía, sin imaginar que por mi cabeza sobrevolaba Estíbaliz con una fuerza descomunal.

Ella seguía queriendo que le hablara de mí, tal vez porque vio la espita abierta. Un tesoro en un gallego. Me llevó a su terreno, me metió por la calle Santillana para recordarme que ella una vez se comió el mundo atravesando la Encarnación cogida de la cintura por Eugenio.

—Germán debió volverse loco por Patricia —afirmé, a sabiendas del incendio que pudiese provocar.

Charo me respondió con una cara agachada y ojos grandes.

—La colección permanente de vuestra galería, ¿es un regalo del colombiano?

—Eso deberás preguntarlo a Patricia, Álex. Yo solo respondo por mi pasado.

Nos sentamos en la plaza de San Andrés.

—Me han desvalijado el apartamento mientras estaba de viaje.

El grito de Charo no podía contener disimulos.

—Tranquila, está todo bajo control. Silvia se ha ocupado de denunciar a la policía, no había nada de especial valor.

—¿Por qué no me...?

—¡Tenía a Silvia, Charo! —Me incorporé hacia ella—. Ella tiene llaves de casa, ¡y es mi novia! —Me reí a carcajadas para relajar la tensión—. Ya está, algún vecino mangante que me vio salir con el maletón.

—¿Cómo te enteraste?

—Alguien me envió una foto.

—¿Como que alguien te envió...? ¿Quién?

—Alguien, desde un número desconocido. He llamado varias veces, nunca está conectado.

—Se lo pasarás a la policía, supongo.

—No voy a hacer…

—¡Alejandro!

—Ya te dije que estoy metido en medio de un chantaje. No quiero hacer daño.

—Pero…

—Estoy tranquilo. No puedo contarte todo lo que sé, Charo. Pero estoy tranquilo.

Se reacomodó en su silla.

—¿Vas a volver a ver al hermano de Patri?

—Sí, Charo. Lo llamaré esta noche.

Hice un silencio reflexivo de salir de allí al escuchar la pregunta; recelaba acerca de qué le había contado yo de Dan para que ella dudara de mi relación con él, hasta qué punto sabría que intentó tirarme por la ventana, quién se lo habría dicho. ¡¿Por qué me preguntaba si volvería a verlo?! De pronto encontré un hueco de incoherencia en su discurso que no tenía habilidad para componer con el burbujeo de la cerveza en mi cabeza. No pude controlar un rictus que ella rápidamente quiso recomponer con algo fuerte que me hiciera olvidar su inoportuna pregunta.

—Yo perdí a mi hijo en Nueva York.

—¿Qué hijo?

—La única vez que estuve embarazada. Fue algo traumático.

Confuso, me quedé callado. Algo se había roto.

—¿Por qué me has preguntado si voy a volver a ver a Dan?

—No sé, por saber un poco de tus planes.

—¿Qué te haría pensar que no lo veo?

—No me asustes, Alejandro. Tú mismo me contaste…

¡No sabía qué le había contado!

—Y si lo veo, ¿por qué circunstancia iba a dejar de verlo?

—Olvida la pregunta.

Decidí no olvidarla respondiéndole que sí. Necesitaba organizar qué sabía cada quién de esta historia de locos.

—Perdona, Charo. Tengo la cabeza como una lavadora.

Obsesiones

Sevilla, 1987

Hubo dos obsesiones que unieron a Dan y Quini ya en la escuela: el temor al rechazo y un pasado violento. Ninguno de los dos a edades tan tempranas supo identificar nada de lo que les hizo congeniar, ni podrían años más tarde recordar qué día concreto empezaron a merendar en casa del primero, sobre todo porque eran distintos en todo lo que pudiera calificarse.

Guapo y raro, endeble, así era Dan en su pubertad. Un halo de querubín aislado que atraía tanto a sus compañeros de clase como repelía, por su falta de empatía con ellos. Quini, sociable, astuto, basaba su fortaleza en el descaro mientras gastaba maneras de líder, como arma de protección en un entorno que le era hostil, a él, criado en la barriada más marginal de Barbate y recuperado por unos tíos que apechugaron con la obligación moral de sacarlo de un bloque donde la unidad familiar era una quimera.

El extraño historial de Dan atraía como un imán a Quini, esos silencios al hablar del padre de su hermana, las charlas de su madre pidiéndole protección para su hijo:

—Dan es muy vulnerable, Quini, ándate pendiente de él.

Toda la atmósfera de esa casa del Porvenir era adictiva para un chaval enorme para su edad que se aferraba, con inocencia indisimulada tras sus modales bruscos, a la fortaleza de sentirse útil. Le hubiera dolido saber que Aurora aleccionaba a Dan para hacer otros amigos, y no depender tanto de él, pero la madre de Dan era la primera interesada en camuflar los discursos con el tono necesario en función de quién de los dos estuviera presente: Zipi o Zape.

Quini le adiestraba sobre lo que se presuponía que se avecinaba en cada etapa de su entrada a la adolescencia: los pelos en los sobacos, los picos a las chicas, las pajas en el baño, las revistas porno, las traiciones escolares, el primer alcohol, con un espíritu tan paternal como retador.

—Te van a dar de hostias en la vida, Dan.

Hizo lo posible por que no le cambiaran de colegio cuando sus tíos se mudaron al Aljarafe. Él se comprometía a bajar todos los días a Sevilla y hacerse la comida cada noche, con tal de no perder toda la inversión que suponía haberse hecho respetar como modelo a imitar por los chavales a los que sacaba una cuarta o sentirse gallo experimentador con el despertar sexual de unas compañeras que se lo rifaban. No entendía de pudor ni de compromisos, todo en él era animal, primitivo, hecho de observar a los más cafres de su pueblo, poco mirados a entender a las mujeres como otra cosa que a un objeto necesario.

Gustaba de contar sus hazañas sexuales a Dan, porque era este el que daba la verdadera dimensión de épica con sus ojos abiertos de susto a lo que para Quini no era sino un juego de gatos en celo. Le explicaba sin censura dónde meter los dedos, cómo mordisquear sus cuerpos, las técnicas para no correrse a un chaval que aún no sabía lo que era un beso. Lo abducía con sus relatos de hombretón sin complejos, figura que reivindicaba sin proponérselo mientras no hubiera adultos a la vista. De ahí que en las eternas horas que pasaba en casa de su amigo necesitase el espacio cerrado de la habitación de Dan para evitar achicarse en presencia de su hermana Patricia, toda una mujer veinteañera que se paseaba en camisón por la casa gastándoles bromas a los niños que eran ellos.

Una tarde de invierno en que el fin de semana en la soledad de la casa de sus tíos lo atenazaba, Quini aprovechó una siesta de Dan frente a la tele para acercarse a la salita de Aurora:

—¿Ya se ha quedado dormido el rubio?

Quini asintió, sin disimular las ganas de hablar con ella.

—Anda, vente, que te hago un hueco en la camilla.

—¿Qué lees? —preguntó, cohibido por la cercanía de Aurora.

—A una escritora británica, Doris Lessing.

Quini pidió con su mirada más explicaciones, como táctica involuntaria para coger aire.

—Es la historia de otra escritora, Anna, que cuenta su vida a través de cinco cuadernos. Es una persona muy interesante, que ha vivido en el África negra, que ha sufrido durante la Segunda Guerra Mundial, que se ha metido a política…

—¿Pero esa mujer existe? —preguntó el chaval, perdido entre tanta información.

—Imagino que no. Es una novela, Quini. Las novelas suelen ser historias inventadas.

—¿Entonces todo es mentira?

Aurora marcó la página, cerró el libro y se lo colocó sobre los muslos.

—¿Tú sabes que yo vengo de un pueblo como tú?

Quini negó con la cabeza.

—Yo vivía en Marchena, un pueblo de Sevilla precioso, agrícola. ¿Sabes lo que más recuerdo de mis años allí antes de casarme y venirme a Sevilla? —Quini meneó la cabeza—. Pues lo que más feliz me hacía era estar en mi habitación leyendo estas novelas que son todo mentira. Gracias a ellas conozco mucho más que mi pueblecito y he vivido muchas vidas que no son mías, que nunca habría conseguido vivir. A alguien que lee, nada le sorprende del todo. Tú me puedes contar cualquier cosa que quieras contarme, que yo la habré vivido en mis libros…

Aurora hizo el silencio pertinente para darle paso a Quini.

—A mí no me gusta demasiado leer.

Ella colocó el libro sobre la mesa y se sentó de lado, para mirarlo de frente.

—¿Qué te pasa?

—Nada. —Quini hizo amago de levantarse, Aurora lo sentó sin fuerzas tomándolo por las rodillas.

—¿Pasa algo con Dan?

—No. Dan es mi único amigo. Y yo voy a cuidar siempre de él.

—¿Entonces?

—Me encantaría que usted me adoptase.

Aurora no supo reaccionar sino dando un abrazo al niño grandullón de pelo negro, que lo recibió como una estatua y la respiración acelerada.

—¡Qué bonito es lo que me dices, Quini! Pero tienes una familia, unos tíos que te quieren mucho y se preocupan por ti. Ahora te sientes más solo allí en el chalé de Bormujos, pero…

—¿Y si ellos me abandonan también?

—Si ellos te abandonasen, Quini, tú tienes aquí tu casa.

Las hormonas trajeron complicaciones entre los dos amigos en la clásica confrontación de confusiones propias del nacer al sexo. Dan creció más de lo esperado en poco tiempo, su voz tornó en grave y los pelillos dorados de la barba le dieron un aspecto irresistible de dandi, diferente al resto, entre las chicas más avezadas, las que meses atrás sucumbían a las chulerías seductoras de un Quini que admitía mal sus derrotas. Atolondrado por los susurros de las niñas, Dan perdió comba en los estudios y se apoyó aún más en un amigo que odiaba la figura en que se estaba convirtiendo el rubio. Sus consejos eran interesados, lo difamaba por miedo, descontrolado Quini por actuar en una dirección y la contraria, temeroso de perder las meriendas de cada tarde o las promesas de Aurora sobre un futuro acogido en la gran casa del Porvenir. No vio en su propio espejo lo que la evolución acelerada de Dan le enseñaba acerca de los tiempos para siempre perdidos, haciéndole añorar la inocencia de la época en que las preocupaciones eran pinchar las bicis de los gemelos Macarro.

A rebufo de Quini, Dan no adivinaba que él iba preparando el terreno de sus aventuras inmediatas, ni hacía caso a los chismorreos que acusaban al grandullón de morrearse con las chicas que le esperaban al salir de clase. Fue un curso delicioso para un Dan que volaba en el mundo propio de los autistas, ajeno a todo lo que acarreaba el precio de la belleza a esas edades.

Tumbados en el sofá un día de lluvia torrencial, con Dan grabando cintas de casete tumbado bocabajo en la alfombra, Quini cruzó la mirada con Patricia y comprendió cómo hacerse inalcanzable para Dan.

Ya esa tarde de lluvia las compuertas se cerraron sin contrapesos posibles para retener la avalancha de perversión, en lo sexual y afectivo, que revoleó a Patricia y Quini, cada uno con sus maldades, o sus carencias, entregados a lo prohibido, engreídos en su potestad para llevar los ritmos, desconfiados de la frivolidad en el otro, sometidos al arbitrio de lo instantáneo, enloquecidos por el cuerpo de quien se reía a la cara, a carcajada limpia, maravillados por la clandestinidad, con Dan siempre oculto en la mente de cada uno pensando en el Dan que el otro había traicionado.

Hubo, no podía ser de otro modo, un desequilibrio de poderes. El rubio quedó aislado en su burbuja sin darse cuenta de que nadie agarraba el globo, calentito en su reducto de hermosa carne fresca vitoreada por la vida, alegre de ir, venir y observar el mundo crecer a sus pies. Los movimientos de Quini no eran raros para él, ni la felicidad total de su hermana cocinando le extrañaba. Aurora y él se miraban sonriendo viendo a la niña cantar de la ducha a su habitación, sin que pudiese pasárseles por la cabeza cuántas veces era Quini quien, a diez metros de ellos, se duchaba con ella, rompiendo cortinas, derramándose el jabón encima, jugando contra los azulejos para disfrutarse frente al espejo.

Los tiempos cambiaron pronto, cuando a Patricia comenzaron a dolerle las caricias y Quini, a escondidas, le pedía amor a llanto vivo.

Cuando Quini temió perderlo todo, preparó la escena de su victoria. El pánico aterrador a perder a Patricia, que se zafaba de todo lo que no fuera sexo, le conminó, en su mente de superviviente, a utilizar a Dan como rehén. Con sangre fría buscó el momento en que hacer pública a ojos del rubio su relación con Patricia, para lo que bastaba organizar bien los encuentros entre dos hermanos que se cruzaban a diario. Durante esos días templó los gestos hacia Patricia, e incluso se mostró esquivo, con idea de equivocarla acerca de sus verdaderas intenciones. El desinterés hacia ella, dominadora a su antojo de los tiempos y caprichos, iba a provocar, como así fue, un mayor descuido de esta en la gestión de riesgos, loca por usarlo, erotizarlo, enloquecerlo de deseo. Dejó de pasar las tardes en el Porvenir, muy a su pesar, con excusas creíbles para Dan de enfermedades ficticias de sus tíos. Desapareciendo, cortaba todo hilo con Patricia que no fuera el propio Dan, para así provocar despistes en ella que debían retratarla en su relación con él.

Esperó agazapado, enormemente controlado a sus dieciséis años, a que la gata saliera en busca de macho. Él se forzaba a quedarse en el colegio hasta tarde, para evitar cruzársela. Se escondió en calles de Sevilla que simulaban ser la casa de sus tíos, vagabundeó por institutos de chicas como pavo real y dio con sus primeros porros de hachís en el Tiro de Línea, anestesiado por ese saberse deseado como animal.

El fin de semana se le hizo duro sin los hermanos y tuvo que sudar su fragilidad. Tomó un tren a Cádiz, paseó la ciudad acelerado y emprendió el regreso renegando de su estrategia, abrumado por las ganas de tener a Patricia, celoso como un loco de pensar en sentirse olvidado, juramentado a no volver a traicionar la amistad de Dan; pero para cuando el tren entró en Sevilla la fiebre había bajado y consiguió tirar para Bormujos con el rabo entre las piernas.

A punto de renegar de sus maniobras, acobardado por el precipicio al que se asomaba, llamaron a la puerta de la casa de sus tíos. Eran Patricia y Dan.

—¿Qué hacéis aquí? —Cualquier persona se hubiera crecido en una situación así, pero la vanidad de Quini lo subió a la estratosfera.

—Nos tienes preocupados. —Patricia se adelantó a cualquier frase ensayada por Dan—. Mamá no para de preguntar por ti.

Sin invitarles a entrar, aún en la verja de entrada del chalet, Quini preparó la artillería para lanzar el obús de su vida, con cara circunspecta:

—¿No le has contado lo nuestro?

Dan no entendió la pregunta, Patricia se descompuso, delatada, incapaz de reaccionar.

—A Dan he tenido que contarle lo de la enfermedad de mis tíos, pero ya no podemos ocultarlo más, Patricia.

—Quini, no sé de qué me hablas.

—Hace meses que tu hermana y yo estamos saliendo, Dan. Nos habrás visto más raros, que estamos menos pendientes de ti, pero ya te puedes imaginar después de lo que te habrá insistido ella en verme…

Quini, de reojo, esperaba una reacción de Patricia, sin prever el alarido de Dan ni cómo se le abalanzó encima dejándolo caer y golpeándolo con histeria:

—¡¡¡A mi hermana no le pone ni el rey la mano encima!!!

Sueños

Fue una noche larga de sueño complicado. Nueva York quedó lejano en mis pesadillas de aquella noche. El despertar tan poco a poco, como la luz que entraba desde el salón, me hizo entrar y salir varias veces de ese sueño en que, desnudo, me veía en el centro de un auditorio de escenario central donde yo representaba una obra que no me sabía. Cada movimiento de mi cuerpo por ocultarse era seguido de murmullos, cada giro de cabeza de aplausos, en tanto yo buscaba entre el público gente conocida, que se aparecía con ojos grandes y rostros serios, grandes escrutadores entre una audiencia entregada a mi suplicio. Grandes pantallas mostraban mis dedos, mis pezones, mi oreja, mis ojos vidriosos. Corría cuanto podía, pero Lola me empujaba desde todas las esquinas, una Lola en cada salida, muchas Lola de rojo acogotándome.

—¡Vamos, sé valiente!

Desayuné en el Starbucks de la Campana, con la esperanza insana de cruzarme con Charo. Necesitaba poner en pie su pregunta acerca de Dan, pero no daba con la expresión correcta ni sabía poner rostro a su reacción. Recordé el aborto de Nueva York y mi falta de respuesta. Dejé el periódico al lado y le escribí un interesado mensaje de disculpas:

«Siento haber sido tan seco, Charo. Lamento que perdieras tu hijo en Nueva York. Tenemos mucho de qué hablar».

No quise esperar a su respuesta, bajé a por un nuevo café latte y me decidí a bombardear de señales mi mundo más cercano, comenzando por Lola.

«Ya estoy de vuelta, querida Lola. Enamorado de tu padre y de la ciudad».

Continué por Dan.

«De nuevo en Sevilla, Dan. Si te apetece quedar, que sea en una planta baja».

Envié mi agradecimiento a Germán.

«Tu figura se ha convertido para mí en un personaje clave de mi futura novela».

Seguí por Teresa, deseando su sexo; por mi hermana, con una foto mía desde el Empire State; por Silvia, invitándola a comer.

Me tentó, como nunca en años, enviar un beso a Estíbaliz.

Tras pasar por comisaría para firmar la denuncia de Silvia, nos encontramos en El Disparate. Solo quedaban mesas altas, pero facilitaban el que nuestras rodillas se rozasen.

—Eres mi ídolo, Álex. Menudo viajazo.

La miré con ojos tan obscenos como desconfiados.

—¿Me echaste de menos? —pregunté.

—¿Lo dudas?

—Hoy he tenido una pesadilla truculenta, ¿sabes?

—Cuéntame.

—Estaba desnudo, en medio de un auditorio. La gente me miraba y aplaudía cada movimiento que yo hacía. Había pantallas gigantes tomando imágenes de mi cuerpo…

—Tienes un cuerpo espectacular, no se lo estarían pasando mal.

—¡Silvia…!

—Es un sueño típico este de la desnudez, Álex. A ver, no tiene nada que ver con temas sexuales. Dices que la gente te miraba, ¿no? —Asentí—. ¿Te sentías incómodo?

—Mucho. Y no soy un tío pudoroso.

—Eso es muestra de vulnerabilidad. ¿Intentabas escapar?

—Había alguien que no me dejaba, aparecía por todos lados.

—¿Hombre o mujer?

—Mujer.

—¿Una mujer conocida?

—No —mentí.

—¡Menos mal que no soy yo!

—Te veo muy segura hablando de los sueños.

—Me encanta interpretar mis sueños, Álex. Mi amiga Concha, que hace el MIR en salud mental, me da pistas para averiguar qué es lo que nos quieren decir…

—¿Tienes una amiga en salud mental?

—Sí, Concha. Un encanto.

Se me apareció una luz inesperada.

—¿Ella podría mirar el historial de mi amigo Dan?

—Claro que sí, pero son temas confidenciales que tenemos prohibido comunicar a nadie.

—¿Ni a tu amorcito?

—Ni a mi amorcito, en caso de que lo tuviera…

—¿No me consideras tu amor? —pregunté, perplejo.

—Si acaso un proyecto muy verde de amor.

Me quedé a cuadros.

—¿Qué haría falta para que el proyecto fraguara, Silvia?

—Que yo te creyese.

—¿No crees en mis sentimientos?

—Sí. ¡Claro que sí!

—¿Entonces?

—Tú estás a otras cosas. Y lo sabes.

Nos miramos como nunca lo habíamos hecho, aprovechamos para dar un sorbo largo a la cerveza; era necesario recolocarse.

—No tengo intención de sufrir, Álex. Ninguna intención de sufrir.

Una tarde de sexo exquisito dio paso a una noche de tele y tortilla de patatas. El apartamento estaba recogido como si no lo hubiera arrasado un vendaval de mezquindad.

—Puse tus cosas como mejor me pareció —me explicó, mientras yo seguía emborronado por su sinceridad—. Aún me cuesta explicar qué pretendían.

—Llevarse la tele, imagino.

—¿Por qué me da a mí que sabes algo más?

—Vaya caña que me estás dando hoy, Silvia.

—No me chupo el dedo.

—Lo sé.

—Pues eso. Cuando quieras contarme, ya sabes dónde encontrarme.

Le pedí un tiempo para pensar.

—Estoy metido en un lío, Silvia.

—Imagino…

—Quiero contar contigo, ¿sabes? Más aún después de tus comentarios de este mediodía. Ha sido un shock para mí.

—Era necesario.

—¿Me das un día para ordenar mis ideas?

—El tiempo que necesites.

—Tiene que ver con Dan.

—Ajá.

—¿Tú podrías confirmarme si realmente él tiene un problema mental?

Le dio un sorbo al vaso de agua, se levantó y fue en busca de su abrigo.

—Con decirme que no… es suficiente, Silvia.

Me dio un beso en la boca. Sentí por ella más deseo que nunca.

—¿Por qué te vas? Quédate a dormir.

—Me has pedido tiempo, Álex.

—Por favor…

—Veré lo que puedo hacer por ti.

Me acerqué a abrazarla.

—Ten mucho cuidado. Eres un buen tío.

Mucho dinero

NO TOMÉ EL MÓVIL HASTA METERME EN LA CAMA, FASCINADO con la nueva Silvia, una mujer inimaginable horas antes. Pequeño como un chaval recién salido de la escuela, sus zamarreos me habían desbaratado. Ella era un dulce al que yo acudía a mi antojo, una joya que estaba ahí luminosa, serena, que no pedía citas futuras ni construía castillos conmigo dentro, pese a lo cual yo interpreté su disposición como entrega, sin profundizar en sus fantasmas ni hacerme un hueco en sus almanaques. Era jodidamente excitante experimentar el vértigo de no saber a qué agarrarse en que me había visto arrastrado. Meses moviéndome a impulsos eléctricos de inercia corporal, como en un río de aguas bravas sin señalizar, donde cada palada implicaba una decisión irrevocable que marcaba mi destino. Veía las rocas, imaginaba los golpes, presentía el agua tragada, los moratones futuros, temeroso de la catarata definitiva.

Había oído, desde la mesilla de noche, el móvil vibrar. No tenía dudas de que Dan esperaba impaciente una respuesta a un mensaje visceral que aún no había leído. Me prometí, sin embargo, dormir mi noche con Silvia en la cabeza, sin soflamas entorpecedoras que perturbaran mi contrición sincera por darle su sitio en mi corazón. O dejarla en paz para siempre.

Supe que sonó el teléfono durante la noche con la íntima certeza de que era Dan. Hasta no tomarme el café no confirmé sus llamadas.

«No cabías por esa ventana, Álex».

Sufría su penitencia, dolorosa, merecida, acrecentada por mi distancia. Dudé tanto si perdonarlo de corazón que mi dilema se convertía en la verdadera encrucijada a tomar. Disculpar su intento de arrojarme desde un décimo piso, por muy imposible que fuera atravesar esa ventana, implicaba considerarlo definitivamente desvalido como persona madura; significaba certificar sus desequilibrios e imponer una cierta autoridad moral cercana a la compasión. De considerarlo una mente sana, pensé, no había indulgencia posible que no fuera enfermiza por mi parte.

«Hubiera preferido una disculpa profunda por un acto tan vil, no un estudio físico de la geometría del hueco por el que me quisiste arrojar».

Sonó el teléfono. Se ofreció a vernos donde fuese, de inmediato. No quise alargar su angustia, aunque haciéndolo contribuyese a acelerar los efectos que Lola me conminaba a alcanzar sin escrúpulos.

Estaba guapo el tío. Más delgado, al menos cinco kilos, la cara chupada no le hacía mal. Dudó en abrazarme antes de hacerlo; se derrumbó como nunca hubiera sospechado.

—¡Lo siento, Álex!

Sentí sus sollozos en mi cuello como lo más auténtico que me había ocurrido en meses.

—Lo siento de corazón.

Lo agarré con fuerza entre mis brazos, como a un niño perdido.

—No pasa nada, Dan. No pasa nada.

—Lo he pasado muy mal estos días, ¡muy mal! No sabía cómo hacer para arreglarlo, porque sé que no tiene arreglo. He querido destrozarlo todo, ¿sabes? —No quise preguntar a qué todo se refería—. Quería simplemente demostrarte que estaba indignado, estaba tan desconsolado recordando esa imagen tuya tras el cristal con esa víbora... No lo merecía. Pero mi forma de demostrarte mi rabia fue desproporcionada, inaceptable. Aunque yo sabía que nunca podrías caer por ese hueco. La ventana tiene un tope, no se abre más de una palma, lo comprobé varias veces esa misma tarde.

—¡Qué sangre fría!

—Lo siento de corazón.

Se sentó en el muro bajo del paseo de Torneo donde me citó. Quería escucharme y no podía sustraerme a mi turno de réplica.

—Sé que te traicioné, Dan. —No era momento para andarse con rodeos—. Estuve un día entero con una taquicardia que no conseguía controlar, nunca nadie había intentado matarme...

—No podía...

—¡Sí, no podía caer por esa ventana! Eso lo sé ahora y no tengo más que creerte. Estuve a punto de ir a la policía, pero no podía quitarme de la cabeza tu enfermedad, lo extremadamente sensible que eres; ni era justo olvidar que yo me metí en tu vida de sopetón, que no fuiste tú quien me buscaste, que no jugué limpio... —Tenía, sin embargo, que hacer valer mis razones—. Fuiste muy lejos, Dan. A mí no me hace eso nadie, mi vida es sagrada, ¿sabes?

—Lo sé... —susurró.

—No hay excusas que lo justifiquen. Podré perdonarte, pero no voy a poder olvidar nunca esa cara tuya de loco. —Bajé el tono.

—De loco, sí.

—No sé si eres consciente...

—¡Lo soy!

—Eres un tío especial, Dan. Eso te salva.

—He sufrido como no te imaginas estos días. He pensado que caía sobre mí una condena, que volvía a estar maldito, que había confirmado una vez más que no estoy hecho para este mundo.

—No digas eso.

Volvió a caer en sollozos.

—¡Soy un maldito cabrón!

No tuvo que insistir mucho, cuando el diafragma le volvió a su sitio, para darnos un largo paseo junto al río. Yo era consciente de que no estaba lejos el momento en que llegáramos al nudo de nuestros desajustes, sin estar yo preparado para ofrecer una explicación convincente, porque no la había.

—Estos días me he encerrado como hacía tiempo que no lo hacía, Álex. No quería que nadie me viera en mi estado, porque no quería hablar, ni delatarte, ni volver a asustar a mi familia para que vengan de nuevo los fantasmas de que soy un tío irrecuperable... Pero no podía quitarme esa imagen tuya cenando con ese vampiro. ¿Qué coño quiere esa puta de mí?

Traté de volver al día en que la Lola de entonces, la venezolana que me follaba como a un juguete, me ofreció su endiablado pacto.

—Simplemente me pidió que me hiciera tu amigo.

Sabía que él no iba a responder. Mi garganta estaba seca.

—Solo me puso dos condiciones. Que no preguntara para qué y que no te hablara de ella.

—¿Cuánto te paga?

—Mucho dinero.

Atravesamos el puente del Alamillo por abajo, un viento frío se levantó en remolinos coincidiendo con la zona de sombra.

—Estoy rompiendo una de las dos reglas, pero te suplico que quede entre nosotros, Dan. Me debes una...

—Vale... —dijo en voz casi inaudible.

Me detuve, lo paré con mis brazos, le levanté la barbilla hasta poner sus ojos frente a mis ojos.

—No te he oído.

—Que sí, Álex. Que queda entre nosotros.

Fue en ese paseo largo de dos horas, cuando Dan me habló del día en que conoció a Dolores.

Cabrón

Nueva York, 1994

Incluso con todos los esquemas previos a su llegada rotos, Patricia ocultó a Aurora los destrozos cometidos por Dan en Nueva York. Su reto inquebrantable era reconducir a su hermano pese a lo que pudiese costar, en dinero y en afectos; lo contrario hubiera machacado el poco futuro estable que se vislumbraba para una madre que ya daba signos evidentes de demencia. Solo soltaba ciertos globos sonda a Martin, para que no magnificara los relatos que seguro Eleanor le trazaba desde su atalaya de protección hacia su único sobrino carnal.

—Es el chico más pesado del mundo, Martin, pero no tiene maldad.

El principal problema no vino por su adaptación a la ciudad, sino por la dependencia enfermiza de todo lo que representaba Patricia. Dolores era su enemiga irrenunciable, contra la que todo valía, desde la seducción malsana al desprecio absoluto. Sabía de su ascendente sobre Patricia, no era tonto, con lo que jugaba maquiavélicamente con sus armas de hermano pequeño con desequilibrios mentales.

Tardó en comprender el tipo de relación existente entre las dos. La vida que observó en su hermana era tan rica, atravesaban tantos personajes su día a día, que no se le pasó por la cabeza que tras esas llamadas diarias a Dolores no hubiera sino un cuelgue amistoso en que apoyarse como si de una hermana se tratase.

Hasta que un día entró en su habitación sin preguntar.

Patricia se levantó como un resorte, recomponiendo la camiseta bajo sus pantalones, mientras Dolores se giraba con calma para incorporarse sobre los almohadones.

—Dan, ¿qué pasa?

Él no dijo nada, cerró con un portazo.

Patricia tenía poca fuerza para explicar lo que ella misma no entendía. Su ligazón emocional con Dolores la colocó en una situación esquizofrénica en que no asumía la realidad de una historia de amor con todas las letras. Los convencionalismos se convertían en un estúpido enemigo para quien vivía en la metrópolis más indiferente en que un ciudadano transgresor deleitarse pudiera. Nadie juzgaba a nadie salvo ella a sí misma, bloqueada por unos deseos puros que evitaba reconocer, incluso siendo hacia alguien que, como Patricia, no sabía qué era el sexo con otra mujer hasta conocerla a ella.

Explicaciones retorcidas en el pasado violento de Quini calmaban sus desazones; disquisiciones que compartía con Dolores sin querer ser consciente del dolor que provocaba en la colombiana el razonar que sus abrazos no eran sino rechazos al hombre que un día la hirió.

La entrada de Dan en su habitación supuso extraer el pasador a la granada, desordenarlo todo sin más motivo que el no aceptar que adoraba a Dolores.

—Me preocupa mamá, ¿sabes?

Caminaban hacia el centro universitario en Belford Street donde Dan entrenaba a baloncesto dos tardes por semana. A Patricia le preocupaba la doble cara de su hermano, problemático hasta provocar la ansiedad en sus padres, mientras su adaptación a Manhattan era suave, natural, como si recorriese esas calles desde pequeño, con las tonterías propias de un adolescente ingenuo que empieza a descubrir el mundo.

—A mamá se le está yendo la cabeza, Patri. No sé qué te cuenta de mí, pero se monta unas películas que lo flipas.

—¿Tu padre también lo flipa?

—A mi padre le pone la cabeza como un bombo. ¿No ves que él trabaja de tarde y apenas nos vemos? Se cree todo lo que le cuenta. Si no, ¡pregúntale! De todo lo que te cuenta de mí, dile: ¿pero tú lo has visto?

Patricia resoplaba, imbuida de un síndrome enfermizo que le impedía juzgar con severidad a su hermano, aún subyugada por el amor total que Dan le profesaba.

—¿Cuántas veces te han echado del instituto, Dan? ¡No me vengas con cuentos chinos!

—Es jodido ser diferente, ¿sabes?

—No me calientes la…

—¡No te caliento nada, Patri!

Le asustaba hacerle daño, que entrara en crisis. Quería abrazarlo.

—Déjame —la rechazaba—. No tienes ni puta idea de lo que es que todos los capullos se cachondean de ti por no reír las gracias del Perola o del primo de los Vázquez. «Ahí va la princesa de Tracia», me dicen.

—Imbéciles. Ya quisieran ellos tener el porte que tú tienes, esos capullos…

—Yo no sé si me viene bien este porte. Me entran ganas de tirarme aceite hirviendo a la cabeza, para no aguantar el baboseo de las niñas, ni la mala hostia de los Perolas…

—¡No digas eso!

—Ahora no tengo un Quini que me defienda.

—¡¡¡Dan!!!

—¡Ya no lo tengo, Patri! No tengo a un amigo que me quiera, a nadie que me mire por lo que soy, no como a un trozo de carne.

—Mi niño…

—Asco me da el sexo, asco la gente guarra. Asco, ¡asco!

Dolores entendió su rol en los meses de la primera estancia de Dan en Nueva York. Su amor por Patricia era tan sincero que no podía sino ponerse en su piel de hermana mayor encargada de reconducir el incipiente futuro de un joven desestructurado. Hacía de tripas corazón, simulaba no captar el rechazo de Dan, aprovechaba para centrarse en la agenda de Germán, un padre al que no dejaba de mimar en esos períodos en que ella se descolocaba.

—¿Qué te pasa con Patri, Dolorcita?

—Nada, papá. Tiene el encargo de sus padres de estar pendiente del hermano, un pelao que hace la vida imposible a los padres allá en España.

—Lo vi un joven afable el día que se pasaron por aquí.

—¡Es listo el muy malvado! Con esa cara angelical, ese cuerpo de atleta, tiene engañado a todos. Si incluso me confesó Patri que está medicado por desequilibrios mentales, padre.

Germán la convencía para echarse a un lado, dar tiempo a Patricia.

—Emocionalmente es una prueba dura para ella. ¡Y hermosa! A tantos miles de kilómetros de su casa…

—Tú sabes bien de eso, padre.

—Por eso te digo, querida. Paciencia. Mejor amiga tuya será si te muestras generosa.

Dan vivía Manhattan con la contradicción de saber que cuanto mejor lo viviese más posibilidades había de volver a España. No sabía, no quería, se negaba a contrariar a Patricia. Su madre, su amante, su ídolo antes que su hermana. De ella recibía la luz, hacia ella se encaminaban sus proyectos. Si ideaba un triunfo, ese era para Patricia; si aparecía una niña, quería conquistarla para mostrársela. Manhattan era plenitud de sol frío, un precipicio adictivo al que se asomaba cada mañana con miedo a perder el privilegio de poder hacerlo de por vida. Todo en Dan era investigar qué sería la vida de Patricia para estar con ella. Sacaba lo mejor de sí, con su perfecto inglés americano; calificaciones impensables en su instituto San Isidoro. A su lado le apetecía cenar en casa, hacer deporte, mirar su cuerpo en el espejo, buscar su mirada. Sacarle una sonrisa. Verla pasear con vestido corto. Gritarle ¡Patri!, verla girarse, mirarle a la cara, guiñarle los ojos y sentir que su mundo era todo de él.

Era directamente proporcional la presencia de Dolores a la inestabilidad en él, por mucho que ella midiera las palabras o Patricia le diese su sitio. No se le borraba a Dan la escena de ellas dos en su habitación, magreándose. Volvían las pesadillas con Quini, esa sensación enfermiza de abandono, un rechazo visceral a sentirla poseída por nadie que no fuera él. Que fuera una chica, además, era un sacrilegio contra el que no podía competir, era sentirse fuera de juego, un halcón con alas mojadas atado a la tierra.

Sin él quererlo fue estructurando un plan en su cabeza, exagerando frases de la colombiana, buscando encontrarla a solas para retarla por tonterías, envenenando a Patricia con reflexiones sinceras basadas en inseguridades.

—Le falta tiempo para buscarme los ojos, Patri, en cuanto tú te vas.

Tanto insistió a su hermana sobre las deslealtades de Dolores que él mismo acabó creyéndoselas; eran tan frecuentes sus movimientos para apartarla que se sucedieron momentos de tensión en que la repudiaba, primero con gestos, luego con desprecios amenazantes.

—Le estás jodiendo el futuro a mi hermana.

Dolores se hacía la sorda, soltaba sonrisas, buscaba la forma de rebajar la tensión, contando los días para que acabase el curso y volviese de una vez a Sevilla. Se alegraba de que los problemas de adaptación crecieran, que llegaran llamadas de atención desde el club de baloncesto, que apareciese con moratones en casa de Eleanor dando explicaciones inconsistentes.

Hasta que un día le levantó la voz a Patricia, cuando ella le recriminó haber desaparecido un fin de semana sin dar señales de vida.

—¡A mi madre la tengo en Sevilla, cabrona!

Dolores le gritó que se callase. Dan se giró hacia ella con el brazo en alto y la sacudió con toda la rabia de su maldad envenenada.

Dedos

Le hablé a Dan de un almuerzo con Silvia, para rechazar una invitación suya a comer. Necesitaba reorganizar la cabeza. Cierto que al terminar el paseo a su lado junto al río pensé más en términos de novela, en cómo estructurarla, que en las traiciones perdonadas. Dediqué la tarde a recuperar el corcho con las etiquetas, abundantes, para dar un giro a la introducción, tal como conté a Charo, a partir de mis largas charlas neoyorquinas con Germán. No podía empezar de otro modo que por el aterrizaje de su jet en un aeropuerto de Boca Chica infestado de federales. Fuera lo que fuese que buscara Dolores en la familia de Patricia, todo comenzaba en esa lucha triunfante de Germán contra su destino. En esa tarde sevillana de oscuridades en el salón de casa eché de menos mis días en Manhattan, las conversaciones con el colombiano se me quedaban cortas, aparecían preguntas que no hice y a las que no sabía si las complicaciones previstas darían margen de poder recomponer.

Germán, azul celeste como el caribe colombiano, inundaba el corcho en sus inicios. Intuía que habría más cruces de lo esperado con el amarillo de Patricia, perturbadora aparición en la vida de padre e hija; una Lola en rojo que jugaba un papel central en un relato en el que asomaba como catalizadora de todos los malos rollos. Ya eran varios los capítulos dedicados a ella, todos los que tenían que ver con sus años en Madrid, aún por documentar en muchos casos, y a su acercamiento a mí, ya bien detallados. Lola se ofrecía, a pesar de todo, como el personaje más novelesco, agitadora de conflictos, una delicia para un novelista sin experiencia.

Tras tomar anotaciones sobre el verde limón de Dan, con idea de no olvidar frases recientes de sus sollozos en el paseo Torneo, volví a Lola. La escena de la Azotea sobrevolaba en mi cabeza, no quería perder los tiempos de esa cena, sus camelos, el vino que tomamos, los roces bajo la mesa, la aparición de Dan al otro lado del cristal. Anoté «azotea» en una de las etiquetas en rojo, cuando descubrí, con la columna vertebral helada en décimas de segundo, que una de ellas estaba escrita en mayúsculas con una letra que no era la mía:

QUIEN TE PAGA, NO TIENE ESCRÚPULOS

Con el móvil en casa y doble cierre de puerta, me fui de cervezas a la Alameda. No quería nada con nadie. Necesitaba saber cómo era la caligrafía de Dan, cómo la de Patricia. Me sentía, por encima de todo, ridículo, víctima de un juego esperpéntico en el que había entrado como por la puerta pequeña del Imaginarium. Excitante o grotesco. No tenía elementos suficientes para juzgar en qué estaba metido, aunque las dos cervezas en el Corral de Esquivel me dieron argumentos para decidir que no iba a cejar en mi empeño de descubrirlo; al fin y al cabo sería difícil encontrarme en una igual. No quería echar de menos en el futuro haber pasado por este trance sin haberlo exprimido. Entendí que estaba entrando en un oasis de paranoia en el que veía enemigos por todos lados, lo que me forzaba a buscar la calma. Debía retomar mis carreras junto al río, recuperar mis citas para rematar el artículo sobre las Tres mil, hacerme comidas ricas de las de irse al mercado a comprar pulpo y bloquear las tardes para escribir. Tenía algo redondo entre las manos, había que coronarlo. No podía quitarme a Estíbaliz de la cabeza, suerte que, en ese momento, con las cervezas pululando por mi cabeza, no tenía un móvil en que localizarla para decirle que le debía el ser quien estaba seguro de que iba a ser.

Iba a cumplir sus sueños de ponerle una novela mía en sus manos.

Eché todos los cerrojos de la puerta. La terapia era dormir. Dicen que un buen escritor decide las mejores opciones en los cruces de caminos justo al conciliar el sueño. En mi caso, con tantos hilos enredados, la terapia de la almohada era la adecuada.

Tomé el móvil para programarme un levantar temprano, sin prever los mensajes en espera de ser leídos. Dan me enviaba un emoticono con un guiño y la lengua fuera. Las aguas volvían a su cauce. Charo me proponía una cena en su casa. Lola, en cambio, me enviaba un vídeo. Me enseñaba su tatuaje de la ingle y sus dedos atravesando el elástico de sus braguitas para ponerme cardíaco. No mostraba la cara para evitar chantajes, de los que era experta. Me masturbé pensando en ella, aumentando el volumen de sus jadeos enlatados. Era mi princesa negra, volcán de emociones descontrolado que pagaba los afectos que no tenía y las venganzas por venir. Me derretía con sus dedos porrones, sus uñas rojas entrando y saliendo de ella, su sexo a un palmo de mí, para mí.

Personajes

No me molestó nadie en días, lo que me permitió configurar un espacio creativo tan productivo que me podía la ansiedad al visualizar futuras escenas por escribir que no quería perder de mi cabeza, que me desconcentraban de lo que narraba en el instante, que le quitaba profundidad a mi puro presente, en una lucha encarnizada entre la estrategia y la construcción, el futuro y el ahora; temía no entender mis anotaciones, que se hacían cada vez más largas por no desperdiciar las sutilidades de personajes a los que comenzaba a conocer como no podría imaginar si todo saliese de la pura ficción, algo que agrandaba mis dudas sobre mi capacidad para construir desde el alma, a la que sentía espesa para concebir sin estar dopada con la vida de los otros. Me sentía traidor con las existencias ajenas; dudaba si situar en Sevilla, si no cambiar profesiones, nombres, lugares. ¿Cómo llamar a Charo? ¿De qué podría ella trabajar para Patricia? ¿Qué podría liderar esta que no fuese una galería expositiva? ¿De qué podía haber enfermado Dan que no fuese Asperger? ¿Podían ser primos en vez de hermanastros? ¿Qué papel jugaría Silvia si no fuese mi novia? ¿Cómo podría integrarla en la historia de no serlo?

La cabeza, lúcida a pesar de la batalla, elaboraba posibilidades que se me antojaban comerciales, las descripciones entrelazadas a partir de anécdotas del pasado me aparecían cuadradas para dar el tono. Todo casaba. Los bloqueos no existían, los frenazos en la escritura se compensaban con vueltas a la lectura de Joël Dicker, de cuya novela contaba las palabras, estudiaba el ritmo, fusilaba frases concretas de inicio de párrafo para arrancar con ideas nuevas, en tanto que disfrutaba de Auster como un crío descomponiendo escenas de sus novelas, compradas casi a granel esa semana, para volverlas a construir en la Sevilla creada para mis personajes, que aumentaban a medida que esquematizaba la historia. Debía saber más de Aurora, la madre demente venida de Marchena; de Martin, el neoyorquino amante de Lorca seducido por las tetas de una mujer madura; de la bella Eleanor, melliza brillante de ovarios secos, encerrada en una vida monástica de la que no sabía escapar; de mi amante Teresa, de mi madre exreclusa y, por qué no, de mi hermana Olaia, de ese universo mío de mujeres mimadoras coronado por la inaccesible pena de mis vergüenzas, la repudiada Estíbaliz, condena de mi vida destinada a ser de piedra, amor de mil amores.

Tracé un plan en paralelo para ir obteniendo información de cada uno de ellos. Tener tan reciente Nueva York me invitaba a encontrar la forma de dar con Martin. Tenía información suficiente para localizar al padre de Dan sin necesidad de intermediarios. Debía sopesar, sin embargo, qué heridas le produciría una nueva felonía hacía él, de descubrirme, por mucho que contribuyera al objetivo último de Lola de entregarle en bandeja su locura; quizás para que ella lanzara la guillotina de la destrucción definitiva. Concertarlo con Dan, por otro lado, me permitiría profundizar de forma más limpia en ese personaje literario venido de Nueva York tras el rastro de García Lorca, entraría por la puerta principal, accedería a los salones cerrados de la casa familiar donde camuflaban la demencia vergonzosa de la matriarca del clan.

Opté por una opción intermedia. La mañana en que lo decidí, salí en busca de Dan.

Tomares

—¿Un reportaje sobre mi padre? —No ganaba para sorpresas conmigo—. No termino de entender qué tipo de artículos escribes tú.

—Soy freelance, Dan. Me gano la vida proponiendo trabajos lo más originales posibles para no ser copiados y que impliquen cierta exclusividad.

—¿Y qué ves en mi padre?

—No es habitual que un neoyorquino acabe viviendo en Sevilla tras flipar con *Poeta en Nueva York*.

—Él había pedido plaza en Granada, ¿sabes?

—Lo sé. Es una historia genial. Me harías un favor. Tengo atravesado el artículo de las Tres mil. No paran de darme largas para atenderme, la gente del barrio es reacia a hablar de sus miserias, y necesito un material brillante para coger moral.

—No te prometo nada, Álex.

—Vamos a buscarlo a la salida de clase.

—Mi padre es un tío tímido.

—¡Eres su hijo!

—Pero tú no…

—Dan, *come on*…

No le dejaba tiempo a reflexionar.

—¿Qué le gusta comer a tu padre?

—Yo qué sé. Gambas, supongo…

No tardé una cerveza en hacerle la proposición a Martin, alegre de ver a su hijo a la salida de clase, nervioso, por su apocamiento, de aceptar unas cañas con un desconocido.

—No, Álex, ¡no! —Parecía espantar moscas con sus brazos—. No hay una historia que contar detrás de mí. —Con sesenta años, Martin tenía expresiones ligeras en su cara que rozaban lo infantil.

—Ya lo creo, Martin. Por asuntos menos interesantes hacen portadas en periódicos nacionales.

Apartado a un segundo plano, Dan observó el tira y afloja que nos llevó a acordar una nueva cita, ya con papel y boli, en la que trazar el recorrido vital de un americano de clase alta que un día descubrió la belleza de lo hispano gracias a su amigo Rubén.

—He mantenido el contacto con él, ¡en español!, todos estos años. Sigue llevando la misma tienda de pollos de sus padres. Está gordo, con problemas de salud, la vida no lo ha tratado muy bien, ¿sabes?

Su perfecto español se adornaba de sonidos americanos que daban a sus tes o a sus erres un toque exótico del que no parecía querer desprenderse.

—Dan me habló de ti. —Temblé al escuchar la frase.

—Me está ayudando a integrarme en la ciudad.

—Eres gallego, ¿no?

Afirmé con la cabeza, bloqueado. Dan, ensimismado en su móvil, ya estaba ausente de nuestra charla. Martin, acostumbrado a esa taberna, pidió varias raciones para picar. Dan había heredado su piel blanca, sus ojos claros, pero había agrandado su belleza con unas facciones duras que su padre no tenía, le sacaba una cuarta y tenía un cuerpo muy diferente del esmirriado de Martin. Me comía la curiosidad por conocer a Aurora, capaz de pulir con sus genes dos personas tan hermosas como Patricia y Dan.

—Me contó lo del accidente. Parece el principio de una película de Hollywood. —Desconocía si me estaba poniendo a prueba—. Dan —susurró—, Dan te quiere de corazón. Es difícil para él hacer amigos.

—Yo también le quiero, Martin. —Me toqué el pecho en un gesto excesivo.

—¿Sabes que tiene algún problema de salud?

—Lo sé.

—Si lleva una vida estable, está todo controlado.

Asentí. Dan abandonó su móvil para recordarnos que su madre preguntaba por Martin.

ABERDEEN

DORMÍ CON LAS CERVEZAS LLEVÁNDOME A PUERTOS MÁS SEguros. Martin había abierto la puerta sin reproches, en sus gestos no se reflejaban miedos, lo tenía más cerca para ahondar en las claves de una familia que actuaba como catalizadora de mis ansias de escribir. Acepté, gracias a sus mañanas libres, un desayuno en su casa al día siguiente.

Me presenté con una bandeja de croissants, un dossier impreso con mis artículos y una edición en tapas de cartón de *Poeta en Nueva York*.

—Querría tu dedicatoria.

Como supe intuir, enrojeció.

—Pero ¡cómo voy a firmar un libro de Lorca!

—Es parte de tu vida, ¿no?

Él sonrió. Tomando la bandeja y mis papeles, me acompañó al salón del gran apartamento del Porvenir, con una decoración no propia de una mujer de setenta años.

—Aurora siempre fue una mujer adelantada a su tiempo. No permite cuadros de santos, fotos de familia ni jarrones chinos —relataba, con un perfecto español, Martin—. Los cuadros son originales, los ha ido comprando durante años en la plaza del Museo, la que ponen los domingos, ¿has ido alguna vez?

—Sí que he ido, Martin. Esas mañanas soleadas de domingo frente al Museo son pura delicia.

—Este cuadro se lo regaló Patricia. Es un Abraham Lacalle.

—Colorista.

—Me parece soberbio. Ese tipo todavía está vivo. Ha ofrecido más de una exposición en la galería de mi hija.

—Me gusta que la llames hija.

Martin dejó de prestar atención al cuadro, del que pensé que me iba a explicar acerca de sus grandes círculos en forma de diana, para mirarme a los ojos.

—La llamo hija porque es mi hija.

—Cierto. —Agaché la mirada.

—Estoy casado con Aurora desde hace más de treinta años.

—Pareces más joven.

—Siempre he tenido cara de niño, pero nadie me quita la jubilación en unos años.

El primer asalto había mostrado a un Martin con carácter, lo que me obligaba a reposicionarme. No podía subestimar la complejidad del encierro en que me había metido.

—Me decías ayer que fue un amigo el que te hizo contactar por primera vez con el español. Dan me contó que los ascendentes de tu familia son daneses y escoceses. —Recordaba la piel rosada, los ojos turquesas de Eleanor, ese paseo por Central Park, su rebeca por los hombros—. ¿Es verdad?

—Mi familia materna era de Aberdeen. Ahora es una ciudad rica, ya sabes, los pozos de petróleo —le costaba pronunciar determinadas palabras—, pero hace un siglo se pasaba hambre allí. Mis abuelos tomaron el barco hacia los Estados Unidos.

Me asusté con la llegada de una joven, con una bandeja de plata, para servirnos el desayuno.

—¿Café o té, señor?

—Se llama Álex, María. Es amigo de Dan.

—Encantada, Álex. ¿Te apetece un té?

—Prefiero café, María. —Me gustó el tuteo, la forma de hablarse, su vestimenta informal en vaqueros y un mandil fucsia. Confirmaba que la modernidad en esa familia no solo estaba en las paredes.

—Sí. Mi pasión por el español vino por Rubén. Menos mal que no era ruso.

—¿Por qué?

—Porque hubiera leído *Anna Karenina* y ahora estaría pasando frío en Moscú.

Me reí a carcajadas.

—Y sobre todo, Álex, no habría conocido a Aurora.

Forcé el silencio.

—No he podido ser más afortunado. Lorca me trajo hacia ella. No todo el mundo puede decir que ha encontrado el gran amor, con mayúsculas, a miles de kilómetros de ti y gracias a un poeta. ¡Ese soy yo!

—Es hermoso lo que cuentas, Martin.

—Verás, si he aceptado esta entrevista es como homenaje a mi mujer. Como forma de cantar al viento mi amor.

Harinas

Sevilla, 1975

*E*l azar conjuró el futuro de Aurora una tarde de septiembre. *No de otra forma se podría explicar que el día que acudió a pagar la cuota para inscribirse en un curso de narrativa de entreguerras en el Centro Americano de la calle Harinas fuese el mismo en que Martin firmaba su finiquito en esa escuela para incorporarse al fin al colegio Europa, o que llegara a la hora del desayuno para la recepcionista y entrase hasta el interior de las oficinas para encontrarse allí con un Martin a punto de cerrar su taquilla para siempre, o que la noche anterior Federico la empujase contra el frigorífico por no querer prepararle un filete ruso a un marido borracho.*

—Sorry? —tanteó Aurora.

—¿Sí? —reaccionó Martin.

—Vengo a inscribirme a un curso.

—Eso está bien. ¿A cuál de ellos?

Aurora no recordaba el nombre, porque le daba igual entre los varios que se proponían ese año…

—Hay un listado. Es uno de novela americana…

—El de entreguerras, es un curso complejo. —Martin buscaba entre los papeles de sus compañeros el listado de formaciones—. ¿Tiene usted estudios de inglés?

—No me hables de usted, por favor. Es lo último que necesito hoy. Yes, I have a degree in English Philology with the University of Seville.

—I would like to help you, but I don't deal with the training schedules.

—Ok. Thank you.

—May I offer you a coffee while the secretary comes?

Aurora aceptó el café de su vida en un momento en que había dos opciones: sucumbir o escapar. Su miedo era la capacidad de Federico para arrebatárselo todo, su fortaleza, su dignidad. Con el cortado en la mano, supo que ese profesor americano estaba cómodo con ella y que con sus preguntas acerca de su interés por el inglés le abría las puertas a hablarle de su vida anterior.

—Verás, soy una mujer de pueblo destinada a ser ama de casa.

Martin la invitó a sentarse junto a una mesa que daba a la luz tenue de la calle, sin querer decirle que ese era su último día allí tras varios meses dando clases desde que decidiese no volver a vivir en Nueva York.

—Me enamoré de un hombre de buena familia, de aquí de la capital, y conseguí conquistarlo. Como él trabajaba con maquinaria venida de Londres, yo decidí que le iba a resultar útil estudiando inglés, como si hubiera sido chino lo necesario.

—That's love! —exclamó Martin con la mejor de sus sonrisas, adivinando por los gestos medio infantiles de Aurora que esos tiempos felices quedaron muy atrás.

—That was real love, Martin! —se rio por vez primera—. En el fondo era una decisión egoísta. No quería quedarme encerrada en mi pueblo. Es lo mejor que pude hacer. De hecho —se le acercó al oído como para contarle una exclusiva—, desde que mi niña es un bebé solo le hablo en inglés cuando estamos a solas.

—Great!

—¿Cómo ves mi acento?

—Muy british, pero impecable.

—Por eso quiero matricularme aquí, porque me cuesta trabajo ver las películas americanas en versión original. Con ese acento vuestro que parece que tenéis una papa en la boca.

A Martin ya lo tenía conquistado.

Con el poco remordimiento que le quedaba, Aurora fue quedando una mañana a la semana para conversar en inglés con Martin en el café del hotel Colón. Las charlas eran una terapia doble; ella conseguía evacuar toda la rabia contenida por una vida mal calculada de la que se sentía culpable y Martin recuperaba, junto a ella, sensaciones que le recordaban los tiempos en que su madre lo tenía como el centro del mundo, porque para Martin Aurora fue, desde el primer café, una mujer fetiche que daba rienda suelta a todos sus fantasmas sexuales y colmaba su necesidad de afecto.

El primer contacto físico entre ellos, cuando Aurora, semanas después de esa primera tarde de septiembre, le ordenó el flequillo tras un día de tormenta, fue un momento eterno en que a los dos les tembló la voz. Para entonces Aurora ya conocía de la frialdad familiar en la casa del Village, de lo mucho que Martin echaba de menos a su amigo Rubén, su pasión por Lorca y Cernuda o su relación espiritual con su hermana melliza Eleanor.

La mayoría de las veces, Patricia acompañaba a Aurora. La niña sacaba la vena paterna de Martin, que aprovechaba para hablarle en un inglés neutro y ponerse al día de sus estudios, los amiguillos de clase o los progresos en sus cursos de gimnasia rítmica.

—Mi niña te adora, Martin.

Los dos, ella desde la atalaya de ver a su marido subir y bajar de sus proyectos de hombre arruinado, Martin desde su posición de hombre libre encadenado a una cita semanal, sabían que el futuro se planteaba explosivo; ninguno hizo por ponerle trampas al destino.

Las mañanas de los jueves en el Colón tuvieron el efecto contrario al esperado, al operar una suerte de sedación en el afligido día a día de Aurora, harta de organizarse la vida en torno a un hombre que la detestaba por no haberse sabido hundir con él. Volvió a acudir al mercado de la Puerta de la Carne, a organizarle la ropa por colores, incluso a preguntarle por la situación laboral en la oficina. Lo hacía no porque creyese en la posibilidad de resucitar su matrimonio, sino por su no reflexionado escepticismo acerca de lo que Martin pudiera significar en su vida. Mucho más joven, independiente, con varios salarios, con el atractivo propio de su piel blanca y sonrisa embaucadora de mofletes rojizos, Martin era una bomba sexual en la Sevilla de la época; ella pensaba en él como confidente, incluso imaginaba sus novias futuras con cierta preocupación maternal.

Ocurrió que Martin, torpe en sus tímidos pasos hacia Aurora, decidió dar el paso de inventar un amor. Sentía erróneamente que el interés por él de Aurora se esfumaría por su falta de iniciativa para contar nada de él que no fuese su pasado neoyorquino por las calles del Harlem latino; calculó que ella, al no vislumbrar en él nada que lo atase a Sevilla, podría estar defendiéndose de involucrarse más en su vida por no sufrir en el momento en que Martin decidiese volver al nido americano. Insinuándole un amor conseguía convencerla de su decisión vital de permanecer en la ciudad y, lo más arriesgado, comprobaría el efecto que provocaría en ella saberlo enamorado de otra.

Había, de hecho, una tal Marisol. Compañera en el colegio Europa, tenía todo lo objetivamente necesario para subirlo al cielo de sus ganas de ser feliz en Sevilla. Pero hablaba por los codos. Tanto, que no podía resultar interesante la conversación con ella, pues la gente que habla constantemente, salvo si es genial en el estricto término de la palabra, acaba por aburrir con historias rutinarias de no decir nada, delatoras de vacíos emocionales que derrumban esperanzas de explorar potencialidades futuras.

—Tengo a una compañera de claustro loca por mí.

Aurora recibió la noticia como un rejón de muerte.

Los cafés con Martin se suspendieron con todo tipo de excusas bien trabajadas de las que hizo cómplice a la pequeña Patricia, encandilada desde siempre con el dulce americano.

—Tu madre no puede verlo más porque está mal, Patricia. Una mujer no debe quedar con hombres para tomar café así como así.

Los elementos estaban perfectamente alineados para la tormenta perfecta: el malhumor de Federico salpicado de desprecio, las insistentes llamadas apenas respondidas de Martin y los ruegos infantiles de Patricia, sagaz para sus pocos años, por regresar a él. Volvió, sin embargo, la Aurora de Marchena, la que se exponía en la piscina del pueblo a las miradas de Federico para conseguir sacarla de allí, la que iba a la universidad con la barriga de ocho meses, la de las negociaciones en Londres buscando la última fotocopiadora al mejor precio para el negocio familiar. Fraguó, impulsada por cada llamada recibida de Martin, la estrategia para salir del agujero.

Labios torcidos

Fue Martin quien quiso llamarla antes de despedirme, no sin antes ponerme en situación sobre su delicada situación mental.

—En lo fundamental, sigue siendo la misma.

Tras una mañana donde la palabra Aurora invadía todo el espacio de luz, los minutos en que Martin se ausentó para buscarla llenaron mi estómago de ternura. Pensé en cuántos palacios como ese existirían repartidos por el mundo, habitados por princesas de su casa agasajadas por esposos entregados a su causa.

—Buenos días, Alejandro. —Su voz ronca resonó a la entrada del pasillo, que se abría al salón. Llegaba del brazo de Martin, con pasos pequeños y arrastrados. Vestida de azul marino, con el pelo engominado y algo de pintura. Veía a Patricia por todos lados—. Me dice Martin que eres el nuevo amigo de mi hijo. —Martin la sentó en el que debía ser su sofá—. Periodista, ¿no?

—Sí, señora. —Me acerqué a darle dos besos. Olía a un perfume de violetas que me recordaba a mi abuela Marieta.

—Me llamo Aurora. Eso de señora queda muy rimbombante, aunque sea una vieja pelleja.

—Ya me explico de dónde salieron unos hijos tan guapos —le dije a dos palmos.

—Gracias, Alejandro.

—Me ha hablado Martin de vuestra historia de amor, estoy conmovido.

—A mí se me apareció un ángel con este hombre. Me lo trajo Lorca.

—Lo sé.

—Es una gran felicidad pensar en tener alguien que te cuide cuando las cosas se complican. —Me provocaba una intensa emoción ver sus labios pintados con dificultad, las manos moviéndose repetidamente sin control, las cejas finas de mujer coqueta—. Tengo la mala suerte de estar perdiendo la cabeza. —Puse cara de no saber nada—. Me consta que te lo ha debido decir. Es una instrucción que le tengo dada y siempre cumple. Si me saca hoy es porque me ve mejor.

—Eres de Marchena, ¿no?

—De la misma Marchena, pueblo hermoso. ¿Lo conoces?

Negué con la cabeza.

—Es señorial Marchena. —Buscó a Martin con la mirada, no se tranquilizó hasta verlo—. Allí nací yo.

—Y allí conoció a su primer marido.

—Sí. Federico. El de las impresoras. —Se quedó un rato callada. Martin se acercó y le dio un beso en la frente—. El de las impresoras. ¿Lo conociste?

—No, Aurora.

—Menos mal que estudié inglés. Ese hombre estaba tan perdido. Un hombre a medio hacer. Quería comerse el mundo con las impresoras, ¿sabes? No tenía ni idea de lo que vendía, pobre diablo. Yo le leía los catálogos en inglés, me iba con él a Londres. Presumía de mi porte y de mi inglés. El padre de Dan es Martin, ¿eh? El padre de Dan es él. —Le costaba mantener el pulso de su mano señalando a su marido—. Este otro, el de las impresoras, no era bueno.

No sabía qué hacer; interrogarle me resultaba agresivo, dejarla hablar parecía demasiado interesado por mi parte. Buscaba alguna pregunta clave para desentrañar todos estos últimos meses, pero esa pregunta no aparecía. Temía el momento en que Martin diera por terminada la charla.

—Me contó Martin cómo se conocieron —susurré—. El día exacto, el poder del azar. —Recordaba a Auster y su *Noche del oráculo.*

—Martin nos ha limpiado de todo, ¿sabes?

—¿Os ha limpiado? —Martin se colocó de pie, de pronto incómodo.

—No podíamos permitirlo. Él trajo el contrato, yo ya no quería contratos. Solo me importaba mantener esta casa para morir tranquila, para criar a Patricia.

—Vamos a dar un paseo, amor mío.

—¿Se me fue la cabeza, Martin?

—¡No, amor! Pero este hombre tiene que irse, lo estamos entreteniendo.

Me levanté, confuso.

—¿Quién es? ¿Este hombre quién es? ¿Es policía? ¿Dónde está Patricia? ¡Llámala! Que no salga del cuarto. Que se quede allí escondida.

Hice un gesto de agradecimiento. Martin me guiñó el ojo. Tomé mi chaquetón y salí de allí escuchando gritos inconexos de Aurora.

Llora, hijo, llora...

Conmovido, salí a la luz de la calle sin saber dónde me encontraba. Un tremendo pudor me recorría por haberme introducido tan de cuajo en la intimidad de un matrimonio golpeado por el quebranto de ver cómo uno de los dos se alejaba del presente, a pesar de los brazos alzados de Martin buscando los de una Aurora a merced del remolino de sus sinrazones. No podía prever cuánto ni cómo de lo sucedido contarían a Dan, ni si Patricia estaba al tanto de mi visita. Yo caminaba deprisa, como si huyese del lugar del crimen; un intruso que no sabía qué pretendía en una ciudad que se me hacía extraña lejos del centro. Me acogotaba el volver a la oscuridad de mi salón. Caminé hacia el parque de María Luisa, que me abría sus brazos verdes de consuelo. ¡Qué tremenda tristeza me invadió en ese paseo sin rumbo! ¡Cuánto dolor me provocaba acercarme a la ferocidad de la locura, a la impotencia de la vejez! Yo, criado en una familia de padres ausentes, sentía el frío del desasosiego que provocaba ese caer lento en el pozo de la falta de futuro para quienes se han querido sin dobleces. Pensaba mi vejez entre los árboles centenarios y las glorietas, buscaba una imagen de mis últimos años, convencido de vivirlos solo, por mi incapacidad para entregarme a nadie; lamentaba no tener quien esperase nada transcendente de mí. Dolía más el no sentirme fundamental para nadie que el no tener al gran amor a mi lado; aquel que un día me dijo, «quédate, mi vida es para ti».

Creí, ingenuo, que esas escenas se repetirían con el tiempo.

Jugar con el móvil en la glorieta de Bécquer me llevó a la invitación de Charo para cenar. La acepté por evitar una noche en blanco de vueltas en la cama. Vagabundeé toda la tarde tras comer un sándwich frente a la Plaza de España.

—Anda, pasa. ¡Debes de estar helado!

Estaba helado. El caer de la tarde me había sorprendido con un frío húmedo para el que mi chaqueta no era defensa. La casa de Charo, espaciosa, caliente, recargada, era un refugio magnífico para dejarme querer.

—Estoy impaciente por que me cuentes, ya con calma, de tu viaje a Nueva York.

Me sirvió una cerveza, colocó un plato de aceitunas en la mesa baja del salón y se sentó frente a mí. Por un momento, fugaz, pensé que le gustaba, que tras esa máscara de mujer madura de toque intelectual no había sino una mujer deseosa de meterme mano. Evité entrar en pánico.

—Ha sido un sueño. Intenso. Como si me lo hubiera imaginado.

—Suele ocurrir con los viajes que te marcan. Vienen tantas imágenes que empiezas a confundir lo que fue real de lo inventado.

—Siento mi reacción del otro día, Charo.

—No hay nada que sentir.

—He pensado en ese niño tuyo que no llegaste a tener…

—Déjalo. No te preocupes.

—Fue en Nueva York, me dijiste.

—Es una historia dura, Alejandro, que prefiero dejar para otra ocasión. No debí sacar el tema, no sé. Te vi alterado, me alteré. Es algo tan íntimo que, perdona… —Miraba al suelo—. Prefiero hablar de ti.

—Claro.

—¿Cómo va tu novela?

—Avanza rápido. Estos son días de clausura, ¿sabes? Escribir es tan placentero como doloroso, sobre todo cuando tienes la certeza de que es un manuscrito que acabará en la papelera de cualquier editor.

—Es posible.

—No puedo dejar escapar esta historia, Charo. Estoy en medio de un huracán que no entiendo, y no encuentro mejor manera de desentrañarlo todo que contándome la historia a mí.

—No hay nadie que te pueda convencer mejor que tú mismo.

—Me da miedo preguntarte qué sabes tú de todo esto, Charo. Me da miedo que me estés engañando, que te esté utilizando Patricia, que me des información falsa, que te rías de mí.

Ella no reaccionó con un desmentido directo. Se incorporó dando un sorbo a su cerveza.

—Mis intenciones hacia ti son las mejores, Alejandro.

—Define tus intenciones hacia mí.

—Ayudarte.

—¿Qué ganas tú?

—¿Crees que todo en esta vida es hacer las cosas para ganar algo a cambio?

—Aquí el gallego soy yo —sonreí, pero iba a tumba abierta.

—Hay un proverbio chino que me encanta. «Todo lo que no se da, se pierde».

Respondí con mi silencio.

—Provocas en mí un sentimiento de ternura, podrías ser mi hijo. Estás aquí solo en esta ciudad, eres un tipo culto, sensible, tienes una conversación muy rica.

—¿Te gusto físicamente, Charo?

—Me dejas de piedra. —Pareció decirlo de corazón, yo necesitaba preguntarlo—. Tienes un físico espectacular, pero tú puedes pensar que yo, con esta edad y con estas pintas…

—Yo he estado locamente enamorado de una mujer que podría ser mi madre.

Se calló. Me callé. No quería avanzar más.

—¿Qué pasó? —preguntó ella.

—Es igual.

—¿Llegaste a vivir con ella?

—Cinco años.

Se levantó a por algo de picar, alumbró el salón, ya completamente a oscuras.

—¿Tienes frío?

—Un poco.

Charo sabía que solo conseguiría hacerme hablar a base de preguntas. Yo andaba bloqueado en mis diatribas de no querer desenterrar a Estíbaliz.

—¿Vivisteis en Madrid?

—Sí.

—¿Ella te dejó?

—No. —Sentía una presión fuerte en el pecho, recordaba el último abrazo, sus lágrimas saladas, sus uñas en mis uñas—. Escapé de una vida cómoda para encontrarme a mí mismo. —No me creía mis propias verdades.

Charo comprendió mi dolor.

—Ella me ofrecía el mundo y yo lo rechacé.

—¿Cuánto hace de eso?

—Dos veranos.

—¿Cómo se llama ella?

—Estíbaliz.

—Bonito nombre.

—Todo en ella era bonito, Charo. Incluso su generosidad para abrirme las puertas y dejarme volar.

Charo se levantó, tomó mis manos, se sentó a mi lado. Me acarició. Mi cuerpo se estremeció en el llanto que llevaba contenido desde ese último beso en la puerta.

—Llora lo que tengas que llorar... Llora, hijo, llora…

Dormí en el sofá de casa de Charo, con una estufa a mi lado y una manta gorda. Di vueltas entre pesadillas hasta caer rendido, con ella pendiente de tapar mis desconsuelos. Me la encontré a mis pies cuando abrí los ojos ya al amanecer.

—¿Mejor?

—Sí —le contesté.

—Debo salir. He quedado con Patricia. Llámame cuando quieras.

Me vestí en cuanto oí la puerta cerrarse. Me calcé y esperé un tiempo prudencial para no cruzármela en mi escapada hacia casa, hacia donde me dirigí como un zombi con una sola satisfacción emocional: iba a introducir a Estíbaliz en mi novela. Tenía un trozo de cartulina del color burdeos de su albornoz. No sabía bajo qué argumento, pero ella debía entrar con toda su fuerza para que yo pudiese darle un merecido homenaje a la mujer que conocí a destiempo, aquel ángel de luz al que fatalmente desprecié.

Tribeca

Silvia se hacía presente en mis tiempos muertos; aun así la luz ganaba, porque tomaba forma como nunca mi alma creativa, que me alejaba cada vez más de mi realidad sevillana de incertidumbres para centrarme en la reconstrucción ficticia del pasado de unos personajes que se difuminaban para componerles las existencias que se me antojaban hasta convertirlos en mi producto. Pese al despliegue de mis cartulinas invadiendo el corcho, de los textos escritos en un desorden consciente, felicidad de puro creador, mi cuerpo necesitaba reconciliarse con la cardióloga, traerla a casa; quería escuchar de nuevo sus reproches para reconvertirlos en algo positivo con que conjurar la infección que produciría no supurar la herida de su decepción conmigo. Su ataque de carácter poniéndose en su sitio, una vez procesado entre los vanos de las horas siguientes, había provocado el efecto lógico, estúpido, de hincharse mi atracción hacia ella por la parte de mí que más cuenta a la hora de enamorarse: las ganas de ser protegido, el ansia por encontrar a la madre que se preocupa por mí, morbosa realidad de niño herido por el abandono que no cree en la mujer, porque todas comparten la traición de una madre mala.

Acudí con tiempo suficiente para recibirla en la puerta del Tribeca al llegar. Radiante, volvió a ser la Silvia que conocía.

—Espero que sea el sitio que te mereces —le dije, al besarla.

La explicación de las características del tinto mallorquín por el sumiller peruano fue un asalto a los cielos. Silvia me rozó los pies, sensible a mi cabeza ida pensando en lo hermosas que pueden llegar a ser situaciones simples en que se cierran círculos que no manejamos del todo. Solo me proponía escucharla. Contestaría a lo que me preguntase, pero el centro de la noche sería ella. No había nadie más hasta el amanecer en la cama de cualquiera de los dos.

—Cuéntame qué es lo mejor que te ha pasado en el hospital esta semana.

Ella me habló de una familia humilde que esperaba a la salida del quirófano.

—Yo temblaba, Álex. Era la primera vez que me confiaban la responsabilidad de ir a informar de cómo había ido la operación.

—¿Había ido bien?

—No del todo, teníamos que colocar dos *bypass* a un hombre mayor al que yo había atendido un par de veces en urgencias. Salí para decir que se había complicado la operación, que uno de los ventrículos no reaccionaba y que tuvimos que descartar una de los dos vías.

—Te hablaba de lo mejor, Silvia…

—Lo mejor fue el beso que me dio su hijo mayor. «Seguro que habéis hecho lo que habéis podido». Había mucho amor ahí, Álex. A los que no os enfrentáis a estas situaciones os resulta difícil comprender la grandeza de momentos así. Tener la vida de un hombre en tus manos hace unas horas, con el esternón roto y el pecho abierto.

—Entiendo...

Apareció oportuno el maître para explicarnos los platos del día. Eligió ella.

—Yo no sé lo que es vivir la muerte de cerca. Me planteo hasta qué punto sabría escribir sobre ella.

Silvia sabía por dónde yo iba, pero me frené. Era su noche.

—Álex, no existiría la novela histórica si haber vivido un relato fuera necesario para escribirlo.

Pecados de juventud

Pedimos una tabla de quesos para rematar. Silvia, golosa, quiso que sirvieran miel y mermeladas, yo acepté la sugerencia de una copa de vino granadino como remate. Fue entonces cuando vi aparecer a Patricia saliendo del baño, enfundada en un apretadísimo vestido amarillo, dispuesta a destrozarnos la velada.

—¿Alejandro?

Me levanté con premura, tirando la servilleta al suelo. Hasta no recordar, con segundos de retraso, que Silvia conocía a Dan, me sentí culpable ante ella de una historia que no tenía con Patricia.

—Silvia, mi novia. —Era la primera vez en mi vida que llamaba así a una mujer.

Silvia, al menos cinco dedos más baja que Patricia, se levantó a besarla.

—Ella es Patricia, la hermana de Dan.

—Cada día estás más guapo —me soltó, sin apuros—. Quién tuviera veinte años menos. —Le guiñó el ojo a Silvia—. Me encanta tu novio.

No quise mirar hacia atrás para ver con quien estaba, pero ella se encargó de hacerlo venir.

—Es Rufo. —Me presentó a un hombre alto, apuesto, de al menos metro noventa y unos cuarenta años—. Va a convertirse en mi coach. Necesito dar un giro a mi negocio.

La forma de tocarse las manos no era propia de una cena de trabajo.

—Os invito a una copa, tengo ganas de charlar con vosotros. Dan te tiene en un pedestal, ¿sabes? —Se dirigía a Silvia—, y yo quiero saber con quién se junta.

—Verás, era una cena especial la de hoy. —Traté de justificar, pero Silvia me hizo un gesto de aprobación.

—Será una copa. —Patricia insistía, con un punto simpático de alcohol en la mirada.

—Vale, vale, vale… ¡será un placer!

Nos llevaron en su coche al centro.

—¿Qué os parece Le Dixneuf?

—No lo conozco —argumenté—, pero nos parece bien.

—La gente lo llama el «Six», esta ciudad cateta… Os va a gustar.

Rufo, solícito, se ocupó de pedir las copas. Por cómo la saludaron, no era la primera vez que Patricia pasaba por allí, un local de techos altos, carteles de cine con luminosos y un inmenso ventanal en piedra.

—¿Qué te pasó con mi hermano? —Entraba a saco.

—¿Con Dan? Nada, ¡que yo sepa! Estuvimos el otro día dando una vuelta…

—Es muy reservado. —Miraba a Silvia, hablándome a mí—. Lo interioriza todo, ¡nunca sabes cómo respira! Y presumo de ser quien mejor lo conoce…

Temía que en cualquier momento me recriminara no hablarle del desayuno en casa de sus padres, de mi confesión acerca del motivo del acercamiento a su hermano, de las charlas clandestinas con su asistente personal; sin embargo, no salía ningún reproche, nada en el tono de su voz que indicara la mínima desconfianza hacia mí. Antes de que llegara Rufo, preguntó a Silvia por su trabajo.

—¿Y tú, Patricia? —contraatacó ella—. ¿A qué te dedicas?

—Digamos que soy empresaria. Mi negocio es poco habitual, ¡pero me encanta! Verás —comenzó a dirigirse a mí—. Tengo una colección amplia de arte contemporáneo con la que me he ido haciendo durante años, a base de intercambios, buenas negociaciones y gracias a gente maravillosa que ha pasado por mi vida.

Silvia la miraba hipnotizada.

—Tuve durante mucho tiempo una galería en Madrid. Mis colecciones iban por media Europa, yo organizaba ciclos en la mía, le buscaba mercado a artistas vanguardistas que luego me premiaban con sus mejores cuadros. Una vida divertida.

—¿Tu galería es la de Trajano? —preguntó Silvia.

—Sí. Esa es. Ahora estamos con una exposición maravillosa de fotos de indigentes en blanco y negro, de Maribel Suárez, una artista sublime. Por cierto, Alejandro, estoy buscando quien le ponga textos a sus retratos. Tú escribías, ¿no?

—Sí.

—Pásate por allí y te explico, ¿te apetece?

—Claro.

Rufo llegó con las copas a nuestra mesa redonda con columna central. Al pasarme el gin-tonic se me heló la sangre. Tenía los nudillos tatuados.

—Él captó mi expresión de asombro.

—Pecados de juventud —argumentó, sin azorarse.

Corazón

—¿Qué te ocurre? —Silvia se agarró a mí, exhausta, tras un combate sexual sin pudores, colmado de alcohol.

—Estoy muy alterado. Tócame el corazón.

La Silvia cardióloga apoyó su cabeza en mi pecho, movió su oreja con parsimonia de un lado a otro, entre besos a mis pezones y olfateos a mis sobacos.

—Esto es propio del alcohol, cariño.

No recordaba que nunca antes me hubiera dicho cariño.

—¿Qué te pareció Patricia?

Se despegó de mi pecho, cabeza bocarriba.

—Poco de fiar, qué quieres que te diga. Me pareció insana, te buscaba las cosquillas.

—Quizás…

—Muy potente intelectualmente, eso sí. Muy atractiva, y lo usa. ¿Qué edad tiene?

—Doce o trece años más que Dan, calcula… Algo más de cincuenta.

—Te comía con la mirada.

No podía quitarme de la cabeza los nudillos tatuados de Rufo. Me incorporé en la cama, me entraban arcadas. Respiré hondo antes de incorporarme.

—¿Viste los tatuajes en las manos del maromo ese?

—Horribles, qué forma de estropearse…

—¿Leíste lo que ponía?

—Solo pude distinguir la izquierda… *atio.*

—*¿Atio?*

—Hubiera jurado que era un gigoló.

—Ese tío chantajeó a su hermano Dan con unas fotos.

—¡¿Qué me dices?!

Silvia se incorporó hacia mí, yo me deshice de ella para vomitar a tiempo en el váter.

Amargado

Sevilla, 1975

Patricia pudo haber conocido al Federico que sacó a su madre de Marchena de haber nacido cinco años antes; sin embargo, hasta sus recuerdos más remotos hacia él eran de un hombre amargado y borracho, bien a pesar de que los primeros desprecios no llegaron hasta poco antes de sus primeras reglas. A ello ayudaba el carácter arisco de su padre, sus largas jornadas fuera de casa o haber sido educada en las faldas de una mamá impetuosa en sus afectos. Los relatos oídos a su madre le hacían integrar en su pasado imágenes del pecho de Aurora mientras la amamantaba en las bancadas de la facultad de Filología; todo tenía el barniz de una mujer empoderada, sagaz contadora de escenas detallistas, que se hacían tangibles y penetraban en los resquicios de las vivencias no vividas de una hija que idolatraba el simple olor animal de quien presumía de ella como trofeo virtuoso de una vida trabajada para no ser mujer florero en el pueblo que la vio nacer. Así que los años fueron conformando una simbiosis perfecta entre madre e hija que se retroalimentaba con reproches cotidianos hacia el desapego del padre por las cosas de casa. La familia era un retiro diario al que prestaba la atención propia de quien se siente responsable de mantenerla, poco más.

Hubo intentos por parte de Federico, no pocos, tardíos quizás, torpes la mayoría de las veces, de acercarse a su hija, siempre forzados como vía de reconquista hacia un ideal de familia que casi nunca existió, a pesar de sus esfuerzos por recuperar momentos en que sí que fueron piña, aquellos en que recogían a la niña de casa de los abuelos los sábados por la mañana, tras sus románticas cenas sorpresa de los viernes, para recorrerse los pueblos de Sevilla buscando las mejores tabernas, mientras Aurora se llenaba los pulmones de los paisajes de su adolescencia. Esa foto se produjo, esos tiempos existieron, sí hubo un período en que Federico se sintió dichoso, pleno, en que creyó en Aurora y en su propia capacidad para tirar hacia delante con un negocio arriesgado, motivador, más cuando la fortuna familiar se venía abajo y él encontraba una luz para seguir manteniendo el nombre alto, el orgullo intacto. A Federico sí le gustaba sentir las caricias de su mujer y sí esperaba con la emoción de un niño el nuevo vestido de ella, verla desnuda en tacones, sentir su lengua por todo su cuerpo. A pesar de los revolcones en el alcohol, de la mala gestión de una empresa prometedora, de la incapacidad para asumir la vida independiente de su mujer, su risa franca, la constancia en sus estudios, su belleza inalterable; a pesar de todo él sí supo que hubo un tiempo lejano en que fue el hombre que soñó ser de pequeño.

Un empujón borró todos los fines de semana en el campo, los saltos a sus brazos al llegar del trabajo o el perfume a hombre que buscaba pegando la nariz a su cuello. Patricia oyó la bronca y vio el empujón. Ya no hubo padre, sino enemigo. Ella tenía 8 años.

Patricia se convirtió en el baluarte a defender por Aurora, todo se proyectaba en ella en la guerra de nervios que comenzó a batallarse cuando su madre comprendió, de un empujón, que su marido era un monstruo al que ella había creado, un tipo inútil de buena familia que no sabía dirigir una empresa menor, un hombretón sin callos en las manos que no veía en ella sino una madre a quien follarse, unas tetas en que refugiar sus incompetencias.

No todo se vino abajo de golpe para sus padres, sí para Patricia. Volvieron tiempos en que pareció que Federico se reformaba, concursos públicos ganados por la empresa, abandonos temporales del alcohol, viajes a Londres como en los mejores tiempos, donde Aurora volvía a hacerle de traductora y se comían a besos en Covent Garden escuchando a espontáneas cantar ópera.

Patricia no veía nada de eso, el contacto con su padre era imposible, las complicidades con su madre una traición. Así fue como, con determinación infantil, se convirtió en el enemigo número uno de su padre, Federico, que no veía en ella sino los ojos clavados de odio de su aparición en la puerta de la cocina el día en que él manoteó a su mujer contra la nevera.

Las contradicciones en su madre, en cambio, la confundían sin remedio. Pasaba de un extremo al otro con explicaciones siempre coherentes que la desbordaban. Odiaba amar si el amor era lo que se vivía en su casa. La madurez de sus padres era un juego de niños insensato que Patricia observaba con espanto. Aurora podía definir a su padre como un papanatas, haciéndole su crema de verduras favorita, con mucho jengibre, para al día siguiente justificar sus gritos al llegar a casa en la mala suerte de una empresa que nació a destiempo.

—Tu padre es un visionario, hija, pero adelantado a su tiempo —le contaba en los ratos eternos en que la peinaba mientras Patricia dibujaba cuadernos de colores—. Lo que ocurre es que gasta mucho dinero en maquinaria que se queda muy pronto antigua. ¡Y nunca sabe cuál será el próximo invento!

—Vosotros no os queréis.

—¿Por qué dices eso, Patricia?

—Os oigo gritar.

—Es normal discutir.

—A ti te da vergüenza estar con él, mamá. Y yo lo sé.

Aurora no lo negaba, ralentizaba el ritmo del cepillado, mientras su hija le recordaba los malos gestos de Federico en la comida, el olor a alcohol al llegar a casa, los lamentos repetidos de hombre malcriado.

—Yo no lo soporto.

—Yo tampoco —afirmaba Aurora, absurda en sus discursos, para cerrar la sesión de peinado.

Aurora le pidió que consultara con su padre las primeras salidas nocturnas, a lo que ella se negaba. Federico, investido de la escasa autoridad que le cedía su esposa, le negaba una y otra vez la posibilidad de salir los fines de semana cuando ya su cuerpo estaba abarrotado de hormonas.

—Y menos con esa falda de fulana.

Entonces se dio cuenta de su poder. Comenzó a retar a su padre con una dinámica clara de ruptura. Le cogía la vuelta cada vez que este le negaba un permiso, conseguía de su madre el dinero que este le regateaba de la paga semanal, se subía la falda dos centímetros cuando él le exigía cambiarse de ropa. Patricia se veía como la líder que su madre necesitaba, lo que hacía indisimulable su orgullo de mujer adolescente modelo para una madre incapacitada para dar un vuelco a su vida. Patricia le mostraba el camino. No había piedad. Su padre era un monigote agresivo amargado por fracasado, falto de hombría, encarcelador de las virtudes de una mujer que no merecía una existencia tan gris.

Federico lo entendió y quiso defender su castillo con fiereza. Llegó el primer bofetón cuando salió a buscarla a la Alfalfa un viernes noche, con sus amigas impactadas por una escena inesperada. Dos semanas después esquilmaba medio armario para tirar la ropa a un cubo de basura tras rajarla a tijeretazos. No tardó en encerrarla en su habitación, en sacarse el cinturón, en tirarle la taza de café encima. Patricia, sin embargo, gozaba con cada golpe, porque aceleraban la llegada de la gran tormenta en que todo se tendría que destrozar. Dormía con el corazón encogido, entusiasta y aterrorizado al mismo tiempo, preparando el acto definitivo.

Fue la mañana en que su madre quedaba con el profesor de inglés. Había integrado la descomposición en la compostura de su padre, por lo que sabía que no era posible una marcha atrás; sus miradas lascivas eran tan evidentes que solo era necesario provocar la situación. Fueron varias semanas, cada vez de forma más descarada, las que calculaba los tiempos para desnudarse con la puerta medio abierta en cuanto sentía a su padre andurrear por los pasillos. Necesitaba que se desenmascarase de una vez, que no hubiese dudas de su verdadera naturaleza; Patri-

cia necesitaba bajar a lo más oscuro para comprobar si su padre se encontraba allí.

Su madre estaba con Martin esa mañana y Federico, dopado de brandy barato, entró en su habitación y la cerró. Patricia estaba dispuesta a sufrir las vejaciones que se avecinaban. Ella le escupió a la cara, él la bloqueó por las muñecas. Patricia se vio fuerte para golpearlo, de tan malas condiciones en las que venía. No quiso insultarlo hasta no comprobar, efectivamente, que se bajaba la cremallera del pantalón.

—Eres un cerdo.

—Y tú una puta, ¿o piensas que soy tonto?

En cuanto le puso la mano encima, Patricia le golpeó en los genitales. Lo pateó tan fuerte como pudo antes de acudir, por vez primera, a comisaría.

Claudio Coello

Silvia prefirió dejarme entrar a solas en la galería para tratar con Patricia su propuesta de dar textos a la exposición fotográfica, impactante, de Maribel Suárez. No era partidaria de que me fuese de la lengua con Patricia respecto al hombre de los tatuajes.

—Deja que sea ella quien se retrate. No tienes nada que ganar con esta historia.

De esa historia Silvia no conocía la media. Sonaba fea, era todo lo que sabía decirme. No entendía la amenaza de Rufo a Dan, si no fuese por obtener algo de Patricia.

—No te preocupes, Silvia. —Era incapaz de pronunciar ningún apelativo cariñoso, luego me costaba desprenderme de ellos—. Voy a concentrarme en escuchar su propuesta para lo de las fotos.

Mi miedo era cruzarme con Charo, pero los cálculos me decían que ya había pasado su punto diario de una hora de agenda.

—¿Un té? —me preguntó, mientras me invitaba a sentarme desde su mesa, en la que atendía a una pareja de extranjeros jubilados.

Se lo acepté. Me dio dos besos de perfume de cítricos y me indicó de dónde tomar los sobres, cómo calentar el agua y el orden de las fotos a contemplar.

—Termino con esta pareja y estoy contigo.

Resultaba difícil poner la mente en blanco observando las arrugas pronunciadas de viejos desarrapados en colores oscuros cuando se me arremolinaban cálculos confusos de quién sabía qué en ese juego familiar de cuatro vértices. Sentía que en cualquier momento me iba a delatar con una respuesta equivocada, que Martin aparecería, o Dan me llamaría, o Patricia me hablaría de Charo sin yo poder evitar torcer el gesto. Debía colocar un texto a cada retrato. Se venían mil ideas, era hermosa la creación en mis registros cuando me daban un trazo al que seguir, escritor sin motor de arranque. Mis artículos inconclusos sobre el Vacie o las Tres mil me daban un juego inesperado, por lo que tomé el móvil y grabé en voz baja las impresiones que me causaban esas caras cortadas de miseria, muerte, desafiantes, dignas, angulosas. Los viejos guiris tardaron en marcharse lo justo para terminar mi ronda.

—¿Qué te parece la exposición?

—Desgarradora.

Con una calma impropia de quien se dice cargada de proyectos, Patricia me mostró los almacenes del sótano sin el mínimo equívoco de sexualidad, arrumbada en la noche de copas de horas antes. No había piropos, ni roces, las miradas no se cruzaron, no sentí sino la generosidad limpia de quien te abre su territorio de corazón.

—¿No te asusta tener todo este material tan accesible? —le pregunté, cuando ya la cercanía de su relato hizo efecto, a la vista de la valía de algunos cuadros.

—Aquí donde nos ves, esto está lleno de alarmas y no hay obra que no esté bien asegurada. Todo está catalogado, sería difícil vender nada en el mercado negro.

—Esta galería la tenías en Madrid, ¿no?

—Sí, en Doctor Fourquet, cerca de la Casa Encantada, ¿la conoces? —Negué con la cabeza—. Viví unos años muy felices en Madrid, pero Sevilla me tiraba mucho. A mi madre se le estaba yendo la cabeza, no quería perderme sus últimos años… —Me abría su corazón—. Dan me dijo que estudiaste en Madrid, ¿no?

—Sí, Periodismo. Me escapé de mi aldeíña gallega.

Patricia sonrió con mi acento, sentada ya en una de las mesas bajas del almacén. La galería estaba cerrada, era necesario tocar el timbre para entrar.

—¿Dónde vivías?

—En Claudio Coello.

—¡Qué nivel! Veo que eres de buena...

—Mi familia es humilde. Humilde y desastrosa.

Patricia buscaba una explicación con sus ojos abiertos. Solo se le notaban sus cincuenta años en la piel frágil del cuello.

—Vivía con mi pareja.

—¿Mujer?

—Claro.

—Esto parece un interrogatorio, perdona...

—No te preocupes.

—¿Era mayor que tú?

—Sí, treinta y tantos años —Me parecieron muchísimos al pronunciarlos.

Se levantó de la mesa. Fue cerrando los grandes armarios corredera.

—Siento en el alma la agresión de mi hermano. —Lo dijo sin mirarme a la cara.

—Ya está perdonado.

—Es un hombre frágil, Álex. No puedes imaginar cuánto lo quiero.

—Lo sé.

—Se me va la vida pensando en él.

UNION SQUARE

Nueva York, 1996

PATRICIA SOLÍA PASEAR POR UNION SQUARE LAS MAÑANAS QUE tenía libres. Todos los apartamentos que había habitado se encontraban a menos de quinientos metros de esa plaza caótica de mercadillos y comercios viejos. En Staples fotocopiaba los apuntes de sus clases de Filología Germánica, en Barnes & Nobles se perdía buscando novedades venidas de España y se pasaba las horas en el café que tantos recuerdos le traía de sus soledades americanas.

Fue allí, a riesgo de ser descubierta por Dolores, donde por primera vez citó a Germán. Quería estar en terreno propio ante la expectativa de lo que este pudiera plantearle, si es que había algún empeño concreto en querer verla a solas.

—Hablando contigo añoro mis años en Madrid, Patricia.

Algo sabía de esa escapada fallida por desligarse de la infamia familiar.

—Allí tuve la oportunidad de dar el gran paso, Patricia. Encontré a Josefina, una galerista maravillosa de la edad de mi madre, dispuesta a ficharme por un buen salario y dejarme la parte baja de su gran casa de Ciempozuelos para instalarme.

Sin necesidad de explicaciones, Patricia ya sabía cuál era la razón última del lamento de un Germán poco dado a la queja. Todo era una cuestión de ética.

—Le comenté que yo podría contribuir con una colección de pintura que incluía un Pollock, pero eso llevó a que le explicase de dónde salió todo ese dinero, y Josefina no lo permitió.

—No había necesidad de contar nada, Germán.

—Ella me pidió que donase esa colección, que me limpiase de mi pasado. Que rompiese las Visas de los Moldova.

—¿Y no lo hiciste?

Negó, apesadumbrado.

—Volví a Nueva York. A mi departamento del Soho y a mis cenas frívolas con los amigos latinos de Liliana.

Impotente al no poder ayudar más que con su sonrisa, Patricia le animaba a abrir una galería en Manhattan.

—Yo te ayudaría en todo lo que pudiera, Germán. ¡Tu colección es espectacular!

Lo que el colombiano recibió con una sonrisa, fue poco a poco madurando en su cabeza para recomponerse de una manera distinta a como Patricia lo planteaba. El principal inconveniente era repatriar los cuadros; siguiendo a medias los consejos de Josefina, Germán fue legalizando todo su patrimonio con un traslado progresivo de sus obras hacia Madrid. En Estados Unidos estaba vigilado con lupa desde que, veinte años atrás, el clan Moldova fuera primera página de los diarios americanos tras una redada contra el narcotráfico en Medellín. Por muy limpio que él estuviera, su situación económica era excesivamente opulenta como para pasar desapercibida en su país de acogida.

—¿Sabes lo que más me duele, Patricia?

Ella podía imaginarlo a base de cuatro retazos de conversaciones oídas a padre e hija.

—Que el origen de mi fortuna, que tanto me ha costado generar, esté manchado en sangre. Me serví de ese maldito dinero para ser lo que hoy soy, para tener lo que tengo. Poco a poco se ha ido transformando en una riqueza limpia, dedicada a la cultura, a educar a niños marginales, a comprar arte. A vivir también, ¡claro! Me gusta vivir

bien, ya sabes. Esos vodkas con tónica junto al piano en el Brandy's ¡no los perdono! —No quería evadirse de su razonamiento inculpatorio—. Pero, ¿quién encuentra el bisturí que saque todo el dinero malo que hay en mi cuenta bancaria? ¿Quién me absolverá de los crímenes que no denuncié?

Germán no encontró apoyo en su hija para abrir la galería en Madrid. Ese no rotundo cerraba la posibilidad de hablarle de los tratos con Patricia. Cada vez más asustado por unas revisiones periódicas de corazón que gestionaba a escondidas, no quería provocar conflictos donde no los había, por lo que nunca hablaron de las razones por las que Patricia viajaba cada vez más a España, todas recubiertas de historias familiares, bien sólidas por la frágil salud mental de Aurora. Sincronizaron sus agendas a espaldas de Dolores por una cuestión mercantil sin imaginar que el entusiasmo de Patricia explicándole los locales en venta en el barrio de las Letras actuasen en él como una pócima para volver a sentir al tacto sus años locos de Bogotá, sin poder evitar que entre las descripciones detalladas de las pinturas coloristas de Mario Ayerbe se colaran confidencias acerca de ese primer amor con su profesora costarricense, que mostraban a Patricia, en sus arrugas varoniles, al chaval valiente que escapó de una familia mafiosa para conquistar su propio mundo a partir de las lecturas de la biblioteca de su abuelo materno. La costarricense llevaba a hablarle de su pequeño apartamento, este al curso que pasó vigilado por su primo Simón, este a las amenazas nada veladas de su hermano Eulogio, y Eulogio a los años del terror en los que se dejaba fotografiar con cabezas cortadas a hachazos, cogidas por el cabello con su adolescente mano temblorosa. Entonces venían las caricias, las lágrimas medio forzadas, el sentarse a su lado, el sentarse en sus rodillas, el acariciarlo Patricia contra su pecho, el tomarla él por la espalda y jugar con el cierre de su sostén.

Desquiciadamente feliz vivió Patricia los años prohibidos, como ella los bautizaría tiempo después para esquematizar su vida, esos en que compartió un amor real con padre e hija. Germán nunca llegó a saber que hubiese sexo entre Patricia y Dolores, esta tardó en enterarse de que Patricia embaucó a su padre en una deliciosa historia de amor que le desarboló, como nunca, en su enriquecedora vida en el elegido exilio neoyorquino.

Eficaz organizadora de tiempos, Patricia pasaba informaciones medio ciertas a un lado y otro, todas coherentes, para poder tener las tardes con Germán y las noches con Dolores, e incluso para reunirlos a los dos en cenas entrañables en que llegaban a tratarla como una Moldova más. Dolores empujaba por hacer oficial algo que Patricia dilataba en el tiempo: admitir su sexualidad.

—Yo tampoco sé si soy lesbiana, Patri. Solo sé que te quiero a matar.

Las dos tenían un pasado en que ninguna mujer se había tropezado en sus vidas, de ahí que descubrieran con una torpeza adolescente el juego de sus cuerpos, sin saber hacia dónde se encaminaban esos roces furtivos que siempre parecían algo excepcional, un guiño al destino, gamberradas de mujeres que se sienten atraídas por la voluptuosidad en la otra, por el historial apasionante que cada una atesoraba y la hacía tan diferente de cualquier hombretón, mil veces más simple, de los que hasta entonces se hubiesen cruzado por su vida.

Pero Germán, un día, le desabrochó el sostén a Patricia.

Abantal

Inventé una comida para salir de la galería; sentí un brote de ansiedad cuando me habló de Dan, por cómo me habló, por lo que significaba su tono. Sentí que el aire no llenaba mis pulmones y me excusé.

—No me dejarás así después de lo que te he contado…

Almorzamos en el Abantal. Invité yo. La capacidad de erotizarme de Patricia era directamente proporcional al encariñamiento fraternal con que ella se acercaba a mí, a quien veía como tabla de salvación de un hermano al que cualquier agarre emocional venía bien para no caer de nuevo en sus miserias de hombre perdido.

—¿Sabes quién es la única persona que ha sabido manejar a mi hermano?

Pensé en Germán.

—Mi tía Eleanor.

—Háblame de ella —susurré.

—Me resulta difícil hablar de Eleanor sin emocionarme. Es un hada de cuento. No sé. —Realmente, se enternecía—. No todo el mundo tiene la suerte que yo he tenido. Pasar mi juventud a su lado ha sido un aprendizaje brutal. ¡Esa mirada!

No podía resistirme a contarle que yo supe adivinar esa mirada. Su emoción me llevaba a ese paseo junto a Central Park.

—Está a pocos años de jubilarse, ¿sabes? Toda mi ilusión es convencerla para que se venga aquí a Sevilla a pasar su vejez.

—¿No está con nadie?

—No. —Los ojos de Patricia brillaban, yo no sabía interpretar todo lo que había detrás de esas lágrimas que no brotaban—. Tuvo la desgracia de enamorarse del hombre equivocado, de perder el útero muy joven, de concentrar toda su bondad en la investigación de la reproducción de las células cancerosas.

—¿No le has conocido otro amor en todo el tiempo que estuviste con ella?

—Sí. Se enamoró perdidamente de un hombre excepcional, pero fue un amor no correspondido por alguien que la adoraba.

El restaurante, enorme, se me hacía pequeño al contemplar la escena de Patricia hablando del amor.

—Aún eres joven, no te lo tomes a mal. —Me tomó la mano, la acarició—. No quiero ofenderte, pero quizás eres jodidamente joven para comprender la grandeza de determinadas cosas. Eleanor merecía vivir mil vidas.

Sí. Necesitaba mil vidas para describir existencias incoherentes llenas de puro amor. Todo en mí era *voyeurismo*.

—¿Ese hombre era colombiano, Patricia?

—Sí.

No quise esperar a cruzarme con el hombre de los nudillos tatuados. El vino me invitaba a confiarle mis dudas, quería advertirle de los chantajes relatados por Dan, poner en pie su indignación, hacerle dudar acerca de las verdaderas intenciones de Rufo. No las tenía, desgraciadamente, todas conmigo. El alcohol no ayudaba, las imágenes se cruzaban, la memoria se hacía revoltosa para colocarme las frases en cada sitio mientras contemplaba a Patricia deslavazando sus felices años de juventud en Nueva York.

—Si te tomas un café por aquí cerca, podrás saludar a mi socio.

—Debo irme, Patricia. Tengo la casa abandonada, un puñado de artículos a medio terminar, un par de lavadoras por poner… —Me levanté tras pagar.

—Cuida de mi hermano.

—No lo dudes. —Dejé algo de propina, le di dos besos. Seguía oliendo igual de bien, noté sus lágrimas secas y algo de rímel corrido.

—Quiero que sepas que él me lo cuenta todo. —Su frase me dejó frío—. No sé muy bien qué haces aquí, ni cómo llegaste hasta él, pero si siento que en algún momento puedes hacerle daño…

—No tengo intención, Patri. —La llamé así por vez primera, impactado por sus frases directas insospechadas un rato antes.

—Si hay alguien a quien busques… lo vas a encontrar en mí.

—No sé de qué me hablas.

—Yo no sé si sabes de qué te hablo, Alejandro, pero voy a defenderme de quien quiera atacarme… ¡como una leona!

Se levantó y volvió a besarme. Me retuvo para decirme algo, con sus manos agarrando fuerte mis brazos. No sabía si me iba a hablar del desayuno con sus padres, de mi paseo con Eleanor, de mi sexo con Lola o de las charlas con Germán en la Hispanic Society.

—No olvides tu abrigo, querido.

EDREDÓN

LLEGUÉ A CASA COMO UN ZOMBI TRAS PERDERME ENTRE LAS calles de San Bartolomé. Durante el camino me planteé girar sobre mis pasos para buscar a Patricia, pero no tenía el valor de abordar al imbécil de los tatuajes. Patricia me había enfrentado al espejo de mis contradicciones, cargadas de morbo y cobardía.

Aporrearon la puerta nada más dejar las llaves sobre la mesa. Me asusté.

—Dan, ¿qué pasa?

Le invité a entrar, él quedó clavado.

—¿A qué estás jugando conmigo, Álex?

—No te entiendo. Ven, pasa...

—¿Qué le has contado a mi hermana? ¿¡Qué!?

—No le he contado nada, simplemente ella me ha propuesto un trabajo...

—Voy a denunciarte. No sé qué pretendes. Me convences para entrevistar a mi padre, haces lo imposible para ver a mi madre en su estado de locura, y me tengo que enterar por mi hermana que te has ido a comer con ella.

—Tienes razón. Debí decírtelo.

—Gracias por perdonarme la vida.

Vi cómo le temblaba la mano al tocarse la barbilla. Me sobrecogí.

—Siéntate, deja que me explique. ¿O me quieres tirar otra vez por la ventana?

Estaba muy alterado, como un mal actor de serie B. Si hubiera tenido la oportunidad de grabarlo, sería el trofeo a entregar a Lola. «Toma, ahí te lo entrego, loco y desquiciado». Conseguí que se sentara, le acerqué agua, cerré la luz de la calle bajando estores. Coloqué música de Everything but the girl, mientras apartaba el corcho con las cartulinas de mi novela. No podía olvidar esa nota manuscrita previniéndome acerca de Lola. No era el momento de acelerar el desasosiego en él.

—La otra noche cené con Silvia en el Tribeca. —Me miraba con los ojos torcidos, no puedo imaginar una imagen más cinematográfica—. Habíamos tenido nuestras peleas, era una cena de reconciliación. Cuando nos estaban preparando los quesos apareció por sorpresa tu hermana.

—Ya… y yo voy y me lo creo.

—Pregúntale a ella.

—Patri nunca me cuenta las verdades.

—Ese no es mi problema, Dan.

Él admitía con su silencio que yo tenía razón.

—Nos insistió en tomar una copa juntos. Iba con alguien que no sé si tú conoces…

—Con Rufo.

—Un hombre con los nudillos tatuados.

—Sí.

—Con los mismos tatuajes de aquél que te amenazó…

—El mismo tipo.

—¿Eso lo sabe tu hermana?

—No.

Me acerqué a él. Le acaricié la nuca. Lloró con hipos infantiles. Lo abracé por la espalda.

—Mi error fue no decirte que tu hermana me propuso poner texto a una exposición de fotos que inaugura la semana que viene.

Dan quería decir algo, pero no conseguía articular palabras.

—Por eso quedé con ella. Ni yo la busqué, ni yo le propuse nada.

—Ella no hace nada gratis, Álex. Vete de Sevilla.

—Tranquilo, me sé cuidar.

—Vete de aquí. Olvida los compromisos en que te hayas metido y sal corriendo. Eres un buen tío.

Me tomó la mano con la suya, mojada de mocos y lágrimas. Se acurrucó en el sofá, busqué un edredón y lo tapé.

Ducha

Fue Silvia quien nos sacó de una tarde oscura. En el rato que estuve en duermevela, con la música baja como nana, Silvia me escribió para saber de mí, yo le dije que entrara sin hacer ruido.

«Dan está dormido en el sofá».

Traía pasteles, me despertó con un beso e hicimos el amor a oscuras, en silencio. Descubrí una Silvia perversa, disfrutona como nunca, consciente de la puerta abierta y la compañía.

—¿Te tiraste a su hermana? —me susurró.

—Eso quisiera ella —le respondí, ancho de soberbia, para desconcertarla.

Nos limpiamos con las sábanas, con las que hicimos un bulto, antes de compartir una ducha que despertó a Dan. Nos enjabonábamos, cuando sentimos su cara apoyada tras al otro lado de la mampara empañada.

—¡¡¡Aaaaaah!!! —gritó Silvia, en un salto hacia atrás en que me arañó la espalda con sus manos apretadas.

Salí en pelotas con ganas de empujarlo. Vi su cara de loco.

—¡Lárgate de aquí, Dan!

—¿Os pone follar con la puerta abierta a tres metros de mí y ahora os asusta que venga a ver el segundo capítulo? —preguntó con una frialdad escandalosa mientras me entregaba la toalla, lento, mirándome entero—. Estás bueno en bolas.

Silvia se protegía al fondo, me hacía gestos de calma.

—No paras de faltarme al respeto, Álex. Cada vez que me convences para que confíe en ti, me la juegas.

—Estoy en mi casa, Dan, con mi novia.

—¡Con tu novia! Qué pocos polvos hay que echar en Galicia para echarse novia.

—Quiero que te vayas de aquí.

—¿Cuánto te están pagando? ¿Esta casa entra en la nómina del mercenario?

—¡Vete de aquí!

Busqué una toalla para Silvia, cerré el baño desde fuera y lo acompañé a la puerta. Lo sentía tras de mí, desconfiaba de sus intenciones. Le abrí, en cambio, y se fue.

—¿Qué me estoy perdiendo de toda esta historia, Álex?

—Confieso que no lo sé.

Vi que se vestía con intención de salir.

—¿Me vas a invitar a cenar? —pregunté con idea de que no me dejara a solas.

—¿Qué quiso decir con lo de «cuánto te están pagando»?

—Yo que sé, Silvia. Está paranoico con la idea de que me han contratado para hacerle la vida imposible.

—Y no es verdad... —afirmó ella, sin terminar la frase, con los ojos puestos en mí, desnudo.

—No lo es.

Se mantuvo tensa el tiempo suficiente para no verme caer.

—¿Qué te une a él? —Subí los hombros como niño chico—. ¿Es compasión?

—Eres dura.

—Soy observadora, cariño. —Volvía la palabra—. Mientras ese hombre esté en tu vida yo estaré en alerta. Entiendo que no tienes aún amigos en Sevilla, comprendo que él te echó un cable con tu accidente de coche, que eso puede marcar...

—Dan es un tío especial.

—Sí, especial. Un niño con cuerpo de hombre. Un cuerpo y una cara espectacular, una forma de hablar que te empalaga... Pero un desequilibrado mental.

—¿De verdad lo piensas?

—De verdad lo sé, Álex. —Se giró hacia sí misma para terminar de vestirse, y no mirarme—. Me pediste que consultara con mi amiga Concha su historial clínico.

Me quedé de piedra.

—¿Y?

—A Dan lo han encerrado temporadas largas en San Lázaro con camisa de fuerza.

—No puede ser cierto, Silvia. —Se me descompuso el corazón.

—Catalogado como un enfermo peligroso con conductas agresivas.

—No...

—Eso quedó atrás hace años, Álex. No aparece nada más desde que le dieron el alta en 2011.

Pensé en Lola y la odié.

Bazaar

Llegué a Madrid sin rumbo fijo. Ni siquiera tenía a Lola como objetivo. Echaba de menos la inocencia de mis primeros paseos por la capital, buscaba los garitos de la calle Huertas donde me hice hombre, la pasión en mí por ser alguien, en esos meses en que soportaba la presión de trabajar, estudiar y follar a partes iguales. Todo cabía en mí. Dispuse de mi belleza como moneda real, cruzaba la mirada a diestro y siniestro con desconocidos que me deseaban, me movía con la certeza de que alguien observaba mi culo, de que el centro del mundo visible desde mi terreno estaba en mí.

Me paseé las calles, feliz, durante un par de días, con el móvil en el hotel, sin más objetivo que reflexionar acerca de las decisiones tomadas, con la dificultad de no saber dirimir si hice bien aceptando el cobijo paradisíaco de Estíbaliz a cambio de abandonar mi recorrido de animal salvaje, si fui justo rechazando sus brazos cuando ya era pieza codiciada que creía poder volver a sentir la sangre correr a la misma velocidad cinco años más tarde con la virginidad del amor perdida.

En esos días en Madrid solo tenía la compañía de mi ordenador en el papel de notario de mí como constructor de historias, arquitecto de una narración enmarañada en la que me había introducido como voyeur narcotizado por un dinero fácil. Me fascinaba Patricia, se me encogía el alma con Dan, me hipnotizaba la figura de Eleanor, admiraba la osadía de Martin, compadecía la suerte de Aurora, en tanto que sentía el aliento de una Lola vengadora de aún no sabía qué, traducía como podía los mensajes encriptados de Germán e imaginaba la suerte de la reina Liliana en sus palacios selváticos de invierno.

Entre menguantes mensajes no contestados, llegó el día de buscar el cruce con Lola. De no hacerlo, corría el peligro de enmarañarme en un torrente de especulaciones que frustraran mi capacidad para concluir el relato. Era el principio del fin, ya no era una hipótesis desagradable conseguirle su ansiado objeto de deseo, sino que era una realidad manifiesta que Dan había explotado bien lejos de su cordura hasta convertirse en un hermoso personaje sin rumbo, impresionante como protagonista de una novela que no necesitaba más destrozos en él para ser efectista. Tocaba rendir cuentas.

No acudió a comer a La Chulapa, ni distinguí luz en su casa al caer la tarde, por lo que abandoné mi primera idea de hacerme el encontradizo. Respondió a la llamada con ternura, me citó a cenar en el Bazaar.

—Yo reservo —confirmé.

No quise decirle que hubo un tiempo en que ese restaurante era un escenario luminoso de grandes ventanales en que veía la vida pasar con ojos limpios de fantasmas. Unos años, que ya no volverían, en que disfrutaba de mis cosquilleos cerebrales observando a Estíbaliz rebañar con el cuchillo en sus finas manos las chuletillas de cordero; consternado, solo por instantes, con la idea de su futura vejez. Llevé tan mal pensar en los años por venir que no disfruté del presente de sus dedos con el cuchillo diseccionando el cordero para mí, para alimentarme como a un crío de cara lasciva, empalmado, taquicárdico, obsceno como era yo cuando ella me mimaba en los espacios abiertos de los bares de Madrid, jugando con sus uñas entre mis uñas.

—Has cumplido como un caballero —afirmó, sonriente, tras besarme. No sabía de dónde sacaba esa sentencia, pero no podía menos que contrarrestarla.

—Querrás decir como un mercenario, Lola. Un caballero no buscaría de forma tan cruel el juego sucio.

—¡Cómo echo de menos nuestros días por Madrid!

No quería preguntar cómo sabía que Dan había caído.

—Lo ingresaron ayer por la mañana —me confirmó.

Sentí el peso del techo caer sobre mis cervicales.

Un beso en la frente

La cena con Lola fue un caminar por lugares comunes en que ella rehusaba todo lo que no fuese hablar de nada, por lo que pronto adiviné que me estaba lanzando al vacío. Tuve que romper con sus explicaciones acerca del yoga bikram:

—¿Cuánto daño pudo hacerte Patricia?

Ella torció el gesto, para reír infinitos segundos después.

—¿Qué te pareció ella?

Me cogió a contrapié su pregunta. Podíamos permitirnos pausas, esa noche el tiempo corría perezoso porque ninguno sabía qué dirección tomar.

—Es una mujer que no deja indiferente.

Lola apoyó los codos sobre la mesa, sin intención de interrumpirme. Intuí, como se entrevén chispas en los ojos, que anhelaba como fiera mis reflexiones sobre Patricia.

—Pertenece al universo de la gente que me vuelve loco, ¿sabes? Una tía que se escapa con lo puesto al otro lado del charco con veintitantos años para comérselo… —Miraba a Lola—. La gran duda que resuena en mi cabeza es qué fue lo que provocó su huida. —Ella no movía un gesto, ni perdía uno solo de los míos—. Hay algo muy doloroso en su pasado que no consigo descifrar, algo que quizás no tenga nada que ver con tu venganza, pero que debes conocer. —No se inmutaba—. Atacas a Dan porque es su ojito derecho, ¿no es cierto? —Ella sonreía—. No quiero pensar en cuántas cosas me has mentido, porque me aseguraste que no buscabas hacerle daño.

Habíamos terminado de cenar, pidió excusas para ir al baño y la vi pedir la cuenta al retirarse. Temía un cierre en falso.

—¿Nos vamos?

—Eres un témpano de hielo —protesté.

—Conocías las reglas del juego, Álex. Yo he cumplido con mi parte.

Agaché la cabeza buscando, sin pretenderlo, su compasión.

—¿Vienes a dormir a casa?

—No —susurré.

—¿No te levantas?

—No.

Me dio un beso en la frente y se fue. No volvería a quedar con ella nunca más.

Chamartín

No recuerdo noche más triste. Había entrado y salido como un pelele en un juego sobre el que no tenía poder; arrumbado como un perro callejero, lo asumía en mi enorme habitación enmoquetada del centro de Madrid. Ya no era de nadie, ni sabía qué me movería de allí. Preso del capricho de mis mujeres, el incipiente fin de semana me pidió un poco de Teresa. Su sexo sin preguntas, sus tetas en mi cara, los piropos cutres, el magreo sin pudores. Existen momentos en que se necesita que simplemente te recuerden la belleza que hay en ti. Teresa era experta en recordarme que podía comerme el mundo, empezando por ella. A la mañana siguiente la recogí en Chamartín.

—¿Tenemos mejor plan que follar a saco?

—No —sonreí.

—Pues, hala, invítame a una caña y un bocata de jamón. Muero por meterte mano.

—Me das la vida, Teresiña…

—Y a mí mc sube la moral poder tirarme al tío espectacular en el que te has convertido. Aquí salimos ganando todos.

Las dos veces que me preguntó qué pensaba, le dije que nada. Le hablé de mi novela ya estructurada, camuflé mi encargo para

Lola como un contrato de una mujer adinerada para escribirle un relato de su familia, en tanto disfrutaba de su mirada sátira despojándome de importancia. La acompañé a la estación a la mañana siguiente sin sacar de ella más que sus ganas imprevisibles de volver a ser madre; recogí mis cosas del hotel al mediodía para buscar el primer AVE de media tarde a Sevilla. Conseguí dormir en el tren mis pesadillas de Dan, maniatado, en un cubo blanco sin ventanas.

Prisa

Tenía dinero suficiente para vivir con desahogo varios meses, lo que me provocaba un sosiego imprescindible para crear. No estaba por otra. Patricia me envió por email las fotos de la exposición, con un mensaje directo:

«Empieza a correr prisa».

Hice la compra como si se avecinara una guerra nuclear, apagué el móvil, desconecté la conexión wifi y me concentré en las caras maltratadas de los retratos en blanco y negro. Jugué a ponerles nombre a cada uno: Eleanor, Dan, Patricia, Germán, Martin… imaginando qué sería de ellos si la vida los lanzara de bruces a la miseria más absoluta. De nuevo mis problemas para la ficción solucionados por una astucia para falsear mi capacidad para introducir emociones de la nada.

Funcionó.

Me premié con un tinto de la Ribeira Sacra y empanada del Corte Inglés. Flirteaba con la oscuridad, hasta el punto en que fui yo entonces el que se retrató con cincuenta años más, meándome encima, tirado en la calle, con la cabeza perdida, escupido por niñatos. Fantaseé con dolor acerca de la belleza perdida, de un futuro sin pasado que contar, sin hijos ni grandes historias de amor. «Siempre tendré el amor de Estíbaliz», pensé. Para entonces ella sería un esqueleto corroído del cementerio de la Almudena. Yo me arrastraría por las calles jodido por haberla repudiado.

Charo me buscó muy temprano en casa.

—¿Dónde te metes?

—¡Qué alegría, Charo! —La abracé como un cautivo a su liberador—. Aquí ando encerrado como un ermitaño.

—Espero que sea por una buena causa. ¿Cómo va esa novela?

—Avanza. Con sus luces y sus sombras.

—¿Me invitas a un café?

—Pasa…

—Mi jefa anda impaciente por los textos.

—¿Te envía ella?

—No seas tonto… Pero ya me podrías haber contado algo de la exposición. ¡Eres malo conmigo!

Yo sonreí; noté que me miraba raro.

—¿Estás bien?

Asentí, con la cafetera en la mano. Vio, tras la mesa, el corcho de mi novela.

—¿Puedo?

Sentí un cosquilleo especial al oírla colocar el tablero sobre la mesa del comedor.

—Así que yo soy el color verde aceituna…

—Sí.

—¿Y este naranja?

—Eleanor, la tía neoyorquina de Dan —afirmé, rotundo—. Alguien muy especial.

—Patricia la adora. —Charo comenzaba a abrir el dique.

—La cuidó como si fuera su hija cuando escapó de Sevilla —provoqué.

Charo sopló su café.

Arrebato

Sevilla, 1990

Siempre tuvo la sensación Patricia de haber tomado a Quini como rehén de sus maldades, de esa zona negra de sus pensamientos experta en chantajear el futuro de los suyos. Quini le daba vida a borbotones y ella tenía el mando de sus decisiones para hacer de él secuaz de sus propósitos, no siempre feos. Lo que no era sino un escarceo sexual, primitivo, para monopolizar el deseo de un Dan que se construía como Adán explosivo de grandes cachas y torso imberbe; ese calentar con un deseo irrefrenable al amigo admirado, al truhan empachado de vírgenes entregadas que obnubilaba a un chaval ya de por sí dependiente en todo de Quini; ese transitar por zonas prohibidas para hacerse indispensable para Dan, se hizo una bola de tales dimensiones que no sabía dónde agarrarse para frenarla.

Quini era animal, tanto que se erotizaba de solo rozarse con su saliva, primario, de movimientos instintivos que la llevaban al abandono de su cuerpo para gozarlo, asalvajado; Patricia se retorcía de placer maldiciendo el poder absoluto del sexo, del falo de ese niñato mal estudiante, gamberro, desafiante, de risa hechicera, pezones puntiagudos, ombligo escondido de vello grueso, duro como una piedra, de abrazos conmovedores, orgasmos escandalosos, un hombre que la abría de cuajo para tenerla toda pese a su cabeza.

Se asustó cuando comenzó a ver que se rompía el nexo entre Dan y Quini. No controlaba qué se contaban entre sí, cuánto detalle sabría Dan de sus perversiones de mujer lasciva, ni se atrevía a preguntar a Quini cómo de explícito era hablando de ella; interrogarle hubiera sido una forma de debilidad aún mayor que abrirse de piernas ante cada guiño. Todo debía resbalarle para no rebajarse más de la que ya lo hacía al escaparse cada día para buscarlo en la parada del autobús por la necesidad de tenerlo controlado, cerca, de calcular los minutos desde la última clase para asegurarse de que no se detenía con otras niñas.

Con el tiempo, no entonces, se dio cuenta de que lo tenía entregado, pero para entonces ya era tarde para reconducir nada. De haberlo sabido Patricia, es seguro que todo habría discurrido por caminos menos precipitados. La inseguridad, sin embargo, lo empañó todo de pánico. Pánico a perderlo, a hacerse mayor, a dañar a Dan, a quedarse embarazada de un niñato, a no quedarse embarazada de ese niñato. Perdió el curso, desconcentrada, dejó dos trabajos de barra de bar, descontrolada, feliz, por los celos de él. Un día Quini la buscó a la salida de la discoteca en la que solo duró dos meses.

—Te he estado observando.

Ella, borracha de invitar a chupitos, se rio en su cara, sin responder.

—A mí no me la das, cabrona.

Quiso seguir adelante, sin recordar dónde tenía amarrada la bici. Él la insultó con rabia, la acusó de todos sus males, de las horas malgastadas, de haber perdido a Dan, de tratarlo como a un títere. Ella se movía en círculos, buscando la bici en cada farola, asustada por el tono cada vez más alto de los gritos de Quini.

—¡Déjame en paz!

Él le señaló la bici, arrumbada junto a un contenedor y destrozada.

Estuvo en comisaría al día siguiente, tras levantarse bien temprano de una noche agitada de miedos difíciles de compartir. Tentada de hablar con su madre, creyó que a medio plazo perdería su confianza si supiera que había jugado con el mejor amigo de Dan, ojito derecho de Aurora. Un Quini medio adoptado en esa casa al que costaría considerar un delincuente, viniendo la crítica de una chica exagerada en todo, posiblemente sospechosa de celos hacia su hermano. Debía resolver ella el entuerto. Pidió número, esperó paciente en los asientos de la comisaría a que llegara su turno y se marchó cuando estaba a punto de presentar denuncia.

Justificó la agresión a su bici como un ataque de celos, pensó equivocadamente que todo era controlable a partir de conversaciones sensatas con un tipo que no dejaba de ser un crío. Tenía que hacerlo en algún lugar público, a horas en que supiera que no estaría fumado, lejos de cualquier persona cercana para evitar la tensión de sentirse observada. No podía, además, dejar pasar el tiempo sin más, porque la distancia acrecentaría los demonios en Quini. Lo llamó cuando calculó que salía de clase y lo invitó a comer en el McDonald's de la Campana.

La comida fue una orgía de desamparo. Quini pasaba de promesas marcadas en sangre a amenazas veladas de fidelidad. Patricia trataba de desactivar los argumentos radicales con sonrisas que no sabía de dónde sacar; le preguntaba, en vano, acerca de sus años de infancia en Barbate.

—No vayas a convertirte en aquello de lo que huías, Quini.

Él, embelesado, la observaba sin escucharla. Tan pronto lloraba como le abría las rodillas bajo la mesa.

—Te voy a regalar una bici naranja.

Merluza

Acepté que Charo me preparase la comida.

—Pero me debes acompañar al mercado. Necesito una buena merluza.

Me molestaba tanta luz tras días encerrado.

—¡Qué alegría de ciudad! —gritó al aire al llegar a la calle Feria, quizás queriendo contagiarme.

Pasamos por Casa Carreras para comprar más chinchetas para mi corcho.

—¿Una cerveza? —propuso.

—¿Crees que Patricia se apuntaría? —pregunté—. Andamos cerca.

Se paró en seco, sin decir que no. Tomó el móvil.

—Está en el Salvador —me dijo, sin soltar el teléfono—. Me da miedo que se estropee la merluza. Espera. —Volvió a charlar con Patricia—. Nos vemos en la calle Cuna. Te va a encantar el sitio.

Efectivamente, un edificio imponente de Aníbal González frente al Palacio del Marqués de la Motilla. Accedimos a una barra pequeña, de azulejos bien cuidados y sillas altas de estaño, donde nos esperaba Patricia, con vaqueros marcados, camiseta de cuello vuelto mostaza y el mismo perfume cítrico del primer día. No podía verla con los mismos ojos con el relato tan reciente de la bicicleta destrozada por Quini en mi cabeza. Era una mujer por la que podría volverme loco si ella se lo propusiera. Una Estíbaliz sevillana a la que no dejaría escapar.

—¿Y esa cara? —me preguntó.

—Perdona, pensaba si era el perfume que llevabas el día que te conocí.

—Sí. L'eau de Chloé. Solo uso ese. —Acercó el cuello para que la oliese—. Me gustan los hombres así de observadores. Bien, ¿y esta sorpresa?

—Habíamos pensado…

—En cocinar una merluza. —Charo me cortó, incómoda en esa conversación a tres no programada—. Venimos del mercado de Feria, y de comprar unas chinchetas. —Hice sonar la bolsa en mis manos como un crío—, para el panel que tiene nuestro joven escritor con la estructura de su novela.

—¡Me encanta! —exclamó Patricia—. Me encanta la gente creativa. ¿Cómo va lo nuestro, Alejandro?

Yo seguía pasmado, con el perfume taponando mis respuestas.

—¡Las fotos! ¿Tienen ya texto?

—Sí, ¡sí! Los terminé ayer. Solo un repaso y te las envío por email.

—Mejor te vienes y las leemos una a una, por si algo no cuadrase demasiado.

—Vale.

Pagando las cervezas, se disculpó.

—Tengo una mañana terrible. —Nos dio dos besos—. Y vosotros, ¡una merluza por cocinar!

Entre vuelta y vuelta a la sartén, Charo inquiría acerca de la novela, interesada en que aprovechara el ritmo de crucero que le decía haber tomado para rematarla.

—He conocido a grandes artistas, Alejandro. ¡Magníficos! Gente ocurrente, sagaz, viva, creativa, que sin embargo no han llegado a nada por falta de constancia, de espíritu emprendedor, de rigor. Por lo poco que he leído de ti, eres un escritor brillante, tienes una imagen arrolladora y una gran historia que contar. No frenes.

Necesitaba esas palabras como ungüento mágico.

—Hay miles de novelas sin abrir en las papeleras de las editoriales —protesté.

—Lo sé. —Daba sorbos a su copa de manzanilla, achispada—. Pero tú no sabes con quién te juntas. Aquí donde me ves, tengo la agenda cultural más codiciada de Sevilla, me muevo con soltura en los saraos literarios de Madrid, me invitan cada año al Nadal en Barcelona.

—Vaya… —No sabía cuánto de verdad había en ello, pero no era Charo fanfarrona, ni tenía necesidad de serlo.

—Solo necesito un producto impecable.

—Lo tendrás.

—¿Cuándo?

—En dos meses.

Fue mes y medio. Y lo viví con dulzura. Como si todos los personajes de la novela se hubieran retirado a sus aposentos para dejarme escribir sus vidas.

Venganza

A Dan lo busqué la primera semana. Me planté en San Lázaro y pregunté por él.

—Disculpe, ¿es usted familiar suyo?

Negué con la cabeza.

—Lamento decirle que no puede recibir visitas.

—Entiendo, ¿cómo está? ¿Hay perspectivas de que lo trasladen a otra zona menos restringida?

—Perdone, caballero, pero esa información tendrá que pedírsela a su familia. Espero que sepa ponerse en mi situación. Es imposible...

Ya en la inauguración de la exposición de Maribel Suárez, Patricia me puso al tanto de la evolución de su hermano. Se le torcía el gesto de tal manera que me resultaba violento preguntarle con un mensaje de móvil. Charo servía, en todo caso, de interlocutora con el mundo exterior. Convertida, sin yo preverlo, en una suerte de agente literaria, pasaba tardes en casa leyendo lo escrito.

—¿Hasta qué punto fue Patricia leal con Germán? —le preguntaba.

Ella se encogía de hombros y me decía.

—Interprétalo tú.

Los dos decidimos que nadie se llamaría con su nombre, que los oficios estarían cambiados, como pura protección. Podría meter hermanos por aquí, compañeros de oficina por allí, líneas argumentales secundarias de cuernos, ciudades no pisadas por ninguno de ellos. Lo importante es que estaba construyendo una historia de venganza en que el propio narrador era protagonista como mercenario contratado para volver loco a un tipo en que no se distinguía clara la frontera entre la locura y la maldad. Un relato acerca de la ambición por triunfar enfrentada a la coherencia de un amor sincero a un señor autoexiliado del paraíso contaminado del narcotráfico colombiano. Era la historia del celo más rabioso entre dos mujeres que no asumieron su pasión con grandeza. Una novela sobre cómo construir una novela, sobre cómo convertirse en intruso de la ficción a partir de vidas robadas de personajes que se sabían retratados.

Marga

El día en que cerré la novela, Charo estaba en Madrid. Había sido tal el empuje recibido de su parte que no veía el momento de leerle el episodio final. Necesitaba, sin embargo, ver su cara; de ahí que cuando me respondió horas después desde una de las galerías con las que trabajaba Patricia, se me hizo un nudo en la garganta.

—Me siento orgullosa de ti.

Sí, recibí la frase como un enorme abrazo maternal. Era consciente de que había construido algo redondo, tanto como que hubiera desfallecido entre excusas de no haber sido por los halagos a la lectura de cada capítulo de una Charo entregada a propuestas que yo le proporcionaba sin previo análisis. «Es magnífico que cada desconexión del relato principal tenga forma de capítulo corto y actúe con sentido en sí mismo, como un cuento con principio, desenlace y final»; «colocas los golpes de efecto con la frecuencia justa para que el lector no se distraiga»; «es un acierto cambiar el tipo de letra cuando pasas de tu relato autobiográfico a la novela dentro de la novela»; «ejecutas los diálogos con sentido cinematográfico, ¡son reales!»; «tus personajes son de carne y hueso, Alejandro, veo a Eleanor por todos lados»; «arriesga más, mete más sexo; juégatela»,

«Dan te quiso matar; no andes con rodeos», «la madre de Patricia ha perdido los escrúpulos»…

—Me has hecho creer en mí, Charo —le confesé, por teléfono—. En que mi sueño es posible.

Sevilla se abrió en canal para mí. Los olores tantas veces disfrutados envolvieron la ciudad para entregármela sin remilgos, toda mía. Recuperé mis carreras por Torneo, las visitas a las iglesias, las cervezas en el Salvador, la escuela de escritores, los artículos por escribir, sobre personas sin hogar, sobre pisos patera, sobre japoneses aprendiendo flamenco, sobre startups en la Cartuja, sobre grafitis furtivos en los grandes muros que encauzaban el Guadalquivir. Levanté la mano para decir aquí estoy y los personajes de mi novela empezaron a dejarse ver. El ermitaño había salido de la cueva más bello, sexual y vividor que nunca. Transmití tanta energía esas semanas de liberación que la gente se acercaba a mí solo por escuchar mis carcajadas de mandíbula abierta. Quizás por ser más libre que nunca, Silvia se acopló a mí como un guante fino de seda transparente. El sexo era sexo; las cervezas, cervezas, en un espacio generoso donde todo fluía, en la creencia ficticia de que el infierno del reproche no llegaría para mentes tan lúcidas como las nuestras.

Una tarde de lunes me citaron en las oficinas sevillanas de un grupo editorial de capital francés. Despojado de apriorismos, me vestí con el objetivo insano de erotizar a quien me hiciera frente y me besé en el espejo. ¡Qué orgullosa estaría Estíbaliz de mí! Traerla a mi cabeza era abrir la caja de Pandora de mis fragilidades, pero había fisuras que me la mostraban sin encontrar resistencia en mí.

Me hicieron pasar a un despacho de paredes acristaladas, con mucha luz.

—Hola Alejandro. —Una mujer de mediana edad, algo entrada en carnes, de pelo rojo en punta y pendientes exagerados, se levantó para darme la mano—. Soy Marga. Voy a ser tu editora.

—¿Así de fácil? —Me invitó a sentarme.

—Tu historia es buena. Es el principal criterio de decisión.

—¿Hay otros? —pregunté, a mi pesar.

—Sabes bien que sí.

—¿Puedo conocerlos?

—Tu historia vende, estamos en la época de las falsas novelas biográficas, tienes una imagen impecable para defenderla y unos padrinos poderosos que te apoyan.

—Imagino que tendré que subirme a este tren.

—Yo no tendría dudas. Estás en el mayor grupo editorial francés. Nunca sabrás si se te volverán a abrir las puertas de esta casa.

Me acomodé en la silla, jugué a mantenerle la mirada. Me ganó. La mesa estaba limpia, el contrato estaba impreso sobre un tapete de cuero. Me explicó las condiciones, pero no la escuché. Resonaban otros ecos en mi cabeza.

—Antes de firmar, necesito hacerte unas preguntas —me dijo Marga.

—Adelante.

—Me consta que la novela está basada en personajes y hechos reales.

—Así es —confirmé.

—¿Todos ellos dan su consentimiento a lo publicado? Verás… —No me dejó responderle—. Una denuncia por privacidad puede hundir a una editorial modesta, pero incluso a nosotros puede hacernos daño.

—Nadie es quien es en la historia, las profesiones no se corresponden.

—¿Tu madre estuvo en la cárcel?

—Sí.

Marga cruzó los manos bajo su barbilla, con los codos sobre el tapete de cuero.

—¿Estíbaliz existe?

—Con otro nombre.

—¿Tanto supuso para ti?

—Tanto… que estoy pensando en publicar con seudónimo.

Euforizante como fue, la escena se me repetía camino de casa, con el contrato en la mano. Tenía ganas de compartir la noticia con mucha gente del pasado, en una reacción instintiva de venganza que no me hacía bien. Venganza incluso hacia mi querida hermana Olaia, que se alegraría de corazón de mi triunfo, pero que representaba esa parte de mí que no había conseguido encauzar una vida estándar; venganza hacia mi madre, por haber frustrado mi capacidad para amarla de corazón, con toda la carga venenosa que supone para cualquier humano desgarrar la figura materna; venganza en suma contra un pasado que no ofrecía de mí sino carne fresca incapaz de intelectualizar; venganza contra mis complejos de farsante.

A la primera persona que quería encontrar, sin embargo, era a Dan. Me constaba, por Patricia, que ya le habían dado el alta. Le habían acondicionado una habitación en casa de sus padres, andaba muy medicado, hablaba de escaparse a Estados Unidos con su tía Eleanor. Me causaba una profunda compasión. Era su hermana quien me impedía, con razonamientos bien cuidados, acercarme a él. No sé cuánto había de protección o cuánto de miedo a que, en su franco estado de debilidad mental, hablase más de la cuenta.

MAQUINILLA

Sevilla, 1976

EL GRAN ERROR DE PATRICIA FUE CONVERTIRSE EN HEROÍNA A sus propios ojos. Se montó tal película en su cabeza que el premio final podía con sus escrúpulos. Creyó que podría jugar con la vileza de su padre hasta el límite que ella quisiera, sin medir el grado de inmoralidad al que había llegado Federico en su propia cuesta abajo de no saber qué hacer con su vida.

Hacía tiempo que Aurora se había desentendido de él. Los negocios de su marido no daban para más que subsistir, así que sin hacer ruido consiguió que los antiguos alumnos de Martin fueran convirtiéndose en alumnos suyos, sorprendida ella misma con su habilidad de dar clases bien pagadas de inglés a partir de juegos de rol que comenzó a organizar en el salón de Martin mientras este daba sus clases en el colegio Europa.

Federico, consciente de las ausencias de su mujer, se hacía cada vez más presente a la hora de la merienda, motivado por la presencia de una adolescente deslumbrante que hacía tiempo había dejado de sentir como su hija. Espeso por las cervezas del almuerzo y el whisky de media tarde, no se cortaba en ver películas porno a un volumen audible desde la habitación de Patricia.

Aun habiendo estado tentada varias veces de hablarlo con su madre, pronto comprendieron Patricia y Federico el juego innombrable entre los dos, conscientes de que no podía terminar bien el reto en que a una le movía la venganza por los empujones a su madre y al otro el irreprimible deseo de ponerle la mano encima a una hija que lo provocaba con puertas entreabiertas, paseos en ropa interior por el pasillo y miradas mantenidas en la mesa del comedor. Tomando la táctica de hacerle partícipe de sus desencuentros laborales, Federico comenzó a frecuentar la habitación de Patricia, sin saber que ella reía sus gracias con segundas, confiada en encontrar los argumentos definitivos con que acudir de nuevo a comisaría, con pruebas irrefutables para conseguir el alejamiento a más de 100 kilómetros y su deshonra, para esta vez sí, firmar la denuncia que el vértigo le impidió rematar meses antes.

—Me das asco —gritaba, cuando pasaba junto al salón donde su padre se masturbaba bajo la mesa camilla.

Como todo pervertido que ya ha perdido cualquier sentido de la vergüenza, Federico se reía, justificándose en el instinto atravesado de las mujeres que todos los agresores sexuales ven.

La cabeza fría de Patricia tenía todo calculado. Necesitaba protegerse por si las cosas salían mal, de forma que buscó cómplices en el instituto: Nathalie, su profesora de francés, y Gloria, su compañera inseparable de clase. A la primera le traspasó su inquietud por el trato degradante con que Federico regalaba a su madre. A Gloria, en cambio, la invitó varias veces a casa, haciéndola entrar casi a escondidas, para hacerla partícipe de las miserias de su padre. Lo que ella no veía, Patricia se lo aclaraba; los gestos sucios, se los magnificaba. No contaba con que un día, al salir de clase, encontrase a Aurora hablando con Nathalie. El temido reproche se convirtió en un achuchón que le dio fuerzas para seguir con su plan.

—Mi princesita me defiende —le decía Aurora—, y yo me emociono.

Ya le contó en su momento que estuvo a punto de denunciarlo a la policía, pero Aurora lo tomó más como un farol adolescente que como una posibilidad real, siempre orgullosa de haber mantenido fiel a su hija en el campo de batalla en que se había convertido su relación con Federico.

Cuando ya estuvo todo preparado, Patricia descartó contar con su madre. Tenía estudiados los previsibles movimientos caóticos de su padre y muy presente una historia oída en clase, de modo que esperó la tarde perfecta en que Aurora estuviese en sus clases de inglés y el padre se metiera en la bañera en una de sus sesiones largas de vapor tras la peli porno de turno.

Lanzó una alargadera desde la habitación de la plancha hasta las puertas del baño. Puso a todo volumen el sonido del equipo de música, se asomó por la rendija de la puerta para confirmar el estado somnoliento de un Federico borracho, conectó la maquinilla de afeitar, tras ponerla al mínimo para amortiguar el ruido, abrió la puerta con cuidado y la lanzó al agua.

Quiso no mirar, pero vio los movimientos espasmódicos de su padre. Se fue la luz y la recompuso. Tiró de la alargadera hasta recuperar la afeitadora. La conectó al enchufe cercano al lavabo y volvió a lanzarla. Recogió la alargadera, con los brazos temblando fregó la parte del pasillo mojada. Apoyó la frente en el quicio de la puerta viendo la mano de dedos porrones de su padre agarrada a la bañera.

Entonces gritó.

Galeradas

Ya por entonces debí ver que mi corazón se había despegado definitivamente de Silvia; aun así, seguimos viéndonos en rituales sexuales tanto más placenteros cuanta más carga afectiva se desinstalaba entre nosotros. Una relación corta surcada de parones y medias verdades era caldo de cultivo para el desapego, más cuando quedé encerrado durante más de un mes en la construcción de la novela. Para nuestra mutua sorpresa, fue ese distanciarnos buena medicina para conocernos mejor, liberados del yugo de los amantes que supone ofrecer solo lo mejor de ti. Encontré a la Silvia austera de emociones que presentía; una mujer de raíz combativa que había mamado un falso amor total que le hacía dudar del mundo. Le pedí permiso, con retraso, para incluirla en mi historia, me lo dio con las condiciones propias de no ser reconocida.

—¿Qué especialidad te gustaría tener?

—Cardióloga.

—¿Y eso?

—El corazón de mi padre está hecho misto.

Me gustaba verla en su mundo de aislamiento, cuando me presentía dormido y yo, arrumbado en la cama con los ojos cerrados, la adivinaba vistiéndose con una calma pasmosa disfrutando de cada elástico, cada mechón apartado, sus dulces medias subidas con ensalmo.

—Me dijo Concha que ya dieron el alta a tu amigo Dan.

—Sí, Silvia. Lo sé.

No saber de Lola me perturbaba al tiempo que me liberaba de rendir cuentas. Fueron varias las ocasiones en que pensé en llamarla, pero intuir que ella lo haría más temprano que tarde me hacía descartar esa opción. Quise, y lo hice, escribir a Germán. Era un correo cortés, pero emotivo, en el que le narraba mis últimas semanas de encierro. En cierta forma lanzaba varias preguntas al aire por si a él le diera por confirmar o matizar algunas de las hipótesis que yo desarrollé sobre la relación de su hija con Patricia, a tiempo de ser corregidas en las sucesivas galeradas que el contrato obligaba a revisar.

No tardó en responder a mi email con un castellano tan sublime que me acogotaba como incipiente escritor. Sí, Germán tomó el guante, preciso, para llevarme por tiempos y lugares para los que cualquier escritor hubiera sobornado por estar; los tiempos y lugares de sus relatos. Sentí, por instantes y repetidamente, el regodeo de poner letra a un período definitivamente robado por el tiempo, aquel mágico en que se juntan personas de distintos continentes y condiciones, en el centro del mundo, para amarse con pasión.

Mosaico

Nueva York, 1995

Le fue suficiente a Patricia llegar a los andenes de la estación de metro de la 61, y mirar el azulejo de la bailarina saltando del trampolín, para admitir la dependencia brutal que Dolores ejercía sobre ella. No entendía su presente sin su presencia, reflexionaba con la garganta cogida por la emoción, mientras tocaba con sus dedos cada piedrecilla del mosaico que le enseñara en su primer paseo por el Upper Side. La tentación de sucumbir a la vida luminosa que la colombiana le prometía era enorme, pero tenía bien claro que no debía en ningún caso poner en juego su independencia, trabajada durante años en la universidad neoyorquina. La imaginaba compungida camino de la fundación tras su negativa brusca a abandonar la casa de Eleanor para irse a vivir con ella. Le dolía en el alma su gesto de cinco minutos antes, tras haberla tratado de convencer con argumentaciones certeras de la idiotez que suponía querer mantenerse en el castillo que había montado en su habitación del Village.

—No quiero dejar a mi tía sola —replicó, a sabiendas de que era una explicación endeble.

Se flagelaba con sus propias decisiones, al tiempo que se reafirmaba en su decisión de no volver a verla en un tiempo. La reacción de Dolores, desgarradora, la conmovió tanto como la asustó.

—No me hagas pasar por esto, Dolo.

Como escultura de acero mantuvo la compostura, despejó el pelo de su amiga y le pidió darse unos días para tomar distancia. Necesitaba saber qué iba a hacer con su vida, algo que las numerosas horas pasadas a su lado le impedían vislumbrar. Se había acostumbrado a llevar una hermosa rutina pilotada por Dolores con su consentimiento; el mundo de la colombiana había fagocitado al suyo, ya no existía nadie a quien conociese que no estuviese engatusado por Dolores, maestra de la seducción, apasionada vividora de discursos hermosos a la que la vida se le iba en cada cerveza compartida.

Y estaba Germán.

Quedaron en el Caprice una hora más tarde. Era el turno de Conchita, que comenzó a prepararle el Martini nada más verla entrar.

—Está en el baño —le dijo, bajito.

Se apoyó en la esquina del fondo, como refugio para evitar la charla que otras veces agradecía de la camarera, confidente a fin de cuentas de Germán. Ansiaba la charla con él.

—¿Cómo está mi españolita preferida?

Patricia, con la espalda bien recta sobre el taburete, callada, comenzó a llorar. En el local apenas se oía el concierto número 2 para piano de Rachmaninov. Germán, de traje oscuro, zapatos de charol y semblante adusto, la contempló embelesado, aturdido por la emoción, no queriendo romper la belleza del doloroso momento. Debía llegar, debía ser así. Hizo un gesto a Conchita para que no se acercase, mientras aproximaba su mano a la de Patricia, contenida en su llanto, entregada en sus ojos fijos hacia él.

—No puedo más.

Imperturbable señor de mirada serena, Germán le secó las lágrimas con su pañuelo blanco, estremecido por la situación.

—Me ha suplicado irme a vivir con ella, y le he dicho que no.

Germán pidió lo de siempre desde lejos. Patricia aprovechó para ir al baño, atravesando la sala majestuosa donde tantas noches, con el alcohol por las nubes, se sintió indisimulablemente feliz de haber elegido la vida que tenía. Se reorganizó el pelo como a él le gustaba y suspiró por que Germán supiera encontrar la salida.

Germán ya estaba sentado en la mesa de siempre, con sus largas piernas cruzadas. Patricia decidió no hablar.

—¿Puedo hacerte una pregunta, Patri?

Ella asintió.

—¿Hasta dónde quieres que llegue?

—Quiero que lo decidas tú, Germán. He estado un rato ahí dentro, mirándome al espejo, y la única respuesta que obtengo es que quiero que tú indiques el camino.

Él descruzó las piernas, arremangó con calma los puños de su camisa para apoyar los codos sobre la mesa.

—Conoces todo de mí, Patri. Cómo escapé de la vida que me estaba destinada, cómo renuncié a mi mujer por no querer llevar la vida frívola que ella hubiese querido tener en Miami, cómo fui limpiando el dinero de mi herencia para hacerme sentir menos culpable de haber nacido donde nací. —Patricia flotaba con su tono de voz—. Soy un hombre que toma decisiones firmes.

Rachmaninov seguía en el aire. Él distinguía de memoria cada nota, sabía que le quedaban pocos segundos, apenas veinte, para que entraran las violas, no más de treinta para que comenzara a sonar la percusión. Era ese momento o nunca.

—Yo no he amado a nadie como a ti, Patricia. —Ella se estremeció con un golpe de frío que la recorrió por entero—. No sé cómo hemos llegado hasta aquí, pero aquí estamos, y no quiero en este mundo nada más que tu felicidad.

—Germán…

—Eres una mujer compleja, exquisita, descarada, luchadora, valiente. Y esa mujer ha apostado por un hombre como yo. No hay obstáculo que pueda frenar mi amor por ti.

Vivir con el miedo a hacer daño era la única penitencia, enorme pero salvable. Germán asumía con cierto espíritu novelesco el romance entre ellas dos, incluso desde que Patricia, en instantes de perversión que acababan llegando, le hablase de cómo su hija la tocaba, del enorme placer que representaba poder disfrutar en otra mujer el descubrimiento de su propio cuerpo, cómo aprendió a darse cuando ya no era para ella un secreto el mordisqueo del centro de su sexo con sus dientes, el sabor de líquido brotando entre las piernas de Dolores, la excitación de verse hincharse los pezones, apoyar su cabeza en las tetas, chupar el camino entre las dos, morder unos labios de mujer. A Germán, con verdades solo ciertas a trompicones, le habló del sentido del sexo con su hija en relación a él. Le mentía con brutal sinceridad para convencerle de que la carne que lamía en Dolores era carne suya, que haber encontrado a su hija no era sino una profecía de su amor por él. Se lo creían a ratos, a destiempo; les convenía recrearse en sus propios relatos para disfrutar sin reconcomes una historia de amor envenenada de atajos, silencios, escondites, celos y reproches contenidos.

No quisieron hablar más esa noche, ni siquiera Patricia le confesó que se dieron un tiempo de distancia. Aceptó, como siempre, la cena en The terrace in the sky, esa noche que había chelo y piano. Necesitaba esa rosa roja entre los dos y escucharle hablar de Chateaubriand, o de su próxima compra de un Pollock, o de cuándo volverían a recorrer durante horas las habitaciones de la Frick Collection, para encandilarse de nuevo con sus explicaciones sobre Kandinsky.

Ya disfrutaba de sus manos firmes sin llegar a la cama, de su olor a macho, de su sexo duro y sus brazos largos sin haber terminado el postre. Germán era el hombre que representaba todo lo que su padre hacía mucho tiempo desmontó.

Fueron semanas extrañas. Separarse de Dolores implicaba esquivarla de los lugares en que Germán aparecía, apartarse de ella era admitir cuánto la amaba, de modo que los fantasmas acerca de sus verdaderos sentimientos aparecieron como una apisonadora recluyéndola en su habitación.

Eleanor, siempre atenta, se sentaba largos ratos en la silla de su habitación con su taza de té y lecturas de Laurie Colwin.

—¿Nos damos un paseo hasta Canal Street?

Pechos

Fueron dos las veces que merodeé por la casa del Porvenir, tratando de hacerme el encontradizo con Martin. Calculé la hora de su salida matinal, en función de lo que recordaba acerca de sus hábitos, con la esperanza de dar con él e invitarle a un desayuno. En la segunda ocasión me contuve de llamar a la puerta. La novela estaba a punto de entrar en imprenta. Necesitaba hablar con Dan, saber de él.

Tenía el móvil de Martin, sabía dónde trabajaba, ¡era fácil contactar con él! Sin embargo, una suerte de parálisis me inhabilitaba para hacerlo. Quise pedir consejo a Charo, pero algo me decía que si llegaba a cruzarme con Dan todo se vendría al traste. Además, cualquier intermediación sería un filtro que transformaría el verdadero sentido de lo que yo quería contar.

Tomé el autobús y me planté en Felipe II por tercera vez, a media mañana, a una hora tonta que evitase el riesgo de encontrarme con Martin ni con Patricia. El hecho de haber estado ya allí antes me concedía cierto privilegio para llamar a la puerta y preguntar.

—¿Sí?

Una mujer de mediana edad, aspecto ruso, me abrió la puerta.

—¿Está Aurora?

—¿Quién es usted?

—Un amigo de la familia. —Ella no reaccionó—. Vengo de Nueva York, amigo de Martin.

—Un momento, señor.

Cerró la puerta y me maldije por no haber previsto esa posibilidad. Tardó una eternidad en abrir.

—Pase.

Me acercó al salón, donde Aurora me esperaba sentada, acicalada con ropa de domingo.

—No se quede ahí. Pase, pase. Los amigos de Martin son bien recibidos aquí. *Would you rather talk in English?*

—*No, thanks*. Soy español, pero estoy recién llegado de Nueva York. —Notaba que me temblaba la voz.

—Todo lo que viene de Nueva York me gusta. —¡Coqueteaba conmigo!—. Todo el mundo viaja a esa ciudad menos yo, pero aquí donde me ves conseguí enamorar a Martin. ¿De qué lo conoces? ¿Su padre y él son amigos?

—No, Aurora, él me dio clases intensivas a mí, aquí en Sevilla, antes de irme unos años a Nueva York. Me llamo Alejandro. —Temía que recordara mi nombre, pero daba muestras de haberme visto por vez primera.

—Encantada, Alejandro.

La rusa nos vigilaba a ratos, se asomaba con un paño en la mano con el que limpiaba objetos de metal. Los frotaba, me miraba y se iba pasillo arriba. La movilidad de Aurora era reducida, por los lentos movimientos que trataba de no hacer.

—Yo di muchos años clases intensivas a gente principiante. *I love teaching English. In fact, it's the only quality I have.*

—Martin me dice que es usted una gran lectora.

—Sí, cierto. Desde bien antes de tener a Patricia ya era una devoradora de libros.

—Se complicaría con el nacimiento de Dan…

—¿Con el nacimiento de quién?

—De su hijo Dan.

—Disculpe, no sé de qué me habla. Yo no he tenido a más hija que a Patricia.

Me quedé frío como el hielo. Dos segundos después escuché gritos en la parte alta de la casa. Gritos enfurecidos. A Aurora se le cambió la cara. Se movían muebles, se caían objetos. La rusa llegó corriendo.

—Señora Aurora, ¡señora Aurora!

—¿Qué ocurre? ¿Puedo ayudar?

—¡Usted se va lejos, señor! —Me gritó la empleada.

Dudé si subir a las habitaciones de arriba. Me contuve, a la espera de una reacción en Aurora.

—¿Quién eres tú, Alejandro?

—Un antiguo alumno de Martin.

—¿Quién eres tú, de verdad?

Ya no se escuchaban los gritos.

—Señora… —La rusa trataba de levantarla. Hice por ayudar y me rechazó—. Usted se va lejos.

—Alejandro, fui yo quien mató a Federico. —Aurora se apretaba sus grandes pechos con manos torpes—. Lo juro.

—¡Váyase!

MERCENARIO

NO ATINABA CON EL MÓVIL CUANDO BUSQUÉ EL TELÉFONO DE Patricia. Decidí esperar a calmarme antes de llamarla. Apostado en la acera de enfrente, traté de indagar entre persianas echadas por ver qué ocurría allí dentro. Incluso pensé en llamar a la policía alegando gritos de amenazas. Desconocía mi rol en esa historia, me martirizaba mi pusilanimidad. Anduve por el parque en círculo hasta que recuperé la calma. Marga me llamó para que me acercase a valorar las tres proposiciones para la cubierta del libro, lo que recibí como un alivio porque pensaba en el temido castigo de su entrada inmediata en imprenta. Pospuse para la tarde la cita, con la esperanza de dar con Patricia. Hacerme a la idea de que la historia debía leerse en clave de ficción no era fácil para quien crear ficción era una quimera, de ahí que mis principios, escondidos por algún lugar de la conciencia, me torpedearan con intranquilidades inmerecidas. Patricia me citó en el Tradevo para comer.

Para mi desgracia, llegó acompañada de Rufo.

—¡Qué alegría saber del escritor ermitaño! —Sus dos besos me supieron a gloria.

—Hola, Álex. —La mirada cerrada de Rufo me infundía todo lo contrario a confianza.

—Me apetecía hablar contigo, Patri.

—Pues este sitio es el perfecto. Llevo todo el día en la galería y aquí, con tanta luz, soy otra. ¿Cómo va esa publicación? —No tenía claro cuánto sabría del libro por Charo—. ¿Para cuándo tenemos presentación?

—Esta tarde estoy citado para elegir la mejor cubierta.

—Ten cuidado, ¡es fundamental! —Se mostró tan interesada que quizás pensó que era de ello de lo que quería hablarle. La noté dispersa—. Las estanterías de cualquier librería están llenas de títulos, debes conseguir que el tuyo destaque por el color y unas letras bien grandes que se lean a cinco metros. Yo le colocaría un naranja. ¿Tenemos título?

—También está por decidir —mentía.

—¿Entre qué opciones?

—*Mercenario*, *Te narré tu venganza* y *Te mintió con todo mi corazón*.

—El tercero, sin duda. —No hizo comentarios sobre la obviedad de los títulos.

—Es más impactante el primero —sentenció un Rufo, al que no pedí opinión.

—*Mercenario* es impactante, muy Katzenbach, pero tú buscas un público más sutil, ¿verdad?

—No sé lo que busco, Patri. Digamos que lo que busco es publicar, pero no a cualquier precio.

—¿A qué te refieres?

El camarero nos interrumpió con los fuera de carta y a mí me dieron ganas de escapar, de tanto esnobismo disfrazado de buen rollo, de la hipocresía de saberse retratada y no protestar. Eligió ella un canelón de aguacates con centollo y una gran sepia a la plancha.

—¿Algo más? —me preguntó.

—No, gracias. Una cerveza grande, tengo el estómago cerrado.

Aproveché que Rufo salía a fumar para narrarle mi episodio en la casa del Porvenir.

—No tienes derecho a entrar así en casa de mis padres —protestó, con escasa rabia.

—Soy bien recibido allí, Patri, y lo sabes. Me invitaron a desayunar el otro día.

—Te autoinvitaste.

—Habla con tu padre.

—Con mi padrastro.

—Llámalo como quieras.

—No tienes derecho a entrar así en casa de una persona con una enfermedad mental.

—Tu padre trabaja de tarde, lo buscaba a él.

—¿Lo llamaste?

—No. Quería darle una sorpresa.

—¿Te digo yo lo que querías? —Subía el tono de voz—. Lo que querías es encontrarte con Dan, ¡y no vamos a permitirlo!

—¿Por qué?

—Porque acaba de salir de un encierro de alta seguridad en un psiquiátrico, ¿te parece poco?

No supe responder.

—Tememos por su vida. Está día y noche vigilado en su habitación.

—Tu madre dice no tener más que una hija.

—¡Mi madre está demente!

Rufo entró. Yo me fui sin probar bocado, con un par de besos que Patricia no rechazó.

Central Park

Desconcentrado, tan solo tenía el argumento del naranja para defender la cubierta definitiva. Entregado al destino, desalentado por la situación de Dan, cabreado con mi ansiedad por no desaprovechar la oportunidad de publicar a cualquier precio. No me cuadraba nada.

—El único argumento es la brillantez, Alejandro —me decía Marga—. Y tú lo eres. No me hagas regalarte de nuevo los oídos.

No debía entrar en detalles con la editora que le hicieran dudar de la ética de la publicación. Debía disfrutar de mi momento.

—¿Te quedas con la cubierta de la foto? —me preguntó, tras descartar un diseño vanguardista y dudar respecto a uno en blanco y negro clásico.

—Sí. Es colorido. —Una pluma desenfocada sobre una libreta anaranjada en primer plano, con una pareja besándose al fondo—. Llama la atención de lejos. Me preocupa la letra.

—Vamos a estudiarlo. Quizás le cambiemos el tamaño. Tienes razón.

Quería salir de allí.

—¿Qué te pasa, Alejandro? —me interrogó.

—Nada. Esto que me queda grande. Estoy confuso.

—¿Hay algo que yo deba saber?

La miré durante un segundo, frágil en mis principios.

—No, Marga. Temas personales que no tienen nada que ver con todo esto.

Llamé esa noche a Germán. Daba igual el precio. Calculé cuándo saldría a comer ese mediodía.

—¿Germán?

Él respondió frío, no me reconoció.

—Alejandro, el gallego que estuvo en tu casa.

Poco hecho a llamadas inesperadas, reaccionó amable pero no entusiasta.

—¿Cómo estás?

Me dijo estar bien antes de preguntar el motivo de la llamada. «Me asustan las llamadas transcontinentales».

—Nada, Germán. Nada grave. La impresión del libro sigue su curso —se alegró con un «fantástico»—, pero tengo algunas preguntas en mente que me martirizan.

Me aclaró que iba camino de casa cruzando Central Park. «Tengo tiempo para hablar».

—Esta mañana estuve en casa de los padres de Patricia. Había estado unos días antes, desayunando. —Él me seguía con monosílabos—. Tengo necesidad de hablar con Dan, el hermanastro de Patricia. —Hice un silencio para escuchar su reacción, al otro lado del Atlántico. Tras unas décimas de segundo interminables, dijo «bien»—. Aurora dice que no tiene otra hija que Patricia.

Germán resopló. Sin contestar.

—¿Qué piensas?

—Ella está mal de la cabeza, ¿no?

—¿Tú conociste físicamente a ese hombre, Germán?

—Claro —respondió raudo.

—Háblame de él.

Testamento

Sevilla, 1991

CALCULÓ EN DOS CHUPITOS DE TEQUILA LA CANTIDAD JUSTA PARA subir al estudio donde Quini se había refugiado con las cuatro perras que ganaba de portero de discoteca. Quini le abrió apesadumbrado, hosco, con la cabeza gacha y en calzoncillos.

—Anda, Quini, ponte unos vaqueros aunque sea.

Los dos eran cómplices de la fatalidad. Habían jugado a ser amados sin contrapartidas y la naturaleza, insensible, fue colocando a cada uno en su lugar.

—Mi hermana no quiere volver a saber de ti.

Quini, con cara de asco, tiró de una botella de Fanta de la nevera y bebió con los ojos cerrados hasta casi atragantarse. El líquido dulzón caía por su pecho y a Dan le jodió que no fuera whisky de lo que se atiborrara. Hubiera venido mejor. Quiso zamarrearlo al pensar en cuántas veces lo había protegido Patricia de su desprecio, pero los tequilas cumplieron su misión de refreno.

—Toma un papel y un boli, macho.

—¡Vete a chuparla, Dan!

Enfurecido por dentro, Dan lo tomó con calma por el codo y lo acercó al sofá. Le hizo tomar un par de papeles emborronados de encima de su mesa desordenada y le ordenó, literalmente, escribir una disculpa a Patricia.

—Que sea creíble, Quini, o voy directamente a comisaría.

Quini era consciente de que podía perder a su único aliado, pese a que ya no confiaba en recuperar a Patricia nunca más. Decidió, a la vista del escaso horizonte de su vergüenza, tomar el boli y escribir:

«Soy un maltratador como tu padre, amor mío. Sé que no merezco tu perdón».

A Dan, observador atento de cada letra, le batía el corazón a mil, tanto que suplicaba por que rompiese el papel de tan redondas que habían quedado las frases.

—Fírmalo.

—Ella conoce mi letra, capullo.

—¡Fírmalo!

Cuando estampó su firma lo creyó ver llorar. No sintió ni siquiera desprecio por él. Solo quería que se levantara para pedirle un chupito, el tercero de la tarde, con el que celebrar la victoria, aun consciente de que no lo podría tocar.

—Ponme un chupito, anda.

—Sabes dónde están.

—Venga, joder. —Se sentó en el borde del sofá y agachó la cabeza. Vio los pies descalzos de Quini moviéndose. Calculó con exactitud los pasos mientras explotaba por dentro. Cuando lo adivinó justo al borde del ventanal del salón, aplanado y hundido, se le abalanzó como una fiera hasta arrojarlo al vacío. Matar resultó mucho más sencillo de lo previsto.

Corrió escaleras abajo y desapareció entre los gritos de los vecinos. Afortunadamente, la ventana daba a la trasera del bloque y cuando salió por el portal a la avenida de Miraflores la onda expansiva de alaridos no había llegado aún a esa zona y pudo caminar sin cohibirse, seguro de no haberse cruzado con nadie que pudiese sospechar de él ni retener su imagen.

A pesar del desconsuelo que le fue inundando de forma exponencial durante la tarde, obvió cualquier grito de socorro, por mucha certeza que tuviese de que en cuanto la noticia saltara a la portada del Correo de Andalucía, Patricia lo leería con el corazón encogido de saber que había sido él.

Durmió mal, pero cuando el tequila terminó de tumbarle ya tenía las persianas echadas y los filos de futura luz tapados con toallas para no diferenciar el día de la noche. Que fuese sábado ayudaba a no tener que fingir ni relajar rutinas que hicieran mostrar en él actitudes extrañas. A la cabeza le venía, constantemente y en sueños cortocircuitados, la figura de su padre. Siempre hablándole en inglés y pidiendo explicaciones, acongojado por no haber sabido controlar en él los genes de Aurora ni el historial negro que él abrazaba desolado en sus peores momentos de soledad, cuando se preguntaba qué hacía él aún en esa tierra extraña y no caminando cada mañana el trayecto a Bleecker Street hacia el instituto en el que había previsto impartir clases el resto de sus días. Su padre era su salvación, un ángel yanqui caído del cielo para la familia a la que, muy a su pesar, no había conseguido descontaminar del todo. Él, seguro, acabaría sabiendo de este ataque brutal y lucharía por encontrar coartadas para protegerle de su propia estupidez.

Los golpeteos en la puerta lo medio sacaron de sus pesadillas, tenía la lengua pastosa y un círculo de baba mojando la almohada. Se tocó el cuerpo para confirmar que estaba en calzoncillos. Sintió frío y rebuscó con las piernas la sábana para poder taparse. Sus padres estaban en Marchena, por lo que no podía ser otra que su hermana. Escuchó el pomo de la puerta abrirse. Patricia entró como una gata, se ayudó de la luz del móvil para no tropezar y buscó el lado de la cama más vacío para sentarse junto a Dan. La piel de su brazo estaba fría, pero le sirvió de guía para subir hasta el hombro de su hermano, acariciándolo todo, recorrer su clavícula, sentir el subir y bajar de su garganta, rozarle los labios con los dedos, sentir la respiración de su nariz, secarle una incipiente lágrima y menearle con dulzura el pelo.

—Eres mi héroe.

Las ventanas estaban bien cerradas, el aire suficientemente compactado. Podía olerse el tequila transpirar los poros de la piel helada. Todo estaba en orden. Dan lloraba desconsoladamente y ella sabía que tenía que ser así, en esa oscuridad total refugio de malnacidos.

Poco más de un par de horas después, cuando los ronquidos suaves de Dan no daban lugar a dudas, tomó sus zapatos del suelo para salir de allí. Tenía que limpiar la casa, abrir ventanas y preparar una comida de sábado con la naturalidad de otro fin de semana cualquiera. Cuestión de salud mental.

El supuesto suicidio no dio demasiado juego en la prensa los días siguientes. Había que rebuscarlo para encontrar información, aunque ella fuese consciente de que la llamada de la policía vendría. Sin embargo, fue la familia de Quini quien hizo la primera aparición en escena. Desagradable, como no podía ser de otro modo.

Intentaron dar con Dan, pero se había escapado para apechugar con el abatimiento que le supuso perder a Quini, lo que les facilitó presentarse, sin los escrúpulos propios de tener que meter al amigo de su hijo muerto de por medio, en la boutique donde trabajaba Patricia por las mañanas. Desgraciadamente para ella, no había nadie a esas horas. Cuando vio entrar a su tía ya intuyó que no venía sola.

—Estarás contenta. —Soltó el bolso en mitad de la mesa alta de cobro.

—Hola, Marisa.

—Me has quitado la vida, hija de la gran puta.

Patricia tomó el teléfono sin saber muy bien a quién llamar y la tía de Quini se lo quitó de las manos.

—¡Te estoy hablando!

Ella no forzó, permitió que la mujer colgara de nuevo el teléfono y empujó hacia atrás de su taburete. La miró fijamente a los ojos.

—Solo puedo decir que lo siento.

—¿Qué es lo que sientes? ¿Que un chaval con toda la vida por delante se haya tenido que tirar por la ventana?

—Yo simplemente corté una relación insana.

—¿Insana? Que bien habla la pija. ¿Insana? ¿Te digo yo quién es insana en toda esta historia? ¡¡¡Te lo digo yo!!!

Marisa tomó el pisapapeles que había sobre la mesa de Patricia y lo tiró contra la pantalla trasera, rasgándola de lado a lado.

Cuando Patricia gritó socorro, entraron los primos de Quini y algún que otro amigo enfurecidos. No tuvo tiempo de tomar el teléfo-

no para llamar a la policía. La empujaron contra el fondo de la sala, la golpearon, escupieron y patearon hasta sentir perder el conocimiento. Pensó en Quini, en su cara de loco, en su enganche sexual, en la risa contagiosa de sus dientes rotos y los llantos, cada vez más abundantes, de arrepentimiento.

Se dejó ir hasta que todo fue silencio.

Una señora mayor, francesa, la sacó de su infierno gritándole palabras que no entendía.

Los días en el hospital fueron largos; el miedo recorría todo su interior como una cucaracha esquiva. No valían las caricias de su madre ni las promesas de venganza de su hermano. Sentía que era carne de combate para tirar a los perros, que no merecía vivir. Martin no decía nada. Desde su silla a los pies de la cama observaba con ojos ausentes y no decía nada. Al tercer día, conociendo los horarios de clase de Martin, pidió a su madre que le bajara a por algo de comer con idea de preparar el terreno a un encuentro a solas con su padrastro. Le urgía decirle que le quería.

—Eres mi verdadero padre, Martin, no sabría qué hacer sin ti.

Él le apretó la mano, con su español volando perdido por otras salas del hospital, muerto de incertidumbres.

—¿Por qué no me dijiste que Quini era un maltratador, Patricia?

—Porque no quería que volvieses a pasar por esa pesadilla, papá.

Sabía que ese era el mejor regalo que podía hacerle. Llamarlo papá.

Martin la observaba llorar en silencio incluso dormida. Su llanto le recordaba al de Aurora muchos años atrás, cuando lo llamó para decirle que su marido había muerto. ¿Cómo podía ocurrir que Patricia se enamorase de un tipo como Quini después de lo vivido durante su infancia? ¿Cómo una mujer hecha y derecha podía atravesar los mismos senderos prohibidos por donde su madre se dejó los huesos? De un hombre recto como Martin no cabía esperar reflexiones autocomplacientes, de ahí que se plantease, frente a esa cama de hospital, por qué no había propiciado un careo con Quini para advertirle de que Patricia no merecía un solo grito. Imponer su autoridad, arrojarlo de allí como apestado para evitar la catástrofe en la que ahora se veían envueltos todos, especialmente Dan, un chaval todo corazón que había suplido con violencia su propia falta de valentía como padre.

La violencia lo ensuciaba todo.

Lo que querían evitar tuvo que llegar por no levantar sospechas y la policía acudió a tomar declaración a Patricia tras la denuncia en comisaría de su padre. De no haberlo hecho, la investigación hubiera seguido su curso de oficio, y entonces se habrían cruzado con Quini por el camino inverso y las preguntas atacarían la propia credibilidad de Patricia como víctima.

—La familia le acusa a usted del suicidio de Joaquín Negrete —afirmaron.

—Ese hombre era una persona violenta, y lo sabían —respondió Patricia, con Aurora y Martin presentes y Dan convenientemente oculto fuera de casa.

—No consta ninguna denuncia que lo demuestre.

Patricia, aleccionada por Martin, no mostró ninguna inseguridad. Los dos sabían de la nota escrita por Quini, de modo que esa presión de más provocada por el sargento investigador no iba a tener mucho recorrido.

—Yo quise hacer las cosas bien —alegaba con sinceridad Patricia—. Tenía claro desde hace tiempo que nuestra historia había terminado e hice lo posible por no destrozarle el futuro.

—Sabemos que acudió a urgencias un día antes del suicidio del señor Negrete.

Patricia, con las lágrimas saltadas por la coherencia de un relato demoledor, asintió. Esa misma tarde le habían quitado el vendaje de la cabeza, se le veía el labio roto y los dientes por reparar, una brecha junto a su oreja derecha y el pelo medio afeitado para las curas.

—¿Por qué no lo denunció entonces?

—Porque lo quería, sargento. Porque lo conocía desde que mi hermano se hizo su amigo en el colegio y no podía ver en él otra cosa que un chaval perdido que me tenía en un pedestal…

—Tenía antecedentes por hurtos menores y tráfico de estupefacientes.

—Lo sé…

Aurora tomó la mano de su hija y suplicó al policía para que terminara con el interrogatorio.

Los días de septiembre que siguieron al hospital se hicieron hermosos para Patricia. El dolor, inmenso, saltó de bruces hasta convertirse en liberación. Una transformación irreflexiva dada por la libertad con que, de golpe, se vio por primera vez en su vida. Podía organizar desde cero un proyecto individual en que cabía todo.

La espuma, sin embargo, bajó. No tanto por remordimiento ni dolor por la pérdida de una pareja que ya no lo era como por la reacción de un hermano que se hundía poco a poco en su burbuja de incomunicación.

Volvían entonces los pájaros de las consultas médicas de la infancia de Dan, los diagnósticos contradictorios y el miedo al sufrimiento de un joven que no terminaba de marcar un futuro claro ni a hacerse con un grupo de amigos, encerrado en el búnker de su habitación. Había tirado por la terraza al novio maltratador de su hermana y al único cómplice de sus andanzas callejeras; solo Quini lo entendía, tal vez porque creó en él la figura de un tipo interesante, sin serlo, y ligaba con otras chicas usando los ojos azules de Dan, siempre generoso en sus sonrisas sin alma.

Temía Patricia el descontrol emocional que supondría sacar viejos fantasmas de caricias mal enfocadas y sudaba en noches negras las imágenes, deformadas por el intento de olvidarlas, de los toqueteos a los que se prestó cuando el bigote de Dan comenzó a poblarse de vello. Esas noches en que lo sentía entrar en su cama y se dejaba jugar por sus dedos entre las tirillas de sus bragas, abrazado a sus pechos, empalmado tras ella.

No podía adivinar cuánto de esas calenturas salió de la boca de su hermano para envenenar de deseo a Quini, su amigo imprescindible, de modo que cuando se quiso dar cuenta ya las manos que cogían sus pechos eran las de este y Dan dejaba de aparecer como un zombi las noches más inesperadas.

Huevón

Colgué a Germán, miré la hora y calculé que aún estaba a tiempo de llegar en horario de apertura a las oficinas de Dan. Tomé un taxi como si me fuera la vida en ello. Caía la noche. Llamé repetidamente al timbre, al parecer llegué demasiado tarde. Bajé a la portería del edificio para preguntar por los horarios. No había nadie. Una mujer de la limpieza me indicó que la portería era compartida por varias de las torres.

—Dando una vuelta por todas, acabará encontrando a Roberto.

Di con Roberto en la número 6. Bien vestido, no daba la impresión de ser un vigilante de ramillete de llaves en la cintura.

—Perdone, quería preguntarle por la empresa de catering de la décima planta de la torre número 4.

—La décima planta de esa torre hace un mes que está libre.

—¿Le han dejado la nueva dirección? Verá, tengo contratada mi boda con ellos y me he llevado la sorpresa.

—No sé decirle, ahí no ha terminado de funcionar nunca nada, la verdad. Vinieron unos cuantos días, montaron unos muebles, pero no sé ni a qué se dedicaban ni tenían horarios fijos.

—¿No le dejaron un número?

—Imagino que, al propietario, sí.

—¿Quién es?

—Acompáñeme, tengo los teléfonos en mi agenda.

Aún en estado de shock, recibí una llamada de Silvia. Salía de una guardia y quería saber de mí. Le comenté, excitado, mis dudas acerca de la verdadera historia de Dan. «No puedo cerrar una historia así, Silvia». Ella escuchó mis reflexiones éticas acerca de un relato que no debía ser sino de ficción. «Habla con tu editora, Álex, explícaselo como has hecho conmigo. Tienes que defender tu novela. Pídele el tiempo necesario para dar con Dan». Telefoneé a Marga para que detuvieran la impresión. Horrorizada, me preguntó por qué.

—Mañana desayunamos y te explico.

Insistió en que teníamos un contrato firmado. Yo insistí en el desayuno. Al llegar a casa tenía dos llamadas perdidas de Charo. La telefoneé con idea de no moverme de la bañera, pero terminó por convencerme para darnos uno de nuestros paseos junto al río.

—Olvida las conexiones de Dan con la novela —me decía con calma, las manos en los bolsillos de su chaquetón—. Ya no tiene razón de ser.

—Para mí, sí, Charo.

—Verás —se detuvo—, a mí me ofrecieron hace mil años coordinar todo el traslado del viejo museo de Arte Contemporáneo al Monasterio de la Cartuja. ¿Tú has ido a ver el CAAC? ¿Tú puedes imaginarte cuántas veces he deseado dar marcha atrás al reloj para poder decir que sí?

—La vida te ha tratado bien, Charo. —Y ella sabía que era así.

—Sí, me quitó un marido en un accidente tonto de tráfico y me tiene de secretaria de una galerista sevillana. Sí, podría haberme ido peor.

—Quiero ser coherente.

—Alejandro. —Me cogió por los codos—. Marga está loca contigo, con tu novela, con la idea de promocionar a un chaval con tus ojos, con tus orígenes humildes, con una trabajada historia de autoficción en la más pura línea de Dicker. Luego será o seró, Alejandro, ¡será o seró! Pero días así como los que estás viviendo, estos días no volverán.

Me dio un abrazo que recibí como un bálsamo protector.

Di mil vueltas en la cama, mi corazón se debatía con mi mente a puño cerrado, las pesadillas acaparaban mi duermevela, me retorcía en un purgatorio sin suelo ni techo, donde todo camino era erróneo. Añoré los brazos perversos de Dolores cuando era Lola, su sexo sin vergüenzas cuando me usaba a su antojo, sentirme de nuevo un muñeco sin derecho a la protesta, entregado al disfrute de sus manos expertas.

La llamé a las 3 h de la mañana, loco de ansiedad.

«El número al que usted llama no corresponde a ningún abonado».

Un vacío enorme, de varios segundos, se abrió bajo mi cama. El tiempo necesario para comprobar que sí tenía forma de llegar a ella. A esa hora Germán debía estar cenando en Nueva York, tal vez en el Balthazar. Marqué su número.

«Estoy cenando con compañeros de la sociedad, huevón». Le dije que simplemente necesitaba el número de su hija, había perdido el móvil. «No me puedo permitir pasar ese tipo de información, querido Alejandro. La llamaré para decirle que te localice». Me colgó con un saludo incómodo y supe que allí se había acabado mi relación con la familia Moldova.

Empanado

Entre muchas ocurrencias, dos se me vinieron a la cabeza al amanecer, rendido. Tomar el AVE para recorrer los garitos frecuentados por Lola era la más tentadora, la menos juiciosa era llegar a ella a través del que yo sabía que era su cómplice: el Rufo de los nudillos tatuados. Los dos nos sabíamos intrusos a sueldo en esa familia de locos.

Tenía, antes que nada, el compromiso de pasar por la editorial. Me hicieron esperar en el recibidor hasta que envié un mensaje a Marga por teléfono.

«Me largo».

Apareció como una exhalación.

—No me habían dicho que eras tú.

—Te prometí un desayuno, y pese a lo que puedas pensar, soy un tío cumplidor.

—No lo dudo.

No era difícil captar el ímprobo esfuerzo de Marga por retomar la ilusión del primer día en mí. Se interesó, con la sinceridad de quien tiene un proyecto decidido entre manos, por mi relación con Sevilla, desparramado de citas de la novela colocadas con sutileza en la conversación, entre tostada y café, para demostrar que no era un artificio su interés por ella, en un despliegue de profesionalidad que me hizo dudar acerca de mi firme posición de retrasar la entrada en imprenta de la historia.

—Solo necesito un mes, Marga. Te encontrarás un libro mucho más maduro. Ganamos todos.

—Con una condición, Álex.

—La acepto.

—Tendremos que desayunar una vez a la semana con un borrador de tus modificaciones por delante. Cuatro desayunos de trabajo.

Asentí con media sonrisa. Me miró con los ojos entornados.

—Ya te dije que lo acepto.

Los calcetines se los tragaban mis zapatos nuevos en mi caminata improvisada en dirección a la galería. Tenía que seguir a Patricia hasta que Rufo apareciese. Ya llegué a la Alameda con ganas de cerveza, así que busqué un bar desde el que divisar el negocio de Patricia sin ser visto. Ella, personaje inquieto, no tardaría en entrar o salir.

Fueron dos y tres cervezas, que aceleraban mis cambios de posición respecto a la estrategia inmediata. Bombardeaban contra mi cabeza las palabras de Marga; temía aparecer en cada uno de los cuatro desayunos sin nada nuevo que ofrecer, con cara de pánfilo. «Me la tiraría entonces», pensé, en la creencia experimental de mi capacidad para volver locas sexualmente a mujeres veinte años mayores que yo.

Patricia no apareció en toda la mañana por el local. Verla, sin embargo, se había convertido en irrenunciable. Debía ser cuanto antes, así que entré en la galería para preguntar por ella. Había un chico esmirriado con piercing en la nariz, desnortado, practicando algún tipo de meditación en el momento en que me vio aparecer a su espalda.

—¡Ah!

—Perdón.

—Me asustó.

—Disculpa, soy un amigo de Patricia. Había quedado con ella aquí.

—¿Patricia? Verá, yo a quien conozco es a Charo.

—¿Cuánto tiempo llevas aquí?

—Trabajo dos mañanas a la semana. Este es mi tercer día.

—¿Y no conoces a Patricia?

Se quedó bloqueado, tanto que pensé en menearlo por los hombros.

—No. Patricia... Patricia, no.

Llamé a Charo insistentemente, hasta que a la tercera me respondió.

—Sí, Nacho. Ese niño está empanado. Pero necesitábamos a alguien para cubrir los turnos.

—Me dijo que no conocía a ninguna Patricia.

—Lo contraté yo, Álex. Últimamente ella pasa poco por la galería. Está preparando una exposición en Madrid.

Dije no creerla. Se molestó. Me pidió vernos un rato. Le dije que preferiría en otro momento. Me preguntó por la impresión del libro. Le pedí hablar en otro momento. Insistió en verme. Le reiteré, con todo el cariño del que fui capaz de abanderarme, que no.

Llamé a Patricia. Le comenté mi experiencia con Nacho el del piercing, no se preocupó en darme explicaciones.

—Ven a casa a comer.

La vida es así de jodida

Aunque quise ir andando, para bajar la cerveza, tomé un taxi en Trajano.

—A la Buhaira, por favor.

Me recibió en un piso soleado, despejado de cualquier barroquismo. Todo muy claro salvo toques naranjas, que me recordaron a la cubierta de la novela retenida. No estaba vestida de andar por casa.

—Espero a Rufo.

Me invitó a una cerveza en la cocina, abierta al salón.

—Ya llevo tres encima, a ver si voy a hablar más de la cuenta.

Se frenó frente a la nevera.

—Yo ya tengo un gin-tonic en el cuerpo, me gusta tomarlo para preparar la comida… —Yo no veía comida por ningún lado—. ¿Qué podrías decir que me asustara?

—Tal vez podría preguntarte cosas que no debiera.

—¿Como qué?

—Como que de dónde has sacado al Rufo ese de los cojones.

—De un bar de Madrid.

—Me cae mal.

—Lo sé. Tiene dinero, folla muy bien y mantiene conversaciones entretenidas. ¿Qué más piensas que puedo querer en un hombre?

—Un proyecto de vida, quererlo, no sé...

—Yo ya he querido de más. Hay lugares a donde una ya no quiere volver con determinada edad... Ya sabrás qué es eso del amor total. —Forzó un brindis.

Me reafirmaba en su capacidad para hacer de mí un pelele de haber querido.

—Yo sí sé lo que es el amor total, Patri. —Me gustaba llamarla así.

—No tienes distancia suficiente para poder calibrarlo.

Me apetecía despreciar su frase. Me contuve. Ella lo adivinó.

—Perdona, Álex. Me he colado...

—Gracias.

—¿Era una mujer bastante mayor que tú?

—Sí.

—Lógico. Ya algo me contaste.

Me mosqueó la soberbia de su respuesta.

—Ningún chico de tu edad me mira como tú lo haces. —Tragué saliva—. Tú y yo lo sabemos.

Temía la aparición de Rufo. Temía hablar de Estíbaliz.

—¿Tu hermano conoce a tu novio? —Quise, sin querer, romper la tensión.

—No es mi novio —protestó.

—Ni Dan tu hermano —provoqué.

—Lo es. Su padre es mi padrastro, pero Dan es mi hermano.

Silencié, esperando su reacción.

—Qué te gusta provocarme...

—Son las cervezas, Patri.

—No, Dan no conoce a Rufo. No está Dan para conocer a nadie...

—Te dije que podía irme de la lengua... —Ella bebió el botellín hasta el final—. Dan me habló de ese tipo.

—No te entiendo. —Pareció, por primera vez, fuera de juego.

—No tengo dudas. Los tatuajes en los nudillos...

—¿De qué te habló Dan?

—No soy el único al que han pagado por meterme en vuestras vidas —me la jugué.

—¿De qué hablas?

—Me largo, Patri. No me apetece cruzarme con él.

—¿No te quedas a comer?

—Me siento mal ahora.

—Haces sentir mal a todo el mundo, Álex. ¡No es justo! Explícame lo de Dan, ¿dónde lo vio?

—Pregúntale a Rufo.

Hizo el papel de indignada, no la creí.

—¿Qué significa la palabra que lleva tatuada?

—Es latín. Poco perspicaz el periodista. —Se rio, con otra cerveza en la mano—. *Irrumatio*.

—-¿Me ahorras buscar en Google?

—Polla en la boca. Eso significa «*Irrumatio*».

Puse cara de asco.

—Investiga un poco, y no te asustes con lo que veas. El mundo es así de jodido.

Irrumatio

Tomé un taxi minutos antes de que Rufo llegara. Lo vi pasar por la esquina de Eduardo Dato, a un ritmo lento, con las manos en los bolsillos. Tenía buen porte.

—Déjeme en el paseo Colón, por favor.

Había desconexiones en sus respuestas no justificables en el gin-tonic previo. Me resultaba extraño que una mujer como Patricia, que había reaccionado de forma tan rotunda a temas menores, no entrara en cólera exigiéndome aclaraciones sobre mis insinuaciones acerca de Rufo. Salvo que fuera cómplice de él, o que menospreciara a Lola por sus intentos de meterse en su vida tan a las bravas.

Volver a la colombiana me hacía mover las manos en un cierto espasmo de impotencia. No tenía la seguridad de poder reencontrarla en Madrid. Temía que su piso estuviera alquilado a otro, que las comidas en La Chulapa las evitase, que ya no tomara copas en la calle Reinas. ¡Madrid era tan grande!

Crucé a Triana para tomar una jarra de cerveza en la Boca del León. Añoraba las que me tomaba con Dan en el Tremendo meses atrás, su mirada inocente fija en la mía para poner a prueba mi lealtad, la del apuesto gallego periodista freelance que estrelló su coche contra la farola para comprar su amistad.

Recordé el tatuaje de los nudillos. *Irrumatio*. Tomé el móvil para anotarlo antes de olvidar. «Investiga», me dijo. Pedí a Nani una nueva jarra:

—Me acerco con ella a la calle Betis.

—Tranquilo, cielo.

Tecleé «*irrumatio*» en Google. Salían imágenes de felaciones, efectivamente, muchas de ellas japonesas. No sabía por qué. Coloqué «*irrumatio* Rufo Madrid tatuaje» y apareció una web porno. Cliqué, pero no me dejaban entrar. «Exclusivo para socios». Cliqué para asociarme. Prohibitivo para el cliente medio. 500 euros. ¿Qué podían ofrecer allí? Me confundía el que las cuatro palabras clave me llevasen a ella de forma rotunda. Apenas salían otras dos páginas, las dos de tatuajes. Navegué por ellas y no vi rastro de Rufo por ninguna de las dos. Saqué mi tarjeta y pagué, tras rellenar un formulario con datos personales, mi registro como socio en www.irrumatio.es.

Dejé la jarra en el bar y tiré para casa.

Dormí la cerveza, sin comer, durante tres horas. Me levanté ansioso por conectarme al intrigante mundo de mi nueva sociedad. Tras desconectar el móvil, prepararme el café y apagar luces, introduje las claves que llegaron a mi email, atravesando pantallas de altísima calidad llenas de una sensualidad no alejada del buen gusto, a las que iba llegando tras responder respuestas íntimas acerca de mis fantasías más inconfesables, en un supuesto acercamiento estadístico a mis fascinaciones. Habitación tras habitación, se iban abriendo puertas en que aparecían mujeres que me sonreían sin sofisticación. La música, jazz, clásica o bandas sonoras, cambiaba en cada sala. Probaba a parar, entonces ellas se acercaban a mí; intentaba buscar botones donde investigar por dónde andaba Rufo, mientras ellas miraban hacia mí como si me viesen. Aturdido por el descaro, dudé hasta qué punto mi portátil estaba grabando mi imagen. La única luz era la que salía de la pantalla, suficiente para mostrarme en camiseta interior con el café por delante. Bajé el brillo de la imagen. Al minuto de asentarme en una habitación la mujer me hablaba por mi nombre, Alejandro, así, tal como había consignado en mi registro.

«Me llamo Gloria, Alejandro, ¿cómo estás?» Yo callaba, la miraba fijamente. «Nací en Barcelona, ¿sabes?». Trataban de hacerme entrar en el juego, pero yo llamaba a la habitación siguiente. Esta vez de luces azules, mujer madura de vestido blanco de charol, piernas bien prietas, como las de Estíbaliz. «Soy Inma, Alejandro, me han soplado que es tu primer día aquí. ¿Te quedas un rato conmigo?».

—Hola, Inma.

«¿Qué tal estás?». El vértigo me impulsaba a pasar a otra sala. Esta vez de tonos oscuros, una rubia ancha de pelos bien tirantes. «¿Qué tal tu primera visita, Alejandro?»

—Bien.

«¿Cómo se están comportando contigo?»

—¿De dónde eres?

«Soy eslovena. Perdona mi torpe español». La miraba y ella miraba la sombra que de mí proyectaba la pantalla. «¿Quieres que me prepare algo para estar contigo?». Entonces dejaba a la eslovena sin tener opción de volver atrás. Todo iba en un sentido. Aprendía las reglas del juego. Una sola oportunidad. Ahora se abría un gran ventanal, una mujer con pareo me mostraba el gran salón. Desprendía clase. «Hola, Alejandro, soy Elena, ¿qué te trae por aquí?»

—Busco a Rufo.

«¿A quién me dices, amor?»

—A Rufo, un hombre con las manos tatuadas, rapado, muy alto.

«No te sé decir, Alejandro».

—¿Quién te contrató?

Elena se acercaba a un monitor, me enviaba un beso y desconectaba la conexión.

Game over.

LÁGRIMAS

HABÍA SUDADO DE EXCITACIÓN AL ATRAVESAR ESE UNIVERSO femenino consciente de su atracción, que me seducía hablándome de tú. Debía salir a la calle. Ducharme, salir sin móvil, correr, tal vez beber. Sonó el timbre mientras me duchaba, no tuve duda de que era Charo.

—¿Preparándote para salir?

—Sí, Charo.

—¿Sigues sin querer verme?

No supe inventarme un plan que no existía. Le pedí que pasara el tiempo necesario para vestirme.

—Necesito una cena rica.

Como dos guiris, hicimos cola a las 8:15 h de la tarde para coger sitio en La Azotea.

—Aquí —señalé a Charo—, en esta acera es donde apareció sentado Dan viendo cómo cenaba con Lola.

—La escena está perfectamente descrita en la novela, Alejandro. Es la traición en mayúsculas para el personaje débil.

—¿Qué han hecho con él? Tienes línea directa con Patricia, Charo. A ese hombre lo tienen encerrado en la planta alta de la casa del Porvenir. No sé si con camisa de fuerza, si hasta los ojos de pastillas… Pero nadie me cuenta la verdad.

—Ha pasado más veces por esto. Es duro, muy duro, pero es así. Los que ya le han vivido crisis como esta tienen el corazón más protegido.

Conseguimos la mesa de entonces, me coloqué en la misma esquina que con Lola. Miré a la acera queriendo ver a Dan. Lo echaba en falta. La culpabilidad era una piedra demasiado difícil de soportar. Cumplí mi objetivo.

—¿Por qué tus prisas por que me publiquen?

—Me he involucrado a nivel personal. No soy de pedir favores. —Hice por protestar, me calló con un gesto seco—. Tu novela es muy buena, ¡no te me pongas flamenco! Pero he invertido mucha energía en venderte. Han sido receptivos, están encantados, ¡te lo ha dicho la propia Marga! —Buscó una confirmación en mí, que no venía—. Hay decenas de miles de escritores en este país, Alejandro, que creen tener la novela del siglo sobre su mesa. En algún caso, incluso, será verdad.

—Estoy hecho un lío, Charo.

—Vamos a por un Carmelo Rodero y unas navajas para tratar de desenredarlo.

El alcohol facilitó una cena en la que Charo consiguió sacarme del punto muerto en que me encontraba para bucear en lo que era yo al margen de mi novela. Quería saber cuánto de mí se había quedado en Madrid, en esa Estíbaliz que aparecía como una sombra zigzagueante por todo el relato.

—Te hablé de Eugenio en nuestro primer paseo, ¿te acuerdas? —No podía dejar de recordar esa vida de galeristas deambulantes—. De cómo un coche se lo llevó por delante. De cómo he construido mi vida desde entonces…

—Es demasiado doloroso hablar de Estíbaliz para mí, Charo.

—Tal vez sea liberador hacerlo.

—La escena de Dan ahí. —Señalé la acera al otro lado del cristal—, esa escena es nada al lado de lo que yo hice con ella.

—¿La traicionaste?

Afirmé con la cabeza. Determinadas frases no puedo pronunciarlas sin sacar la lágrima.

—¿Con otra mujer?

Negué.

—Me dijiste que ella era mayor que tú, ¿es cierto? —Me tomó la mano derecha con su izquierda. El camarero nos retiró el plato de navajas con las habitas sin estrenar.

—Sí.

—¿Veinte, treinta años?

—Treinta y cuatro —susurré.

—¿Por qué la dejaste, Alejandro?

Me tapé la cara en un llanto incontrolado que debía llegar. Escuché el movimiento de copas, el vino al servirlo Charo, pero sobre todo oí su llanto. Aparté mis manos, conmocionado, para ver su hermoso llanto de empatía. Acaricié entonces su muñeca. Sabía que, en ese recinto minúsculo del buen comer, la gente nos miraba. Daba igual. Había demasiada belleza encerrada en ese frasco. Las lágrimas de Charo calmaron las mías.

—La dejé porque me horrorizaba la idea de verla sufrir, Charo. —Apenas me salían las palabras—. Ella podía tener el mundo a sus pies, debe tener una de las diez fortunas más grandes de España, ¿sabes?

Charo se limpiaba las lágrimas con una servilleta. Le temblaba la mano al tomar la copa de vino. Noté que no bebió por no mantener el pulso.

—Yo he conocido el paraíso a su lado. —Me volvían las lágrimas—. La hubiera metido en una urna para cuidar de ella, detener el tiempo para que ella perdiera el vértigo a envejecer, convencerla de que yo le hubiera regalado mi juventud sin pensarlo. Comprarle sus años. Igualarlos a los míos. Estíbaliz se fue hundiendo en sus propias arenas movedizas, Charo.

—Pobre…

—Yo debía liberarla de esa condena. —Volví a perder el pie, me atoraba.

—Ahí no hay traición, querido Alejandro, hay mucho amor…

—Vivir conmigo para ella era estar condenada a verse vieja en el espejo. A ella, la mujer más hermosa con la que yo nunca haya estado.

Charo seguía secando sus lágrimas, incontrolables.

—Pensarás en complejos de Edipo, en mi madre impresentable, en patologías enfermizas... Me han dicho de todo por querer a una mujer treinta años mayor. Me la trae al fresco.

—La gente es imbécil.

—Yo no pude decirle por qué me iba, Charo. —Cerré los ojos—. No pude decirle que me iba para liberarla, la hubiera jodido ya del todo.

—¿Qué le dijiste?

—Que necesitaba volar, que cualquier buen escritor necesitaba una vida propia para poder contarla, ¡que necesitaba libertad! A ella, que me...

Definitivamente me derrumbé. Pedí a Charo que no me siguiera. Quería dormir mi pena a solas una vez más.

TANZA

PASARON LOS DÍAS GRISES QUE SOLÍAN LLEGAR CUANDO ESTÍBAliz aparecía. Queriendo olvidarla, utilizaba su recuerdo como energía para volver a la novela, al hecho en sí de publicarla. Se acercaba la primera de las cuatro citas con la editora sin haber movido una coma del relato. Tenía claro que debía defender mi libro, me fustigaba diciéndome que yo era el centro de mi vida, nadie más; encontraba argumentos en el anonimato de los personajes, nadie era quien era, todo estaba deformado salvo la venganza, el amor al viejo rico, la homosexualidad culposa, la demencia irreparable, la vulnerabilidad de la mujer. No. Faltaba algo que impedía cerrar el círculo, la novela carecía de sentido sin encontrar a Dan, sin saber si era él quien se ocultaba o lo ocultaban a él, sin entender yo, el creador, el objetivo último de esa venganza. Simón, el catedrático de Ciencias de la Información, me insistía desde el recuerdo: «respetad al lector, no cometáis nunca fraude, no les adornéis historias en las que no creéis». No debía venderme por una oportunidad única que tal vez no lo fuese. La diferencia entre un buen libro y uno excepcional es que todo encaje, que al cerrarlo, aun sin haber entendido todo, quede la sensación de haber dominado la historia. La clave estaba en Dan.

Con un café doble en el Starbucks de la Campana, anoté en una libreta mis propias dudas. Hice esquemas lineales para enfrentar en el tiempo las distintas líneas argumentales, los cruces entre ellas; busqué contradicciones que necesitaban la aclaración de alguno de los personajes centrales. Definitivamente debía acceder a Rufo. Él era un infiltrado pantalla que jugaba un papel a todas luces avieso. Debía llegar a él sin delatarme. No a través de Patricia, ni siquiera Charo era ajena a sus tentáculos. *Irrumatio*. Debía volver allí, bordear las fronteras de ese portal erótico para hacerme con una dirección, un teléfono, un hilo del que tirar para llegar a él y enfrentar a la bestia de mis inseguridades. Traté de abrir la página en el móvil sin éxito, como si estuviese programada para verla en pantalla grande y con las luces apagadas.

Tiré hacia casa al tiempo que aprovechaba para cruzarme Trajano para espiar de nuevo la galería. Me detuve en el escaparate y observé al canijo de las meditaciones orientales con los brazos levantados mirando uno de los ventiladores del techo. Me dio enorme pereza preguntarle. Su imagen deslavazada de cuelgue total me llevó a San Lázaro y las camisas de fuerza de Dan. ¿Dónde estaría mi amigo de ojos azules?

Duchado tras la carrera, comí apenas fruta viendo el telediario. Desnudo de todo tomé el ordenador, bajé los estores, apagué luces. Tecleé la página de Rufo. No introduje mis contraseñas hasta no asegurarme de no encontrar un resquicio por el que llegar a alguna coordenada que me permitiera situar en algún espacio físico la guarida del hombretón de los tatuajes. Nada. Con el sonido a todo volumen, entré en la primera sala, dispuesto a dejarme seducir, presto a violentar con mi físico explosivo a esas mujeres maduras que se disponían a recibirme.

«Hola Alejandro, soy Verónica, estás hermoso».

Yo me tocaba para ellas cambiando los roles. Ellas humedecían sus lenguas mientras yo inclinaba la tapa del ordenador para que la cámara apuntase a mi ombligo, para insinuar mi sexo y hacerme rizos con los pelos negros de tanza de mi pubis enrojecido por la excitación de sentirme un hombre objeto que tanto me revolvía.

—¿Te apetecería que me sentase ahí, Alejandro?

Las ponía bravas y me iba, de una sala a la siguiente.

—¿Te puedo preguntar algo, cariño?

Intentaban a toda costa retenerme; yo cortaba. Nunca se repetía una mujer, lo que me excitaba con el vértigo de no saber dónde estaba la frontera de lo retorcido.

—Soy Marisa, tengo algo exclusivo para ti, no me rechaces.

No veía forma de llegar a Rufo, ni una rendija. No podía tomar riesgos que me expulsaran de allí.

«Hola, amor, soy la latina que andas buscando, la que no tiene vergüenza». Tenía un cuerpo al que se le adivinaba la piel suave. «Me llamo Lola». Hice zoom a la pantalla. «Puritita venezolana». ¡Era ella! Tenía la pantalla a medio cerrar, solo veía mi sexo. «¿Qué tienes guardado para mí, amorcito?». ¡Era Lola!

No corté, ni siquiera toqué el teclado por miedo a que desapareciese. Dudé si tocarme por si reconociese mi mano, de mostrar la tela roja de la silla para que no la distinguiera. No hablé para evitar que escuchase mi voz. Tenía que retenerla. Di un salto a la cocina para tomar un paño, como se veía en las películas, con el que taparme la boca para deformar la voz.

—Me gustas, Lola.

Ella miró raro. Se paró. Acercó su cara al monitor. Me observó. Temí que cortara.

—Tócate para mí.

—Vas muy deprisa, grandote. —Su voz, la de siempre, la de la primera y la segunda fase, la de la risa hueca, la chantajista, la sexual, la evocadora de sus años felices, su voz me excitó como entonces—. ¿Qué edad tienes?

—30 —respondí, añadiéndome tres años.

—¿Te gustan las mujeres maduritas como yo?

—Sí. —Mi voz sonaba a ultratumba.

—¿Qué quieres que me toque?

—Tus pezones.

—¿Te los tocas tú también para mí?

—Vale.

Subí la pantalla, temí ser descubierto.

—Me gustan los chicos sin vello. —Creí haber sido descubierto—. ¿Te gusta que te chupen los pechos?

—Mucho. —Trataba de marcar un acento neutro.

—A mí me gusta comer. Me gusta chupar, más que me chupen. —Sabía que era verdad—. Me encanta el sexo lento.

—Métete el dedo.

—¡Amor!

—Mira cómo estoy. —Bajé la pantalla—. Mete tu dedo.

Lola, o Dolores, se levantó. Colocó sus rodillas sobre la mesa y abrió las piernas para mí. No podía soportar tanta excitación, temía tocarme y explotar. Era necesario retenerla. La dejé actuar. Lento, como ella siempre quería, sonriendo, auténtica provocadora.

—¿Qué me harías?

—Entraría a... —Iba a utilizar mi expresión de siempre, no podía delatarme—. Entraría con todo.

—Quiero ver ese todo.

Acerqué mi sexo a la pantalla. Tieso como nunca.

—Me harás daño.

—Te haré subir a la luna, Lola.

Se abrió de nuevo para mí, con los gritos ahogados que yo conocía. Me corrí.

—No dices nada... —dijo, exhausta.

—Me has vuelto loco.

Ella seguía tocándose, aún con los dedos alrededor. Levanté la pantalla tras secarme el sudor. Lola, o Dolores, saltó hacia atrás.

—*¡Hijueputa!*

—Lola...

—¡Maricón!

—¡Lola...!

Se acercó a cortar la conexión.

—Dame un segundo, ¡por favor!

Miró a mis ojos en su pantalla, supliqué a los suyos desde la mía.

—Merezco un segundo de compasión, Lola.

—El segundo se acaba, Álex.

—¿Por qué me haces esto? ¿Quién eres tú?

—No puedo ni quiero hablar.

—¿Qué habéis hecho con Dan?

—Yo cumplo una misión, Álex. Voy a cortar. No me busques.

No sabía qué pedirle.

—Me estás volviendo loco, ¿era esa tu misión? ¿qué pesadilla es esta?

—Álex, corto.

—¿Dónde está Dan? Al menos eso, ¡joder!

—No lo busques en Sevilla.

Creí verle un guiño. Cortó. La pantalla se volvió negra. *Irrumatio* en letras rojas. Me pareció sentir su compasión.

Dedos

Nueva York, 1997

La relación entre ellas era un ir y venir adolescente de no saber decirse qué sentían.

A Patricia le gustaba que Dolores jugara con los dedos de uñas afiladas en su sexo. Ahí no había pudores, se abría para ella con todos los amores en su cabeza; Dolores también, para volar al templo de los que se desatan de todo para sentir con las terminaciones nerviosas de la carne animal. Intuía que Dolores asumía dos cosas: que no se entregaba solo a ella y que sus dedos de mujer eran insuperables para depravarla, terapia adictiva a la que se sometía gustosa tras dejarse conquistar, en anocheceres suaves de otoño, por los vinos chilenos con que la agasajaba en el estudio de Park Avenue. Cuando salía de su refugio de éxtasis personal era cuando la colombiana se alejaba de ella para jugar con su propio cuerpo. Olvidada del mundo, sin escrúpulos, se tocaba con la generosidad de hacerlo sin complejos, obviando los ojos de Patricia clavados en ella. Jugaba con las telas, los tiempos, sus gritos sin contención. Sabía de Patricia como espectadora traspuesta por su descaro. El sexo en Dolores adquiría tal naturalidad que tenía un toque de adolescente ingenuidad, clave para ser disfrutado por dos mujeres que no habían sabido qué era del sexo con otra. Era entonces, con Dolores poseída por su propio clímax, cuando Patricia la acogía sudorosa en su regazo para secarla a besos.

Hubo años de cotidiana sexualidad, divertidos, en que jugaban a provocarse. Las conversaciones acerca de lo que eran, sin embargo, escaseaban. Ante las preguntas trabadas de Dolores, los desvíos pragmáticos de Patricia hacia terrenos menos complejos de afrontar.

—¿Tú estás bien conmigo, Dolo? —Ella asentía con una sonrisa—. Pues ya está.

Había argumentos, basados en la imagen o el dolor potencial, para no definir qué vida vivían, lo que no era grave en sí, ni qué proyecto querían, lo que sí era descorazonador para quien no termina de escuchar en la boca del amor cómo de presente querría estar en sus mundos futuros.

Dolores, con la tierra puesta a sus pies, tenía menos asideros donde agarrarse, lo que supuso su condena. Patricia, superviviente de destrozos propios y ajenos, poseía una mirada diversa sobre la naturaleza humana, una pieza difícil de conquistar; siempre buscaba rendijas por las que escapar, atenta indisimulada a abrir puertas donde otros no veían sino muros.

Un día que abrió la puerta Germán, ella captó su hombría calmada tras rutinas filantrópicas, entrevió su bondad como fortaleza para mantenerse firme, olió su piel de hombre sin dobleces; un día Patricia dejó de ver a Germán como padre de Dolores, sin perder un ápice de amor por ella. Ese día supo que la vida rompería por algún lado, y que en ese lado estaría Dolores.

—Tenemos que hablar. —Se armó de valor un mediodía de salchichas por Coney Island.

Dolores se asustó.

—Verás, me preocupa mi madre, Dolo.

—¿Te vas?

Inteligente, Patricia había preparado durante meses las palabras a decir, ayudada por circunstancias innegables que Dolores conocía. Dan había ingresado en San Lázaro y Martin se desesperaba en llantos acerca de la suerte de Aurora.

—Mi tía está desconsolada, ¿sabes? Martin está saturado con la situación.

—Maldito Dan.

—No es solo mi hermano, niña. Mi madre está perdiendo la cabeza.

—Que se vaya Eleanor para allá, ¡con la concha! Esa mujer está enamorada de su hermano…

—¡No digas eso, Dolores!

—Cuatrehijueputa de Dan.

—Si, con lo dependiente que se ha vuelto de mí Eleanor, me pide que piense en volver a España —Dolores sabía que era cierto—, entonces es que ve las cosas muy mal. Yo quiero horrores a Martin, por cómo se ha comportado con mi madre y con mi hermano. —Dolores refunfuñaba cada vez que oía hablar de él—. Pero no tiene confianza para pedirme ayuda.

—¿Me llevarás contigo?

—Debo ir yo sola. —No sabía cómo explicarle que ya había pasado el tiempo en que pensaba en un futuro unido a ella—. Necesito ir sola.

—¿Cuándo piensas irte?

—La semana que viene, mi amor.

La colombiana se derrumbó en uno de los bancos de madera frente a la montaña rusa. Las olas rugían fuerte, unos chavales jugaban, abrigados, al voleibol en la playa. No había consuelo posible.

En verdad iba a Madrid. Aurora estaba mal, pero no tanto. Eleanor hablaba con Martin, pero no de tragedias. Dan tenía sus crisis, pero aún no había sido encerrado en un psiquiátrico.

Era una apuesta conjunta con Germán, incapaz de soportar el dolor de compartir amante con su hija, que ofrecía una salida inteligente para conceder a Patricia un espacio en el que rehacer su vida con el acuerdo, sincero por ambas partes, de verse a menudo en Madrid. Ya tenían la galería comprada en Doctor Fourquet, una veintena de cuadros en los almacenes del Banco Santander, incluso el piso de Claudio Coello donde viviría Patricia, ávida también de estar cerca de la familia.

Despedirse de Nueva York no fue fácil, hacerlo de Dolores fue un suplicio. La quería tanto que todo en su relación con ella se volvió condena. Volvían las imágenes propias que le ofrecían lo peor de ella misma, sin consuelo. Desbarataba sus reflexiones acerca de cómo había ido construyendo su relación con esa morena que le ofreció su vida en bandeja para disfrutar de ella, su sexo, su sonrisa, sus ansias de amar. Renunciando a Dolores era consciente de dejar atrás un amor irrecuperable, los años no volverían a ofrecerle un alma cándida como la de esa niña que apareció un día, sin mácula, en un Manhattan espléndido.

Las mentiras se sostuvieron apenas un par de años. Las llamadas telefónicas se sucedieron, cada vez más pausadas. Nunca recibió un feo de Patricia, pero Dolores no era ajena al escaso entusiasmo con el que la recibía en Sevilla cada vez que acudía al encuentro con su amante. No valían las excusas de Dan, ni la enfermedad de Aurora, había algo que no terminaba de cuadrar. Una mujer tan activa como Patricia no podía no hacer nada en su día a día, ni vivir encerrada en esa casa inmensa, junto al parque de María Luisa, con la familia. Había un engaño.

La clave la encontró en el teléfono de su padre.

Tomaban un vino en el Boat House, en esos domingos soleados con que regalaba de vez en cuando la primavera neoyorquina. Les colocaron la bandeja de manzanas, quesos y uvas. Las barcas chapoteaban en el lago de Central Park.

—Papi, te tomo el celular.

Germán se incorporó de la silla.

—¿Y el tuyo, amor?

—Lo olvidé en casa.

La clave fue buscar «Patricia» en el móvil de su padre. Fue descifrando con horror cada uno de los mensajes camino de la fuente de Bethesda. Toda la vida se le pasó por delante con cada frase de amor. En ese paseo en círculo alrededor de la fuente comprendió que la vida era una pesadilla. Todo lo que existía en su mundo, su padre y Patricia. Todo el mundo de ella era nada. El mundo apestaba a traición.

Gallinero

LOS BOLÍGRAFOS NO ME PINTABAN, NO SABÍA QUÉ ETIQUETA cortar, de qué color. A Lola le habían encomendado volverme loco contratándome para hacer que se volviera loco Dan. ¿Quién estaría fichado para hacerla enloquecer a ella? ¿Sería Rufo el siguiente eslabón de la cadena? Tenía que hacerme con él. Juntarme a Patricia hasta que apareciera y no despegarme de él hasta tenerlo a solas, pedirle explicaciones, gritarle mi rabia.

Patricia no respondía al teléfono. Sabía dónde vivía. Sin embargo, al día siguiente tenía la primera de mis cuatro entregas con Marga. No podía acudir en blanco, porque corría el riesgo de romper la baraja y perder su confianza. Esperaría la devolución de la llamada de Patricia. Debía concentrarme en reconstruir el papel de Lola en la novela, algo imposible de conseguir en la tarde-noche que se me presentaba por delante. La opción era reordenar etiquetas para conseguir subir un grado el escalón de las amenazas, ya no era yo el único mercenario. Dolores o Lola, Lola o Dolores, también lo era. La historia ganaba en complejidad, pero perdía en coherencia y no hay nada peor que una novela en la que el lector pierda confianza; se diluye de las manos, se convierte en arenisca.

Tomé el manuscrito, lo grabé como versión 2. No tenía tiempo para leerlo en las horas que tenía por delante, menos aún para reintroducir cambios con sentido, sin estar seguro de qué estaba queriendo contar. Necesitaba una prórroga. Pensé en llamar a Marga para aplazar la cita. Sonó el teléfono. Era Patricia.

Llegó sin maquillar. El Corral de Esquivel estaba vacío para nosotros. Acababa de empezar mi cerveza.

—¿Tienes hambre? —me preguntó.

—No.

—Es igual. Dale un buche a la cerveza. Te invito a alguno de los restaurantes hippies estos de la Alameda. Elige tú. Muero por un entrecot.

La animé a ir al Gallinero, donde Sandra nos agasajó con unos berberechos espectaculares antes incluso de ver la carta. Patricia alucinó.

—Me encanta esta chica. ¡Y los berberechos!

Yo vi claro que no podía ser que no conociese el mejor restaurante de Sevilla, a solo cincuenta metros de su galería. Todo se iba aclarando gracias a su torpeza.

—Esto demuestra lo que yo sospechaba —comenté, con mi mejor sonrisa.

—A saber... —Patricia tenía cara de haber pasado un mal día. Podía adivinar unos ojos enrojecidos por un llanto reciente.

—He ido diez veces —exageré— a tu galería estos días. Ni te vi ni nadie sabe de ti.

Ella sonrió, simulando un enfado que no sabía interpretar.

—Tengo aquí las llaves, ¿quieres que entremos y te enseñe las escrituras del local a mi nombre?

Di un sorbo de vino. No podía romper la baraja ni parecer estúpido.

—Sí. Quiero entrar.

—Eres un mamarracho, Álex. Permíteme que te lo diga.

Sandra, tal vez atenta al momento tenso, rompió la discusión con los fuera de carta. Sé que Patricia estuvo a punto de tirar la servilleta e irse. Afortunadamente, Sandra tuvo la destreza de reconducir la situación.

—Me ha dicho Álex al entrar que te mueres por un buen entrecot, Patricia.

—Sí. —Dio un último sorbo a la copa de manzanilla—. Sí. Tengo ganas de carne.

—Pues aquí tenemos una ternera de la tierra de tu amigo con la que vas a alucinar.

—Ya lo hice con los berberechos. —Patricia mostraba sus tablas—. Buena tierra la gallega.

La condición no negociada para continuar con la cena fue hablar de lugares comunes durante la entrada, hasta que hizo efecto el vino.

—Te noto diferente, Patricia. ¿Va todo bien en casa?

—Simplemente va…

—¿Es tu madre?

—Es un poquito de todo, Álex. Tú vives en tu mundo de novelitas negras, pero yo lo hago en el mundo real. —Sonaba desagradable—. Perdona…

—Mejor no decir esas barbaridades, Patri. Así te ahorras tener que pedir perdón.

—No me des lecciones, chaval.

—¿Qué te pasa?

—¡Que no quiero que me llames más! Eso es lo que pasa. Que no quiero volver a saber nada más de ti. Me supera todo esto, ¿entiendes?

—No.

—Cierto. Tiene guasa la situación. Verás. No quiero que entres más en mi vida, ni que te presentes más en casa de mi madre, ni vuelvas a preguntar por mi hermano. Demasiado tiene ya encima con lo que tiene. Eso es todo. Ahora nos tomamos el entrecot como dos personas civilizadas, y si te he visto no me acuerdo.

—No sabes nada de mí, Patri. Me ninguneas.

—Nada de eso, cariño. Si no fuera por lo especial que eres no estaríamos ahora aquí montando este numerito. Simplemente estamos en dos mundos diferentes. Hace veinte años me hubiera hecho colega tuya, te habría ayudado a integrarte en esta terrible sociedad sevillana, nos habríamos drogado juntos. Pero ahora no. Ya estoy de vuelta de todo, y no tengo ganas de representar ningún papelito, ¿entiendes?

—No.

—Pues come y calla. Mantengamos el tipo hasta que pague la cuenta.

Me tenía desarmado. Se me iban las ganas de novela, de encuentro con la editora, de quedarme ni un día más en Sevilla.

—¿Puedo preguntarte por Lola?

—No.

—¿Sabes que es una actriz porno?

—Ni sé quién es Lola ni me interesa saber a qué se dedica.

—Trabaja para la página de Rufo.

—No me nombres a ese cabrón.

—¿Te ha puesto la mano encima?

—¡Cállate de una vez! —Las mesas cercanas quedaron en silencio.

Se levantó, dio un sorbo largo al tinto. Sacó dos billetes de cincuenta euros, los colocó sobre la servilleta y se fue. Sandra me acarició el pelo.

Segunda parte

Riverside

Madrid, 2005

Desde su apartamento de Madrid, una Dolores nostálgica de su juventud echaba la vista atrás y solo veía un atracón de felicidad en los años anteriores a la llegada de Patricia. Ese período fugaz estaba bien situado en Riverside Drive, frente al memorial del General Grant, con su cabeza apoyada en los muslos de Ralph y los ojos centrados en las historias que Álvaro Mutis le contaba a ella desde su Colombia natal, solo añorada en sueños. Esas tardes de otoño en que le hacía pronunciar, entre carcajadas, frases sacadas de Bolaños para oír su acento torpe y voluntarioso mientras se la comía con la mirada. Nunca como con Ralph Dolores sintió el abismo del poder absoluto sobre una persona entregada a su causa. Jugaban a favor, quizás, sus años de más o el ascendente que para el padre de Ralph era Germán, mecenas activo de sus tareas como coordinador cultural en las escuelas de Queens.

A Dolores le gustaba acompañar a su padre, ayudarle con su áspero inglés académico a explicarse delante de estudiantes de teatro, mimo o guitarra española. Ella traducía como le venía en gana los discursos de Germán, para ganar el aplauso de los jóvenes de familias desestructuradas, fundamentalmente hispanos, a los consejos lentos pero impregnados de emoción de un hombre siempre sensato, aguerrido, convencido de su penitencia en esas escuelas perdidas donde el mercadeo de crack era moneda de cambio habitual. Ralph, sin aún los 20 años, escuchaba paralizado el fuerte acento de Dolores alentando a la creación como medio de vida.

—I want you to improve my Spanish —le dijo una tarde en los bajos de su casa de Chelsea, mientras los padres se entretenían en cuestiones burocráticas.

—You don't need improvement, Ralph, but start to learn Spanish from zero.

Era ese chaval de pelos rojos rizados y piel albina pecosa la criatura más inocente que había conocido Dolores en toda una intensa adolescencia plagada de códigos confusos. Era un juguete en sus manos, sexual, afectuoso, influenciable, sano, que pudo ser para ella lo que hubiese querido moldear si Dolores hubiese sido impresionable por la dulzura. Mil veces, sin embargo, utilizaría a ese Ralph ahogado en su pasado más inaccesible como imagen dolorosa de todo lo que no supo ser; muy a pesar de las tardes eternas frente a las composiciones animales del Museo de Historia Natural que Ralph observaba embelesado con sus grandes manos secas agarrando sus manillas morenas llenas de anillos que se le clavaban dolorosamente con la presión inocente de un chaval ávido por compartir su particular Manhattan. Le repetía, memorizadas, explicaciones acerca de la construcción por Rockefeller de la iglesia de Riverside, en cuya capilla gustaban meterse tras los arrumacos junto al memorial; le explicaba, a ella y con el mundo paralizado, la penitencia que para Henry Clay Frick, un industrial del carbón sin escrúpulos, supuso la colección de arte que regaló al pueblo de Nueva York en su gran casa de la Quinta Avenida, mientras los anillos de Dolores se clavaban de nuevo ante la contemplación del jinete polaco de Rembrandt.

Dolores, en las tardes de brisa de su apartamento madrileño, se apretaba las manos, medio adormilada, como método inconsciente para provocar esos picos de dicha interior que suponía recordar la mano del grandullón Ralph en la suya. ¿Dónde viviría ahora? ¿A quién apretarían sus manos?

Esa época de traductora paterna sirvió a Dolores como trampolín para hacerse con una ciudad inabarcable. Acostumbrada a vivir agarrada a los pantalones de papá, el carácter altruista de este la volvió sociable, curiosa, removió en ella todos los resortes para hacerse con amigos, fundamentalmente chavales, siempre de extracción social más baja y ávidos de triunfar. Sí, ella sentía el peso de su influencia para saberse deseada no solo por su alegría colombiana, los pechos desarrollados y la dentadura perfecta de risa contagiosa. Fue fácil de intuir para ella que sería más sencillo adaptarse a otras pandillas que no a las élites blancas de la Regis School donde estudiaba. Su orgullo de adolescente obcecada en defender su piel morena jugó a favor de buscar otros territorios cuando la oportunidad de cruzarse con familias colombianas amigas de la suya se presentaba.

De la Regis solo mantuvo como inseparable a Claire, más por insistencia de esta en los primeros cursos que por interés de Dolores en acudir a las merendolas en su imponente apartamento de la avenida de Ámsterdam. Claire, tal vez enamorada en aquella época casi infantil de una chica tan gesticulona y racial, la defendía como si estuviese contratada para ello. Tanto era así que una tarde Dolores llegó a las oficinas de Germán, tras atravesarse Central Park a la carrera, para recriminarle el soborno.

—Pero, ¿cómo se te ocurre algo así, mi chavita? ¿Cómo piensas que tu padre va a comprarte los amigos?

—Porque no sabes qué hacer con tanta plata —le respondió, desconfiada.

Aún se reía pensando en esa escena, posiblemente muy representativa de lo que sería su vida: un dudar continuo de sus propias capacidades.

Con el tiempo Claire se antojaría imprescindible en su desenvolverse cotidiano, con todo el placer que proporciona la incondicionalidad de alguien interesante. En esos años Dolores era perezosa para innovar fuera de sus rutinas y la rubia de piel de leche la apuntaba a todo sin consultar.

Aprendió a decir que sí por no aguantar los reproches de su padre, ávido de integrar a su hija en la sociedad americana. No perdió, en todo caso, el apego a los mimos de un padre que le alertaba sobre aque-

llo en lo que no quería que se convirtiese, de ahí que huía de todo compromiso que implicara connotaciones religiosas o políticas, algo indistinguible para ella en sus años de niñez y que, poco a poco, fue convirtiéndose en una obsesión por proteger sus raíces latinas.

Esa actitud, lejos de aislarla, llegó a convertirse en una aureola de coherencia que, sin analizar ni entender los motivos, sus amigas valoraban como dignidad. Todas las compañeras del Regis con las que acabó haciendo amistad le pidieron, antes o después, aprender español con ella, pese a que fuera un idioma asociado a las cocinas de los restaurantes.

La dignidad movía la vida de la familia Moldova y Dolores comenzó a rebelarse, cuando los pechos emergieron y dejó de ser la chica pequeña de rasgos indios, como la bandera del clan.

Liliana, su madre, vino a confirmarse como una rosa mustia en el clima neoyorquino, fuera el que fuese. Lo que para ella comenzó siendo un orgullo de mujer cosmopolita en el centro del mundo, pronto se fue convirtiendo en un no saber hacer nada sin su marido, en obsesión por mirar a sus espaldas aterrorizada por cada sombra pensando en las amenazas de su cuñado Eulogio, y así la ciudad se fue desdibujando hasta convertirse en una estampa en blanco y negro estática de cuatro calles que conformaban un universo reducido en el que no sabía entenderse con nadie ni encontraba la energía para cambiarlo.

—Me estoy pudriendo en esta maldita ciudad.

Dolores supo que la relación con su padre se pervertiría desde el mismo instante en que oyó a su madre, desde la cocina, decir que se iba a cuidar a la abuela a Bogotá. Cerró el frigorífico todo lo lentamente que pudo para no hacerse notar, atenta a la respuesta de Germán; su padre, en cambio, calló. Liliana siguió con su discurso inculpatorio de vagos reproches al clima neoyorquino, salpicado de arrumacos verbales hacia un marido que dejó de quererla mucho tiempo atrás. Con los años vendrían explicaciones, de una parte y otra, de cuernos imperdonables y acuerdos nunca confirmados para cuidar de ella, de la pequeña princesa universitaria orgullo de la familia; una princesa que se vio en la tesitura, una tarde aciaga de ventisca, de disimular sorpresa por la marcha de su madre y de tener que posicionarse para decidir su vida.

—Esto es muy duro —solo sabía decir, utilizando una expresión habitual en Germán—. Yo no quiero que te vayas, mamá.

Al decirle esto la estaba despidiendo. Entendía el pánico a sus arrugas, sus años de soledad, la nostalgia por el verde de las Tres Torres; elegirla a ella, en todo caso, era tomar las cartas marcadas por el futuro previsible de mujer de segunda fila que se casa bien para ser hermosa y buena madre. Ser una Liliana más de aficiones inexistentes y pánico al espejo.

Ya en Madrid, veinte años después, su terapeuta tiraba de esa escena de desgarro para hacerle ver que en la vida no hay borrador, que hizo bien tomando el camino complejo, en un juego de rol en que le hacía representar el día a día de su madre actual, ya definitivamente arrugada, en esas mansiones horteras de las montañas colombianas.

—¿Qué te preocupa, Liliana? —le preguntaba a una Dolores con la mirada perdida.

Esa Dolores que se sentaba con pose de Liliana tenía la mirada perdida en las lluvias tropicales de cada tarde, mientras pensaba cómo pudo perder a su princesa, cómo pudo dejar a su marido a su suerte, cómo no supo colorear esos años de última juventud en la maldita ciudad de Nueva York.

MANZANILLA

LLEGUÉ A MI CITA CON MARGA CON LA ESCENA DE LA MASTURbación de Lola escrita.

—¡Soberbia!

Sentí un calambrazo de satisfacción recorrer mi espalda. Necesitaba, aunque fuese mentira, algún elogio de apariencia sincera.

—Esto nos abre nuevos interrogantes, Marga. ¿Quién pagó a Lola para contratarme?

—Rufo, sin duda.

No podía sino sonreír su audacia.

—Ve a por Rufo, Álex. No tienes más que acceder a él a través de Patricia.

—Ayer tuve bronca con ella.

Dio un bocado a su tostada para pensar.

—¿Cómo de gorda?

—No quiere volver a verme.

—¿Tendrá que ver con la escena de la página porno? —Agradecía que lanzase preguntas al aire que yo no había terminado de descubrir.

—No lo creo.

—Volvamos a la escena de Lola, que me pierdo. Te dice que no busques a Dan en Sevilla…

—Sí.

—¿Alguna idea?

—No.

—En la novela aparecen varias escenas en su casa, como la del pollo con champán.

—Sí.

—¿No viste a nadie por allí? ¿No hay un vecino a quien preguntar? ¡Busca al casero!

Recordé el salmorejo cerca del Tremendo.

—Hay un tipo que trabaja en un barecillo que se sorprendió al verlo.

—¿Qué tipo de sorpresa?

—Se veía que se conocían de mucho tiempo. Le sorprendió encontrarlo en Sevilla. Dan se mostró incómodo, muy frío. Fue una escena desagradable.

—¿Es hora de salmorejo? —preguntó Marga, mirando la hora en su móvil.

—Un poco pronto.

—Vámonos hacia allá. Vamos dando un paseo para hacer tiempo y así me cuentas cómo vamos a rehacer toda la parte de la puñetera Lola. Hay que meter más escenas de Rufo para darle sentido al chantaje.

Saqué dinero para pagar el desayuno.

—¡Quita! Aquí está tu editora a cargo de ti.

—Eres la leche, Marga.

—No imaginas cuánto me estoy divirtiendo. Solo nos quedan tres semanas. ¡Y esto tiene que salir!

En los alrededores del Tremendo había varias calles con bares de tapas. No recordaba con precisión cuál era.

—Llevábamos varias cervezas encima.

Dimos vueltas en redondo por Santa Catalina. Descarté El Rinconcillo, entramos en Los Claveles, dudé si era la Taberna Manzanilla. Entramos en La Taberna de los Terceros.

—Aquí no era.

—Párate un momento —sugirió Marga—. Nos tomamos aquí una caña. Tranquilízate.

Aprovechó para insinuarme como editora la forma de trabajar la corrección de un personaje desde el inicio.

—Va a venir muy bien tu juego de etiquetas, Álex, para situar los cuatro trazos claves que tienes que cambiarle a Lola. Son pinceladas, porque el lector ha estado igual de engañado que tú hasta que no te has topado con ella en la maldita página porno esa. Tranquilo. Todo está bien trazado.

—¿No podrías tú, a través de Charo, hacer por acercarte a Patricia…? ¡Olvídalo! Qué iba a contarte ella. No he dicho nada. Tengo la sensación que era la taberna de antes, esa pequeñilla de enfrente, pero no había más que un viejo en la barra.

—Es pronto.

Hicimos tiempo, pedimos aceitunas. Me habló de sus años como técnico editorial en Anagrama.

—No sé qué me gusta más de esta profesión. Antes mi contacto con los escritores era nulo, trabajaba las novelas sin condicionantes, daba los últimos retoques y convencía al editor para que el escritor cambiara el tono de algunas escenas, para que matara a personajes que no aportaban nada. Me curtí en esos años.

—Y ahora te toca aguantar a pamplinas como yo…

—No lo sabes tú bien, Álex. No lo sabes tú bien.

Se rio y me dio un beso en las mejillas que me supo a gloria. Esa era la clave de todo en mí, la enorme satisfacción que me provocaba el beso de una mujer madura.

—Perdone —se lanzó Marga, en cuanto entramos en la Taberna Manzanilla—. ¿Aquí no trabajaba un joven largo, con acento del norte, el pelo rizado? —Se agarró a mi descripción que yo medio retenía de entonces.

—¿Adrián? —preguntó el viejo.

—Sí. Adrián —contestó, sin asalto de duda, Marga.

—Debe estar al caer. Ha estado un par de días en Madrid, tiene el padre muy chungo, como sabréis —susurró—. Pero si no me falla la cabeza, hoy está ya aquí. ¿Quieren que lo llame?

—No —respondí precipitado, sería difícil hacerle recordar por teléfono—. Ya lo esperamos aquí. ¿Nos pone unas cañas?

—Tú eres gallego, ¿verdad?

—Sí, señor.

—¡Qué ganas tengo de conocer Galicia! He trabajado media vida con un jefe gallego, ¿sabes? Se murió el pobre. Me hablaba maravillas. —Nos puso dos cervezas—. ¿Qué tal por Sevilla? ¿Mucho calor?

—No. Se está en la gloria. Yo vivo aquí.

—Qué bien. ¿Y qué hace un gallego en Sevilla para ganarse la vida?

—Soy periodista. —Miré a Marga—. Y escribo…

—Está usted hablando con el próximo boom literario, caballero.

—Al Adrián le gusta mucho leer. Es un tío muy competente el Adrián. Miren, allí entra. ¡Adrián! Aquí estoy cuidando de tus amigos.

El tipo, más estirado de lo que yo recordaba, tardó en hacerse a la penumbra del bar. Se quitó las gafas, sonriente.

—¿Nos conocemos?

—Sí, Adrián. ¿No recuerdas? De Madrid. —Marga hizo por sacarlo a la plaza, como un subalterno saca al toro del picador, dejándomelo a mí en bandeja.

—Perdona, pero ahora mismo no caigo.

—No puedes caer, Adrián —intervine al fin—, porque no nos conoces.

Con un guiño de ojos, el viejo autorizó a Adrián a incorporarse un rato más tarde.

—Es un campeón este hombre —confesó—. Desde que me instalé en Sevilla actúa como mi padre.

Dejé que Marga llevara la iniciativa.

—¿Qué te trajo aquí?

—Una mujer, una cabrona que me tenía «enganchaíto».

—¿Te tenía?

Yo me limitaba a observar el tanteo, apoyado en un naranjo de la plaza.

—No duramos ni tres meses, pero ya me había matriculado aquí en Historia del Arte, encontré este curro y decidí que no volvía a pisar Madrid para otra cosa que para visitar a mis papis.

—Por un amigo te queríamos preguntar. —No podía alargarse más la conversación—. Verás, estamos preocupados por él y sabemos que tú lo conoces.

—¿Yo? Pero si aquí nada más que conozco a cuatro gatos.

—Se hace llamar Dan —intervine yo—. Tendrá tu edad. Unos cuarenta. Rubio. Muy buena planta. Reservado.

—¿Dan?

—Hace varios meses estuvimos aquí, en tu taberna. Pedí unos salmorejos. Nos habías servido unas cañas. Lo reconociste. Él salió por piernas. Hizo que le llamaban por teléfono.

—¡El jodido Alfredito! Claro que recuerdo. Salí de la barra para saludarlo. No volvió a aparecer el cabrón.

—Yo me tomé mi salmorejo y el suyo —confirmé, con mi mejor sonrisa.

—Me sorprendió verlo aquí, ¡me dio mucha alegría! Podía hacer quince años que no lo veía. Está guapo el tío, me cago en la leche.

—¿Es madrileño?

Afirmó con la cabeza, cambió su semblante a serio.

—¿Qué le ha pasado? ¿Estáis preocupados por él? —Marga ya se había retirado a un segundo plano—. ¿Vive aquí?

—Ha sufrido un ataque fuerte de esquizofrenia, o algo parecido. Lo ingresaron en una clínica de acceso restringido… —Adrián ponía cara de no sorprenderse del todo—. Sabemos que ha salido ya del hospital, pero no lo localizamos.

—Me temo que no puedo ayudaros.

—¿No tienes un teléfono? ¿Una dirección en Madrid?

Adrián se rascó la cabeza. Sudaba, quizás del impacto de la noticia.

—Es un niño bien del barrio del Pilar.

—¿Sus apellidos? —preguntó Marga.

—Alfredo Rey Cobos, o Coto, o Corro… no sé, Alfredo Rey seguro.

Marga y yo nos miramos. Ella me mostró con un gesto que se sentía satisfecha.

—¿Unas cañas? —propuso Adrián.

—Vale.

Marga tomó un taxi para dejarme planchado en una frontera de no retorno. Dan no existía. El ridículo se hacía una bola de vacío que proyectaba miradas reprobatorias inexistentes en mi cabeza. Habían jugado conmigo de tal forma que hasta la recién despedida Marga se me antojaba un holograma solo visible por mí. Un holograma elegante que no quiso presionar con conclusiones que invadieran mi capacidad de asombro ni cuestionaran mi habilidad para crear a partir de un engaño que no sabía distinguir dónde hundía sus raíces.

Se me acumulaban tantas llamadas por hacer que apagué el móvil, con la intención determinante de contar las horas de abstinencia para bucear en las entrañas de mi soledad en busca del tesoro que escondía una novela inconclusa, amenazante, retorcida, difícilmente salvable, cercana al precipicio de lo grotesco y, sin embargo, brutal en su desafío hacia mí como escritor.

No podía más que retorcer los recuerdos para desenmarañar lo que había de mí en ella, al asalto de un futuro que dependía por completo de mi capacidad para no abandonar la nave.

Orgullo SOS

Sin necesidad de consejo, entreví la necesidad de darme de alta en todas las redes sociales, de las que había rehuido por principios, a la caza de un Alfredo Rey madrileño e impostor. No aparecía nada por ningún lado. Quise preguntar a Silvia, adicta a Twitter, pero sus preguntas me distraerían del único objetivo válido esos días. Intenté por Google. Coloqué «Alfredo Rey Madrid». Me apareció una entrada de Linkedin, en la que cliqué. ¡Aparecía su foto!

Alfredo Rey, actor.

Su currículo rebosaba de paso por compañías independientes de teatro, alguna que otra aparición como secundario en series de televisión. Compartía un videobook en Youtube. Pinché.

De nuevo su voz, los ojos azules, la seducción.

«Soy un cómico en continua terapia por encontrar el verdadero personaje que hay en mí», decía, sonriendo, sentado en un taburete, espacio blanco, ropa azul, en un plano largo que terminaba en corto. «¿Quieres trabajar conmigo?»

Tras un paso bien elaborado de escenas, no todas de buena calidad sonora, algo que me produjo mucha ternura, acababa con un primer plano de su enorme belleza. «Me ofrezco a ser quien tú quieras».

Aparecía un correo electrónico de cierre. Lo anoté.

Volví a su historial. Los últimos trabajos tenían que ver con una compañía de microteatro. Anoté el nombre. Investigué. Tenían un par de obras. Solo los fines de semana. *Desátame* y *Orgullo SOS* Estaban en cartelera. En el Esconditeatro de Malasaña. La segunda la acababan de estrenar. ¿Protagonista? Alfredo Rey. La última representación de la semana era justo al día siguiente. Saqué mis billetes del AVE.

MALASAÑA

MALASAÑA ERA MI ENTRADA AL SEXO.

Fui un chaval precoz. Mi físico, la falta de pudor, el espíritu curioso, todo ayudaba a dejarme tocar, a bajarme rápido los pantalones. Todo natural, con chicas conocidas del instituto; era fácil perderse por los casones abandonados de las afueras de Cambados. Un punto animal en el que no entraban los componentes refinados de la seducción que descubrí en Madrid, donde la estrategia comenzaba a ser parte importante del juego sexual, con códigos indescifrables para mí, puro objeto del deseo sin contaminar.

Malasaña eran calles de habitaciones con cortinas donde confundía los nombres, las posturas, los olores. Yo era un príncipe de usar y tirar, feliz en mi papel de ser ignorado en todo lo que no fuera mi sexo; facilitador consciente de relaciones sin promesas, hábil suplantador de muñecos hinchables con musiquita.

Cené poco, bebí mucho, esperé equivocadamente a la última función para entrar en el cubículo negro sin asientos donde me colocaron. Seríamos quince espectadores. Un despacho, una silla sesentona, un teléfono rojo de ruleta, pared empapelada de círculos de colores y carteles de Queen. Entró Dan, caracterizado con arrugas exageradas, ropa ceñida y muchos anillos. Se colocó frente al público, hizo un par de gestos amanerados y sonó el teléfono.

—Orgullo SOS, ¿dígame?

No me había visto.

—A ver, hijo mío, estoy *jartito* de dramas. ¿Puedes hablarme sin lloriquear, reina?

Su feminidad, exagerada, me cohibía.

—Sí, sí, sí... Todos hemos pasado por eso, cariño. A todas nos ha dejado tirada un chulo como a un clínex. ¡No llores más!

De golpe, me aterraba hacerme ver. Él andaba concentrado en su papel de telefonista gay de la esperanza. Colgó.

—Es la última semana que echo aquí. ¡No puedo con tanta mediocridad! —Miró, esta vez sí, al público—. Solo llaman nubes negras, y una ya tiene su nube sobre la cabeza, no necesita que le lluevan más encima. —La gente reía con sus gestos—. Tenemos lo que nos merecemos. ¡Tanta promiscuidad! —Miró hacia mí—. ¡Tanto chulazo! —Se quedó en blanco.

Me tentó salir, hacerle un gesto, sonreírle, no tener el rictus serio, bloqueado, como sé que tuve. Giró su silla, hizo que ordenaba papeles, puso derecho el póster de Queen. Sonó el teléfono.

—Orgullo SOS, ¿dígame?

Solo yo supe que su tono había cambiado. Ya no volvió a dirigir la mirada hacia mí. ¡Alfredo Rey! Sudé su representación, llevada con dignidad los quince minutos que duró. Ganó en los dos últimos dramáticos minutos. El público rio. Aplaudió y dio bravos. Dan apenas me miró de reojo para confirmarme allí. Salió por la puerta trasera. Esperé a que se desalojara la sala. Llamé a la puerta. Insistí. Abrí. Estaba vacía. Bajé a la entrada, pregunté por él a la chica que me vendió las entradas.

—Acaba de coger un taxi —me dijo, con una sonrisa de impotencia.

—Qué pena, quería felicitarlo. Me encantó la obra.

—Alfredo es un encanto.

—¿Tienes su móvil? —pregunté.

—Qué va, lo siento. —Comenzó a recoger vasos de cerveza sin terminar—. ¿Quieres que le diga algo la semana que viene?

—No. Gracias. Es igual. Tan solo quería darle un abrazo.

A cinco minutos en metro

Madrid se me hacía cada vez más inhóspita, llena de personajes ilocalizables que me torturaban. Su inmensidad facilitaba mi desprecio, a ella misma y a lo que fui en ella; a los pasos que di y las decisiones que tomé. Madrid ya solo era Estíbaliz. Su aura invadía la ciudad con una capa que me impedía respirarla con normalidad; se aparecía por todos lados su mirada sin reproche para demostrarme que todo en mí era ella, que el resto eran fantasmas sin intenciones; nadie era de fiar salvo ella. «Siempre estaré aquí». A cinco minutos de allí en metro. Producía escalofríos saberlo. Todo podría volver a ser como entonces si tomara ese metro. Vendrían las horas tirado en la alfombra marrón de pelo gordo, abrazado a cojines con nombres para leer a Sándor Marái; los masajes en mis gemelos siempre cargados, sentir su sexo deslizándose por el reverso de mis piernas, su boca comiendo los tres pelillos del final de mi espalda; los relatos de Alice Munro en sus labios; el beso en mi frente a mitad de la noche; su crema de verduras con un toque de anís; sus uñas jugando entre mis uñas. A cinco minutos en metro.

Raftas

A mediodía del domingo ya paseaba por Sevilla. Se me venía a la cabeza un Dan al que creí darle el raro privilegio de mi amistad, lo que provocaba el desasosiego propio de la frustración.

Poco confiado en una llamada que no llegaría del Dan que ya no existía, descartadas Patricia y Lola, estuve reorganizando etiquetas con una energía inusitada, consciente de que todo el tiempo no dedicado a la novela en esas cuatro semanas era tiempo perdido. El aliciente tenía un nombre: Marga. Me resultaba difícil currar con un público indefinido en la cabeza, no tanto cuando mi proyecto iba dirigido a una persona de rasgos concretos. Su entusiasmo me motivaba.

Resultaba excitante describir la escena del microteatro de Madrid. Un golpe de efecto brutal. El problema era darle coherencia. ¿Qué hacía ese suplantador de Dan actuando en una pequeña sala madrileña? ¿Por qué reaccionó huyendo? ¿Quién lo contrató para plantarlo en Sevilla en un rol de empresario autista de familia bien? ¿Quién me contrató a mí para volverlo loco? ¿Quién a Lola para volverme loco a mí?

El suministro de respuestas cada vez estaba más acotado. Incluso Germán había cortado lazos. Debía entrar como fuese de nuevo en casa de Aurora y Martin, a pesar del pánico que me provocaba la mirada asesina de la asistenta rusa. Pensé en llamar a Silvia para que me acompañase; meter a Marga quizás fuese más apropiado, pero si siguiese utilizándola sería ella quien acabaría firmando la novela.

Tomé el coche hacia casa de Silvia.

—¿Sí?

Un chaval con pelo rafta abrió la puerta. Miré por encima de su hombro.

—¿Es el 7A?

—Sí.

—¿Está Silvia?

Se asomó un crío, con las mismas pintas que el que debía ser el padre. Se agarró a su pierna.

—Acabamos de instalarnos aquí. Debía ser la anterior inquilina.

—Claro. Perdona.

No esperé a salir de la casa para llamarla por teléfono.

«Ese número de teléfono no se corresponde con ningún abonado».

La indignación me subía por las piernas hasta el centro del pecho. Se deshacían como arenilla todos los asideros a los que agarrarme. Mi ego no podía asumir tanto desprecio. Los fantasmas que me acompañaban de siempre se abalanzaban sobre mí.

La situación requería calma, tenía que jugar a mi favor, templar la rabia, en un ejercicio de supuesta madurez focalizada en sacar partido a una disyuntiva tan enrevesada que no podía sino dar buenos frutos para alguien que, como yo presumía, sabía contar historias y sabía contarlas bien.

Embajadores

Madrid, 2005

Cuando Dolores se instaló en Embajadores, bien entrada en los cuarenta, a dos calles del metro de Lavapiés, desconocía que Patricia ya pasaba media vida en Sevilla pendiente de la salud de su madre. Sabía que no podía mantener por mucho tiempo la ficción de cara a su padre de un máster financiero en Lovaina, de ahí que cuando su coqueto apartamento madrileño se convirtió en un nido fugaz se rebeló contra ella misma, ávida de hacerse con un mundo realmente independiente de la familia.

De las cien veces que pasó frente a la galería de Doctor Fourquet, en apenas un par de ocasiones distinguió a Patricia tras los cristales. A pesar de todo, hizo de tripas corazón y se centró en montar su despacho en la zona superior del dúplex que había comprometido por un año. Experta financiera de sus años en J. P. Morgan, manejar la cartera de fondos de su padre le permitiría pasar rápidas las mañanas sin echar de menos a nadie. En apenas tres meses ya se había recorrido todos los circuitos artísticos de la capital, públicos y privados, se había hecho miembro de varios clubs exclusivos gracias a las credenciales que arrastraba de Manhattan y su agenda comenzaba a tener teléfonos de los que tirar en esas tardes en que apetecía ponerse unos Manolos y recorrerse el barrio de Salamanca entre cafés y compras.

A pesar de la soledad, o tal vez por eso, fueron unos meses de apogeo sexual, en que la falta de raíces en España la hacían invulnerable al pensamiento ajeno. Quiso experimentar más allá de lo correcto y Madrid se prestaba a ofrecerle ese período excelso de desenfrenos por el que voluntariamente quería pasar para poder contárselo a sí misma cuando esos largos días en España fueran un recuerdo amable.

Los tres primeros meses, como era irremediable, se fueron para siempre, la búsqueda de un asidero a la ciudad se convirtió en prioritaria y la ausencia de Patricia se hizo enfermiza en su interior. Su orgullo le impedía hacer partícipe a nadie de sus ansiedades, aunque no supo rechazar la cita que una conocida le preparó con el que fuese su psicoterapeuta.

—Aunque sea por fantasear con él en cada sesión, querida. Es un portento en todos los sentidos.

Cierto era que las sesiones fueron explosivas, lejos de toda norma Gestalt, pero sí que le fueron útiles para poner nombre a sus neurosis traídas mucho más atrás de Nueva York. La provocaba, colocándole sillas delante donde gritarle a su madre la vergüenza que le producía su frivolidad:

—¡Estás vacía y seca por dentro!

Donde acusar a su padre de haberle cargado con demasiadas ilusiones propias:

—Yo no puedo vivir tu vida, papá.

O la hacía desnudarse frente a él y aguantar durante una hora entera para sudar la sexualidad de su cuerpo con un espectador pasivo que miraba hacia la pared de enfrente.

—¿Qué me ofreces si no quiero tu cuerpo? —Le provocaba, como amante inalcanzable—. ¿Qué tienes tú si yo rechazo tu dinero?

Ella se reía de él con risas congeladas. Quería tirárselo y no podía, a pesar de que él le dijese a la cara que era una mujer preciosa, guarra y descarada, como a él le gustaban. Quiso cortar en un par de ocasiones, con idea de convertir esas terapias en una relación sana de amistad.

—Contigo no tendría yo nada sano, Dolores. Si cortamos estas sesiones no vas a volver a verme.

Ella se removía entera y volvía al jueves siguiente, para ir contándole a cuentagotas, cercenando emociones, por qué se decidió a tomar un vuelo en el JFK, solo de ida, a Madrid.

Caballero

Hasta el jueves siguiente tenía tiempo para mi segundo encuentro programado con Marga. El horizonte planteaba dos alternativas: escapar para meditar o permanecer para actuar. Una cosa pediría la otra, por lo que resultaría poco práctico tomar un avión, como el cuerpo me pedía, para buscar un clima lluvioso y un hotel de carretera. Tomé el coche, hice una compra grande de comida, incluidos varios vinazos de la Ribeira Sacra, renové el parque de cartulinas y tiré hacia casa. Recordaba en esos instantes de perturbación a mi amada Teresa, «sonríe a solas cuando la vida te supere», para practicar su teoría elaborada sobre el sentido bidireccional de las sonrisas. El buen humor te lleva a ella, pero ella también tira de ti para sacarte de la oscuridad.

La desaparición de Silvia me parecía torpe; no tenía más que acercarme al hospital Macarena para mostrarle mi enfado. No era esa la energía que yo quería gastar. Mi interés estaba en la casa del Porvenir. Allí estaba la clave, era en esa vieja mansión donde se jugaba el partido de mi novela. Ya sabía que allí no vivía ningún Dan, lo que hacía ridícula la escena de los golpes en el dormitorio de arriba, en un intento de simular la presencia de un loco que ni lo era ni existía.

Patricia se me ofrecía inaccesible, Aurora tenía la cabeza perdida, la rusa era agresiva; pero estaba Martin.

Llegué a primera hora de la tarde al colegio Europa tras tomar un par de hamburguesas en la entrada de Gines. Con toda la calma de la que podía hacer gala, a sabiendas de que usaba uno de mis últimos cartuchos, acudí al conserje.

—Perdone, uno de los profesores de inglés, Martin…

—Martin Burrows —me ayudó, con un fuerte acento sevillano y orgullo de su trabajo.

—¡Qué acentazo! —lo camelé—. Eso es, Martin Burrows. Tengo cita con él.

—Ahora está en clase.

—Sí. Sé que me dijo una hora determinada, pero perdí el papel donde lo apunté.

—Espere, miro sus horarios. ¿No es usted muy joven para tener un hijo aquí?

—Es por mi hermano, vengo por mi hermano…

—¿Quién es su hermano? —preguntó, solícito.

—Ah, no. Aún no está aquí. Simplemente Martin le da clases particulares… Verás, soy muy amigo de su hijo Dan.

—¿Dan? ¿Su hijo Dan? ¿El hijo de quién?

—De Martin…

—¿De qué Martin está usted hablando?

Hice una pausa para estrujar mis neuronas. El conserje estaba entregado, sin él saberlo, a la causa de mi novela.

—El padre de Dan y Patricia.

El hombre se quedó paralizado, confuso. Era el momento de insistir.

—Está pasándolo mal con Aurora, pobre mujer.

—¿La conoce?

—Sí, la pasada semana estuvimos desayunando juntos…

Volvió a los horarios.

—No tiene hora libre hasta las seis.

Quedé mirándolo. Moría, como buen conserje, por aclarar lo de Dan.

—¿Me dice que tiene un hijo?

—Sí.

—Siempre había creído que era una chica. —Se me paró la respiración.

Tuve que estar raudo, pero las informaciones cortocircuitaban mis neuronas.

—Sí, Patricia…

Quise cambiar de tema. Tenía suficiente información y debía hacerle salir de esa zona de shock.

—Me temo que he hablado más de la cuenta —al decirlo, lo involucraba a él—. Nunca debí hablarle de su hijo Dan. Es imperdonable por mi parte.

—Aquí nadie ha hablado con nadie, caballero.

Miré de nuevo la hora.

—Trataré de venir a las seis.

—¿Con quién le digo que he hablado?

—No se moleste… Ya me presento más tarde o mañana.

Diez minutos

Volví a las redes sociales, me paseé por la casa del Porvenir, llamé a la puerta de la casa de Patricia; todo era ajeno a mí. Mi ego me impedía llamar a quien me había despachado con desprecio, por lo que me concentré en darle una vuelta a la escena del conserje para preparar el segundo asalto al colegio Europa. Me cercioré de los horarios antes de plantarme allí. Con la fortuna de no encontrarme a nadie en la recepción, tomé el camino de los despachos en busca de un rótulo con el nombre de Martin Burrows.

—¡Adelante!

Definitivamente, no pudo esconder su cara de susto.

—¿Qué haces aquí?

—Perdona, Martin. —Levanté las manos, como un convicto, estático en la puerta de entrada—. Necesito hablar contigo.

—Estoy con las correcciones.

—Solo necesito diez minutos.

Me ofreció sentarme. Callado, con los codos sobre la mesa y su mentón en los nudillos, me dio el tiempo de comenzar.

—He conocido a Alfredo Rey. —Martin no se inmutó, enarcó las cejas en señal de despiste, tal vez no conocía su nombre real—.

El tipo que ha interpretado estos meses el papel de Dan, vuestro hijo.

La tensión, ahora sí, era indisimulable en su rostro.

—Eres un hombre cabal, Martin. Explícame en dos frases este juego, y me voy.

El silencio era fantasmagórico, tanto que incluso se escuchaba el jolgorio de clases lejanas.

—No puedo explicarte nada, Álex. Siento decirte que no puedo.

—¿Eres consciente de que estoy volviéndome loco?

—Eres un tipo muy inteligente. Mucho. Incluso agradecerás mi silencio de hoy.

Jugué a practicar su silencio para acorralarlo en su timidez.

—Intenta descifrar el porqué —me propuso—. Ya quisiera yo vivir esta experiencia tuya. —Estaba al borde de la lágrima, exageradamente alterado.

—No nos ve nadie, Martin. Nadie nos escucha. Dime qué está pasando.

—No puedo.

—Dame una pista.

Me miraba apesadumbrado, buscaba encontrar una sonrisa tranquilizadora que no llegaba.

—Debes descubrirlo tú, Álex. —Agaché la cabeza, dramaticé mi ansiedad—. Hay mucho dinero en juego.

—¿Dinero? —Recordaba los cinco mil euros mensuales de Lola, doblados a diez mil los últimos tiempos, el alquiler del piso, el viaje a Nueva York—. ¿Quién paga todo esto? ¿La mafia colombiana?

—Me pediste diez minutos. —Se levantó—. Tengo que irme.

Siguiéndole el paso, sin forzar nada, apoyé la mano sobre el pomo de la puerta antes de que saliera.

—¿Cuántos hijos tienes?

Miró hacia todos lados, como si hubiera cámaras ocultas.

—Solo he tenido una hija, y se llama Patricia.

Se escurrió entre los pasillos de la escuela.

A pesar del desasosiego por la tirantez de la escena, llegué animado a casa tras digerir la potencia del mensaje de Martin, retador, que trasladaba a mí, con convencimiento, la capacidad para manejar la brújula que me sacara del laberinto y, aún más, por dejarme con la sensación de que en él tenía a alguien suficientemente bueno como para poder tirar aún más si vinieran mal dadas.

La ducha fue entregarse con placer a los mil demonios que me asaltaban para carcajearme de ellos; hacía círculos en el vaho de la mampara y asomaba la cabeza con risas de loco frente al espejo. ¡La vida estaba en mí! Sentía mi piel roja del agua hirviendo, mis antebrazos fibrosos apretados contra mis piernas al enjabonarlas, el éxtasis de sentir cada gota bajando por mi cuerpo animal, dispuesto al asalto de quien quisiera poner dinero con el que desafiar mi intelecto, jugando a un doble o nada que no terminaba de rematarme.

A pesar del deseo, no quise masturbarme. Planté el portátil en la alfombra del dormitorio, me lancé desnudo bocabajo sobre la cama y entré en la página de Rufo. Abrí puertas, y ventanas, pedí con mi cara más perversa ver el sexo de ellas, sus pezones, sacaba mis dedos para tocar la pantalla, me meneaba contra la almohada, cruzaba fronteras a la caza de una Lola que no aparecía, preguntaba por ella, me reía de las respuestas, bordeaba la expulsión, sacaba mi polla, les contaba que un día amé a una mujer como ellas, a la que me comía por las noches como el bebé que pide teta.

Por piernas

—¿Qué me traes? —Ya tenía el desayuno sobre nuestra mesa alta del bar cuando me senté—. Me tienes en ascuas, mamarracho.

—Vengo con los deberes, Marga. —Le ofrecía mi mejor sonrisa, la que ella me pedía sin decirme nada—. Aquí tienes.

Tomó el manuscrito, con entusiasmo, de los episodios últimos.

—Mira. —Le mostré una foto del móvil—. Así queda el corcho. Tuve que reorganizar las cartulinas de la familia de Dan.

—¿Quién entra nuevo?

—Sale Dan.

—¿Qué me dices?

—Dan no existe.

Casi se tira el café encima.

—¡No me destroces la novela, puñetero!

—Pero si es la bomba. El lector va a descubrirlo al mismo tiempo que yo. ¡No hay que cambiar nada!

—Vamos a ver, ¡que me vuelves loca! ¿Y el guapísimo de Dan?

Disfrutaba como un enano con sus reacciones; me sentía el Creador, de mí podía salir cualquier respuesta, y todas serían creíbles.

—El guapísimo de Dan ya sabes que se llama Alfredo Rey. Pues bien, es un actor de segunda y vive en los Madriles.

—¿Cómo lo sabes?

—Lo vi actuar. A dos metros de mí.

—Él te vio.

—Sí.

—¿Y qué hizo?

—Salir por piernas.

Le hablé de mi conversación con Martin, pero me guardé para mí la parte que me interesaba. Darle demasiada información podría hacerle decir cosas que yo no quería escuchar.

—Nos quedan dos citas, Álex.

—Lo sé. Está todo bajo control.

Vuelco

Nueva York, 2006

—¿Recuerdas las carreras por Riverside?

—Claro. —El semblante de Ralph era serio, a pesar de la sonrisa.

—He pensado mucho en ti estos días.

Recién dejada la maleta en Park Avenue, tras año y medio en Madrid, Dolores llamó, como quimérica cura milagrosa, a su querido Ralph.

—Me alegra saberlo. Durante muchos años creí que te habías olvidado de mí.

—No quería hacerte daño, Ralph —Dolores era sincera.

La tarde era la de los reflejos naranjas en el Dakota, el viento tenía el punto justo de frescor para no quitarse la chaqueta. Ralph aceptó el paseo, pero le rechazó la mano. Hacía cinco años que no se veían; al menos dos desde que Dolores dejó de responder a sus mensajes. Fue por Germán que supo de su boda, del nacimiento de su hijo.

—¿Cómo se llama el crío?

—Rafael.

—¿Así? ¿En español?

—Sí —respondió Ralph sin atisbo aparente de emoción.

—¿Sabe tu mujer que yo te llamaba así?

—Nadie sabe que tú me llamabas así, Dolores.

La vergüenza le subía por el cuello hasta ponerse colorada. Recién retornada de España, acudir a Ralph era una suerte de desprecio hacia el grandullón, de comunicarle que ya no optaba a nada mejor que él, premio de consolación de sus ansias de encontrar su lugar en el mundo.

En todos los restaurantes veía a Patricia, en cada conversación salía. Su padre, reservado como nunca, ignoraba nombrarla. Debía intuir el terrible papel jugado por su hija en Madrid.

—Papá, ¿cómo verías que me reincorporase a la fundación? Traigo mil ideas de lo visto en España.

—Cuando quieras, hija. La fundación es tu casa.

El pacto tácito de no hablar de Patricia debía durar lo suficiente para recomponer relaciones. El mayor reproche de Germán fue decirle «tú siempre serás mi hija» al poco rato de aterrizar.

—Estamos demasiado centrados en temas de pura beneficencia, papito. Podríamos patrocinar iniciativas que tengan que ver con los intercambios culturales.

—¿Eso viste en Madrid?

—No todo ha sido encerrarme a mercadear con nuestras acciones.

—No lo haces mal, Dolores. Pensé que ya habías encontrado tu camino por ahí.

—Hay una vida cultural brutal.

—Te apuntaste a todos los saraos, hija. Así es más fácil. Pero tal vez eso no sea conocer la España real. También en Madrid debe de haber muchos Harlems.

Desarbolada por la frialdad de Germán, Dolores quiso hablarle de su encuentro con Ralph, de sus propósitos por reconducir su vida hacia una mayor iniciativa empresarial; en el fondo, sin embargo, hervía la necesidad de aclararse a sí misma cómo iba a entender su vida sin ver a Patricia cada tarde. Ya todo estaba perdido, las amenazas se habían vuelto contra ella.

—¿Defraudado conmigo, papi?

—No.

—Nos conocemos desde siempre, te adoro. Dime qué piensas de mí.

—El mundo es grande, Dolores. El mundo es enorme y tienes más dinero del que mucha gente pueda soñar reunir en toda su vida. Eres pasional, inteligente, tienes un cuerpo maravilloso y la belleza de tu madre Liliana… ¿Por qué tuviste que irte a Madrid?

—Ella nos traicionó, papá.

—¿A quién? A mí, no. Yo la sigo queriendo. Tiene a su madre enferma, un hermano desquiciado. Estaba lejos de su patria.

—Se llevó tu colección. ¡Has dejado una fortuna en sus manos!

—¿Tienes problemas de dinero, hija? ¿Hay algún cuadro que hayas visto y no puedas comprar?

—¡Papá!

—Dime qué necesitas, plantéame un reto. Yo te apoyaré.

—No entiendes lo que esa mujer supuso para mí.

—En tu mano estaba recuperarla, sin embargo te has plantado allí para amenazar su vida, para intentar volver loco a su hermano, para amedrentarla con lo que podrías conseguir hablándole a la policía de su pasado. ¿Es eso el amor, Dolores?

—¡Calla! —No sostenía sus propias piernas apoyadas sobre el suelo.

—Yo la amé con locura, pero puedo ser su padre. Nadie nunca me quiso tanto, ni me cuidó como ella, hija. Han sido años maravillosos a su lado.

—¿Y yo?

—Tú la has querido de forma egoísta, Dolores. A la gente no se la puede confinar en un reducto para amarla. Amar significa darle alas para que sea feliz. Si lo haces así, siempre te amará.

Los años que compartieron Ralph y Patricia en Nueva York, a pesar del destrozo objetivo que supuso para él la aparición de la española, fueron dulces. Patricia adoraba el trato amable, un punto sumiso, de Ralph hacia Dolores. Él, en cambio, envidiaba la capacidad de ella para sacar carcajadas a su amada. Se buscaban. No había cena más completa que no fuera de tres.

Dolores pensó, como muchos humanos en etapas de su vida, que esos tiempos serían eternos; Ralph siempre apretaría con sus manos gordas los anillos en su dedo, Patricia siempre pasearía al atardecer con ella de vuelta de Central Park. En su explosiva inocencia de lealtades extremas, Dolores actuaba sin medir fuerzas, con el vano subconsciente del amor sin trabas, sin darse cuenta de que cada abrazo a Patricia era un disolver en azucarillo el corazón de un Ralph que admitía, sin hacerlo, que nunca podría capturar los sueños de Dolores.

Hubo un día en que Ralph se declaró ofendido. Dolores había anulado una de sus cenas con milanesa y vino chileno por una gripe sobrevenida. Él, soliviantado una vez más, fue a olvidarse con un gin-tonic en Le Caprice. Verlas allí, cogidas de la mano, fue un terremoto destructor. Sus palabras, nacidas del dolor, rompieron el lazo que ya solo agarraba él con fuerza.

—Me he comportado cruelmente con Patricia, Ralph. —Era la segunda tarde en el café Mercer; no podía aguantar tanto dolor, ni tenía a quién decírselo, sino a Ralph.

—Cuéntame con calma. —A expensas de destrozar un matrimonio tranquilo, Ralph no dudó en aceptar una nueva invitación de una Dolores recién llegada de su aventura madrileña.

—No sé si podré. —Lo decía de corazón.

—Claro que podrás. Soy tu Rafael de siempre. No me asusta nada que pueda venir de ti.

—Verás... Yo he querido con locura a Patricia.

No hacía falta tanto dolor, pensó Ralph.

—Perderla ha sido desgarrador. —Le tomaba la mano, por momentos consciente de lo que suponía compartir eso con quien la idolatró—. Mi amor por ti siempre ha sido profundo, mi pequeño Rafael... Más inocente, menos arrollador...

—¿Qué pasó en Madrid, Dolores?

—Quise vengarme de ella.

—¿Por qué?

—Por haberme dejado abandonada. —Dolores se deshacía, con ansiedad, de las caricias de Ralph—. ¡Porque me arrebató a mi padre...!

—Dolores…

—¡Porque se llevó la colección de arte contemporáneo!

—Fue un regalo de tu padre. Estuvieron mucho tiempo juntos.

—No he podido soportarlo, Ralph. No he sido persona.

—Cuéntame qué pasó en Madrid.

Con la lágrima detrás de la oreja ya sí se sentó Dolores a su lado, consciente de que no podría terminar el relato sin hundirse en la miseria que ella misma había creado.

—Un día ella me contó cosas terribles.

Ralph palideció.

—Una noche que andaba con fiebre, recibió una llamada de su madre. Le hablaba de un nuevo ingreso de Dan en un psiquiátrico.

—Pobre chico…

—Ella, con 39 de fiebre, quiso hacer las maletas para volver. La retuve, la amenacé, la duché con agua fría. Conseguí calmarla… No entendía esa pasión animal por su hermano. ¡Era incesto!

—Exageras, Dolores.

—Entonces me contó cómo ella una tarde, a solas en casa con su padre, asqueada de sus miradas, de sus borracheras, de sus tocamientos… lanzó, a la bañera donde él se bañaba, una afeitadora conectada a la luz.

—¿Murió?

—Lo mató, Ralph. ¡Sal de tu mundo de Disney! ¡Mató a su padre!

—¿Lo investigaron?

—¡No! Accidente doméstico. Nadie protestó. Así lo certificaron. Todo quedó ahí. Su madre se casó con uno de los profesores de inglés del instituto en el que daba clases, tuvieron a Dan, y volvió la normalidad a la casa. —Dolores cerraba los ojos, intentaba no escuchar el murmullo de estudiantes en el café, era importante recordar con precisión, sacar de sí lo que ella había elaborado de los relatos de Patricia—. Pero siempre, a escondidas, hablaban del episodio de la bañera con terror. Juraron que no saldría de sus bocas nunca. Hasta ese día de la fiebre…

Ralph no sabía qué decir.

—Ella tomó a Dan como a su hijo, lo cuidaba como a un ángel, como a un muñeco. Ya viste cómo le hablaba. Estaba enamorada de él.

—Son interpretaciones tuyas, Dolores.

Se acomodó en el sofá, ausente de los comentarios de Ralph. Por fin podía sacar al aire la historia de Quini.

—Para demostrarle quien era, sedujo a su mejor amigo. Para restregarle su poder a Dan. Demostrarle quién era ella. Le gustaba follar cerca de él, para que la oyese. Esperarlo a la salida del instituto, para que los viese.

—¿Eso te ha contado ella?

Dolores asintió.

—Pero ese novio adolescente, diez años más pequeño que ella, era una especie de reencarnación del padre de la bañera. La vejaba, le pegaba, la cohibía, ejercía sobre ella una fascinación que le impedía despegarse de él. Hasta que empezaron los empujones, hasta que un día le destrozó una bici, hasta que otro día la violó… —Dolores narraba esa noche de fiebre con precisión milimétrica—. Dan, el autista Dan, el ángel protegido por las dos brujas conspiradoras, lo descubrió. En un instante de debilidad, Patricia se confesó.

Ralph agachaba la cabeza, para hacer bajar el sonido de la narración de Dolores, compungida, exorcizada.

—Dan fue a hablar con él con sangre fría. Tenía todo pensado. No había bañera ni afeitadora, pero había mamado desde pequeño cómo se solucionaban esas cosas. Le hizo redactar una nota en la que suplicaba perdón a Patricia, para después aprovechar un descuido de él, y tirarlo por el balcón.

Ralph se tapó la cara, acongojado.

—¡Suicidio en toda regla! Una familia inteligente y sin escrúpulos.

Por fin se atrevió a mirarlo, a Ralph.

—Fui a Madrid con la idea de destrozar la vida de los dos hermanos. —Ralph no quería escuchar más—. Lo preparé todo durante semanas. Tenía que conseguir que confesaran. No había otra forma que no fuera atacar al eslabón más débil. Ese eslabón era Dan.

—¿Qué hiciste?

—Contraté a un mercenario para que lo volviese loco.

—¡Dolores!

—¡Mi naturaleza es horrible!

—Amor…

—¡Soy mala! Quise vengar a un par de borrachos maltratadores, ¡quise encerrar a Patricia en la cárcel de por vida...!

—¿Qué ocurrió?

—A Dan lo encerraron en un psiquiátrico de nuevo. Conseguí volverlo loco. —Se secó los mocos y las lágrimas con una servilleta de papel—, pero no su declaración.

CEBO

LA MADRUGADA DEL MIÉRCOLES ME LEVANTÉ CON UNA LLAMADA de Dan.

—¿Sí? —contesté, dormido.

Lo escuché resoplar. Supe que era el Dan de siempre. Maldecía a Alfredo Rey. No cabía reproche que le espantara de esa llamada que tan difícil debía haberle resultado hacer.

—Soy Dan.

—Te echaba de menos. —Era sincero.

—¿Cómo te va?

Miré la pantalla del móvil. Era un número oculto. Alfredo se defendía.

—No estoy mal, Dan. Sigo con mis artículos, enderezando mi novela, mis carreras por el río…

—¿Qué tal con Silvia?

—Silvia desapareció.

—Vaya…

—Como tú. Como tu hermana… —No quería seguir por ahí. Podía colgar en cualquier momento para desaparecer definitivamente.

—Lo siento.

—Gracias. —Merecía sus disculpas.

—No debía estar llamándote.

Sus palabras me llevaban donde él quisiera, tenía que dejar fluir. Me abracé a la almohada, aún el sol no había terminado de salir. No sé cuánto de Dan había en Alfredo.

—¿Vamos a vernos? —pregunté.

—Solo quería saber cómo estabas.

Su silencio provocaba respuestas en mí que me condicionaban.

—Estoy defraudado, Dan. O Alfredo. ¿Cómo debería llamarte?

—Lo siento, Álex. Eres un buen tío.

Como el condenado a la espera del tiro de gracia, aguardaba el momento de oír su teléfono comunicar. No tenía agilidad mental para mantenerlo enganchado.

—Ayúdame, Dan.

—No me hagas esto.

—Me estoy volviendo loco, ¿sabes?

—Dan nunca existió, Álex. —Quedé inmovilizado a la espera de más información—. Dan era el cebo.

—¿El cebo?

—Lo siento de corazón.

Colgó.

El rol de Patricia

Encontré a Charo, como sospechaba, en la galería.

—¡Qué alegría! —Su gesto era sincero.

Su desaparición en plena vorágine me mosqueaba.

—Me tienes abandonado —protesté, con un tono infantil no falto de sarcasmo.

Me dio dos besos, me agarró fuerte con sus pequeñas manos.

—Estás delgado, chaval.

—La mala vida.

—La vida bohemia del escritor en plena producción. No es momento de molestarte, Alejandro. No creas que no me apetece llamarte, pero sé que Marga te ha puesto deberes y vas contrarreloj.

—Así es.

Me apetecía preguntarle qué sabía a través de Marga de todo lo que bullía en esa historia, pero no quería darle pistas; resultaba más interesante que ella delatara con sus dudas qué sabía y qué no. La memoria es frágil, yo quería aprovecharme de esa debilidad en ella, en no dejarle claro cuánto y qué me había contado de la familia Cordero. ¿Sabría por Marga que yo ya estaba al tanto de que Dan no existía? De mis labios no iba a salir esa información.

—Me dijo Patricia que hubo cabreo la otra noche —me tiraba de la lengua.

—Por su parte, imagino. Montó un numerito, tiró el dinero sobre la mesa del Gallinero y se largó. Yo seguí cenando tranquilamente.

—Es una mujer pasional.

—Supongo. —Jugaba bien mi papel de gallego.

—He pasado más tiempo en Madrid que aquí últimamente, como sabrás.

—¿Cómo iba a saberlo? —Eché un vistazo a los cuadros embalados para la que supuse próxima exposición, sin imaginar que estaba desalojando definitivamente la galería—. Hace tiempo que no hablamos.

—¿Te pasa algo conmigo?

—No.

Los dos sabíamos que sí. Había habido una mentira, un resbalón tonto en sus preguntas que me hizo perder la plena confianza que un día tuve en ella; la traición se paga cara en las amistades incipientes. Nos mirábamos con ganas de recuperarnos, sin poder hablarlo todo.

—Sí, la galería es mía, cariño.

Sentado sobre su mesa, esperé con una sonrisa indulgente sus explicaciones.

—Patricia quería jugar ese rol contigo, ya ves.

—¿El rol de intelectual, de empresaria, de ricachona?

—El rol que le solicitaba su hermano.

Ahí se frenó. Me ponía a prueba, ¿o no? ¿Me forzaba a descubrir mis cartas? ¿Quería que le dijese que Patricia no tenía ningún hermano?

—Lo hizo bien.

—¿El qué? —preguntó, confusa por sus propias estratagemas.

—Su rol de galerista.

Charo propuso un café, yo simulé una cita que no tenía, para no escarbar más en unas contradicciones que me hacían pensar en que esa mujer no era sino una farsante que podría echar abajo mis últimos meses de trabajo si decidiese envenenar las ganas de la editorial por publicarme. Era mejor mantener un perfil plano.

Persecución

Había nervios. La llamada de Dan me confirmaba que había nervios. Mis hocicos estaban entrando en sitios inesperados. Yo había jugado muy bien el juego propuesto, no sabía cuál, hasta que empecé a ser molesto. Mi torpeza detectivesca me causaba enojo; quería descubrir sin tener las armas, faltaba capacidad analítica en mí, al tiempo que valor para enfrentar determinadas situaciones; dejaba conversaciones a medias por miedo a preguntar más, quería saber y no saber, en tanto el tiempo concluía para mi siguiente cita con Marga. La novela podía pasar de promesa a pastiche en cuestión de días. Solo me animaba la pasión de mi editora por defenderla.

Daba por seguro que pediría un esfuerzo final, un órdago, para rematar coletazos o bien construir un final apoteósico a base de una confesión en situación violenta. Era novelista y ejecutor, participaba en la historia que construía, construía la historia en la que me había dibujado como héroe, al que cincelaba con estereotipos propios que tranquilizaban mi conciencia. Yo escribiendo del escritor que quería ser.

La historia debía continuar.

Calculé la hora de cierre de la galería para comer, me acerqué a la calle Santa Bárbara. A pesar de mis temores de ver a Nacho echando la reja, tuve la fortuna de que Charo estuviese aún allí. Tiró hacia la Campana. El trazado de Trajano me ayudaba a seguirla sin ser visto. Entró en El Corte Inglés. La seguí por las escaleras mecánicas con soltura, dispuesto a hacerme el encontradizo en el momento en que un giro de su cabeza me delatara. Llegó a la planta de Electrónica. Buscó un rato entre portátiles hasta hacerse con un Mac. Lo pagó a tocateja. Se fue. Miró la hora, aceleró el paso. Se dirigió al ascensor. Bajé a la carrera las cinco plantas zigzagueando entre los escasos clientes de esa hora de mediodía. Me aposté entre los puestos de maletas de cuero y Carolina Herrera. Temí haber llegado tarde. Salí a Alfonso XII. Nada. Giré hacia la plaza del Duque. Nada. Volví a entrar. La vi tomar un taxi.

—Por favor, puede seguir a su compañero. Ese que toma hacia las Setas.

—¡Qué emoción, caballero! Siempre he soñado con que me pase esto.

—Si no lo perdemos tendrá una buena propina. —Era divertido jugar a James Bond.

Tal como tomó la ronda, intuí que nos dirigíamos a la Buhaira. Efectivamente, llegábamos a casa de Patricia.

—Ha estado perfecto. —Pagué con cincuenta euros—. Pena que no haya habido derrapes.

—¿Quiere mi tarjeta? Otra vez que tenga problemas, me llama y llego en un santiamén.

Había llegado allí para quedar como un pasmarote apalancado frente al portal de quien no quería volver a verme. Entré a tomar una cerveza en el Velouté, pegado a las cristaleras con suficiente campo de visión. No llegó la cerveza y las vi salir. Llevaban una maleta. Miraban la hora, esperando a alguien. Charlaban animosamente, Patricia reía a carcajadas. Me acaloraba por momentos pensando que hablasen de mí. Inquietas, miraban hacia el portal. Por fin salió una chica corriendo, con una maleta de mano.

¡Era Silvia!

TERCERA PARTE

TALLUDITA

Madrid, 2016

DOLORES VOLVIÓ A MADRID, CON LAS HERIDAS CURADAS, DIEZ años después de su último contacto con Patricia. Todos los reproches quedaron empañados por sus propias torpezas, tornadas en justificables para sobrevivir; amar no era sencillo, el dolor era inevitable cuando se quiere de forma desmedida. La venganza jurada se había desmoronado, las amenazas pasadas le causaban sonrojo. Aterrizó en Barajas para depurarse, tras un largo período de reflexión experimentada en sus propias carnes, que le confirmaba que no había una sola escena en que pudiese concentrar su ira hacia Patricia; los monstruos los había creado ella misma a partir de lo que imaginaba que Patricia pudo hacer, pensar, pretender o simular.

Ya no había vitrinas tras las que mirarla salir del portal, sino una aparición comedida, serena, en la galería de Doctor Fourquet. Quien cantó venganza eterna se rendía al influjo del remordimiento. Los nervios le impedían mantener una respiración sosegada, así que paseó un par de veces de Atocha a Lavapiés hasta conseguir marcarle el ritmo a un corazón acelerado. Se aseguró de verla sola y entró.

Patricia leía en su postura preferida, con los tacones por el suelo y las piernas recogidas, altas, sobre su pecho. Por el título, Sunset Park, no pudo deducir si todavía seguía leyendo en inglés.

—¿Aún te quedan novelas de Auster por leer? —Era un instante definitivo, en el que todo se podía ir al garete. Todo estaba en Patricia. Confiaba en su sensibilidad.

—Dolores…

Cohibida por su físico estropeado, subiendo la cabeza para no mostrar los desgarros del tiempo, a paso lento, Dolores se acercó. La emoción le impedía distinguir si los ojos vidriosos de Patricia eran lágrimas o no. Debían de serlo, porque escondió la cabeza entre sus rodillas. La colombiana se acercó a su altura, suplicó por que no entrase nadie en la galería y le tomó el pelo.

—Siempre tuve envidia de esta cabellera tuya tan loca, Patricia.

Patricia le ofreció la mano, la acarició.

—Vine a suplicar tu perdón, querida mía. No puedo continuar viviendo sin tu perdón. Me come por dentro el daño que te hice.

La mano de Patricia apretaba la suya como toda respuesta.

—Dime que todo te va bien, mi españolita. Dime que sí.

Obtuvo un sí a su invitación para almorzar, no mucho más. La emoción y unos clientes empalagosos impidieron saber más. Se citaron en la calle Huertas.

—Me ha dado tiempo al menos para retocarme, Dolo. —Pensó que ya nunca nadie la llamaría así—. Me cogiste medio dormida y sin maquillar.

—Siempre tan presumida. —Por fin cruzaron sus miradas de forma franca—. Sigues siendo tan descarada, Patri. ¿Qué miras así? —Ella sonrió—. ¡Ten quietas tus pupilas de una vez! —Su risa de entonces—. ¿Es que no ves que ni me atrevo a girar para pedirte tu cerveza? Mira qué doble mentón desastroso. —Se tocaba el cuello—. Deja de mirarme así.

—Mi niña colombiana…

—Tu niña está talludita.

—Mírame a mí, no hay cremas ya que arreglen esto.

—Eres hermosa, Patricia. Tu hermosura es atemporal. Lo sabes.

—¿Cómo está tu padre?

—Está muy viejito, tranquilote, medio drogado con tanta pastilla. —Tuvo que mentir.

—¿Sabe que estás aquí?

Dolores asintió.

—¿Le dijiste que me buscarías?

—Sí. —Volvió a mentir.

—Imagino que se alegrará.

—Imagino que sí, Patricia. Aunque él lo lleva todo esto con dolor.

—Entiendo.

—No perdonó aún mi comportamiento de hace diez años. Eres un tema tabú.

Se hizo el silencio propio de quienes buscan reordenar las ausencias. Pidieron de comer aún con el estómago cerrado.

—¿Mi padre no te escribió en todos estos años?

—No. —Entonces fue Patricia quien mintió.

Era la primera vez que Dolores entraba en su casa de Claudio Coello. Ya le había advertido Patricia, sin entrar en detalles, que estaba sola.

—Ya no aguanto a nadie.

La amplitud del salón, las cristaleras inmensas de cegadora luz madrileña, las fotos de Nueva York, todo desprendía clase, una vida vivida, emoción.

—Vendí mi piso de Park Avenue.

—¡No! —exclamó Patricia—. ¿Vienes a reconciliarte conmigo para decirme que ya no podré disfrutar de esas vistas? —Echaba de menos ese tono socarrón en ella—. ¿Dónde te has ido ahora?

—Dejé las cosas en casa de papá. Quiero encontrar mi lugar en el mundo.

Patricia se apoyó, impactada por la frase, en las estanterías de la gran biblioteca heredada de su madre.

—Volví con Ralph, ¿sabes?

—Dolores... —Patricia tapó sus labios con la mano derecha, emocionada.

—Terminamos hace unas semanas. Se hartó de mí. —Patricia intuía que era verdad—. De que no lo quisiese como merecía, de mis continuos cambios de humor respecto a él.

—Él tenía un niño, ¿no?

—Sí. Un hombrecito al que adoro. Es lo que más voy a echar de menos, a ese angelito que ya está en Harvard con sus estudios de abogacía. Pinta que va a acabar siendo alguien importante. Rafael se llama.

—Siento que se estropeara, Dolo.

—Lo sé.

Tostadas

—Tengo dos cosas que decirte, Álex.

Desconcertado por su ímpetu, dejé a Marga hablar sin tiempo para sacar el manuscrito de mi cartera.

—¡Puedes hacerlo mejor, joder!

—Lo sé.

—La historia, con la desaparición de Dan y la aparición pornográfica de Lola, ha ganado un montón en explosividad, pero está todo manga por hombro. Me entregas escenas memorables entre otras que no sé dónde te quieren llevar.

—Ni yo mismo lo sé.

—Respuesta incorrecta.

—Cuando te cuente lo que he descubierto, lo entenderás.

—No, Álex. Verás. ¡Sí! Ahora me cuentas lo que necesites, ¡estoy deseando escucharte! Pero vamos a hablar de lo que tenemos hasta ahora. No vengo con la moral muy alta. Desde Barcelona achuchan, y no tengo nada presentable que enviar. De hecho, voy a coger un vuelo para allá y poder ver a mi jefe en persona.

—Lo siento.

—Eres el nuevo Dicker. Lo tengo claro. El tiempo, sin embargo, se nos viene en contra. Pierden calidad tus escritos. Está todo desordenado.

—Me estoy volviendo loco.

—Menos loco… Álex. Necesitas estar concentrado. Ya no caben más recursos, está todo salpimentado. Frena, reflexiona, márcate el objetivo final.

Me tomé las tostadas de dos atracones, con el aceite bajándome muñeca abajo. Trataba de imaginar qué presiones no estaría recibiendo Marga para colocarme en esa tesitura. Ella me dio un puñado de servilletas para que me limpiara, yo me dejé limpiar sin atender al ofrecimiento.

—¿Puedo preguntarte algo, Marga?

Afectada por su propio recibimiento, inquieta por la expresión en mí, Marga asintió dando un sorbo al café.

—¿Eres realmente una editora?

Casi se tiró el café encima con su carcajada.

—¡Pero claro que soy editora! —Abrió los ojos como no se pueden abrir más grandes—. ¿Qué paranoia es esa?

—No te creo. No me creo nada.

—¿Estás alucinando?

—¿Qué argumentos hay para invertir en mí? Quiero escucharlos.

—Escribes de fábula, estás como un cañón y tu novela está en la línea de Dicker, que tiene tu edad, peor físico, una historia menos compleja y un marketing espectacular.

—¿Quién os hizo llegar mi manuscrito?

—Charo.

—¿Quién es Charo?

—Una mujer muy bien relacionada, no te lo niego.

—¿Contactó ella contigo?

—No.

—¿La conocías de antes?

—No.

—¿Entiendes mis dudas?

—Sí. Las entiendo. Toma tu chaqueta y vamos a la oficina. Elige a uno cualquiera de los trece que tenemos en plantilla, te metes con él o con ella en la sala de juntas y lo interrogas sobre mí a saco.

—No es necesario, Marga.

—Para mí, sí. ¡Hala! Vamos para arriba.

Reforzado en mis convicciones, insistí en pedir disculpas a Marga.

—No son necesarias. Vente a mi despacho, que tienes mucho que contarme.

Le hablé de Silvia, lo que la desconcertó más que muchas otras noticias.

—¿Pero esa mujer se acostó contigo?

—Me sé su cuerpo de memoria.

—Joder. Habrá que meterse en las webs porno de los médicos residentes.

Solté una carcajada de las que no recordaba.

—Deja que me ocupe del suplantador de Dan —me pidió ella.

—De Alfredo Rey prefiero ocuparme yo, Marga.

—Ok.

Dejó de tomar notas. Mi tremebundo desasosiego se le contagiaba.

—No sé si a ti se te habrá quitado el mosqueo conmigo —confesaba Marga—, pero lo cierto es que ahora soy yo la mosqueada. Necesito que me aclaren muchas cosas.

—¿Comienzas a dudar de mi valía?

—Calla, tonto. Calla.

Acordamos que no era momento de redactar ni corregir, sino de componer la estructura final antes de que se cayera como un castillo de naipes. Con una extraña excitación, me envalentoné con la postura de Marga. No había margen de duda en su credibilidad. Sabía que se ocuparía de retener las prisas de la editorial, por lo que solo me quedaba esperar a que al día siguiente retomase Alfredo Rey sus funciones de microteatro en Madrid.

Había sido contratado para representar un papel de víctima, papel que bordó. Necesitaba saber quién lo fichó, con qué argumentos, a cambio de qué. La llamada que me hizo no era sino un acto de penitencia por la mala conciencia. Debió integrar en sus tripas que yo era un tipo noble, quizás pesó el haberme tomado cariño. Todo se conjuraba para tirar de ese eslabón; se hacía menos tormentoso que volver a entrar como un intruso en la casa de Martin y Aurora, con esa vieja de cabeza perdida gritando sandeces que no tenía ganas de interpretar si eran reales o forzadas.

Rufo

Madrid, 2016

La mañana que amaneció en casa de Patricia, Dolores se despertó alterada por la presencia sonora de un hombre de tono grave y hablar pausado. Tras escuchar el tintineo de una cucharilla de café, decidió ducharse. Le incomodaba hacer acto de presencia en el salón con un desconocido inesperado, así que se vistió con lentitud hasta que se mantuvo el silencio un tiempo prudencial como para pensar que ya estaba Patricia a solas.

—Buenos días. —Un hombre alto, corpulento, seguramente al tanto de su presencia, se levantó a saludarla—. ¿Es usted la famosa amiga colombiana de Patricia?

Ella no pudo sino sonreír, agasajada por los dos besos muy españoles del caballero.

—Soy Rufo. Encantado. —Patricia no aparecía por ningún lado—. Ha sido toda una sorpresa esta visita, ¿no?

—Para mí no —ironizó, prudente, Dolores—. ¿Dónde está Patricia?

—Se ha echado un rato. Ha pasado mala noche. Se ha levantado un poco desubicada.

—Vaya, ¿es usted su médico?

—No, Dolores. Soy una suerte de asistente personal.

Ella quería saber todo de él, pero no sabía cómo preguntarle sin mostrar ansiedad. Absorta por los tatuajes en sus manos, grandes y velludas, Dolores se sentó por fin.

—¿Podrías prepararle un café medio decente a una colombiana?

—Puedo intentarlo.

El tiempo del café se le hizo eterno, suplicando por que Patricia no se despertase. No podía imaginar qué tipo de relación pudiese haber entre ellos, pero estaba convencida de que había dinero por medio, sexo también; de golpe le entraban celos, se sentía fuera de lugar, espiada; por momentos pensaba en una jugarreta de Patricia, su venganza; se planteaba hasta qué punto no podría ser normal una amistad entre un hombre apenas entrado en los cuarenta con una mujer veinte años mayor.

—Lo creas o no, soy un buen barista.

Dolores perdía poder al sentirse cohibida por la masculinidad de Rufo, avasalladora con sus complejos de mujer ajada. Observó cómo colocó cada taza, las magdalenas.

—¿Un poco de azúcar?

—Media cucharilla, por favor. —La voz le salía ronca—. Me encanta tu acento castellano.

—A mí el vuestro, Dolores. Aunque no sabría imitarlo, todo me sale con acento mexicano de Cantinflas.

—Yo tengo un don especial para imitarlos. —Se atrevía, por fin, a levantar la cabeza. Le horrorizaba sentirse mayor—. Y el vuestro es muy sencillo de copiar, ¡tan exagerado! Esas ges tan guturales, esas zetas rotundas. —Sabía que, hablando, podía conquistar su curiosidad.

—Me gusta la gente observadora. —El tono de Rufo, sin duda, era en son de paz.

Mejor no hablar aún de Patricia, pensó.

—Yo lo soy, desde siempre. Tal vez porque nací en una selva tropical, rodeada de verde, casas bajas y mucha montaña. Pero, de golpe, un día aparecí en Manhattan. Todo era nuevo. Creo que desde entonces tengo estos ojos tan grandes.

—Hermosos.

—Es de lo poco que me va quedando hermoso con la edad.

—Entiendo de la fascinación de Patricia por ti, Dolores.

—No sé de qué fascinación hablas.

—Sí lo sabes.

Dolores decidió soplar el café y enmudecer.

—Han tratado a Patricia durante años de una depresión brutal. Tú aparecías por todos lados.

—Ella es fuerte. —Dolores simulaba el impacto de esa frase metiéndose en el café.

—Así es. Mucho. Ya quisiera la cuarta parte de su arrojo para mí.

—Yo no sé nada de sus últimos diez años.

—Creo que algo te contó de su principio de demencia…

A Dolores se le partió el corazón al escuchar la rotundidad de la frase.

—Eres duro, Rufo.

—A las cosas, para tratarlas bien, hay que llamarlas por su nombre. Parece ser algo genético. ¿Conociste a su madre?

—Sí. —Agachó la cabeza; el impulso de llorar le vino como una arcada incontrolable, que supo controlar.

El silencio, sin embargo, hizo de las suyas. Se olvidó del mundo exterior pensando en esa Aurora loca de atar y la maldijo por haber destrozado para siempre la cordura de su hija. Una pena inmensa se apoderó de sus gestos, que no controlaban el llanto sobre la taza de café. Se tapó la cara, se le acercó Rufo, que apartó su café, le tomó la cabeza y la apoyó con toda naturalidad en su pecho de macho.

—Llora lo que tengas que llorar, Dolores.

—No es nada. Ya se pasa. Ya se pasa… Ha sido una reacción extraña de mi cuerpo.

—Lo entiendo.

Se apartó, cohibida.

—¿Será muy rápida la degeneración?

—Podemos ralentizarla.

—¿Cómo?

—Tú vienes muy bien para ello, Dolores. Todo lo que venga del pasado le ayudará a mantener más fuerte la cordura. Son como rocas en medio del mar para quien no tiene ya fuerzas para nadar.

En una mañana luminosa y fría, de varios cafés, Rufo resumió, con calma, sin atajos, los últimos diez años de Patricia.

—A su lado me siento un golfo redimido.

—¿Qué significa golfo aquí en España?

—Un tipo sin principios.

—¿Lo eres?

—Algo siempre queda.

Con fluidez espontánea, sin necesidad de preguntas, Dolores comprendió que Patricia tal vez no llegó a ser del todo consciente de sus malas artes diez años atrás, enclaustrada en su enorme sentido de culpa hacia un pasado compartido con Dolores que no alcanzó a construir mejor.

—Tu recuerdo la martirizaba en cierta forma. No haber sabido quererte como merecías. —Enrojecía escuchándolo—, haberse enamorado de tu padre, admitir gestionar su colección de arte contemporáneo, instalarse en un piso pagado por él en Madrid. Todo llevaba a la flagelación contra su almohada.

—Yo no fui una santa, Rufo.

—Sí. Intentaste vengarte. Fuiste cruel.

—¿Qué sabe ella?

—Que viniste hace diez años como una fiera rumiando venganza, dispuesta a destrozarlo todo.

Dolores palidecía.

—Así fue, Rufo…

—Pienso que fue olvidando la parte mala, ¿sabes? En sus terapias hace años que no aparece ese odio explosivo que llegó a sentir por ti. No sabe apreciar el daño que le hiciste, no lo recuerda al menos…

—¿Y lo de su hermano? ¿No le asalta a menudo la muerte de Dan?

—Hubiera muerto joven igual.

—¡Hay días en que yo quiero morir! ¡Haber sido tan torpe, tan retorcida, tan malvada!

—Lo fuiste.

Ella lo miró de reojo.

—Sí. Claro. A las cosas hay que llamarlas por su nombre, es eso, ¿verdad?

Rufo asintió.

—Aquí ninguno somos santos.

Sin decirlo, Rufo dejó a entender que mantenían, o mantuvieron, relaciones sexuales. Insinuó, sin decirlo, que él frenó sus ansias de enamorarse de él. Dejó entrever que él, avispado, se aprovechó de su situación económica. Confesó, con giros de palabras elípticas, que apenas lo tenía a él en los días más duros. Traslucía, sin embargo, un profundo respeto en Rufo por la figura de Patricia, una adoración inquebrantable hacia la corajuda feminidad de su existencia, hipnotizado a fuego lento por su enorme capital de seducción, su presencia de mujer total.

—¿Eres tú quien la recoge cada día en la galería?

—Soy yo.

—¿Vienes cada día a despertarla?

—O envío a alguien.

—Te doy las gracias, Rufo.

—Aprecio tu agradecimiento, Dolores.

—Es muy hermoso lo que he estado viviendo esta mañana aquí. Una lección de vida.

—Suscribo tus palabras.

La emoción era fuerte.

—¿Me imaginabas así? —preguntó ella.

Él asintió.

—Vi muchas fotos tuyas.

—Llevo mal el paso del tiempo.

—Puedo imaginarlo. Patricia habla de ti como la persona más presumida que haya conocido.

—Ella, en cambio, está bella.

—Patricia es espectacular, es una reina de otro mundo.

A cada pequeño ruido proveniente de la habitación de Patricia, quedaba congelada la conversación entre los dos.

—¿Fue la muerte de Dan la causa de su depresión? —Aún le costaba pronunciar su nombre.

—Y la de su madre, vinieron casi seguidas.

—Pobre mía…

—Pero no. Ella andaba fuerte. No sé de qué resorte sacó energía para atacar el mundo. Su nervio no era sino un homenaje a la gran Aurora. Si sucumbía ella, no quedaba nada.

—¿Entonces?

—Apareció un chaval. Un efebo masculino de belleza brutal que la subyugó, la volvió del revés, le hizo subir al cielo, la mimó como a una santa y se la folló como si tuviera veinte años. Estaba recién llegado, con 18 años, de su pueblecito de Galicia, se encontraron por internet. Tu amiga le sacaba 34 años. No se separaron desde ese día. Ella nunca le habló del profundo dolor de su existencia, sino que le entregó lo mejor, lo más resplandeciente que había en ella, volvió a ser la que provocaba terremotos pateándose las calles del Village con su maleta. Reorganizó su vida, se hizo inversora, le puso el mundo a sus pies.

—Desgraciada...

—No, Dolores. Envidio lo feliz que fue. Ese niño la quiso con una locura desmedida.

Se oyó una puerta abrirse. Patricia entró majestuosa en el salón, vestido ajustado violeta, tacones que picaban el parqué y el maquillaje preciso.

—Veo que ya os conocéis.

Dolores, embobada, la miraba en todo su esplendor, como una Betty Davis de vuelta al escenario glorioso de sus mejores momentos.

—Vamos a pasearnos por Madrid.

Glory Hole

Por el movimiento en la taquilla intuí que esa noche apenas había público. La última sesión era a las 11.30 h, no podía entretenerme con la cena. Bebí el alcohol preciso para estar fácil, sin dispersar, atento a las jugadas de quien podía salir corriendo para darme esquinazo por las calles de Madrid. La clave era empatizar, así me dijo Marga. «Ganas mucho con tus silencios, Álex. Tu mirada fija dos segundos es el más sutil y efectivo de los interrogatorios posibles». Creía en ella. Desde el último desayuno, era transparente en todo lo que concernía a la publicación; e incluso más ácida en lo que a la crítica literaria se refería. «Repites continuamente el adverbio casi, Álex. ¡Las cosas son o no son!». Yo tomaba el Word y me fusilaba cada «casi», revoloteando con cierto hormigueo en el estómago escenas que no quería retomar. Aún.

En todo caso, el viaje a Madrid me lo hice acompañado por todos los manuscritos equivalentes a la etiqueta verde de Dan, que se abrían con mi accidente de coche en su portal. Parecía que nos separasen siglos de ese momento; me sorprendía mi capacidad de entonces para hacer el cafre, imbuido por la potencia de mi compromiso con Lola. No podía, por tanto, echar nada en cara a la maleabilidad de Alfredo Rey. Yo había sido manipulado igual que él, tan falto de honestidad como pudo haberlo estado él. Sin embargo, yo, no había tomado el teléfono para preocuparme por él como persona, saber cómo estaba. Simplemente quería averiguar el porqué de toda esta farsa para alimentar mis egos de escritor.

Salió el público. Apenas siete personas, mediana edad, sonrientes. Se apagaban luces en el edificio. Lo vi salir. Su figura, con la mochila a cuestas, me produjo una incontrolable ternura. Tras una hora de pie sin cambiar de postura, las piernas me temblaron, literalmente, cuando comencé a seguirlo por Malasaña. Mi pretensión de abordarlo tornó, en un embate de malicia, hacia un espionaje inexperto por saber quién era sin pasar por el filtro de lo que él me quisiera contar. Llegó a la plaza de los Carros. Entró en un portal. Enojado con mi torpeza, hice por buscar una luz que se encendiese para aferrarme a un punto donde poder dirigirme.

Helado de frío, me senté a esperar con la mirada fija en el portalón de entrada. Confiaba en que el sábado noche y el estrés posterior a la actuación le llevasen a salir a desfogar; mi mente era frágil esos días, lo que se reflejaba en un corazón que pasaba del latir más descontrolado al oír una puerta abrirse, a la desazón más ridícula al verme tirado en esa acera, tras un viaje preparado expresamente para una charla amistosa a la salida del teatro. Irme a dormir implicaba perderle la pista, obligado a volver otro fin de semana o esperar todo el domingo junto al portal a expensas de que a mi querido actor le diese por salir a darse un paseo por el Rastro.

Cuando el frío hacía de las suyas con mis ánimos, el portal se abrió.

Con la excusa de temer asustarle en esa plaza poco luminosa, volví a seguirlo. Fue caminando todo el tiempo tecleando el móvil. Bajé el volumen al mío por si le diese por llamarme. Subió calle Toledo arriba camino de la Plaza Mayor sin levantar la cabeza, en un recorrido sin duda memorizado. Su aspecto frágil al atravesar la plaza, de andar reconocible, me hizo pensar cuánto del afecto que llegué a sentir por Dan podía trasladarse a Alfredo Rey. La medicina que yo acepté aplicar, inoculándole el virus de la amistad hacia conmigo, parecía confirmarse de efectos reversibles. Caminaba tras él con un cierto componente de esperanza en recuperar el cariño que una vez, pensé, me tuvo. No se entendía de otra manera esa llamada seca de complicidad con la que justificarse. O limpiarse. Cierto, yo no había sido honesto con él, pero Dan no era sino otra marioneta gobernada por un mercenario. Cruzó Gran Vía a la altura de Callao. Temía perderme entre tanta gente y mis disquisiciones; temía que se encontrase con alguien y diese al traste con mis intenciones. Vacilante, aceleraba y deceleraba el paso al ritmo de mis miedos. Giró en la calle Libertad para meterse en el Black & White. No tenía otra opción que entrar. El noventa por ciento de la clientela eran hombres; por las miradas supuse que todos gais. Alcé con discreción la mirada por buscar a Alfredo. No aparecía. Entré en el baño. No estaba. La forma del bar, en línea, me permitía asegurar que no había salido de allí. A pesar del tumulto, conseguí hacerme con un hueco en la barra más cercana a la puerta de salida.

—Buenas noches —me saludó Alfredo desde el otro lado. Con camiseta bien ajustada presumiendo de cuerpo petado, su mirada impactante de ojos azules me desarboló. Estaba nervioso—. ¿Qué te pongo?

—Dan…

—Te confundes, no conozco a ningún Dan.

—Perdona, Alfredo. Ya sabes lo que tomo. Pónmelo bien cargado, estoy nervioso.

Me lanzó una media sonrisa infinitamente interpretable antes de girarse a prepararme el gin-tonic. Su soltura indicaba que llevaba tiempo atendiendo la barra de ese bar de ambiente. Trajo todos los aderezos donde yo estaba.

—¿Tú sí te llamas Álex?

Asentí. Rechacé jugar con la botella al notar que mi mano temblequeaba. Él también lo notó, lo que le dio ventaja.

—¿Qué te pareció la obra?

—Sorprendente.

—Conseguiste que me saliese del papel. —Me escrutaba con sus ojos. No había reproche.

—Me di cuenta.

—¿No imaginabas que pudiera bordar ese papel de maricón?

—Eres actor…

—Y maricón. Una reina de la noche madrileña.

—No digas eso, Dan… Alfredo.

—¿Te asustan los sitios así? —endureció el tono.

—Sabes que no —contraataqué bajando la tensión con una sonrisa.

—No sé nada, Álex. —Terminó de servir la copa—. Perdona, pero tengo esto hasta arriba. Mi zona es al fondo de la barra. Vine a servirte por no hacerte un feo.

—¿Te importa si me paso allí?

—El cliente no tiene restricciones aquí, ni siquiera hace falta ser gay para entrar.

—Venga, joder. Vine por agradecer tu llamada del otro día… —Se marchó a la otra punta del bar.

Tres gin-tonics cargados más tarde, bajaron las luces del bar. Conforme la clientela fue reduciéndose, dejó de jugar al papel endiosado que yo le propiciaba interpretar, tocado, agasajado y pretendido por borrachos de físico mediocre, para cruzar conmigo miradas, hoscas al principio, que me daban la esperanza de poder prolongar la conversación con él.

—Te lo has bebido todo.

No sabía ni responder. Apenas haber cenado, los nervios de la persecución, su reacción al verme, todo había contribuido a que bebiera las copas con tal regodeo que el alcohol hizo de mí un pelele poco capacitado para construir, ni siquiera poner en pie, el relato que yo había venido a rematar.

—Te lo pasas bien con el móvil. —Alfredo no podía disimular las horas de espionaje desde la barra—. ¿Era por evitar que alguien intentara ligar contigo o chateas a las tres de la mañana?

—Con Marga —respondí, haciendo esfuerzos por no vomitar.

—¿Personaje real o ficticio?

—Real.

—Ya me contarás. —Limpiaba la barra con chorros de ginebra Rives—. Si tienes fuerza para mantenerte en pie.

—No me encuentro del todo bien, Dan.

—Me encanta que me llames Dan.

—Alfredo…

—Llámame Dan.

Sí, Marga estaba despierta al otro lado del teléfono. También tomaba copas, en Barcelona. También en un sitio gay, el Arena, con un amigo de la universidad que me transmitía consejos, a través del Whatsapp de Marga, sobre cómo conquistar a un homosexual sin necesidad de acostarse con él.

Tras bajar la música, apagaron las luces. Alfredo se deshizo de un chaval musculado que le prometía el paraíso, mientras se atiborraba a chupitos con los últimos clientes.

—Me tengo que poner a tono —me guiñaba el ojo.

Propuso un garito no lejos de allí.

—Es un sitio heavy, de cuartos oscuros y salas de *glory hole,* pero en la barra de arriba estaremos tranquilos.

Sin querer preguntar qué era un *glory hole,* acepté. Hacía meses que no sabía lo que suponía caminarme la ciudad alcoholizado con el sol insinuándose cercano. Supliqué por un agua con gas, pero Alfredo pidió dos gin-tonics.

—Me encanta verte tan frágil.

Yo solo sé que reía sus frases, que sentía la pulsión sexual en su mirada. Quería a ese chaval.

—No voy a acostarme contigo, Dan. Soy muy heterosexual.

—Hay una canción de Fangoria que me gusta utilizar en estos casos, ¿sabes?

Negué con la cabeza.

—Viene a decir… —tarareó— …no me digas no a lo que no te pregunté…

—Pero te quiero, Dan…

—No lo estropees, Álex.

—Me tomé al pie de la letra hacerme amigo tuyo, ¿sabes?

—Así que esa era tu misión. —Se rio a carcajadas—. ¡Hacerte amigo de Dan!

—¿Lo conseguí? —pregunté con ojos entornados, veía literalmente doble.

—Pregúntaselo a él.

—Me encuentro mal. —Sudaba.

—¿Dónde tengo que llevarte?

—Un hotel de Gran Vía. Villa de la Reina.

—Está cerca. ¿Llegarás sin vomitar?

—No nombres la palabra.

Insistí en que subiera con el argumento de mi estado deplorable. Me echó agua fría en la cabeza; tras tirar de mis botas y sacarme los pantalones, cerró las cortinas a la luz del amanecer; se acostó a mi lado. Yo me abracé al Dan al que un día me pagaron por unirme. Sentí su cuerpo duro y el corazón acelerado. Con elegancia, me retiró los brazos de alrededor de su pecho.

—No soy de piedra, Álex.

Nos despertó la camarera de habitación con golpes secos en la puerta.

—¡Dos minutos! —gritó Alfredo.

Sin poder moverme, vi cómo se colocaba los pantalones, descorría las ventanas y se disculpaba con la señora.

—¡Perdone, me quedé dormido! Salgo ya. —Cerró la puerta—. Señor Álex, hay que largarse.

—A sus órdenes. —Me reí a carcajadas.

—¿Y esa risa?

—No sé. Me estoy acordando del día de ayer.

—¿Y?

—Me parece todo esto entrañable, simplemente.

Alfredo hacía gestos de complicidad, pero no se dejaba llevar por la emotividad de la que yo, sin intención, quería impregnar la escena.

—¿Siempre has tenido ese acento? —le pregunté.

—El de mi familia de Segovia, sí. Contigo, en Sevilla, practiqué un andaluz relajado que entrené con un follamiguete malagueño que tengo por aquí cerca.

—A ver, recuérdame. Tengo memoria de pez.

Con cara de guasa, terminó de meterse la camiseta por los pantalones.

—Mi hermana Patricia abusó de mí de pequeño, quillo. —Se sentó frente a mí para calzarse los zapatos. Su acento andaluz era impecable, nada forzado—. La cabrona se metía en mi cama cuando yo tenía catorce años, me magreaba. Yo sentía cómo se quitaba el sujetador y apoyaba las tetas contra mi espalda. Luego me tocaba las tetillas hasta empalmármelas y me susurraba guarradas al oído.

—¿Qué te decía?

—Que quería sentir mi polla llenándole la boca.

—Joder.

—Me metía las manos por detrás, me abría las piernas, me cogía los huevos y pasaba los dedos por los pelillos. Sentía sus pulseras en mi culo mientras me decía que ese era nuestro secreto, que podíamos hacerlo, porque no éramos hermanos de verdad.

Tras saber que esa tarde tomaba un autobús para Segovia, convencí a Alfredo para invitarlo a comer donde él quisiera. El paseo por el Rastro fue un ir y venir de ánimos encontrados en el que tantearnos, a partir de preguntas sutiles, con el objetivo primero de no estropearlo todo.

—Fui contratado, Álex, con una cláusula muy clara de confidencialidad. —Incómodo con el paseo público entre tanta gente, miraba hacia todos lados.

—Yo también, Alfredo. Pero el contrato terminó.

—Di mi palabra de que era un compromiso de por vida.

—¿Te pagaron bien? —No sabía qué preguntar.

—Como nunca me han pagado.

Me llevó a una calle estrecha, cercana a Embajadores, en la que poder asegurarse de que nadie nos seguía. Nos introdujimos en un portal. Estaba nervioso.

—Esta gente tiene mucho dinero, Álex, y no sé si muchos escrúpulos.

—Consigues asustarme.

—Quedémonos aquí un rato. Hay que confirmar que nadie nos persigue.

Estuvimos allí más de una hora, en la que él me habló de los conflictos con su sexualidad.

—Pertenezco a una familia castellana muy rancia. A estas alturas podría estar gestionando una de las empresas de equipos farmacéuticos de laboratorio de mi padre, con un despacho inmenso en las torres de Madrid.

—¿Qué lo impide, Alfredo?

—Mi ego. Mi familia me ha dicho con claridad que no aceptará que yo meta a nadie en casa como yo.

—Como tú…

—Maricón.

—Ya, ya…

—Entré en la academia de Cristina Rota más como terapia que por vocación, ¿sabes? Así rompía mi timidez y ponía a prueba mi capacidad para vivir otras vidas. No imaginas lo que yo sudaba en las primeras clases de interpretación. Pensé que me echaban a las primeras de cambio, que el corazón me reventaba de ansiedad.

—Agradezco que me cuentes esto…

—¿Sabes cuál es el arma que me salvó? —Negué con la cabeza—. Sé que a ti te lo puedo contar porque quizás sea tu caso.

—A ver.

—A mí me salvó ser tan guapo. —Lo entendí—. Ahora me ves así, con cuarenta tacos, pero yo he sido un tipo espectacular, ¡pura carne! De los que dejan un puñado de miradas babeantes por la calle. Fui inteligente para canalizar esa energía en mi beneficio. No he sido buen estudiante, ni buen actor, ni un chaval especialmente brillante en nada. Pero era objeto de deseo, para mujeres, hombres, viejos y chavales. Tú eres la hostia de guapo, Álex, no te estoy contando nada que no sepas.

—No sé si yo lo he sabido utilizar bien, pero sí sé que me ha abierto muchas puertas.

—Tenlo por seguro, tío. Con ese careto tuyo es difícil no quedarse embobado.

—¿Terminaste en Cristina Rota?

—Repetí un par de cursos, pero sí.

—¿Y?

—Ya ves. Trabajando en bares de ambiente para poder subsistir.

Se oyeron pasos, quedamos en silencio a la espera. Pasó un chaval espigado, en chándal, que nos miró tras sus gafas de sol. Nos quedamos mirando sin poder asegurar nada.

—¿Cuánto le habrán pagado a este? —ironizó.

Comimos en la estación de autobuses un par de bocadillos con mi estómago aún cerrado por la resaca. Tenía que obtener más información, aunque ya contaba con confirmaciones irrefutables que daban cuerpo al relato. Era imprescindible, sin embargo, encontrar un hilo del que tirar para dar con el verdadero Dan. Encontrar a la persona que pagó a Alfredo. Descubrir cómo construyó su interpretación.

—¿En base a qué montaste tu personaje? —me atreví a preguntarle.

—En función de la historia que me contaron.

—¿Quién?

—Quien fuese…

—Alfredo, por favor.

Él dejó lo que quedaba de su bocata en el plato, se limpió. Volvió a mirar a su alrededor.

—¿Recuerdas el tipo que me amenazó con delatarme a la Seguridad Social por no dar de alta a mis empleados del catering? —Afirmé con la cabeza—. Menuda empresita tenía yo montada, ¿eh? —Reía—. Esa oficina en un décimo piso, esa sala de juntas… ¡es lo más parecido que voy a tener al despacho imposible de las torres de Madrid! —Se reía con toda la boca abierta, lo que le hacía aún más atractivo—. Esa escena la preparé con él. Teníamos que provocarte desasosiego, que vieras que yo estaba en peligro y, quizás, tú también.

—¿Quién era ese tío?

—El de los tatuajes en los dedos, Rufo. El que me pagaba cada mes cinco mil euracos. Un personaje el muy cabrón. Lo hacía bien, no hay que negarlo. Pondría la mano en el fuego por que se gana la vida como productor de cine. Tenía todo controlado. No había dudas.

—¿Fue él quien te contactó?

—Sí. Sé que entrevistó a mucha gente.

—¿Dónde?

—En un bar por la calle Carretas.

—¿Iba improvisando o tenía a Dan muy definido?

—Verás. Yo estoy formado en el método Stanislavski. No sé si lo conoces. —Asentí, con poca rotundidad—. Se lo expliqué a él. «Rufo, yo necesito conocer las circunstancias previas de este chaval para poder hacerlo creíble». Entonces él me contaba todo tipo de detalles, que nació en una familia bien, que su madre enviudó de un tipo violento y alcoholizado, que su padre era americano, que él sufría síndrome de Asperger. No sé si conseguí dar con la clave de esa enfermedad… ¿qué piensas?

—Yo me lo creí.

—Pienso que metí demasiado la pata. Muy emocional en mis reacciones contigo. ¿Qué te pareció la escena en la que estaba sentado en la acera frente al restaurante?

—Me afectó mucho.

—Lo puedo imaginar. Me avisó Rufo con poco tiempo. Imagino que os espiaba. Salí a todo gas y me planté allí, sin resuello. Estaba muy nervioso, entre la carrera que me di y el efecto que sabía que iba a producir en ti…

—¿Conocías a la colombiana?

—No. A ella personalmente no. Pero sí sabía el papel que interpretaba.

—¿Qué papel interpretaba, Alfredo?

—El de amante de mi hermanastra.

—¿Por qué buscaba volverte loco? —insistí.

—Por hacerle daño a ella.

—No entiendo.

—Recuerda que yo soy su osito de peluche, su hermano pequeño, y que soy un desequilibrado mental.

—Sigo sin entender. ¿Qué pretendía?

—Joder, pues hasta ahí puedo leer, porque el resto del guion no me lo dieron.

Le bloqueé el brazo.

—Esto lo pago yo.

—Estoy rompiendo todos mis principios. He vivido muy bien estos meses gracias a ese contrato. Ya estoy arrepentido de todo lo que he hablado, majete…

—Te lo agradezco en el alma.

—Tengo que coger el autobús. —Evitaba el sentimentalismo en su relación conmigo.

—Ese Dan tiró a un tío por un balcón. —Buscaba nuevas confesiones en Alfredo.

—Sí —admitió.

—A un chaval de Barbate acogido por sus tíos… —Tenía que sacar el hilo del que tirar.

—Más que por sus tíos, por el patrón de un barco.

—¿Un barco?

—Mira la prensa. El «Nueva Casilda». Es un hecho real. Búscalo por Internet.

Me dio un abrazo. Sudaba. Se montó en el autobús.

RETIRO

Madrid, 2016

SIN ACEPTAR LA INVITACIÓN SINCERA DE PATRICIA, DOLORES SÍ DEcidió cambiar de hotel para estar más cerca de ella en esos días de primavera en Madrid. No quiso decirle que estaba buscando un apartamento para no crear falsas esperanzas, quizás más en ella misma que en Patricia, que implicasen dependencias difíciles de desenredar. En dos días se hizo a una rutina en la que no había otras obligaciones que no fueran las de atender a su amiga. Llegó a un pacto con Rufo, que lo liberaba a él de los desayunos y los traslados matinales entre su casa y la galería.

—Necesito que me indiques con un gesto cuándo piensas que estoy divagando, Dolores.

Ella aceptó el reto, acordaron que el gesto sería colocarse la mano en la frente, temerosa de lo que pudiese afrontar. Rufo le dio un par de consignas médicas que tenían que ver con la realización de ejercicios y, sobre todo, con la práctica continua de la conversación.

—Habla mucho con ella, Dolores, y hazlo del pasado. Ordena los acontecimientos en su cabeza.

Las rutinas incluían una medicación abundante y regular. Poco tiempo atrás sufrió un ictus que la tuvo atemorizada durante meses. Ahora le costaba dar detalles acerca de ese episodio, tanto como explicar el porqué de cada pastilla.

—Esa tiene que ver con los coágulos... —Se quedaba en blanco.

—Dolores.

—Se me va tu nombre.

—Cuando se te vaya, te lo recordaré. No le des mayor importancia.

Apesadumbrada por sus propias injerencias, tardó un mundo en afrontar que no podía dejar pasar más tiempo sin comunicarle la muerte de Germán años atrás.

—Me encanta pasear por el Retiro, Dolores. Hay días en que cierra la galería este hombre...

—Rufo.

—Y me vengo aquí, con esto —enseñaba su busca—, por si me despisto.

—¿Lo has usado alguna vez?

—Llevo tiempo sin usarlo. Creo que sí. Una vez en el baño. ¿O fue en casa de mis padres?

—Hace tiempo que tus padres no están aquí.

—¿Dónde están? —La miró, extrañada.

—Tu madre murió hace tiempo, Patri. Tu padre vive ahora en Nueva York con Eleanor.

—Eleanor...

—Tu tía.

—Sí, claro, sí, lo sé. Simplemente oigo su nombre y me produce una gran felicidad. ¿Qué es de ella?

—Eleanor es un hada madrina, Patri. Siempre lo fue. Ahora es un hada viejita. Cuando te llame tu padre esta noche le preguntaremos.

Rufo le explicó cómo conectarse por Skype con Martin un par de veces por semana.

—¿Qué recuerdas de Germán, amor?

Patricia le tomaba la mano cada vez que Dolores la llamaba con palabras cariñosas.

—Recuerdo que lo amé profundamente.

—¿Cuándo dejaste de saber de él?

—No lo sé. ¿Le ha pasado algo?

Dolores sintió frío por todo el cuerpo. Recordó sus últimos días vagabundeando por los pasillos, apoyado en las paredes, con pasos milimétricos, sin nada de comida en el cuerpo, esquelético, gritando el nombre de Patricia.

—¿Sabes que yo soy su hija?

—¡Claro! Tú eres hija de Germán y Liliana, la mujerona que no soportaba Manhattan. ¿Vienen para Madrid?

—No, Patricia. No vienen. —Le hizo el gesto acordado de pérdida de memoria, tocándose la mano con la frente—. Germán, mi papito, hace años que murió.

Patricia, horrorizada, ralentizó el paso, tomó el busca en sus manos y lo pulsó con toda la fuerza de sus dedos afilados.

—No quiere que entres, Dolores. —Le comunicó Rufo en la puerta de la habitación—. Está muy afectada por la muerte de Germán. Todo se le ha venido encima, sufre una especie de conexión tremenda con la realidad. Lo ve todo claro. No quiere saber nada de ti.

—Quiero morirme en este instante, Rufo…

—Aquí no se va a morir nadie, Dolores… Vete al hotel, recupera tu ritmo normal unos días. Yo prometo avisarte cada noche con los avances de Patricia, ¿ok?

—Mejor nos vemos, me acerco. Donde tú me digas.

—Ok, ok… Mañana lo hablamos con calma. Ahora vete a descansar.

Paralizada, Dolores no tenía fuerzas para salir. La reacción de Patricia la había destrozado por dentro; no había redención posible.

—No sé qué hacer con mi vida, Rufo. Estoy muy mal.

—Tranquila. —La acurrucó entre sus grandes brazos—. Tranquila, Dolorcita. Tranquila… —Le dio besos en la frente—. Ven, siéntate, vamos a aprovechar que tu amiga se ha quedado dormida para prepararte un té.

Consumida por su desconsuelo, Dolores se sentó.

—Yo no quise hablarle de la muerte de Germán —aclaró Rufo en susurros—. Lo supe hace año y medio por boca de Martin, en uno de sus viajes a Madrid. Patricia ya había sufrido el ictus, consideramos conveniente no decirle nada. Ella siempre pregunta por él y Martin le dice que le envía recuerdos.

—Pero si no se hablaban, yo no podía pensar que…

—No se hablaban porque Patricia nunca perdonó que Germán rompiese con ella…

—¡De eso hace tanto!

—Lo sé.

—Mi padre lo hizo con el corazón roto, para que rehiciera su vida. Era aún joven, él apenas salía ya de casa, no podía apenas moverse, ya ni decirte montarse en un avión…

—Patricia nunca lo comprendió. Ese abandono le afectó muchísimo.

—Mi Patri… Todo lo hicimos mal.

—Pero siempre preguntaba por él. Martin inventaba historias que la entretenían. En todas esas historias Germán era feliz.

—¿Yo salía en esas historias inventadas? —preguntó, agarrada a un cojín, la frágil colombiana.

—No, Dolores. —Rufo agachó la cabeza tratando de buscar la frase—. En esas historias inventadas tú ya vivías en Colombia, cuidando de la vieja Liliana.

Los encuentros en un café de Claudio Coello se sucedieron durante varios días.

—Le he dicho que te has vuelto a Nueva York.

—¿Y qué dice?

—No dice nada, Dolores.

—Ya…

—¿Qué pudiste hacer tan grave para que ella reaccione así?

—Imaginé que lo sabías —justificó ella.

—No sé qué parte de la historia sé, ni cuánto de interpretación de Patricia hay en ella. Es un tema que rehúye, algo que le duele. Sé que viniste hace diez años a Madrid con idea de hacerle daño.

—Es cierto.

—¿Qué ganabas con ello, Dolores?

—Yo solo he amado a una persona en mi vida, Rufo. ¡Con todo mi corazón! —Hablar del tema a Dolores le suponía irremisiblemente llorar—. Esa persona es Patricia. En ella se juntaba todo lo que una persona puede soñar cuando ama. La deseaba, la admiraba, me procuraba protección, miraba por su futuro, me reía con sus expresiones españolas, la buscaba a todas horas. Era mi diosa.

—No supiste perderla…

—No. Rotundamente no. No supe. Me desquicié. Ya no sabía pasear por Central Park. Saqué toda la mierda que había en mí, toda la soberbia de mi dinero rebosante, todos los contactos de mis años de prestamista, todo lo acumulé en un torbellino de rencor.

—Pero hacía tiempo que…

—Ella reaccionó con excesiva crueldad a la ruptura de mi padre. Él quiso hacerlo de la mejor manera por ella, pero Patricia no lo entendió así. Luego mi padre quiso recomponer la historia, pero ella se negó a responder a sus llamadas, ni a sus cartas, ni a los intermediarios que mi padre interpuso.

—No lo sabía.

—Mi padre moría de amor. Fue la gota que colmó el vaso.

Burrows

A pesar de nuestros continuos mensajes, Marga y yo preferimos no adelantar nuestra cita hasta el desayuno previsto de los jueves. Se acababan los plazos, le prometí llegar con los deberes hechos. Le hablé de la conversación con Alfredo en la estación de autobuses; me pidió concentración en transcribir todo lo hablado. «Sin dilación». Le pedí ayuda con el Nueva Casilda, a lo que ella se comprometió.

—Me corre prisa.

—Dame unas horas.

—¿Todas las editoras sois así de guais?

—Solo las que nos jugamos nuestra carrera con una novela.

Coincidía con Marga en que no tenía otra tarea que no fuese la de escribir, a pesar de que los frentes abiertos me tentaran a realizar llamadas a diestro y siniestro para encontrar explicaciones que temía caídas en mi desmemoria. La imagen de Charo, Patricia y Silvia tomando el taxi se repetía en mi cabeza. Adentrarme en aclararla podía hacerme perder el pie. Sí, era cierto que con Charo aún mantenía la armonía, no me había hecho aún ningún feo e incluso llevaba con cierta dignidad mis desplantes hacia ella. Le escribí un mensaje para invitarla a cenar en casa; era una forma de ponerme plazos para resolver el asunto de Dan. El lunes lo ocuparía en la reconstrucción de los episodios madrileños, el martes en estructurar lo que del Nueva Casilda pudiera contarme Marga y ya esa misma noche tendría que tener preparado un cuestionario que desplegar, con sutileza, en mi cena con Charo. Solo quedaba que aceptase la invitación.

Las etiquetas se me desparramaban por la mesa del comedor. Muchas hablaban de traiciones, aunque una vez que estas se exploraban, como era el caso de Dan, la traición se volvía contra mí. Yo era el primer traidor. Jugaba al mismo juego que ellos, incluso por la misma cantidad de dinero. Rufo era el gran organizador, aunque como bien dijera Alfredo, al catalogarlo como un magnífico productor de cine, habría que entender quién era el director de la película. Sorprendería montar todo este cacao sin un objetivo previo, bien definido, en el que costaría aceptar que no hubiese un interés económico de por medio que justificase tamaño tinglado. Ahí venía mi miedo. Volcar tanto dinero en una farsa podría convertirse en tragedia si la meta última no se alcanzase. De pronto, temí por Alfredo Rey.

—El Nueva Casilda es un pesquero que naufragó en Barbate por un golpe de mar, Álex. —Caminaba por el paseo de Torneo cuando recibí la llamada de Marga—. Está muy bien documentado en la prensa de la época. Murió toda la tripulación, salvo un par de pescadores.

—¿Aparecen los nombres de cada uno de ellos?

—Sí. Con todo lujo de detalles —aclaró Marga—. Estos dos hombres recibieron la invalidez permanente. No pueden ver el mar ni de lejos.

—¿Dónde encaja ahí la historia de Dan?

—Te lo cuento el jueves.

—¡Ni se te ocurra!

—No quiero distraerte, ¿cómo llevas las escenas de Madrid?

—Escritas.

—¿Has revisado todo lo anterior?

—No voy a revisar nada, Marga. Lo escrito, escrito está. Debe ser el lector quien vaya descubriendo las contradicciones junto conmigo.

—No lo veo.
—El jueves te explico.
—Ok.
—Cuéntame lo de Barbate. ¿Has dado con el tal Quini?
—No se llama Quini.
—¿Existe?
—Sí.
—¿Hijo de uno de los pescadores muertos?
—Sí.
—¿Y su madre?
—Era viudo.
—Joder.
—Fue la abuela quien pidió al patrón que sacara a ese niño de allí. El ambiente de dolor era inmenso, las condiciones de vida miserables.
—¿No se fue con sus tíos a Sevilla?
—No. El patrón lo acogió en su casa.
—En el Aljarafe.
—No. En un barrio bien de Madrid.
¿Madrid? Hubiera preferido no oírlo. ¿Dónde quedaban entonces las bajadas desde el Aljarafe a la casa del Porvenir? Mosqueado por el descubrimiento, volví a insistir a Marga.
—¿A ese niño lo enviaron a Madrid?
—Sí, Álex.
—¿Has conseguido hablar con la familia?
—Me temo que sí.
—¿Y eso?
—Ese chaval apareció muerto, caído de un tercer piso. Dejó una nota de amor.
Se me estremeció el corazón.
—¿A quién?
—No me han querido decir.
Impactado por la noticia, no sabía si agradecer la valentía de Marga o dudar de nuevo de su papel en esta historia.
—Estoy asustada, Álex. No sé si debo contar esto a la editorial…

Charo llamó al telefonillo con mi mesa del salón desarbolada. Mi cabeza estaba lejos de mí, con la imagen de ese chaval estrellado contra el suelo. Con ella nada tenía que fingir; pese a ello, era quien menos confianza me inspiraba. Formaba parte del juego, su reunión con Patricia y Silvia terminó de demostrarlo, y aun así se arrogaba el papel de mi mentora. No tenía nada que ganar dándole cuerpos de ventaja; debía limitarme a observarla a la espera de que su doble juego cayera como fruta madura.

—¡Qué alegría es siempre verte, Álex! —Chiquita, tenía que ponerse de puntillas para darme los besos—. Qué bien hueles.

—Me duché deprisa y corriendo. No estaba con pintas como para que me vieras.

—Te veo bien enredado en la novela. ¡Qué ilusión! —Sus ojos parecían ser sinceros. Trasteó con las etiquetas en sus manos. Cada vez veo menos mi color verde aceituna en tu corcho... ¿Cómo avanza?

—Se complicó mucho estos días. No hay forma de cerrarla en condiciones.

—Algo me contó Marga.

—Estoy con el entripado de no saber si abandonar, Charo.

—Sabes que no vas a hacerlo —dijo, con convencimiento—. La editorial ha apostado fuerte por ti. Déjate aconsejar por Marga, son muchos años tutelando a autores.

—¿Una cerveza?

—Claro.

Nos tanteábamos en un juego en el que no sabía qué componentes de cariño comprado había en ella. Se aplicaba bien a la tarea. Durante un buen rato me habló con naturalidad de sus métodos de respiración para luchar contra los ataques de ansiedad.

—Los arrastro desde lejos, ¿sabes?

—Desde la muerte de tu marido, imagino.

—Pobre Eugenio... —musitó—. No, Álex, nací con ansiedad nada más pegar el primer grito. Tomo todo muy a la tremenda, me agarro fuerte a la gente que amo. Sufro.

—Tendré que anotar esos ejercicios.

—Tú eres de otra piel, Álex. Se te ve venir. Eres sano.

—¿Qué te lo hace pensar?

—Tu mirada, tu forma de escribir, el buen trato que tienes con la gente. Tu capacidad de escucha, tú no sabes el valor que tiene eso. ¡Es oro en un hombrecito de tu edad!

A falta de ingredientes, decidí preparar unas salchichas de bote. La nevera estaba vacía.

—Ya sabes que a mí me gusta todo, cariño. —Se asomó a la nevera—. Voy a hacerte una compra en el mercado. No puedes mantenerte a base de yogures.

Yo movía la sartén, excitado por controlar algún grito histérico de protesta. Llamarla zorra, pedirle explicaciones, amenazar con denunciarla. En cambio, bebía mi cerveza con la postura tranquila que debe tener un hombrecito que tiene buen trato con la gente. Era importante cenar rápido o gritar. No había una tercera opción.

—¿Sabes con lo que sueño estos días de tanta meditación?

—No... —No quise preguntarle qué le llevaba a practicar tanta meditación esos días.

—En los períodos en que me asalta la ansiedad me da por recordar a mi primer novio. Es una terapia para mí traer a la mente cómo me acariciaba la cara cuando yo la apoyaba en sus rodillas, cómo tomaba mis manos con las suyas, ¡enormes!, para llevarme de paseo; cómo las apretaba y me clavaba en el dedo unos anillos que heredé de mi abuela. Me retorcía de dolor con el apretón de sus manos, pero lo soportaba porque no había mayor muestra de amor por esta niña despistada.

Vi en ella una emoción sincera que me llegó; pero mi corazón era un bloque de hormigón acolchado al que no era fácil acceder de lleno.

Se marchó como vino; yo quedé a solas con tres cervezas en el cuerpo, musitando las preguntas que le habría hecho en una nueva oportunidad perdida. Había algo que me decía que no lo estaba haciendo mal. No me había delatado, cuando ella seguramente había venido a controlar el campo para enviar un nuevo informe al gran manipulador a quien no conseguía poner cara ni nombre.

La prioridad era dar recorrido a lo descubierto por Marga. Suponía que era posible entrevistarse con la familia que acogió al huérfano de Barbate. Si les aportaba luz, quizás podrían darme la información precisa para llegar al Dan que un día arrojó al chaval por el balcón. Quién sabía si todo este juego no era una trama organizada por el patrón de la compañía para vengar la muerte de su protegido. Desvelar, en forma de novela, la verdadera historia de un aparente suicidio.

Antes de acostarme para meditar en la oscuridad los pasos a dar, escribí a Marga un mensaje para obtener los datos de aquella familia. Tenía que conseguirlos antes de que la editorial cerrase la puerta a la posibilidad de contactar con ellos. No había mayor pesadilla para una publicación que pensar en verse metida en problemas judiciales.

Ya en sueños, sentí el pitido del mensaje de respuesta de Marga, mientras yo paseaba por las calles deformadas de Madrid y veía correr despavorido a Dan de la escena del crimen.

Sin tener la seguridad de ser bien recibido por el patrón del Nueva Casilda, llegué a Atocha. Las dificultades se plantearon al acceder a la urbanización de Alcobendas. Un guardia de seguridad me preguntaba por el objeto de mi visita desde su garita. Le dije, con todo el aplomo de que fui capaz, que era amigo de la familia. Tomó el teléfono interior.

—¿Su nombre?

—Alejandro Panelas.

Cerró la puerta y habló por teléfono.

—No conocen a nadie con ese nombre.

Ante la falta de alternativa, jugué a todo o nada.

—Dígales que vengo desde Barbate, era compañero de clase del hijo que adoptaron.

El vigilante me escrutó con cara rara. Cerró de nuevo la puerta. Tras unos segundos eternos abrió la barrera.

—¿Sabes cómo llegar?

—No —confesé.

Los apartamentos, austeros, tenían un tamaño fastuoso. Los grandes muros defendían a los vecinos como un búnker. Salió al paso un señor canoso de piel morena, más arrugado de la edad que representaba, con un caminar elegante a pesar de una indisimulable cojera.

—Fernando. —Me ofreció la mano.

—Alejandro. —Se la apreté.

—Si te parece damos un paseo por aquí fuera. Me viene bien caminar.

Me transmitió paz. Mis huesos se pusieron en su sitio y el sudor se evaporó.

—Tú no pudiste ser compañero de Eduardo.

—No —confesé.

—Él tendría ahora 40 años.

—Lo sé.

Me tomó del antebrazo.

—Nombrar a Eduardo en esta casa es un sacrilegio, Alejandro. Has tenido suerte. A esta hora suelo estar en el centro de Madrid con mis cosas… Si hubiera sido mi mujer quien hubiera atendido al de seguridad, habría llamado a la policía.

—¿Por qué?

—¿Te gusta leer?

—Mucho. —No quise arrogarme el papel de un escritor que aún no era.

—¿Conoces a Doris Lessing?

—De oídas. Premio Nobel, ¿no?

—Sí. Verás… Nuestra familia es numerosa. Numerosa como las de antes, con cuatro hijos. Conservadora. Y muy católica. Especialmente mi mujer. Yo, te confieso… soy un papanatas con mucha suerte.

Se paró en seco.

—He dedicado toda mi vida a soportar la presión de mantener el imperio que, como hijo único, heredé de mi padre. Hubiera dado todo por nacer sin dinero, aunque te resulte estúpido.

—No me lo resulta.

—Cuando desde todas las televisiones me llamaron esa puñetera tarde de agosto para decirme que a un barco de mi flota se lo había zampado un golpe de mar, yo no supe reaccionar. Pusieron extractos de audio en los telediarios en que yo aparecía como un imbécil, Alejandro. Fui juzgado por temas navales cuando yo casi no sé nadar en una piscina.

—¿Qué pasó? —Ya pensé que no me quedaban colores en mis cartulinas para este nuevo personaje, subyugado como estaba a él en apenas cinco minutos.

—Me condenaron a dieciocho meses de cárcel por cuestiones de normativa legal. Afortunadamente, no tuve que entrar en prisión. Soy demasiado débil como para haber podido soportarlo.

—Nadie está preparado para eso, supongo... —Quise decirle que sabía lo que era visitar a una madre entre rejas, pero no vi oportuno romper la conversación, aunque con ello ganase importancia a sus ojos.

—Quien peor lo llevó fue mi mujer. ¡Imagina la deshonra! —Se mesó el cabello recordando aquellos días—. Era algo siniestro —me susurró—. Tan pronto se santiguaba como se relamía pensando que por fin nos pasaba algo grande. Algo que podía redimirnos ante Dios. ¡Era la prueba!

—¿La prueba?

—Así lo he llamado yo muchos años, ¡la prueba! Que nos llamase la abuela desde Barbate para pedirnos que acogiéramos a su nieto fue una señal divina... para mi mujer.

—Entiendo... —Me estaba escribiendo uno de los últimos capítulos de mi novela.

—Ahora es cuando viene Doris Lessing. Ella escribió una novela aterradora. *El quinto hijo*. Te la recomiendo si quieres entender lo que ocurrió aquí.

—*El quinto hijo*...

—Ese niño era un monstruo.

NIÑO

Madrid, 2016

A FUERZA DE CITARSE A DIARIO, DOLORES COMENZÓ A INTERE-sarse por las circunstancias de Rufo. Su predisposición hacia con ella, pero especialmente el mimo con el que trataba a su amiga, la despistaban. El café Viena se había convertido en cita imprescindible no solo para ella.

—Hoy está tristona, Dolores. Ha vuelto a preguntar por Álex.

—¿El joven gallego?

—Ya no se fía de nadie. Ni siquiera de mí —lamentó Rufo—. La historia de Germán le ha hecho perder confianza en todos.

—Lógico.

—El tener a veces la cabeza perdida le dificulta saber qué es lo que le he contado y lo que no. Ha empezado a escribir en una libreta las informaciones de las que está segura. Me ha pedido que lo guarde yo y lo ha titulado, con su letra de artista, «el cuaderno de las cosas ciertas».

—Qué hermoso, Rufo.

—Me ha pedido que solo le autorice a escribir cuando esté cuerda.

—Daría mi vida por leerlo. ¿Ha escrito algo sobre mí?

—Es un diario secreto, señora Moldova.

—No seas malo…

—Me ha pedido pruebas de que Álex está bien. —Quiso cambiar de tercio—. Quiere un vídeo grabado en el que aparezca un periódico de hoy mismo en la imagen, para contrastar.

—Es inteligente la huevona. Cuando está en sus cabales, se las trae. ¿Cómo vas a conseguir localizar al niño?

—El niño está más que localizado, Dolores.

—¡No me digas! Quiero verlo. Me encantaría hablar con él. Decirle que me tiene a su lado.

—¡Ni se le ocurra! Mi jefa me mataría a mí primero y luego la torturaría a usted.

—Me encanta el «usted» de los españoles, pero va siendo hora de que me hables de tú.

Rufo agachó la cabeza, sonriente.

—¿Qué son esos tatuajes en los deditos?

—Cosas mías.

—Todo es misterio contigo, Rufo. Si quieres, me voy a Nueva York y no te molesto más.

Rufo la miró a los ojos.

—Me encanta su inocencia. ¡Tu inocencia!

—¿Por qué lo dices?

Rufo meneó la cabeza.

Al día siguiente Rufo accedió a mostrarle parte del vídeo con el móvil, cuidando de que ninguna información pudiera delatar a Álex o dar pistas a Dolores de dónde encontrarlo.

—Yo soy torpona, Rufo, aunque me lo propusiera. —Se colocó las gafas de ver—. Bueno… déjame comprobar si es tan bello como dices.

—Está saliendo de su trabajo, en la redacción de una revista medio comunista.

—La conozco. Eso está en la calle Tegucigalpa.

Rufo enmudeció. Cerró el móvil.

—¡Es broma, mi amor! —Se reía a carcajadas—. Es el primer nombre que se me vino a la cabeza. ¡Tegucigalpa!

—Ya le vale, Dolores.

—¡Háblame de tú, por favor!

Suplicó por que le mostrara de nuevo el vídeo. Le pidió si tenía fotos, que le enseñó.

—Es un ángel. Parecería Dan, pero en moreno. Háblame de él.

Rufo dudó.

—¡No soy policía, Rufo! Quiero saber a quién dedicó sus últimos años de cordura mi amada.

—Se llama Álex.

—Y es gallego... ¿qué más? ¿qué edad tiene? ¿qué es de su familia?

—Tiene 26 años. Su familia subsiste como puede con un hostal de mala muerte. El padre murió alcohólico, un espantajo. Su madre acaba de salir por segunda vez de la cárcel, narcotráfico de medio pelo.

—¿De medio pelo?

—De poca monta. Recibe paquetes, que ella guarda en bolsas más pequeñas.

—Puedo imaginar. —Se le venían imágenes de su infancia colombiana—. La droga solo lleva el dolor allí donde va.

Rufo guardó el móvil, quería hablar lo menos posible.

—¿Qué más sabemos de Álex? ¿Qué le pudo dar un hombrecito tan joven? ¿Tiene más familia aquí en Madrid?

—No. Tiene una hermana melliza, Olaia. Vive en La Coruña. Es ingeniera.

—Qué hermoso nombre. ¡Una mujer ingeniera! Qué país maravilloso que tenéis... ¿Y él?

—Terminó la carrera de periodismo.

—Cierto.

—Llegó a Madrid noqueado con dieciocho años, con su padre recién muerto y su madre entre rejas. Compartía una habitación minúscula, no iba a clase, hacía vida de noche, como un murciélago. Era una bomba sexual que pasaba de mano en mano, un trozo de carne, un Adonis huérfano de todo que lo único que quería era escribir de sus miserias...

—Pobre niño... Un juguete roto, ¿no? —Dolores no quería perder el hilo del que poder seguir tirando.

—Según ella, escribe como Paul Auster... Sabe bien de qué habla, es una lectora empedernida, como su madre Aurora, que en paz descanse.—Rufo no quería enredarse ni pasar mucha más información—. Él le escribía relatos sobre su infancia que le hacían perder el pie... No sé cuánto de Dan llegaba a ver en Álex... ni cuánto de una madre ansiada encontró el gallego en ella. A quienes he conocido de esa época me hablaban de un amor enfermizo, brutal...

—Con ella todo se vuelve...

—¿Enfermizo?

—No quise decir eso, Rufo... —Respiró hondo queriendo bajar el tono—. Tal vez quise decir brutal.

—El tiempo que estuvieron juntos, más de cinco años, ella lo introdujo en las mejores escuelas de escritura, le consiguió prácticas en la Cadena SER, le montó un estudio en Claudio Coello. Lo metió de bruces en su vida y al mismo tiempo le dio toda la libertad, mientras ella disfrutaba de sus mejores años como galerista. ¡Todo era luminoso! El gallego cayó completamente rendido. Ella estaba de vuelta de todo, había dejado atrás episodios dolorosísimos, solo quería disfrutar del presente, aprovechar el placer de haber llegado donde había llegado... sin embargo, ya la conoces, su naturaleza es explosiva. No podía controlar su amor por él. Era su salvación, el hijo que nunca tuvo, el hermanastro que perdió, tenía el cuerpo de un atleta, como el del Quini que una vez la volvió loca... Álex no era totalmente consciente de estar en el ojo de un huracán, de que ella hubiese metido todo su corazón en él.

—Maravilloso... —La emoción, a Dolores, le subía por la garganta. Sabía mejor que nadie de lo que Rufo hablaba. Había dolor y ternura.

—Tiene guardados relatos de él como oro en paño.

—¿Podría leer alguno, Rufo? —suplicó.

—No.

—Siempre el no en tu boca. Mi amor... te invito a todos los cafés del mundo a partir de ahora si me concedes uno de esos relatos.

—Pero si no le he pagado un solo café hasta ahora.

—¿Volvemos con el usted?

Dolores, entregada a las citas con Rufo, aguardaba con impaciencia cada desayuno con él. Relato tras relato, se fue enamorando de la literatura descarada del gallego. Buscaba pistas en sus escritos para entender su relación con una mujer mayor; indagaba en cada frase a la caza de su amiga; se sumergía con lucidez por unos cuentos cortos que mostraban a una persona de verbo fuerte profundamente vulnerable.

—Más lo leo, más veo la historia de amor entre los dos, Rufo. Ella no se embarcó jamás en una aventura de la que no fuera la gran mamá, dando teta, dominadora, protectora; siempre relacionó el amor con sentirse capitana.

Rufo asentía.

—¿Piensas igual?

Volvió a asentir.

—Lo que debe ocurrir es que se fatiga de ejercer ese papel tan poco relajado de llevar las riendas en todo momento. No se dejaba mimar la muy salvaje… ¿Qué fue lo que le desengañó de Álex?

—No creo que fuese ella quien se cansara, Dolores.

—¿Intentas decirme que un jovencito de veintitantos…?

—Ella tiene en mente que un día la vio, de golpe, muy mayor.

—Un hombre que escribe lo que está en estos relatos no comete esa canallada. ¡No me creo que la abandonase como a una perra!

—Ella no tiene reproches hacia él.

—Porque no es esa la buena versión, Rufo. Permíteme que te lo diga. La conozco bien. —Él se encogió de hombros—. Más bien sería ella quien lo convenciera a él para que la abandonase. Me creo más que la capitana quisiera destetar al niño, con todo el dolor de su corazón. Le aparecerían mil monstruos en la cabeza que la llevarían a recordar los años jóvenes en que se metía en la cama de su hermano adolescente. —Rufo se puso tieso en el asiento—. Sí, mi amor. Hablemos claro. ¡Mi amiga ha jugado a la vida con todos los billetes del Monopoly!

Las esperanzas de un cambio de actitud hacia Dolores se desvanecían en cada café.

—Ya me conozco todos los teatros de Madrid, querido Rufo.

—Lo siento, Dolores. Ella es testaruda.

—¿Cómo reaccionó al último vídeo de su niño?

—Llora. Lo ve y llora. Nunca llega al final.

—Imagino que se lo enseñas en sus momentos cuerdos.

—Sí.

—¿Y qué apunta en el cuaderno?

—Dolores…

—No sé cómo soportas esta situación, Rufo.

—Es mi trabajo.

Ella lo miró con extrañeza.

—Yo soy un gañán, Dolores, como bien te dijo el primer día.

—Ella no me dijo…

—No hay nada que ella haya dicho en los últimos años que yo no sepa.

—¿Es usted adivino?

—Digamos que lo fui en otra vida.

—Me interesa esa otra vida. —Dolores se apostó tras su café. De haber sido más joven, se hubiera abierto el escote.

—En mi otra vida yo era guardia civil, en uno de los escalafones más altos, formando parte de equipos de élite en investigación.

—¡No gano para sorpresas, Rufo! ¿Por qué hablas en pasado?

—Porque es pasado. A mí me gusta mucho el dinero. ¡Soy un gañán! Y me comporté mal. —Se mesó su pelo corto de puntas, con sus brazos marcados—. Me comporté mal mucho tiempo, jugué al límite, y me pillaron.

—¿Estuviste en prisión?

—Me libré por poco, pero negocié mi expulsión. Digamos que… —Volvió a mesarse el cabello—. Tenía demasiada información confidencial en mi cabeza. No les convenía maltratarme.

—Virgencita del Carmen de Barranquilla…

—He hecho de todo desde entonces. No me ha ido mal. Aquí donde me ves, soy psicólogo y un relativamente famoso actor porno.

—Esto no está pasando. —Dolores se santiguó.

—Hasta que di con ella. No quiero asustarte, pero llevas tiempo pidiéndome sinceridad.

—Adelante, Rufo.

—Yo soy su puto. Su galán a sueldo. Su gigoló. Ella me llena los bolsillos de dinero, yo cumplo mi papel.

—No quiero oír más.

Rufo la tomó de las manos.

—¡Es humana, Dolores! No quiere complicarse la vida con nadie más.

—Me horroriza saber dónde ha podido llegar.

—¿Dónde llegó usted?

—Jamás pagaría por cariño.

—Pagó, y mucho, por odio. Es bastante más reprobable, ¿no cree?

—La capitana aún quiere tener la cama caliente cuando no sabe dónde tiene la cabeza…

—No te permito que hables así de ella.

—¿Qué tienes tú que permitirme? —Dolores estaba perdida en su cólera.

—¡Yo a esa mujer la quiero!

Dolores cerró los ojos. No era capaz de oír más.

—No se preocupe, no hay ninguna historia de amor. Solo un contrato. Ella me paga por semana. Mucho dinero. Las condiciones son claras. Todos los viernes pasamos por el banco. Firma un cheque tras superar un test acordado con el director de la sucursal. Si no hay visita al banco, no hay dinero. Si ella se muere, no hay dinero. Si yo no cumplo con mi cometido de cuidarla, no hay visita al banco. Todo está claro. La capitana me da órdenes y yo las obedezco, por dinero.

Encerrada en su tormento, Dolores meneaba la cabeza.

—La desobedeces al estar aquí conmigo cada mañana.

—¿Qué te hace pensar que la desobedezco, Dolores?

PICAPORTE

EN LAS PRIMERAS REVISIONES VI LAS CARAS DE PÁNICO DE LOS técnicos de la editorial.

—Está lleno de contradicciones —se quejó Marga.

—Lo sé —confirmé, ante el estupor general—. Las habréis ido señalando, supongo. En dos días las corrijo.

Ella me llevó a una salita aparte junto a la máquina de café. Cerró por dentro.

—Esto no se hace, Álex. Es una tomadura de pelo. Si lo has hecho por ganar tiempo, has conseguido lo contrario. ¿Pero no te das cuenta de lo que tienes entre manos, joder?

—Claro que lo sé…

—¡No sabes nada! —me gritó—. No imaginas la de escritores brillantes con historias que te desbordan el corazón que están esperando una llamada mía. Una simple llamada, ¡darían todos sus ahorros por una llamada mía!… ¡Pero el niño está perdido!

—Marga, no tienes por qué hablarme…

—Eres egoísta, Álex. Y tarde o temprano te darás cuenta de que no eres el centro del mundo. ¿No lo entiendes? Me basta con una llamada a Barcelona para romper el contrato.

—Hazlo, Marga —dije, apabullado.

—Ok. Tú lo has querido. ¡Qué gran decepción!

La dejé salir, con las monedas para el café en su mano ensortijada. No podía saber hasta qué punto jugaba un órdago, ni si yo también lo hacía. Como perrillo abandonado, me entregué a mi suerte, rebuscando dinero para la máquina.

Culminaba en un sonoro fracaso mi aventura sevillana. Entró gente. Salió. Hablaron de Donald Trump, de fines de semana en la playa, de recoger a los críos en el cole, de lo difícil que se hacía aparcar a partir de las ocho de la mañana... Marga no apareció. Me fui.

La tarde era la propia de escritores suicidas; de ventanas echadas y silencio de pánico. No podía publicar algo en lo que no creía. No todo podía valer. Recordé a mi madre naufragada, rota, mancillada, la hermosa Antonia de las fotos en blanco y negro de cintura de avispa en las fiestas de Pontevedra. Nunca me preocupé por saber cuándo cayó al pozo que no tenía escaleras de salida, ni quién fue el que le ofreció la primera raya de coca, ni cómo consintió en guardar el primer fardo en el trastero del hostal; la vi ya destrozada cuando quise verla. Entonces miré a otro lado, como si fuera posible nacer puta, sin la mínima compasión por la madre desquiciada; toda la lástima para mí, por el niño abandonado de adolescencia vergonzante, eterno buscador insolidario de otra madre que yo ya tenía. Deseé llamarla y llorarle mi inmensa pena por no haber sabido cuidarme de juntar sus cristales rotos.

Esperaba la llamada de Marga como el amante abandonado suplica por un último beso, confiaba en que ella viniera a recoger los trozos que yo no quise recoger de mi madre; que me diera una guía, una línea de esperanza, unas claves de trabajo, un final redondo a mi novela. Necesitaba que se apostase a mi lado, en una silla pequeña, para acariciarme la frente, como hacía mi madre en los días de invierno, para jugar con mi pelo. Imploraba una salida que sabía que estaba ahí, en algún picaporte negro camuflado en mi habitación a oscuras.

Acentito

El destrozo adornaba las paredes de mi casa. Con un fin de semana de por medio, toda esperanza de recibir una llamada de la editorial se derretía entre miedos a no saber qué paso dar sin derrumbarme. Se acumulaban los platos sucios en el fregadero, la ropa se apropiaba a sus anchas de los rincones, la tele iluminaba sin sonido el salón, el móvil se resistía a comunicarme nada de fuera. La mesa, en cambio, continuaba fuerte, amenazante, con el corcho imperturbable entonando cantos de sirena difíciles de obviar. Tenía que hacer maletas. El cielo azul sevillano, provocador, me recordaba que en esa ciudad ya era forastero. No tenía estrictamente a nadie a quien llamar. Todo era un escenario falso del que un día creí sentirme partícipe. Solo quedaba un culito de ginebra. Me puse unos pantalones para bajar a por una botella y un saco de hielo. Llamaron a la puerta.

Charo lucía espléndida. No había duda de que algo se había hecho.

—Sí. Tengo el pelo más rojizo y me he puesto bótox aquí. —Señaló su entrecejo—. Aquí. —La comisura de los labios—. Y aquí. —Las patas de gallo.

—Te queda de puta madre —confirmé.
Ella me miró sonriente.
—Y tú estás de puta pena, si me permites la expresión.
—Lo estoy.
—Vístete, anda.
—No voy a ir a ningún lado, Charo.
—Vístete. Date una ducha mientras yo recojo esto un poco.
—Quiero estar a solas.
—Llevas días a solas, Alejandro.
—Ese es mi problema, Charo. Soy mayorcito.
—También es el problema de la gente que te quiere, señorito.
No estaba dispuesto a sucumbir a sus palabras.
—Vístete o te visto yo.

Subimos a la azotea del Corner House. Un camarero inglés que me recordaba a Dan nos sirvió las copas.

—¿Echarás de menos esta ciudad?

—No creo —le contesté.

—¿Qué vas a hacer cuando resucites?

—Quiero pasar una temporada en Coruña, junto a mi hermana.

—¿Ella lo sabe?

—Aún no.

La vi tan radiante que no pude más que preguntarle si se había echado un novio. Se rio a carcajadas.

—¡Dios me libre!

Su silencio no era más que una terapia para hacerme hablar; yo no caía.

—¿Qué te parece *Nunca sabrás quién fui*?

—Déjalo, Charo —respondí.

—*Nunca sabrás quién fui* —insistió—. Lo he sacado de un poema de la uruguaya Idea Vilariño. Va que ni pintado como título de tu novela…

—Charo… —Meneé la cabeza.

—Es un poema sobre el amor perdido para siempre, cuando admites que ya no volverás a ver nunca a la persona amada. Te he escrito a mano el poema entero, en este papelito azul que sobresale en tu manuscrito...

Toqué el folio con miedo a abrirlo.

—Mira qué foto. —Sacó un cartón plastificado de su bolsón—. Me la enviaste hace un par de meses.

Me emocioné. Era una foto de alta definición de mi corcho tomada desde lo alto del aparador de casa.

—Va a ser un libro colorido, con todas las etiquetas de colores. ¡Cualquiera pasa por su lado en una librería sin echarle un vistazo!

—Te agradezco, pero...

—Ya salió de imprenta la primera galerada. Pedí a Marga que me concediera el placer de hacerte entrega del primer borrador. —Volvió a meter mano en su bolso—. Es todo tuyo.

Sé que enrojecí. Agaché la cabeza, la metí entre mis rodillas, Charo se inclinó sobre mí, acariciándome la nuca.

—No se te ocurrirá llorar, ¿verdad?

Negué con la cabeza. Recordé de golpe todas las novelas leídas, todos los relatos escritos, el empuje inmenso desaprovechado de Estíbaliz invitándome a centrar todos mis esfuerzos en aquello que me conmovía. «Tú eres grande, Alejandro».

La emoción fue dejando paso al pánico.

—Es una obra sin terminar, Charo.

—Lo sé —afirmó ella, sin enojo.

La tarde, turquesa, nos pertenecía. La Alameda compartía su murmullo con nosotros.

—Vine a contarte el final —me dijo, serena.

Di un sorbo al gin-tonic para evitar tirármelo por la cabeza.

—Yo no soy de Donosti, Alejandro, ni me llamo Charo, ni soy galerista, ni vivo en Sevilla. Aquí quien te habla —Cambió el acento como quien muda de idioma—, es colombiana, se llama Dolores y solo ha tenido un amor en su vida. —Creía morir—. Los dos hemos tenido la enorme fortuna de encontrar la felicidad al lado del mismo ángel caído de los cielos. Mi amada Estíbaliz. —Sus lágrimas, alegres, eran irreprimibles—. Mira qué acentito más rico tengo, que me dolía la lengua de pronunciar tantas zetas, mi amor. —Se derrumbó sobre la silla—. Mira qué acentito tengo...

El cielo se cayó sobre mí.

Tardé dos gin-tonics en poder volver a recuperar una serenidad ficticia y reencontrarme con la Charo que ya no existía.

—Con esta aventura ganábamos los tres, Alejandro. —Su tono, aunque colombiano, volvía a tener la firmeza de las primeras veces—. Estíbaliz, sin saberlo, te brinda su vida para que cumplas tu sueño y yo limpio mi culpa hacia con ella.

—¿Es ese el sentido de toda esta historia? ¿Montar tamaño numerito para eso?

—Ganamos los tres, Alejandro.

—Es tu teoría... ¡Me has tomado el pelo! No imaginas mi indignación... —Apretaba ostensiblemente mis puños pero, a pesar de mi cacareada indignación, no me apartaba de su lado.

—Vas a tener tu novela en las librerías con un gran grupo editorial detrás, ¿te parece poco?

—A costa de airear el pasado de una persona a la que quiero.

—Es un pasado regalado, Alejandro. Nadie es quien es, nada es lo que es...

—Prefiero no preguntar.

—Lo cuentas todo y no cuentas nada. ¡Todo queda entre nosotros! Sí, es la vida de Estíbaliz, su espíritu guerrillero, sus ganas de vivirlo todo, su capacidad de amar sin medida, de hacer frente a gente sin escrúpulos, de hacer borrón y cuenta nueva cada cierto tiempo, de destrozar por amor el corazón de alguien como tú...

—¿Ella es consciente? —No quería oír la respuesta.

—En cuanto reciba un ejemplar lo será. Y no podrá ser más feliz. La conozco casi mejor que tú. De mí quiso desprenderse por el amor a mi padre, pero contigo cortó por liberarte de envejecer a tu lado.

—¡Calla!

—Verte triunfar como novelista es su sueño, Alejandro. Yo, de paso, me redimo entregándole mi arrepentimiento en forma de novela. ¿Me prometes que integrarás este diálogo en el cierre de la historia?

—Juegas todo a una carta, Charo... o como te llames.

—Dolores —espetó.

—Y metes a mucha gente por medio, sin preguntar.

—Solo te metí a ti, Alejandro. El resto se dedicó a cumplir un contrato bien beneficioso. Tengo plata de sobra para dar y regalar, y no se me ocurre mejor uso que este que le estoy dando. Ahora está en tu mano decidir si quieres seguir. Si dices que no, lo entenderé. Habrás ganado un dinero, te habrás curtido como escritor.

Embaucadora, Dolores me hacía dudar. La decisión que tomara, en cualquier sentido, sería angustiosa, me arrepentiría mil veces de ella, determinaría en ambos casos mi vida futura. Renunciar a mi primera novela en el mercado con un gran grupo editorial era, seguramente, renunciar a publicar de por vida en una industria cada vez menos valiente; publicarla implicaba inmiscuirme en las intimidades de Estíbaliz sin preguntarle, para decirle, aquí estoy de nuevo; sin saber yo mismo si quería volver a meterme en su cabeza. Como si leyera mis silencios, Dolores me recordó:

—Nadie es quien es en la novela.

—No paro de darle vueltas a este gran teatro, Dolores... —Mis preguntas se atropellaban a borbotones—. Estíbaliz nunca tuvo una galería de arte —provoqué.

—Si hubiéramos montado un despacho de una inmobiliaria de lujo habrías sospechado, Alejandro. —Observó mi reacción instintiva de asunción del juego—. Si la hubiéramos llamado Estíbaliz en vez de Patricia, no habrías durado ni cinco minutos en Sevilla. Era fundamental que tú no desconfiases...

—Tampoco ella vivió en Sevilla —le di pie.

—Ni se enamoró de nadie en Nueva York —continuó ella—. No la podemos delatar, ¡tiene un pasado delictivo!

—El famoso Germán vivía en Los Ángeles —No me resultaba difícil atar cabos—, ¿verdad?

Afirmó con la cabeza y me tomó la mano, que no supe rechazar.

—No se llamaba Germán —sentenció.

No quise seguir por ahí. Estaba mucho más calentito en mi mundo de ficción. La condición para aceptar la publicación podría ser obtener su bendición, que Estíbaliz la autorizara, independientemente de que quisiera o no acercarse de nuevo a mí.

—¿Cuánto te costó comprar a la editorial? —Debíamos hablarnos claro.

—No todo es dinero, Alejandro, aunque pueda parecerlo.

—Sí lo es. Esta aventura te ha costado un pico. Cinco mil por cabeza al mes, varios apartamentos, mi viaje a Nueva York...

Ella agachó la cabeza, consciente de que ese chaparrón lo debía atravesar.

—A veces el entusiasmo es buena medicina. Sí, tengo buenos contactos, nuestra fundación publicó grandes tiradas de libros educativos en español para los Estados Unidos con una filial de esta empresa. Pero si no hubiese calidad, Alejandro...

—No me caí de un guindo, Dolores.

—Rufo me fue sacando a escondidas tus relatos durante semanas —Tragué saliva— de casa de Estíbaliz. Ella no quería saber de mí, había mucho dolor. Yo quería saber todo de ella. Todo era remordimiento en mí, por cómo me comporté con ella...

—¿Cómo te comportaste?

—Ahí apareciste entonces tú, ¡su gran amor! ¡Su niño! ¡Su nuevo Dan! —No daba crédito a sus teorías—. Me enganché como una loca a tus cuentos, al del capuchón de desaparecer, al de la máquina de repartir dolor, y descubrí una bellísima persona tras de ellos. —Conseguía mi emoción—. Rufo me cuenta que te encontró el mismo día en que mi padre la llamó por última vez. ¡Eras una aparición divina!

Se me vino a la mente esa cita con Estíbaliz en Callao, sus ojos enrojecidos, el hablar pausado.

—No hacía mucho que había perdido a su querido maldito Dan.

—Eso no puede ser verdad, ¡yo conocería su historia!

—¿Qué te contó de su pasado en los años que estuvisteis juntos? ¿Te habló de su juventud fuera de España? —Negué con gestos exagerados—. ¿De la muerte de su madre con la cabeza perdida? ¿Te dijo acaso que electrocutó a su padre en la bañera?

—¡Dolores! —Me levanté, tan encrespado como confuso.

—Ella solo quiso darte su parte buena, como siempre hizo, ir escapando de su pasado para trazar una línea que jamás vuelve a atravesar. Pero en ti encontró un reemplazante para mi padre y su hermano. Demasiada carga para ti sin tú saberlo. —Se paró a pensar lo que iba a decir, y yo entendí con mi silencio que era algo grave—. Yo traicioné sus confidencias, Alejandro. Y era su amor. Ella confió en mí sus secretos y yo quise delatarla años después. Entiende que quisiera borrar su pasado al estar contigo... ¡No podía volver a pasar por lo mismo! ¡No quería volver a confiar en nadie sus miserias!

El alcohol me había bajado a los pies. Sus explicaciones estaban llenas de verdad, pero costaba admitirlo, entrelazar tantos detalles resultaba imposible en ese instante; sin embargo, de alguna manera, todo cuadraba. Estíbaliz fue todo presente mientras estuvo a mi lado, su juventud era un relato naif de mujer viuda que ha elaborado una fortuna a partir de inversiones acertadas, poco más. Y yo lo era todo para ella. Su amor era excesivo y yo me dejé mecer en la cuna de sus incansables brazos largos sin preguntar por qué.

—¿Por qué no te quería volver a ver? —pregunté, exaltado de curiosidad, incapaz de levantarme de esa silla, furioso y feliz por igual—. ¿Qué mal le hiciste?

—Lo cuentas en tu novela, querido Alejandro.

—En mi novela todo es mentira, querida Dolores.

—Me temo que lo único que es mentira son los intérpretes. Si echamos la vista atrás, Alejandro... no mucho más de diez años atrás... esta Dolores trastornada. —Se clavó los dedos índice en su pecho— llegó a España dispuesta a meter en prisión a Estíbaliz la puta y a Dan el chiflado, ¡por sus crímenes! Malditos hermanastros. —Volvía a su acento impostado del otro lado del charco; teatralizaba, con gritos contenidos—. ¿O no lo cuentas acaso así? —Me puso la cara a un palmo—. Embrutecida y ciega como yo estaba por ver a mi padre con el corazón roto, ¡sí! Roto por esa españolita ladrona de mi papá, de su fortuna, ¡de mi fortuna! El mismo corazón roto con el que yo vivo desde hace siglos. —No podía saber cuánto de verdad había en sus palabras—. ¡Necesitaba a alguien que hiciera el trabajo sucio de venganza! Destrozarla a ella, desquiciarlo a él, que confesaran, que se matasen entre ellos, ¡que los encerrasen de por vida!

Me tapé la cara. No podía entender si tanto rencor podía ser realmente de ficción.

—Está perfectamente descrito en tu novela, Alejandro. Solo falta un detalle.

—¿Cuál?

—Mi mercenario de entonces fue mucho más rudo que tú y también llegó a meter en un psiquiátrico al auténtico Dan, pero no consiguió, tampoco, que declarase cómo tiró al novio de Patricia por el balcón…

—¿Cuál es el detalle entonces?

—El verdadero Dan, el ojito derecho de Estíbaliz, el amor de sus amores, el frágil Dan de sus deseos… —Se mesó el cabello negro— cuando salió del hospital —Me miró de lleno, robándome los ojos—, se tiró por el Puente de Vallecas.

Estibaliz

Madrid, 2016

Cuando Rufo llegó a Zalacaín, con el traje de su primer encuentro con su jefa, supo que Dolores tenía ya una oferta en firme que hacerle.

—Me espera la señora Moldova.

Impecable con su camiseta roja de cuello vuelto, Dolores estaba hermosa. Había tomado una mesa apartada, con no demasiada luz, para simular rastros de los pinchazos de bótox.

—Bienvenido, amor.

Rufo, esclavo de su pasión por el lujo, le dio dos besos propios de Marlon Brando.

—Ya era hora de dejar de lado ese café ruidoso, ¿verdad?

Él sonrió.

—¿Hace tiempo que no te traían aquí? —preguntó Dolores, con un cierto toque de altanería.

—Vine un par de veces con ella.

—¿Qué te parece cenar con Ruinart?

—Perfecto.

Hizo un gesto para que trajeran la bebida acordada previamente. Se recrearon en los preparativos, la cubitera, la calma del camarero al rellenar las copas.

—¿Qué?

—Exquisito —confirmó él.

—Sé que eres de buen comer. Irán trayendo los platos a un ritmo calmado. Tenemos mucho de qué hablar.

—Me asustas, Dolores.

Ella rio a carcajadas.

—¿Asustarte tú? Tranquilo, amor. —Saboreó su copa—. No sé disfrutar de sitios así si no es en buena compañía. Me produce desasosiego venir sola a restaurantes como este.

—¿Vas a proponerme ser tu puto de lujo?

Dolores cambió el gesto.

—Ni lo sueñes, Rufo. No te he citado para que abandones a quien te da de comer. —La sonrisa de Rufo era, por primera vez, forzada—. Vengo a proponerte un reto al que llevo dando vueltas desde hace días. Es un reto de amor.

—¿De amor por quién?

—Por ella, querido. ¡No hay otra!

—Te escucho.

Desde el momento en que Dolores planteó las cifras económicas, él bien supo que no había impedimentos que pudiesen frenar el sueño de la colombiana.

—Tenemos mucho trabajo por delante, Dolores, pero no hay ninguna dificultad insalvable. —Frenó el ritmo de los sorbos al champán para tener la mente despejada—. ¿Tienes papel y bolígrafo?

Ella, emocionada por su osadía, tomó su bolso. La reacción más temida, la de Rufo, estaba por encima de lo esperado.

—Me haces feliz, Rufo. —Arrancó un par de hojas de su agenda—. Ten cuidado con la pluma. Es de mi querido padre.

Nervioso como un crío, por lo que suponía de cóctel de perversión, Rufo cerró los ojos para pensar en su princesa. No podía permitirse dar un sí definitivo si hubiera el mínimo atisbo de daño hacia ella.

—¿Rufo? —Dolores se inquietó.

—Dame un par de minutos, por favor.

Dos minutos que fueron más, eternos para Dolores; un tiempo desgarrador de pensamientos traspuestos en el que por los dos atravesaron sudores cruzados, picos de emoción, miedos atávicos; una pausa en la que se sintieron falsos dioses colocando pesos en la balanza del bien y del mal; un silencio entre sonidos tenues de cubiertos para calibrar qué derecho tenían a manejar las voluntades de otros a cambio de una meta imposible de vislumbrar desde tan lejos.

—¿Y si sufre? —preguntó, por fin, él.

—Ella es el sentido de mi vida, Rufo.

Alquilaron una oficina cerca de la de Rufo.

—Hazlo por seis meses prorrogables a un año —le pidió ella.

Siendo necesario un trabajo previo importante, tomaron como obligación echar las tardes completas entre las horas de apertura y cierre de la galería. Precisaban de un amplio período de reflexión en el que estructurar las necesidades con precisión. Rufo tenía dos nombres claros en su mente.

—Fueron mis mejores confidentes durante mi período en el cuerpo. De total confianza. Les das un señuelo y no lo dejan.

Se escribieron un contrato sin intermediarios para exigirse lealtad mutua. La confidencialidad solo podría romperse si los dos lo decidían de mutuo acuerdo y en dos ocasiones, con un mínimo de quince días entre la primera y la segunda firma.

—Mi miedo es que ella pierda del todo la cabeza en este tiempo, Rufo.

—No es ese el pronóstico de su neurólogo, Dolores.

En el tiempo en que estuvieron encerrados llegaron a la conclusión de la importancia de limitar al máximo el número de personas ajenas.

—Las que contratemos deben estar bien dopadas de dinero —mantenía ella—. Tienes que ser tú el único contacto, Rufo. Imponer tu figura y provocarles el miedo a la delación. Que sientan el reto al mismo nivel que la presión de estar observados.

Tras dos semanas interminables de obstáculos, fue al ducharse tras acostar a su jefa cuando Rufo descubrió que ya tenía a la mujer perfecta.

—¿Cómo está mi sevillana favorita?

Ella representaba lo más hermoso y oscuro de sus años de guardia civil.

—Estoy mañana en tu tierra. ¿Tendrás un hueco para mí?

Colgó con cierta euforia. Las ganas de compartirlo con Dolores pudieron con su prudencia.

«Mañana salgo para Sevilla. La tengo».

Dolores, ya acostada, vio por fin que se abría la primera puerta.

«Trátala desde ya como a una princesa».

Antes de quedarse dormido, Dolores propuso:

«Lo organizaríamos todo en esa ciudad maravillosa, ¿qué me dices? Será el escenario perfecto».

A pesar de los quince años desde que dejara la comandancia de la ciudad, Rufo nunca había terminado de despegarse de Sevilla. Fue su juventud, la libertad de vivir fuera de casa, tenía dinero en la cartera. La vida se le ofrecía con las piernas abiertas. Se hizo el paseo de entonces por el parque, atravesó hasta el río haciendo tiempo. Cuando llegó a la Puerta de Jerez ya estaba allí Patricia, con las piernas que recordaba, su sonrisa carísima, los pelos desordenados. Se dieron un pico en la boca.

—Eres un animal salvaje —le dijo él.

—Lo soy.

Fueron donde siempre, como si no llevaran un año sin verse. Volvieron a llenarse de pintura, como entonces. A Patricia le volvía loca la falta de pudor de Rufo en el sexo, el que se entregara para ella como un impúber inocente para que hiciera lo que quisiera de él.

—Nadie me come las tetas como tú.

No se preguntaron acerca de sus vidas privadas porque ese era el trato.

—¿Estás volviendo a tus principios? —le preguntó Rufo, tirado en el suelo, manchado de todo.

—He descubierto a un figurinista belga que me trae desquiciada con sus bodegones.

—¿Cuándo expones de nuevo en Madrid?

—No hay nada a la vista de momento.

Ella lo llevó al Petit Comité.

—Tienen unas mesas escondidas donde nadie nos va a escuchar.

—Qué larga eres.

—¿Larga, Rufo? Me llamas de un día para otro y te presentas aquí. No me chupo el dedo.

—Fuimos malos, y los malos se entienden.

—Yo sigo siendo mala. Mucho.

—Yo ya no… —Se rio a carcajadas—. Yo ya no.

—¿Vas a proponerme una obra de caridad?

—Algo parecido.

—¡Me encanta! —gritó ella.

Tomándose las piernas bajo la mesa, no podían sino admitir que el tiempo curaba todo.

—¿Tu padre sigue dando clases en el instituto?

—¡Claro! —respondió ella, despistada—. ¿A qué viene lo de mi padre?

—Verás… necesito una mujer de tu edad, cuarentona, espectacular, con mundo… pero con padre americano.

—Pues me temo que mi padre es inglés.

—Me puede valer. ¿Tu madre sigue tan vividora como siempre?

—Aún más. No hay quien la haga envejecer.

—Pues debemos intentarlo, aunque sea con maquillaje.

—¿Me quieres explicar de qué se trata?

Patricia tomó con entusiasmo la idea antes incluso de saber que le supondrían cinco mil euros mensuales.

—La colombiana está forrada —aclaró Rufo.

—¿Es de fiar?

—Está entregada, Patricia. Debe estar pegada al teléfono esperando que yo le diga que has aceptado.

—Puedes decírselo, pero es necesario trabajar bien centrados, Rufo. En caso contrario puede salir un pastiche. Necesito conocer la historia con detalle para no pecar de ingenua ni meter la gamba.

—Todo está previsto. Deberías venir un par de días a Madrid. Trabajaremos cada detalle.

—¿Me montaréis entonces una galería en Sevilla?

—Sí. Alquilaremos un local céntrico.

—¡Qué poderío! ¿Cómo se supone que debo llamarme? Si voy a tratar con ese chaval, si va a integrarse en cierta forma en mi vida, no puede ser que nos crucemos con gente conocida y me llame por otro nombre. Ese tipo de cosas puede tirar al traste con todo.

—Cierto. Hago una llamada para confirmar.

—Me enloquece esta historia. ¡Siempre quise ser actriz!

—Un momento. —Rufo le dio un pico y salió a la calle Dos de Mayo, en un día soleado de no pensar.

Patricia esperó con una copa de tinto vacía. Tardó en llegar Rufo.

—¿Qué dice la colombiana?

—Está emocionada. Me pide que te lo agradezca de corazón.

—Me va a pagar cinco mil pavos al mes, ¿y me lo agradece ella a mí?

—Respecto al nombre, dice que tienes razón.

—¿Entonces?

—Te seguirás llamando Patricia. Es obvio que al chaval no vas a aparecerte con el verdadero nombre si no queremos destrozar la historia antes de que empiece.

—¿Cómo se llama la amada?

—Estíbaliz.

La suerte está echada

El cuarto desayuno fue un no dejarnos hablar. La tensión nos hacía mirarnos en oblicuo tras nuestra ruptura de días antes. Marga me recomponía la estructura de los capítulos a partir de notas que ella misma no conseguía entender; yo planeaba dudas acerca del sentido final a dar a la historia. Mi editora no atinaba a entender que estaba hablando con un pelele.

—Aquí todo dios ha jugado conmigo, Marga.

—Qué dios ni qué ocho cuartos, Álex. No dramatices más de lo necesario.

—Tendría que darle la vuelta a la novela como a un calcetín.

—¿De qué me hablas?

—Patricia no es más que un holograma de Estíbaliz, se han reído de mí. ¡Y aún no sé si la colombiana está siendo honesta conmigo!

—¡Pero esa es la fuerza de la novela! —La desesperaba.

—¿Y al lector? ¿Dónde lo dejas? ¿Cambio el nombre de Patricia por el de Estíbaliz? ¿Cómo iba a escribir yo esta historia de haber sabido que era ella?

—Tú me lo explicaste bien, Álex. ¡Tú me convenciste! El lector está descubriendo todo este complot al tiempo que tú.

—No te rías de mí...

—¡Esa es la clave! ¿O no lo ves? Estíbaliz dejará de llamarse Patricia desde el mismo momento en que tú lo descubras, y entonces Patricia no será sino su suplantadora.

—Se perderán en la novela…

—Utilízame a mí para que no se pierdan, joder. No me has dedicado una de tus cartulinas de colores en el corcho ese de los…

—La violeta.

—Pues la editora de la cartulina violeta te pide, con el lector de testigo, que empieces a llamar a Estíbaliz por su nombre. Apechuga con tu suerte, ¡ya eres el héroe principal de tu novela!

—Héroe a la fuerza.

—¡Héroe por amor!

—No me vengas con chorradas. ¿Amor de quién?

—La colombiana ha montado todo este pollo por amor a Estíbaliz.

—Más bien por remordimiento, ya es hora de que empecemos a hablar claro.

—¿Qué más da si por remordimiento o por…?

—¡Te dará igual a ti!

—¡Ella leyó todos tus relatos, Álex! —Marga se puso de pie para manejar sus nervios—. Y porque los leyó descubrió que en ti había un gran escritor.

—No me vuelvas con esas…

—Esa es la base de todo, ¿comprendes? —Yo no me movía de mi silla—. A partir de tus relatos ella construye este reto que no puede ser más generoso. Le pide perdón entregándole una novela del que ha sido su último amor, monta la mundial para decirle: ¡imagina cómo te he llegado a querer!

—Sin contar conmigo ni con ella.

—Pero qué egocéntrico eres, chaval… Te pone el mundo a tus pies y la ninguneas, sin plantearte por un momento salir corriendo a por Dolores y decirle: ¡eres lo más grande que me ha pasado!

—Marga…

—Yo tengo un estrés de la leche con todo esto, Álex. ¡De la leche! Pero te digo una cosa. —Me tenía en sus manos—. Esta historia me ha removido hasta lo más profundo.

Me quedé callado, sin argumentos. Vi su mirada líquida y me rendí.

—No dejes pasar este tren.

La suerte estaba echada. No hubo forma de alargar los tiempos. Si no entregaba el manuscrito definitivo, la editorial se daba por liberada del compromiso. Marga había bajado con el contrato donde se explicitaban los plazos.

—Ya no está en mis manos, Álex.

—Lo sé —lamenté.

—Hay mil finales posibles, no busques la perfección. Aquí nadie es quien dice ser, no ocurre donde pudo ocurrir, todo está deformado. ¡Es pura ficción!

Tenía razón. Había desplegado una narración compleja con los ingredientes propios de una novela negra, los personajes estaban bien trazados; no había quien pudiera hacerme reproches de vinculaciones personales, porque no existían. Nada era lo que parecía ser, por lo que podía rematar con el cierre que mejor conviniese al arreón final de protagonistas delatados por la propia torpeza, real o fingida, de los impulsores de esa recreación. En mí estaba salvar a Dolores o condenarla. Yo decidiría, nadie más, si había actuado por amor o por penitencia. Estaba todo en mí, incluso el héroe literario que era yo podría permitirse naufragar en sus vanidades o admitir, sin más, que me habían manejado como a un títere de feria.

Llegaba, ahora sí, el tiempo de la ficción.

Carne viva

Madrid, 2016

Los cafés matinales con Rufo se convirtieron en horas lentas de organización de tareas sobre una pizarra blanca. El listado estaba cerrado, los perfiles cada vez mejor definidos, la trama abierta. Todo iba a depender del grado de implicación de Álex en el ejercicio que se le propondría, algo que hacía arriesgada cualquier inversión antes de entrever cómo sería la actitud del gallego ante una propuesta que debía jugar con su espíritu aventurero, al tiempo que irrechazable en lo económico y tentadora en lo profesional.

Ya tenían, a través de uno de los soplones de Rufo, un informe diario de la actividad del chico en su barrio de Aluche. Se levantaba a horas indecentes para correr a la ribera del Manzanares, tomaba café en la churrería de San Isidro, con El Mundo como lectura, para llegar siempre puntual, nueve y media, a la redacción. Los martes y jueves almorzaba un menú de 8 euros en un restaurante ecuatoriano. Era reservado en el trato; su sonrisa, habitual, no era forzada; ejercía de líder en las conversaciones.

En la Fnac, Dolores compró libros de viaje sobre Galicia. Quería hacerse a los paisajes de Cambados. Recortó un plano de las

Rías Baixas, que amplió en una copistería, para pincharlo en la pared. Llamó un par de veces al hostal por oír la voz a la madre, narcotraficante de medio pelo, como la definió Rufo. Su voz era dulce, el timbre grave; tosía mucho. Consiguió el teléfono de Olaia Panelas tras una llamada a la Escuela de Ingenieros de Vigo. La telefoneó para preguntar por su hermano.

—He recibido su currículum para una revista semanal de tendencias.

Olaia, sin preguntar cómo había dado con ella, se explayaba en alabanzas hacia la capacidad de su hermano para describir con textos cualquier situación que se pudiese imaginar.

—Es un crack, señora. Se merece lo mejor.

—¿Es constante? —preguntaba Dolores.

—Si cree en lo que hace, sí —afirmaba Olaia.

—¿Está muy atado a Madrid? —La decisión sobre Sevilla estaba tomada.

—No, señora. Los gallegos somos gente que vive en cualquier lado…

—¿No tiene ataduras sentimentales?

—Ya no —contestó, seca, Olaia.

—Es importante. Necesito saber que no habrá conflictos personales que se lo impidan.

—¿Cómo dio con mi número, señora?

—Su hermano lo coloca en su carta de presentación.

Se hizo un silencio al otro lado del teléfono.

—Álex es un alma buena. No hay quien mire a sus ojos y no quede prisionero de él.

—Es hermoso cómo habla de su hermano, Olaia.

—Daría la vida por él.

—Gracias, cariño. —Dolores colgó con el estrépito del amor entre sus dedos.

Patricia llegó vestida de Estíbaliz media hora antes de lo previsto. Tal como acordaron, Rufo se despidió al entrar y las dejó a solas.

—Hola querida. —Dolores no quiso besarla. Patricia, diligente, le tendió la mano—. ¿Recién llegada de Sevilla?

—No. Llegué anoche. —Patricia había comprometido con Rufo su mayor autocontrol en este primer encuentro—. Hace frío en Madrid.

Imitó los ritmos de Dolores al sentarse, sin plantearse preguntas interiores que le llevaran al bloqueo.

—¿Puedo tutearte?

—Claro. —Patricia se sentía rara con el bolso sobre sus muslos.

—Agradezco tu disposición. —Dolores hacía silencios que no conseguían provocar la incertidumbre en una Patricia que se mantenía firme, con el rictus sereno—. No sé si ha captado el sentido último de esta aventura. Sé que conoces a Rufo desde hace muchos años, que confiáis el uno en el otro. —Patricia asentía con calma, sin dejar de mirarla a los ojos—. ¿Qué opinas de todo esto?

—Opino que es un privilegio poder participar.

—¿Por qué?

Patricia cruzó las piernas. Su único temor era sudar.

—Porque la vida debería ser así, Dolores. Pero no lo es.

—¿Así?

—La gente debería mojarse más por mostrar afecto. —Traía la frase preparada, necesitaba pararse ahí y respirar.

Dolores la observaba con toda la carga de transmutarla en la Estíbaliz de entonces, la de los paseos por Central Park para ir a recoger a Eleanor, la de sus brazos desnudos agarrando sus pechos en la cama. Patricia, sin ver la imagen, intuía el sentido del silencio. La apuesta era fuerte. Ella no iba a desmerecerla. Todo su corazón estaba en esa entrevista, toda su vida anterior se entregaba a la causa de esa pequeña mujerona colombiana.

—Puede que no estemos calibrando bien el reto al que nos enfrentamos, Patricia.

—Lo sé.

—Vamos a involucrar a demasiada gente para componer una escenografía artificial. Alguien se puede ir de la lengua, alguien se puede extraviar, yo misma puedo daros consignas equivocadas y dar al traste con todo.

—Es posible.

—Tienes toda la libertad para interrogarme.

Patricia se reacomodó. No podía rehuir la propuesta. Debía ser, al menos, tan sagaz como ella.

—¿Cuánto hay de ego personal en esta aventura?

—Todo.

Silencio.

—Lo hago para redimirme, y quien se redime soy yo. Lo hago porque la amo, y quien la ama soy yo.

Notó la emoción en Patricia, y se lanzó a tumba abierta.

—¿Sabes del amor total?

—Sí —respondió la sevillana.

—¿En carne viva?

—En carne viva, Dolores.

—Entonces Estíbaliz se sentirá orgullosa de ti. Serás su memoria.

Las preguntas cortas de Patricia llevaron a Dolores a los tiempos de Colombia.

—Todo lo que te cuente de esa tierra es mentira. Mi infancia está velada por los filtros de los relatos de mi papá. Solo la visité dos veces. Recuerdo el golpetazo de aire frío del aeropuerto de Bogotá. Conocía de memoria, sin haberlas pisado, las cuadras donde vivió mi padre de universitario; el bar donde trabajaba; el café de sus tertulias.

—¿Él no volvió?

—No. Él juró no volver a pisar tierra colombiana.

—¿Lo añoras?

—A cada momento.

Patricia cerraba los ojos para traer a la cabeza las palabras de Rufo.

—Tu padre es inglés, ¿no?

—Sí.

—¿Cómo se llama?

—Martin.

—¿Y tu madre?

—Aurora.

—Así se llamarán los padres de Estíbaliz. Martin y Aurora. ¿Se llevan bien?

—Son el agua y el aceite, pero se adoran. Mi madre está loca de atar, ¡no como la de Estíbaliz! Loca de ganas de vivir, ¡todo el día en

la calle! No quiero pensar el día que el cuerpo le diga hasta aquí hemos llegado.

—Me dice Rufo que están por la labor…

—¡Sí! Sobre todo mi madre. Es una romántica empedernida, una gran lectora, como la madre de Estíbaliz… Me he reído mucho con ella haciéndose la desequilibrada, ¡lo borda! —Trató de volver a su tono neutro de su llegada—. Mi padre no lo ve tan claro. Dice que se le notará el deje británico.

—No creo que Álex lo distinga.

—Cuanto menos aparezca en escena, mejor.

Dolores asintió. Se veía fuerte.

—¿Realmente contrataste a un mercenario para asustar a Dan hace diez años? —se atrevió a inquirir Patricia.

—Así es.

—¿Cómo pensabas hacer que confesara su crimen?

—El plan era simple. Mi hombre se lo ganaba como amigo confidente, yo tenía todas las claves para saber cómo llegar a conquistar a Dan… Luego lo desquiciaría. Dan era un tipo tremendamente frágil. Teníamos la habitación preparada, las cámaras ocultas, los micrófonos listos para su confesión. «Los hermanos asesinos»… Ya intuía los titulares en la prensa.

—¿Qué ocurrió?

—La noche antes Dan persiguió al falso amigo. Había quedado conmigo para rematar las últimas escenas. ¡Nos descubrió cuando más seguros estábamos de estar triunfando! No olvidaré esa mirada de loco tras la cristalera del Bazaar.

Patricia tragó saliva.

—Nunca más lo vi. Sé que estuvo encerrado un tiempo. Fue el electroshock que yo necesitaba para romperme en dos. —Escondió Dolores la mirada a los ojos de Patricia, no se atrevió a confesarle el posterior suicidio de ese verdadero Dan—. Para cuando salió del hospital psiquiátrico yo ya estaba pegando latigazos a mi conciencia por las calles de Nueva York.

Guardia Civil

Con los esquemas ya reordenados sobre la mesa, obedecí a mis instintos para salir a la calle. Patricia debía haber bajado la guardia. Era tiempo de sorprenderla en su laberinto. La forma más inteligente de atacar era acudir al lugar cierto, por lo que telefoneé a la casa del Porvenir. Tardaron en descolgar, pero aguanté, a sabiendas de las dimensiones de la casa. Respondió una mujer con acento grave.

—Hola, ¿está Patricia?

—Hola. Me temo que no.

—¿Aurora? —pregunté, sin nada que perder.

—Sí.

—¡Cuánto tiempo sin saber de ti! ¿Cómo estás?

Se hizo un silencio incómodo al otro lado.

—Muy bien. ¿Quién eres?

—Paco Oca. —No se me pudo ocurrir un nombre más estúpido—. El que se fue a Madrid…

—No caigo.

—Me destinan de nuevo a Sevilla, ¡por fin! Después de quince años de exilio. Estoy llamando a tu hija, pero me sale un mensaje como que ese teléfono ya no existe. Será que ha cambiado de móvil…

Apenas respondió con un murmullo.

—Si me paso por allí al mediodía, ¿me cruzaré con Patricia?

—Paco Oca. No caigo…

—Vaya, soy el amigo de Rufo, ¿de verdad que no me recuerda?

—¡Ah, Paco! —suspiré aliviado—. El compañero de la guardia civil, ya recuerdo. —Me daba pistas inesperadas—. ¡Qué tiempos aquellos!

—Menos mal, me sentía violento, Aurora. —Lo que no dejaba de ser verdad—. Rufo está triunfando, él es grande.

—Sí. A Rufo lo veo a menudo. Está más tiempo en Sevilla que en Madrid.

—Lo sé, lo sé… Nunca hemos perdido el contacto. —Tenía que asegurarme de su equilibrio mental—. ¿Y tú, Aurora? ¿Cómo estás?

—Muy bien. ¡Tan loca como siempre!

—¿Loca tú?

—Es una manera de hablar, Paco. —Se reía a carcajadas—. Sigo tan enredada como siempre con mis cosas. Trabajillos que me salen, clases que sigo dando…

—Me encanta saber de ti.

—Vente este mediodía a comer. Patricia estará por aquí, prometo no decirle nada para que se lleve una sorpresa.

—Muchas gracias, Aurora. Estoy liado con la mudanza y no sé si llegaré a tiempo, pero haré lo posible.

Colgué a sabiendas de que yo no aparecería por allí, pero con la información precisa de una mentira descubierta más. Una mujer con demencia no podría seguir dando clases.

Aurora no tardaría en hablarle a su hija de Paco Oca. Era tiempo de venganzas.

Lola

Madrid, 2016

Tras el éxito inopinado, veloz, de la aparición de Patricia, las siguientes entrevistas dieron pábulo al peor de los escenarios. Nadie empatizaba con otra cosa que no fuese el dinero; la historia, contada por Rufo, resultaba deslavazada; las explicaciones, poco elaboradas, asustaban a quienes no imaginaban que se pudiera invertir tanto dinero por amor.

Rufo llamó a Dolores a las ocho de la mañana de un miércoles, aún con Estíbaliz por despertar, para decirle que tenía a su replicante.

—Ella es toda tú.

Se citaron al mediodía en el local.

—¿Dónde está? —preguntó impaciente al cerrar Rufo la puerta tras él.

—Espera abajo una llamada mía.

—Dile que suba —suplicó.

—Siéntate. —Ordenó con palabras suaves Rufo—. Debo ponerte en antecedentes.

—No me asustes.

—No sé cómo no pensé antes en ella. —Rufo era especialista en mirar a los ojos para captar la atención entera—. Es venezolana, pero

me asegura que conoce expresiones colombianas y sabe imitar el acento bogotano. —Dolores aclaró en un gesto la intranscendencia de ese detalle—. Algo más morena que tú, igual de pequeña, algo más de tetas, un poco menos…

—¿Qué me tienes que contar?

—Ella trabaja para mí.

Tras semanas de confidencias, esa información oculta caía mal en el regazo de Dolores. Calló su cólera, cerró su expresión a muecas que la delataran.

—He sido un buscavidas, Dolores.

—Ya me dijiste, caballero… Gañán era la palabra.

—Estoy metido hasta las trancas en esta aventura, Dolores. Sigo tus órdenes.

—Bien pagado estás.

—Soy consciente.

—¿Eres un proxeneta?

—No.

—¿Qué hace ella para ti?

—Se desnuda para mis clientes, se toca para ellos, se masturba, les habla, se abre de piernas, los calienta.

—Una puta…

—Una actriz porno.

—Tanto da.

—No, Dolores. Tanto no da. Yo las protejo. Nadie entra en sus casas, solo mis cámaras.

—¿Sus casas?

—Son señoras de buen ver, maduras, aburridas, pervertidas, de vuelta de todo.

—¿Internet?

—Sí.

Dolores suspiró, enderezó la espalda hasta recomponerse.

—Dile que suba.

—Ok.

—Pensé que mi figura inspiraba más clase que la de una actriz putona —susurró lo suficientemente fuerte—. Veo que no.

Los miedos de Dolores se fueron en tres frases.

—Fui yo la que forzó a que os contara quién soy y de dónde vengo, señora. No tengo nada que ocultar, ni me avergüenzo de maldita cosa. Nadie me mantiene, ningún cabrón me quita la felicidad. Tengo raza para limpiar ese pasado que le atormenta a usted, con dignidad.

—¿Qué te contó Rufo?

—Su verdad. Los remordimientos la matan, necesita deshacerse de los fantasmas que la torturan desde que decidió vengarse por amor. Humano y comprensible. Carnal.

—Te expresas bien.

—Soy de familia humilde, pero letrada.

—¿Caraqueña?

—De Maracaibo.

—¿Por qué saliste de allí?

—Porque me asfixiaba entre tanta miseria.

Dolores y Lola tenían vidas tan paralelas como perpendiculares. A la primera le ocurría lo propio de quien no ha construido su futuro a machetazos: que se embelesa con quien sí lo ha hecho. La Estíbaliz de entonces, esa Lola de ahora, el gañán de Rufo, su añorado padre, la primorosa Eleanor. Gente fabricada de dentro afuera, con cementos sólidos contra desazones inconsistentes que ella no sabía controlar con sosiego, en su particular montaña rusa de eterna niña protegida con la que transitaba por la vida sin asumir que ya los ángeles cayeron.

Intercambiaron rotuladores para escribir propuestas de cómo cebar el motor de arranque.

—No habrá nada si yo no desquicio sexualmente a ese imberbe de Alejandro —aseguraba rotunda Lola—. Tengo a mi favor su querencia por la mujer madura.

Dolores admitía que llevaba razón. Era fundamental articular un encuentro explosivo, no había tiempo para romances, en que Lola se metiera en las tripas de Álex como un diablo.

—El panfleto que publica su empresa es pura bazofia chavista, me dice Rufo. Estos de Podemos pondrían altares al Maduro sin tener idea de lo que es no encontrar leche en los supermercados, o que tu sueldo se quede en papel mojado a los dos días de cobrarlo.

—Podríamos entrar por ahí, Lola. Una opositora venezolana entrando en la redacción de Álex a grito puro.

—Vamos a estudiar los artículos del gallego, Dolores. En cuanto aparezca uno justificando las políticas de Maduro, me lanzo como una fiera contra él.

Ensimismada en la recreación de las escenas futuras, Dolores vivió con ansiedad las horas previas al asalto de la redacción por Lola. Con apenas diez días de reuniones diarias, había proyectado en ella todo su arsenal de emociones para grabarle el disco duro de sus recuerdos y así poder interpretar con credibilidad la versión B de su frustrada venganza madrileña.

Esa tarde volvió con Rufo al café Viena, la angustia la enredó en preguntas sobre Estíbaliz que la despistaban en sus deseos de regalarle tan enorme ofrenda de contrición.

—¿Ni siquiera cuando le hablas de mis llamadas se interesa por mí?

Rufo negaba, apesadumbrado por no poder darle mejores noticias.

Vibró el móvil en la mesa del café. Era Lola. Ella no quiso responder, colocándose las dos manos en el pecho. Musitó un «¿qué estoy haciendo?» mientras Rufo respondía.

—Ajá. —La sonrisa de Rufo fue la mejor señal—. Ajá. —Levantó el pulgar en señal de triunfo—. Aquí la tengo conmigo. —Rufo tapó el auricular—. Se lo ha merendado, Dolores.

El gallego cayó rendido. Toda su rebeldía se disolvió entre cenas con champán francés y sábanas de seda, sin sospechar que su partenaire jugaba con las cartas marcadas; lo transportaba al universo de las mujeres maduras y a los tiempos, no lejanos, en que Estíbaliz mimaba esa parte de él más desprotegida: su terror al abandono materno. Desarmado por el influjo de Lola, Álex no sospechaba que su destino se jugaba en un local de oficinas del centro de Madrid. Costaba seguir el ritmo de la venezolana, hiperactiva en sus múltiples reuniones de negocios.

—Soy bróker —se limitaba a decirle.

Dolores era partidaria de consolidar; Rufo, más consciente de los altibajos de Estíbaliz, prefería acelerar.

—Él no dejará su empleo por una mujer recién aparecida —protestaba Dolores.

—Él irá donde le proponga con cinco mil euros al mes en el bolsillo —insistía Rufo.

—Búscale un apartamento bien bonito en Sevilla, cariño.

A la espera de que Lola propusiera el reto a Álex de su aventura sevillana, Rufo utilizaba las mañanas en descartar candidatos para representar a Dan. Patricia se ocupaba de la logística en Sevilla; por entonces ya tenía alquilada una galería en desuso y amueblaba los múltiples apartamentos que cada figurante debía ocupar.

—Debes decidirte ya, Rufo —le insistía Patricia—. En el momento en que Álex diga sí, Dan debe comenzar a existir.

Bucles

Lo bueno de haber trabajado por paquetes era que no había más que mover piezas para cambiar el sentido de la narración; todo ello hacía que estuviese a tiempo de retoques hasta el minuto antes de entregar el manuscrito a Marga. Mi experiencia editorial era nula, pero pude bien imaginar que para dar salida a un producto, más si se trataba de una apuesta fuerte, habría al menos un par de ciclos de correcciones que yo tendría que validar, lo que me daría margen para introducir cambios en el desenlace y permitiría corregir las incoherencias que, sin verlas, intuía en una narración hecha a golpe de impulsos; bien manejados, pero impulsos. Fue por ello que decidí imprimir todo lo escrito, engomillarlo por capítulos y asignarle un número a cada fardo. El día de la llamada de Marga no tendría más que organizarlos en base al estado del corcho en ese momento, como si jugase al escondite inglés. En cuanto Marga llamara, el juego se detendría.

En esas estaba, con música de Everything but the girl y un chupito de gin-tonic sobre la encimera, cuando sonó la puerta.

—Hola. —Patricia, radiante, apareció al otro lado—. ¿Puedo pasar… Paco Oca?

Sonreí, sin saber hacerme el tonto, antes de dejarle paso.

—¿No pudo ocurrírsete un apellido más ridículo?

Me negaba a contestar.

—¿Qué bebes? —Venía guerrera.

—Un chupito de gin-tonic.

—¿Me preparas otro?

—Claro.

Se paseó como un pavo real alrededor de la mesa.

—¡El famoso corcho de las etiquetas!

—Creí que no querías volver a verme…

—No quería, Álex. —Apartó el corcho para hacerse un hueco, y se sentó en la mesa. Era puro sexo—. Pero te apareces por todos lados.

—Ya ves. —Me giré para prepararle el chupito, así evitaba que se me fueran los ojos a sus muslos—. Me defiendo.

—¿De qué te defiendes?

—Del engaño.

—No sé de qué hablas.

—Tu madre está más cuerda que tú y que yo.

—Nadie dijo lo contrario.

No quise entrar por ahí. Lo dicho estaba dicho. Le entregué su vaso. Brindamos.

—¿Qué quieres contarme? —pregunté.

—Venía a animarte a salir de aquí.

—Suena a amenaza —protesté.

Ella se me acercó.

—Pues no lo es. —Me rozó el pecho con sus dedos y ya los dos supimos que acabaríamos en la cama—. Lo hago en positivo, Álex. Entrega la puta novela y vete para Madrid.

—¿Y si no la entrego?

—Perderás la oportunidad de tu vida. —Me bajó la cremallera del pantalón. Me tenía a cien—. No te veo tan torpe.

—¿Qué ganas tú con que yo la entregue?

—Dejar de preocuparme por tus visitas, tus llamadas, tus juguecitos… —Se colocó de rodillas, me bajó los pantalones, apoyé mi culo contra la mesa.

—Patricia… —susurré.

Tuvo la delicadeza de marcharse tras el segundo polvo, aprovechando un momento de la tarde en que me quedé dormido. Había sido tan brutal el sexo con ella que mis hormonas danzaban alborozadas pidiéndome más guerra, tuve que masturbarme de nuevo con ella en la cabeza. No con Patricia, sino con la replicante. Me follé a la pederasta asesina incestuosa de paisajes neoyorquinos; vengué las puertas cerradas de Lola, el sexo que nunca más tendría con ella, con su otra replicante.

La montaña rusa se hacía cada día más compleja, había bucles con radios de giro imposibles y rampas que daban miedo. Lejos de activar la parada de emergencia, yo seguía contribuyendo a retorcerla siempre un poco más. Ansiaba tanto como temía la definitiva llamada de Marga.

Rey

Sevilla, 2017

—¿CÓMO TE HAS VISTO? —*RUFO ESPERABA A ALFREdo en su casa de la calle Albóndiga, agazapado entre cojines, con la única luz de la pantalla de su portátil iluminando su cara.*

Alfredo dejó las llaves, observó los últimos cambios en el salón y se quitó los zapatos.

—Lo he llevado mal al principio, Rufo. El topetazo del coche me tenía angustiado. Menos mal que él metió la cabeza hacia dentro y no vio mi cara de pasmo.

—A uno se le queda esa cara cuando se le estrella un coche contra la farola de su casa.

—He estado toda la mañana con un tembleque que no se me quitaba del cuerpo. Le he venido a decir que estaba medio griposo.

—Sobre la mesa tienes tu primera paga. Está en billetes pequeños para que no tengas problemas en ingresarlo poco a poco en tu banco.

—Gracias.

Con el rastro pegajoso de las cervezas en su cabeza, Alfredo pasó a ducharse. Se ató la toalla a la cintura mientras esperaba que el agua se calentase.

—Si vas a entrar y salir de esta casa a tu antojo, prefiero que me pagues una habitación de hotel. —No podía no protestar—. Necesito un espacio para mí.

Incorporándose, Rufo cerró el ordenador. Se abrochó los pantalones, al tiempo que buscaba a oscuras sus zapatos.

—Estuvimos dando un último toque de vida a la casa, Alfredo. Más pronto que tarde tenemos previsto que Álex pase por aquí, y parecía un muestrario de Ikea. Dolores ha comprado esas mantas de colores para darle calidez a los sofás.

—Os lo curráis.

—Mañana te daremos un toque para una sesión de fotos con tu familia sevillana. —Se cuadró frente a él, ya tenían que apostarlo todo por el Dan elegido—. Aquí te dejo las llaves, no tengo otras. Ahora sí que la casa es toda tuya.

—Espero estar a la altura.

—En tu correo tienes las próximas escenas. En todas, como hablamos, hay planes alternativos.

Condicionado por las consignas lanzadas desde Madrid, los primeros días en Sevilla de Alfredo constituyeron un soplo de aire fresco a su atolondrada carrera entre castings teatrales en los que siempre había una razón de detalle —demasiado guapo, demasiado alto, demasiado maduro— para no rematar la firma de ningún proyecto. A falta de poder asegurar fechas, ya que el contrato exigía disponibilidad absoluta, acordó una excedencia de seis meses con los propietarios del Black & White.

Su ingenio hizo que ya comenzara a interpretar el papel desde el momento en que tuvo pistas del fin último de la historia.

—Sé bien lo que es el Asperger, he vivido con uno en casa. —Mintió, en cuanto comprendió que era una de las claves de la futura interpretación.

Era consciente de que, en cuanto entrara en escena, no habría marcha atrás posible. Un juego sin borrador. Aceptó no cobrar un euro hasta que no se diera por validada la escena del accidente, de ahí la angustia con la que bajó las escaleras a sabiendas de lo que iba a encontrarse en cuanto abriera el portal a la luz del amanecer sevillano.

—Esta es tu hermana. —Rufo eligió un bar en Coria del Río para evitar toda posibilidad de cruce con Álex, muy activo en su llegada a Sevilla por todo el centro de la ciudad—. Patricia, aquí tienes a tu Dan.

Ella, con leggins ajustados y el pelo recogido, se levantó a darle dos besos.

—Así que es a ti a quien yo metía mano por las noches.

—¡Pederasta! —Ironizó Alfredo, cómodo en su doble papel—. Ya imagino yo esas tetas tuyas en mi espalda.

—Te libras por ser marica —Patricia apostaba fuerte—, porque estás para ponerte un monumento.

—Yo esas tetas me las como igual.

Rufo, enganchado a los mensajes con Dolores, reía sin mirarlos. Temía ese primer encuentro.

—¿Cervezas?

Los dos asintieron, todavía tanteándose.

—¿Cómo va tu adaptación a esta tierra? —Patricia, privilegiada en su relación con los promotores del reto, sentía cierta responsabilidad de liderazgo—. ¿Ya te has hecho con gente?

—Algún que otro polvo he echado, pero con tíos anónimos que he conocido por Grinder. —Alfredo sabía que no podía arrugarse frente a Patricia, sin saber a ciencia cierta qué es lo que la unía a Rufo—. No quiero hacerme ver demasiado en determinados ambientes.

—Por ahí no te cruzarás con Álex —sentenció ella.

—Nunca se sabe. Vive en la Alameda y, por lo que decís, está todo el día en la calle.

—Así es —zanjó Rufo, encauzando la conversación hacia terrenos más prácticos—. Veamos, Alfredo. Patricia va a tardar en entrar en escena. Es importante, en todo caso, que os veáis mucho. Ella no es actriz, así que confiamos en tu capacidad para que empaticéis con los personajes que representáis. Esta historia va a estar llena de imprevistos que pueden dar un giro a todo lo que programemos, de ahí que es importante que haya complicidad de hermanos entre vosotros desde ya. ¿Cómo lo llamabas tú? Circunstancias…

—Circunstancias previas.

—Tenéis que saber contaros el uno al otro anécdotas, episodios, momentos jodidos de vuestra vida, sin titubear, de mil maneras, en tono coloquial.

—Mola —dijo Alfredo.

—Si él os ve por la Alameda vendría incluso bien para dar naturalidad al asunto.

—¿Cuándo está previsto que le presente a Patricia?

—En unas semanas. Ella inaugurará una exposición en su galería; tú lo invitarás a él.

—Fenómeno. ¿Dónde está esa galería?

—Aún la estamos preparando.

—¡Qué despliegue!

Patricia se rio. Admiraba la seguridad en Rufo, sus respuestas precisas, los bíceps marcados, el impenetrable silencio de su mirada. Acarició sus gemelos con sus pies descalzos por debajo de la mesa.

—¿Qué te parece si, desde ya, te llamamos Dan? —preguntó ella.

—Mola.

Rufo se disculpó cuando llegaron las tapas.

—Tengo que dejaros, me llaman desde le galería.

Patricia y Alfredo se tantearon, ya a solas, hasta que acabaron con la ensaladilla.

—Al guaperas de Álex hay que buscarle una novia —propuso Alfredo, más inseguro sin la presencia de Rufo.

—¿Y eso?

—Me habla de una tal Teresa, una chica gallega que baja cada dos por tres a follárselo.

—Pues ya no necesita novia entonces —arguyó, divertida, Patricia.

—Escuché a Rufo que este tinglado está montado para unos meses. Todo lo que sea engancharlo a la tierra, será beneficioso, ¿no crees?

—Está ganando cinco mil euros el chaval.

—¿Tú no? —Alfredo sabía que podía jugar fuerte, al saberse imprescindible.

Patricia dudó.

—No me he caído de un guindo, Patricia.

—Ya veo, ya…

—Conviene que esté bien centrado aquí en Sevilla, que nos permita hacer un buen trabajo. Me lo estoy pasando en grande, pero no te niego que cada mes aquí son muchos meses que me estoy solucionando la vida futura en mi Madrid. Vivo en un cuchitril de la Latina.

—Pienso que conozco a la que será su futura novia —pensó Patricia en voz alta.

—Fenómeno. —Alfredo se desparramó en la silla.

—Es un bombón la Silvia. ¡Y está loca del coño!

Diez días

Marga nos recogió en Plaza Nueva a la hora convenida para almorzar. Estaba seria. Llegamos al Tribeca con el comedor vacío.

—Llamamos para reservar el saloncito —confirmó Dolores.

Pidió cerrar la puerta.

—Nos va preparando una botella de Ruinart. Que se vaya enfriando, les avisamos en un rato.

—¿Y bien? —preguntó Marga.

Me incorporé, a punto de la disculpa. Dolores se me adelantó:

—Querida Marga, nuestro querido Alejandro Panelas ya tiene su final.

La editora, incómoda, miró su reloj.

—¿Tiene prisa? —ironizó Dolores.

—No especialmente —contestó en tono bajo, pero firme—. Pero no me gusta perder el tiempo.

—Marga... —Hice por disculparme, Dolores me disuadió con un giro brusco de brazo.

—El tiempo estaría perdido si esta novela no se publicase. Tanto usted como yo hemos invertido mucho tiempo.

—Y dinero… —provocó Marga.

—Sí. Gracias a la plata fresca de instituciones como la que heredé de mi padre ustedes han metido pie en Estados Unidos.

—Señora Moldova, yo…

—¿No le gusta la obra de Álex?

—Es buena, tiene ritmo, pero…

—Está destartalada, sí. Con un final abierto que lleva al equívoco. Sí. —No la dejaba hablar—. Pero estamos aquí para negociar el plazo definitivo.

—Yo ya no tengo credibilidad con Barcelona.

—A Barcelona me la meriendo yo, querida. Así que no se preocupe, ellos ya saben que en diez días tendrán la novela lista para imprenta.

—¿Diez…? —pregunté, sorprendido.

—¡Diez días, Álex!

Remigio

Madrid, 2017

—Hay que forzar la máquina —propuso Dolores.

Lola, recién descendida del AVE, había acudido a la cita con Dolores en el café Viena. La colombiana quería saber de primera mano las sensaciones que traía de Sevilla.

—Esto puede eternizarse si no damos un golpe de timón, Lola.

—Cierto —corroboró ella—. Quizás no lo estamos planificando bien.

—Álex está cómodo en Sevilla, ¡como para no estarlo!, y no le estamos metiendo la presión adecuada. El relato empezó fuerte, con el accidente, pero está plano estos días. ¿Qué cosas te pregunta a ti, amor?

—No me incordia a preguntas. Es obediente. Le marqué las dos reglas, hacerse amigo de Dan y no preguntarme por qué, y lo tomó al pie de la letra el chavo.

—Es un hombrecito encantador, el muy huevón —admitió Dolores—. Al menos eso tranquiliza mi conciencia, la monumental que estamos organizando tiene como foco central a una persona buena.

—Lo es —aseveró Lola—. Miedo me da profundizar en esa cabecita.

—No estarás enganchándote, quiero suponer… —Todo, en esa fase, causaba pavor a Dolores.

—Soy muy vieja para entrar en aventuras con chicos que podían ser mis hijos.

—¿Es bueno en la cama?

A Lola le sorprendió la pregunta. Pensó en los cinco mil euros.

—Es brutal. Sabe cómo volver loca a una mujer de mi edad.

Dolores no podía quitar de la cabeza los orgasmos de Estíbaliz en sus manos. Era necesario aumentar la presión.

—Tiene que empezar a sospechar de ti. Debe comprender que le estás mintiendo. —Lola asentía con media sonrisa—. Tienes que hacerlo venir a Madrid, que te vea con otro, que te vea haciendo algo contradictorio. Que dude de ti para que empiece a dudar de todo.

—Tu padre es fundamental en este relato, ¿verdad?

—Sí —admitió Dolores—. Si mi santo padre levantara la cabeza…

—Contrata a un colombiano de su edad. Que venga Álex a Madrid y me vea con él. Que Álex le hable de Patricia y a él se le cambie la cara. Que descubra que yo realmente viví en Nueva York, que en el fondo voy detrás de Patricia y no de Dan. —Lola se aceleraba en sus propuestas—. Que no soy de Caracas, sino de Bogotá.

—Eres mala, mi venezolana. Mala pero que muy mala.

A pesar del alboroto que vivía desde su atalaya madrileña, Dolores decidió tomar esa misma tarde el vuelo nocturno a Nueva York para acudir a casa de Remigio. Antes de proponerle nada, era necesario mirarlo a los ojos, comprobar su estado de salud, siempre delicada, y tantear la posibilidad de recibir un no por respuesta.

Los días siguientes estaban organizados, eran las semanas previas a la previsible tormenta; Rufo ejercía su papel de líder con buena nota. Tras tomar el taxi a Barajas, llamó a Estíbaliz, sin pensarlo. Quería escuchar su voz.

—¿Dígame?

—Hola tesoro, soy Dolores.

Se hizo el silencio previsto.

Estíbaliz…

Le colgó.

—¿Por dónde quiere que tome hacia el aeropuerto, señora?

—Por donde a usted le venga en gana, caballero.

Pisar el JFK sin tener a su padre ya vivo era un suplicio que no esperaba padecer. Le pidió al taxi que se adentrara en Queens para evitar el trayecto de siempre. La casa, en penumbra, amenazaba con expulsarla para siempre de allí. Cerraba los ojos a cada paso para no ver los rastros de Germán en cada objeto. Se instaló en su cuarto con idea de no moverse, territorio seguro, mientras habitara allí. Conectó el móvil para saber de Rufo. Tenía un mensaje:

«Estíbaliz está furiosa con tu llamada».

Se derrumbó en la cama. Aunque el tinglado rulaba ya por su propia inercia, Dolores quería saltar del barco. Dejar que este siguiera su rumbo hasta que se chocara con la roca que fuese o navegara a la deriva sin más y para siempre; permitir que Estíbaliz se consumiera poco a poco en sus tinieblas sin pasado, dejar que el galleguillo decidiera si permanecer o no en Sevilla cuando ya nadie le exigiera amistades forzadas ni le pagase un dineral por no hacer nada; abandonar a su suerte a un Rufo que se las vería cada semana para zamarrear hasta la cordura a su pagadora para poder mantener su vida de gañán.

Para conseguir mimetizarse con el pasado compartido de su padre con Remigio, acudió a desayunar al Café Luxembourg. La luz del día espantaba a los diablos; pidió un huevo escalfado y dos crepes. Le pareció que en cualquier momento podrían aparecer los dos, ensimismados en sus charlas sobre las FARC, a través de las cristaleras del café.

Rufo la sacó de sus meditaciones.

«¿Estás bien?»

Pudo no responder, pero aún no quería dejar el barco a la deriva.

«Vine a Nueva York un par de días. Te dejo al mando».

Pidió un periódico para bajar las pulsaciones. En veinte minutos debía encontrar a Remigio en el salón de la fundación. Volvió a vibrar el móvil.

«Estíbaliz se levantó esta mañana preguntando por ti».

A Dolores le subió un intenso calor por el cuello.

«¿Qué dice?»

Con la portada del New York Times desenfocada, esperó impaciente a que el móvil deambulara por encima del papel con noticias de Estíbaliz.

«Que también debes estar sufriendo por la muerte de Germán».

La llantina era incontrolable. A miles de kilómetros de distancia, en una mañana esplendorosa de azules marinos neoyorquinos, el barco volvía a tener al mando a su capitana.

En un ambiente ruidoso, con las mesas desordenadas, varios corrillos cortaban la entrada al club social de la fundación. Dolores se abrió, apresurada, el paso entre ellos sin querer dejarse ver. La mesa de conferencias estaba preparada con el tapete de las grandes ocasiones. Se anunciaba charla de Muñoz Molina. Buscó a Remigio entre los despachos adyacentes, hasta dar con él en el bar. Tenía las gafas de ver puestas, tratando de descifrar algún mensaje en su teléfono.

—Mi amado Remigio.

De forma pausada, como todo en él, levantó la mirada.

—¡Dolorcita!

Se dieron un abrazo sincero de olores del pasado. Ella le besó el cuello como entonces. Vio sus lágrimas de anciano al apartarse.

—¿Cómo estás, mi viejo?

—Bien, querida Dolores. Estoy vivo, ¡qué más puedo pedir!

—¿Asistes a la conferencia?

—Iba a hacerlo, pero tú estás antes que nada.

Remigio palideció con las explicaciones de Dolores acerca de su relación con Estíbaliz; era consciente de que la caída física de su querido Germán tuvo que ver con la partida de la española a Madrid, conocía la íntima amistad entre esta y Dolores, pero no el infierno relatado por la colombiana. Enmudeció con la venganza organizada a sangre fría diez años atrás.

—Destrozó mi corazón, pero no pude asumir que cortara todos los lazos con mi padre.

—¿No fue Germán, amor, quien decidió dar por finalizada esa relación?

Dolores tenía que armarse para hablar sin esconderse.

—Él quiso volver, Remigio.

Remigio callaba.

—Estoy organizando mi perdón, viejo. No puedo vivir con tanta culpa dentro.

Él tomó su mano pensando en su amigo Germán.

—¿Hace tiempo que no viajas a Madrid? —le preguntó ella.

—Siglos, mi amor.

ZUFRE

UNA FURGONETA TRANSPORTÓ MIS ENSERES HASTA ZUFRE ESA tarde. El corcho no cabía en el asiento trasero del Rover.

—Mete ropa de baño.

Nos condujo Rufo hasta allí a la mañana siguiente, bien temprano. Un hombre de mediana edad nos trasladó por el camino de tierra que conectaba el pueblo con Casa Vestal. Nos explicó cómo encontrar todo el material de cocina, tras lo que pasó a mostrarnos cada habitación. Dejamos para el final la visita al gran salón con vistas al pantano. Los ventanales inmensos parecían no existir, la sierra onubense se tocaba con los dedos. La luz entraba verde como los olivos, a raudales. En la gran mesa central estaba colocado el corcho. Junto a él, un planning. La novela estaba dividida en 8 grandes paquetes.

—Dos paquetes al día nos dan cuatro, Álex. Los dos siguientes los dedicaremos a salvar contradicciones, porque yo ya me habré leído los seis primeros, que son la base. El séptimo día tendrás concentración absoluta para desarrollar el final. Nos quedarán tres días de lectura. La tarde del viernes debe estar enviado a la editorial.

Dolores conseguía sacar el niño obediente que había en mí. Tomamos un desayuno ligero. Rufo trajo la prensa para ella y el primer paquete para mí.

—¿Qué bebes? —me preguntó, con su amable brusquedad.

—Te pediría un gin-tonic.

—¿A las 10 de la mañana? —Dolores hizo un gesto a Rufo para que se apartase—. ¿Así de malcriado te tenía la doña?

No pude sino reírme, mientras observaba a Rufo desnudarse hasta quedarse con un bañador minúsculo perdido entre un cuerpo empetado de tatuajes de colores.

Camaleón

Sevilla, 2017

—*Se ha quedado pillado, Rufo* —reflexionó Alfredo, *una vez dio cuenta de su cita en el hotel Inglaterra con Álex.*

—Es lo que pretendemos.

Las citas se habían oficializado en el despacho de la suite *de Rufo en el Colón.*

—¿Le quedó claro el tema de los tatuajes?

—Sí. Es algo llamativo. Durante una buena temporada va a tener el reflejo de mirarle los nudillos a todo aquel con el que se cruce.

—¿Cómo lo has visto?

—Entregado. De hecho, le remordía la conciencia por no haberme podido responder a tiempo cuando yo le insistí con mis llamadas.

—Perfecto. Ya está todo listo entonces para que entre tu hermana en escena.

—¿Ya tenemos exposición?

—Sí. Preciosa. Traída de la galería madrileña de la verdadera Patricia.

—¿Cuál será mi rol?

—Secundario en este caso, tú no serás más que el anzuelo. Estamos llegando realmente al corazón de donde queremos llegar…

—¡Gracias!

—Aprovecharemos su desconcierto para introducir a otro personaje clave en la historia.

—¿Quién será?

—Dolores. —Alfredo, sorprendido, se incorporó. Rufo cerró los ojos y apoyó las mandíbulas en sus puños—. Está convencida de que es la jugada perfecta. Yo tengo mis dudas.

—¿A quién se supone que representará?

—Será Charo, la secretaria de Patricia. Hará por empatizar con Álex, su objetivo es convertirse en su mentora, hacerle ver que lo que está viviendo es digno de ser escrito.

—¿Y su acento colombiano?

—Ella es un camaleón, Alfredo. Para la ocasión será una donostiarra con media vida en Sevilla, ya me ocupo yo de educar su acento desde hace diez días, meterle palabrotas y algún que otro «pues» al final de las frases.

Piscina

Rufo iba y venía de Sevilla. Me dio masajes craneales cada tarde, jugábamos al vóley en la piscina al cumplir cada objetivo. Dolores corregía, matizaba, discutía, se reía. Yo no controlaba mi ansiedad.

—Así que Lola y yo tenemos vidas tan paralelas como perpendiculares… —No paraba de comer papaya—. Adoro tu manera de metaforear, ¿se dice así?

Yo le negaba con la cabeza.

—Bueno, tú me entiendes.

Nos prometimos no hablar de la novela en las comidas.

—¿Qué aporta esa tal Teresa en tu vida? —me preguntó Dolores, mientras repartía Rufo el roast beef.

—Acordamos no hablar de la novela comiendo —protesté.

—Pregunto por su vida, caballero.

—Teresa es una follamiga.

—Suena malhablada esa palabra —recriminó Dolores.

—Es una función muy útil, ¿verdad, Rufo? Tú tienes que tener la agenda llena…

Rufo sonrió, con la mirada puesta en oblicuo hacia Dolores.

—Patricia, por ejemplo —ataqué.

—Calla y come, chaval —protestó Rufo.

—¿Te acostabas con Teresa mientras estuviste con Estíbaliz? —inquirió ella, obviando a Rufo.

—¡No! —protesté, sin saber ordenar si era mentira.

—No me grites.

—¡Le grito porque me sale...! —La tensión de tantos días encerrados en ese paraíso se hacía notar.

—Te estoy salvando la vida, huevo.

—Mi vida está a buen recaudo, señora.

—¿Ahora me llamas señora?

—Acabemos de una vez esta farsa —dejé la mesa y me tiré a la piscina.

Socorro

Nueva York, 2017

Remigio recibió alertado la llamada de Eleanor un domingo noche. Sin tiempo para preparar nada, acordó con el restaurante vietnamita de la avenida Ámsterdam con la 75 dos menús prémium y unas copas de helado. Colocó el champán en el congelador, tras adecentar el salón, en el que redistribuyó fotos con Germán que almacenaba por media casa. A esas edades aterrorizaban las sorpresas. Coincidieron en la puerta ella y el repartidor.

—¿Te gusta la comida oriental?

—Me encanta, Remigio.

A pesar de las veces que estuvo allí, esperó a que su amigo terminara de atender la compra para adentrarse en el salón. Se detuvo ante cada foto de Germán. Su recuerdo se colaba en cada resquicio.

—Dime que no me hablarás de enfermedades, Eleanor.

—No voy a hablarte de enfermedades, Remigio.

Con la liberación de esa respuesta, volvió a besarla en las mejillas.

—Un momento —acudió a por el champán. Eleanor vio excesivo excusar una vez más su llamada a esas horas—. Aquí traigo algo fresco para charlar con la amiga investigadora.

—Eres maravilloso, Remigio. —Él colocó la bandeja a su lado, abrió con dificultad la botella, le sirvió—. ¿Cómo estás?

—No puedo decirte que esté mal, querida. He entrado en un período de estabilidad del que disfruto como un crío. Lo único que me aterroriza es que algo cambie en mi vida.

—Me hace feliz saberlo —apoyó ella.

—Lo sé.

Se hizo un silencio en el que ni Remigio se atrevía a devolverle la pregunta.

—Mi sobrina anda a la desesperada buscando a Dolores.

Aturdido por la noticia, Remigio no reaccionó. Debía poner en pie los últimos acontecimientos sobrevenidos en la vida de su ahijada; su viaje a Madrid para representar el papel de Germán, sus confesiones acerca de las venganzas sin consumar.

—¿No tiene su teléfono? —No supo responder sino con una pregunta naif.

—Lo borró hace tiempo. ¿Dónde puedo localizarla? He pasado por su apartamento de Park Avenue, pero ya no vive allí; en casa de Germán las luces están siempre apagadas.

—Dolores vive en Madrid, Eleanor.

—¿En Madrid?

—Hace ya meses que se instaló allí.

—Sé que la visitó por sorpresa, que durmió un día en su casa… Pero mi sobrina la repudió en cuanto le habló de la muerte de Germán. Se le vinieron tantas cosas a la cabeza…

—Puedo imaginarlo todo, querida Eleanor.

—¿Qué le puedo decir?

—Que pronto tendrá noticias suyas, noticias buenas. —Nervioso por no saber hasta dónde podía hablar, agitado por el burbujeo de un champán que no solía tomar, Remigio se adelantó hacia ella—. Prométeme que no le dirás nada de lo que te voy a contar.

—Te lo prometo.

—Dolores está preparando algo grande para ella.

—¿Algo grande?

—Yo he contribuido, incluso. —Eleanor no daba crédito, Remigio no se atrevía a contar más—. Es una suerte de... Ha construido una simulación... Es como si...

—¿Una simulación?

—Está construyendo su propia penitencia para pedirle perdón por todo el daño que se han hecho.

—Mi sobrina está mal, Remigio.

—Me prometiste que no había enfermedades...

—Sea lo que sea que esté preparando, hay prisa.

—Lo sé —admitió Remigio.

—¿Qué sabes?

—Que hay prisa, Eleanor.

Sumida en sus propias contradicciones, Eleanor no acertaba a adivinar qué receta utilizar en su relación con su sobrina. Saltar a Madrid parecía lo más humano, a pesar del destrozo que en ella provocaba la vuelta a Manhattan sabiéndola sola en su torre de marfil madrileña. No podía decirle que no había visto a Remigio, porque se lo había prometido; no debía comunicarle que Dolores andaba merodeándola, su angustia se ensancharía. Solo quedaba esperar las noticias que su amigo colombiano se comprometió a suministrarle conforme se avistara una luz en el intento apoteósico de acercamiento.

Decidió que la mejor opción era escribirle un email, para no hablar más de lo necesario.

Querida sobrina,

Visitar a Remigio ha supuesto para mí una vuelta a los años hermosos en que cenábamos en casa con vino blanco. Por él no pasan los años, algo que se agradece cuando una ve en el espejo que la edad no perdona. Me invitó a champán y comida vietnamita en ese salón suyo desde donde se divisa la iglesia de Riverside, ¿no echas de menos Nueva York?

A pesar de la crudeza de tu relato, me sosiega saber que Rufo está pendiente de ti. De no ser así, ten por seguro que te arrastraría a Nueva York, a tu casa de siempre, donde no te faltaría nada de lo que tuviste. Son muchas las ocasiones en que me acuerdo de ti, sobre todo al caer la noche.

Tu padre es un desastre, apenas me visita. Julianne tira de él como si fuera sus muletas, algo que no puedo sino criticar en voz muy baja. Ella lo ha devuelto a la vida.

Sí, pregunté a Remigio por Dolores. Anda fuera de Nueva York, no me sabe decir muy bien dónde. Prometió avisarme en cuanto tuviera noticias suyas. Sí me asegura, y me lo dijo de corazón, que ella no te quita de su cabeza, que no lo ha hecho en todos estos años. Sin darme detalles, me hizo ver que está al tanto del inmenso dolor que te provocó en el pasado, mi amor.

Sin justificarla, Remigio sí reflexionó en voz alta acerca de la impotencia acumulada en Dolores. Te perdió a ti, luego destrozaste el corazón de su padre y te instalaste lejos, bien lejos, cortando todos los hilos de comunicación con la familia.

Se emocionó al saber de tu interés por ella.

Hemos ganado un cómplice, mi amor. Ten por seguro que hará de puente hacia ella, para que el día menos esperado vuelva a aparecer en tu galería y os deis el abrazo que tanto os merecéis las dos.

Te quiere tu tía,

Eleanor.

Sorprendido por la ansiedad de Estíbaliz en dar con Dolores, Rufo leyó el correo de Eleanor con cierta aprensión. Ya Álex tenía entregado el manuscrito, no era conveniente en ningún caso cortocircuitar el proyecto que le había sido encomendado por Dolores. Los siguientes días estuvo especialmente vigilante del teléfono de casa, borró de la agenda de Estíbaliz el número de Eleanor, hizo lo imposible por no sacar a relucir en esos días de espera el nombre de su tía, la ciudad de Nueva York o nada que tuviera que ver con su pasado. Eran tiempos de cambio, le propuso renovar la planta alta de la galería, planeó un viaje juntos a Berna para solicitar un hueco en la próxima feria de arte contemporáneo, durmió algunas noches a su lado, la mimó pensando en cómo reaccionaría a la lectura de esa novela en la que su joven amado narraba su existencia sin nombrarla, sumergido en un laberinto de novela negra sin policías que enredaba al lector con las dudas de Álex acerca de quién jugaba con sus ansias de encontrar la puerta abierta al mayor de sus deseos, la creación literaria, la magia de la omnipotencia inalcanzable de la ficción real.

Las nieves

Con el pelo rapado al cero y una chaqueta azul comprada en Zara, me planté en la editorial a la hora fijada. Nos hicieron fotos con la entrega del manuscrito para animar las redes sociales, con Marga y sin ella; tras lo que me dieron un cuestionario y media hora a solas en un despacho para publicar mis respuestas en la web oficial de la empresa.

—¿Cómo te sientes? —se me acercó Marga.

—Liberado —confesé.

No puso reticencias a unas cervezas por el centro.

—Las necesito, Marga.

Tomamos el metro. Me avanzó, con cierta frialdad, los pasos a seguir a partir de la entrega. Se daban un mes para tenerlo en las librerías.

—Tú eres un chollo, Álex, porque estás libre para toda la gira promocional. Y con tu imagen…

—¿Cómo crees que será recibida?

—Una novela por la que se apuesta tan fuerte puede funcionar bien o mejor.

Pregunté cuándo requerirían de mí para las correcciones.

—No antes de una semana.

—¿Leíste la versión final?

—Claro. ¡Con qué tipo de editora crees que trabajas!

—¿Y?

—Me quedo de piedra con el final, Álex. Tuve que releerlo varias veces. Cuando te enfrentas a historias así, una piensa que ha desperdiciado oportunidades clave en su vida. Ese amor de no respirar…

—Se sufre.

Decidí subir a mi tierra. Necesitaba de Teresa.

La casa de Las Nieves estaba escondida incluso para los GPS. Tuve que llamarla para encontrar el camino de tierra que me condujese a ella.

—Tienes el gesto cambiado, Álex.

Me recibió desnuda.

—Ven conmigo.

No me permitió hablar durante toda la tarde. Hizo conmigo lo que quiso y yo me dejé. No recordaba lo hermoso que era ver la lluvia sobre los montes desde una habitación con chimenea. Necesitaba el silencio de Teresa, ella lo sabía. Sí, sin verme en el espejo, veía en sus ojos que había mudado la expresión al enfrentar mi desasosiego. El zamarreo de los últimos meses había sido tal que no sabía esconderme bajo la manta de la despreocupación.

—Alguien juega conmigo —confesé a Teresa.

—Porque eres carne, Álex. Eres carne fresca, hermosa, un tío bueno, maduro, calmado, sexual, vividor, curioso, sensible, culto, escribes como los ángeles… Gente así no existe.

—Debo ser torpe para no verlo.

—Móntate en la ola, Álex. Tú móntate. Como esperes a entenderlo todo, la ola pasará.

—¿Puedes esconder mi móvil y no darme las llaves?

—Sí.

—¿Podemos estar dos días aquí encerrados en silencio?

—Claro que sí.

—Te quiero, Teresa.

—Lo sé.

Más de dos días era una eternidad entre nosotros dos; lo carnal daba espacio a la observación y esta nos delataba.

—No se me quita de la cabeza ese cuchitril de Madrid...

Hice que no la escuchaba, acababa de amanecer, cerré los ojos con los suyos enfocados contra mí, tumbados frente a frente.

—Tengo pesadillas con tu cuerpo esquelético, Álex. ¿Perdiste diez, quince kilos?

Le acaricié los muslos con las yemas de mis dedos para que no siguiera.

—Esas migas por el suelo, la peste a cerrado, tu barba larga, los ojos pegados de lágrimas secas...

Apartó mis manos agarrando fuerte mis puños. Yo era una piedra.

—A veces pienso qué pudo hacerte tu madre de pequeño, qué se desajustó en ti sin tú saberlo.

Yo no podía abrir los ojos, sentía el viento de sus palabras soplándome teorías que no eran lejanas de las mías.

—Me vuelves loca... loca... Pero no me asusta, porque eres un extraterrestre para mí, ¿sabes?

Comenzó a jugar con sus dedos en mis mejillas.

—Te dejó como un pastiche esa abominable Estíbaliz, como un gato aplastado, como una cucaracha envenenada... Así me visitas en mis pesadillas.

Yo contenía mis lágrimas con los ojos bien cerrados.

—La mataría de no saber que ella es tu diosa, tus tetas, tu agua, tu sangre... —Noté que la voz se le entrecortaba—. No pensé nunca que el amor pudiera llegar a ser tan grande, mi adorado Álex. Un niñato como tú no debe poder sufrir tanto.

—No debí llamarte ese día —susurré, cuando los dedos de Teresa ya correteaban detrás de mis lágrimas.

—Esa llamada es el sentido de mi vida, Álex. Toda la vida está en esa llamada.

—Qué cosas dices.

—Soy la persona que soy tras haberme asomado al abismo del que te recogí.

Abrí con dificultad mis ojos rojos.

—Deberías escribir poemas, Teresiña…
Ella no lloraba.
—Los escribo.

Pánico

Sevilla, 2017

Agazapado en los pasillos del edificio, Rufo quedó en silencio al sentir la puerta abrirse. Escuchó los pisotones de Álex, sus jadeos. Saber que estaba vivo, aunque evidente, ya le supuso un chapuzón de tranquilidad. El soniquete del ascensor marcó el tiempo de descuento para el sprint hasta las oficinas. Como era de prever, encontró a Alfredo desparramado contra los ventanales de cristal. Cerró la puerta, le tomó el pulso.

—Tranquilo, chaval. Ya pasó. —Su sudor era frío. Tomó una botella de la entrada—. Toma, bebe.

Con la mirada perdida, Alfredo apenas dio un sorbo al agua.

—¡Lo he podido matar, joder!

—Tranquilo, tranquilo… Bebe algo más. Tenemos que irnos de aquí. El coche está en el garaje. Dolores nos espera.

—Él confiaba plenamente en mí, Rufo. Me he abalanzado como una fiera contra él. Ha debido ver el pánico en mis ojos.

—Ya zamarreamos la ventana con una barra de acero, era imposible que se abriese más de una cuarta.

—¡Le salió medio cuerpo! ¡Es un décimo piso!

—Vámonos de aquí, chaval. En estos momentos puede pasar cualquier cosa. Dolores está convencida de que no llamará a la policía.

—¡Yo llamaría!

—Buscará a Lola, la maldecirá, pedirá explicaciones... ¿ha creído realmente que lo querías asesinar?

—Ese hombre ha visto la muerte, Rufo. ¡El pobre Álex se ha cagado vivo! —comenzó a sollozar, consciente de lo ocurrido—. ¿Cómo me he podido meter en algo así, joder? ¿Qué es lo siguiente? ¿Qué me vais a pedir? ¿Que lo apunte con un revólver y juegue a la ruleta rusa?

—Vámonos, Alfredo. Tranquilízate.

No solo no se tranquilizó, sino que saltó para golpear las paredes, empujó la ventana, se asomó al vacío, respiró el aire fresco del exterior.

—Está abajo —se agazapó—. Álex está abajo. Corre, vámonos.

Salieron corriendo hasta el ascensor.

—¡Cada uno en uno, Alfredo! Cada uno en uno...

—Yo saldré a la calle con naturalidad —decidió, aún histérico, inmerso de nuevo en su papel de Dan—. ¿No se supone que estoy loco? Pues que me vea salir como si nada.

—¿Dónde está este loco, Rufo? —Dolores, sentada en el asiento trasero, salió como un resorte del Rover al verlo llegar sin Alfredo.

—Se ha ido a pie. Ha visto a Álex en la avenida, se ha envuelto de nuevo en su papel de Dan. Quiere demostrarle que está realmente pirado.

—No sé qué pensar. —Dio la vuelta para colocarse como copiloto—. ¡Arranca!

—Tal vez quiera acelerar el proceso de su locura, Dolores. Terminar con la farsa lo antes posible.

—Eso no depende de él.

—Quiere creer que sí. —Se colocó las gafas de sol al salir a la superficie. Subió la rampa con precaución, mirando a todos lados—. Llámalo.

—¿Le habrá asaltado Álex?

—Llámalo.

—Comunica, Rufo.

—Ese hombre está ahora mismo sonado, desquiciado. Se lo está currando el tipo. Debemos tener un detalle con él, Dolores; ahora mismo duda de nosotros. Lo hemos puesto en una situación delicada, se nos puede ir de las manos. Si no actuamos pronto puede que el remordimiento le lleve a confesarse con Álex.

—¿Crees que está enganchado de él?

—Es probable. —Dio rodeos con el coche de cristal tintado alrededor de la torre; no había rastro de Alfredo—. Si yo fuera maricón estaría coladito hasta los huesos del gallego.

—Allí anda. ¡Allí anda el gallego! —Dolores se agachó en el asiento.

—No te puede ver, Dolores. Estas ventanas son opacas.

—Síguelo despacio. Mantente a distancia. ¿Hacia dónde va?

—Va renqueando. Está aún con el susto en el cuerpo. Mira para atrás. ¡Tranquila! No es a nosotros. Busca un taxi.

Anduvo en zigzag hasta encontrarlo en San Jerónimo. Rufo lo siguió de cerca.

—Tira por Zaragoza, Dolores.

—¿Eso qué significa? No me sitúo en esta maldita ciudad.

—Va para el hotel de Lola. ¡Llámala!

—Dios mío. Me da miedo, debe estar furioso.

—¡Llámala!

Lola recibió la noticia de boca de Dolores tirada en la cama.

—En cuanto se calme le das el sobre de Nueva York, amor —le ordenó Dolores—. Puede llegar enfurecido contra ti o totalmente entregado a tu causa. Depende de cómo tome la agresión de Dan.

—Ok, señora. Estén tranquilos, ¡vengo de Maracaibo!

Dolores colgó y apoyó el móvil contra su pecho.

—Si acepta el regalo de Lola, estaremos en manos de Remigio…

—Lo bordará, Dolores —afirmó Rufo.

Cuando sonó la puerta ya Lola se había liquidado un botecito de Cutty Sark. Álex entró noqueado.

Billetes

En el recorrido de posibles alternativas, Dolores se decidió a proponerme una opción radical: subvencionar mi próxima novela, pagarme por un año el alquiler de Sevilla e instalarse en su casa provisional de Peris Mencheta.

—Lo último que debemos hacer es precipitarnos.

Yo no acepté.

—Me es igual. Las llaves son tuyas, el piso está pagado.

Colocó un sobre con cincuenta mil euros en mi nevera con un mensaje hermoso.

—No tengo mejor cosa en qué gastarlo, querido Álex.

En esas semanas de liberación tumultuosa, grande para ella, estruendosa para mí, descubrí la humanidad de una mujer desquiciada por su incapacidad para sentir con mesura. Días de reconciliación con mi cuerpo, tiempos de engrasarlo de cara a un futuro que se presumía explosivo, descubrí el placer del secreto de colarme en clases de filosofía de la universidad sevillana, me inscribí en un curso de quiromasaje con el único objeto de ganar en los preliminares de mi siniestra sexualidad, redecoré el salón sacando billetes del frigorífico, a la espera de la llamada de la editorial.

Fue Marga quien lo hizo.

—Ya tenemos libro.

Me citó en un café impersonal de Nervión. En el camino hasta encontrarlo, la euforia se transmutó en terror. Manos negras movían las cuerdas para hacerme levantar el brazo y dar un sorbo al café; alguien que me quería mal me arrastraba inmovilizado a contemplar el pasado de la mujer desconocida a quien yo había entregado mis mejores años, aquella de la que me aparté por no hacerle estirar sus últimos destellos de juventud en arrebatos de una locura que yo pensé inocente. Ahora todo cuadraba, su mirada perdida en los desayunos, las risas a destiempo, los nombres olvidados, el despiste adornado de coquetería, las preguntas raras, los llantos contenidos con el grifo de la ducha abierto. ¡No eran por mí!

—¿Por qué dices eso, Álex? —me preguntó Marga, asombrada por mi estado de ánimo—. Ella vivía por ti.

—Lo sé. Quizás provocó todo para expulsarme de su vida antes de que fuera demasiado tarde.

—¿Tarde para qué?

—Para que yo pudiera desentenderme de su vejez.

—Eres un burro.

—Tú piensas igual, Marga.

—¡No! —Me agarró los mofletes, yo estaba sonado—. Ella quiso verte volar. Eso es todo. ¡Verte volar!

Huida

Sevilla, 2017

—Quedamos en que era un juego, niña.

—Quedamos, quedamos, ¡quedamos! —Silvia se revolvió contra ella—. Que ni soy actriz ni un putón, Patricia.

—Acláralo a tu manera y quítate de en medio, gorriona.

Enfurecida por sus propias decisiones, contaba hasta diez para no culpar a Patricia del gran lío por el que suplicó entrar con entusiasmo.

—Piensa en el dinerito que te estás sacando, Silvia. —Patricia no quería hablar de cuelgue—. En un par de semanas esto da un giro y el puto Rufo nos saca de escena a empujones.

—Dile que le pongo el culo para que me pegue la patada.

—¡Qué mal suena eso, cariño!

Silvia se rio a carcajadas.

—A mí tu Rufo no me pone la mano encima ni muerta.

—Te pierdes un buen polvo.

—Tú no sabes lo que es un buen polvo. El Álex me tiene pillada.

—¿Sí o qué?

—Es un chico encantador, que está para comérselo, Patri. No te lo imaginas en pelotas. ¡Es que no tiene un gramo de grasa!

—Que tú eres dama de honor de Miss Sevilla, Silvia. Que no está sufriendo el gallego…

—Es la bomba el muy cabrón.

—A ese me lo tiro yo antes de que se acabe este sainete.

Silvia se frenó en plena calle.

—Me temo que estás sufriendo, Silvia…

Ella negó con la cabeza y reanudó la marcha. Quiso cambiar de tema.

—En un rato aterriza en España —susurró—. Tendré que hacer el papelito del robo, acompañarlo a comisaría. Se las traen estos dos. Nos pagan bien, pero nos ponen demasiado al límite.

—No le des más importancia, Silvia.

—Viene alucinando de Nueva York el tío.

—Disfrútalo mientras puedas. Eres una vividora. —Las dos sabían que Patricia tenía razón—. Piensa en eso.

Al llegar a casa, Patricia leyó mensajes de Álex invitándola a quedar. Llamó a Rufo, cabreada.

—Tu querido títere me ha invitado a unas cervezas.

Hacía días que Rufo no daba señales de vida, Patricia estaba enfurecida cuando por fin este le cogió el teléfono.

—Tú me dirás si tengo que ir o mi juego ya ha acabado.

—Sigues cobrando, ¿no?

—Como una zorra, sí.

—Ya quisiera una zorra ganar dinero así de limpio, Patri.

Al otro lado del teléfono, Patricia se desesperaba con la contundencia de las palabras de Rufo.

—Se está metiendo en casa de mis padres, hace comentarios impropios sobre mi familia, ¡se pasa de la raya ese niñato!

—Calma…

—¿Y a ti? ¿Es posible verte a ti?

—Estoy en Madrid, amor.

—¡No me llames amor!

—Calma, Patri…

—¿Con qué me va a salir hoy? ¿Qué tengo que explicarle? ¿Qué se supone que sé, Rufo? Esto se os ha ido de las manos.

—Deja que él lleve la iniciativa. Sabíamos que llegaría este momento... Dile que te vas unos días a Nueva York.

—Eso quisiera yo. Irme a Nueva York como la cabrona de la Estíbaliz, dejando detrás los muertos.

—Patricia, si vas a estar así mejor te excusas con él.

Ella colgó, consciente del daño que hacía.

Gallito

Que no tuviera mirilla el gran portón, y el hecho de no imaginar que yo pudiera aparecer por allí, contribuyó a que Patricia me abriera pronto al escuchar el timbre de su estudio.

—Vaya, el famoso escritor.

—¿Puedo pasar?

—Estoy liada. —Llevaba un peto blanco manchado de pintura.

—Tengo curiosidad por ver tus cuadros. —Entré a hurtadillas—. Rufo me habla maravillas de ellos.

—El que faltaba.

No llegamos a darnos un beso. Paseé en torno a los tablones apoyados en el suelo sobre la pared.

—¿No son los de la exposición de la galería?

—Alguno hay, Alejandro.

—Prefiero que me sigas llamando Álex.

—¿Qué quieres, Álex?

—¿Puedo sentarme? —Patricia hizo gestos de que sí—. ¿Leíste la novela?

—La leí.

—Tengo curiosidad por conocer tu opinión.

—Ha sido una experiencia extraña —dijo, con tono seco.

—¿Cómo te ves reflejada?

—Como una chabacana neurótica incapaz de estar a la altura de tu Estíbaliz.

—No digas eso, yo…

—No me pidas mi opinión entonces.

Me arrepentí en ese instante de acudir en su búsqueda. Se hizo un silencio que no sabía si ella querría romper.

—¿Tú cómo te encuentras? —me preguntó, en un tono inesperadamente cariñoso, tal vez sorprendida por su innecesaria acritud.

—Perdido.

—Puedo imaginarlo. —Ella se sentó a mi lado—. Vas a tener problemas para ligar con chicas de tu edad —Endulzaba el tono al ver mi cara de pasmo—, en cambio las puretonas se van a lanzar a por ti como abejas en busca de miel.

Solté una carcajada seca de pánico.

—Leí tu entrevista en *ABC* —Me giré hacia ella para escucharla—, y me provocó mucha ternura.

—¿Por qué?

—Porque transmites mucha ingenuidad a pesar de tu figurín de gallo de pelea. —La dejé hablar—. Esos remordimientos que se traslucen de tu relación con tu madre, la inseguridad acerca de tu capacidad para crear ficción, las continuas menciones al sexo como terapia…

Estaba clavado al sofá, la escuchaba como quien recibe las notas de fin de curso.

—Soy chabacana y neurótica, Álex. Me retrataste bastante bien.

Vestidor

Sevilla, 2017

Con indisimulables nervios, Martin llegó a casa más pronto de lo habitual. Fue apagando luces en busca de Aurora. La casa estaba helada, la música alta.

—¡Aurora!

Su mujer apareció de entre el vestidor con un traje de chaqueta a medio poner.

—¿Qué haces aquí tan pronto, cariño?

Desconcertado por sus pintas, entró por inercia en su vestidor.

—Tranquilo, no escondo a ningún amante.

Que no estaba para bromas lo demostró al no besarle la frente. Aurora se quitó la camisa.

—¿Qué amante iba a querer estos pechos descolgados? —Jugó con sus tetas flácidas, en un intento de sacar una sonrisa a su marido—. Estoy viendo si te puedo robar algo de ropa para una representación de fin de curso con mis alumnos. ¿Qué te ha pasado?

—El gallego ha aparecido en el colegio.

—Again?!

—Again, Aurora. ¡Va a saco! —Se sentó en el borde de la cama—. Rufo se ha quitado de en medio y nos ha dejado este pastel. ¡No sé si este tío puede ser peligroso!

Aurora, no habituada a verlo excitado, se sentó a su lado.

—Ese chico es un ángel, Martin. —Le puso la frente a la altura de su boca, para recibir el olvidado beso de cada noche—. Es una historia hermosa, reconócelo.

—¿Sabemos cómo lleva el libro?

—Se comenta que muy avanzado. Es lógico que quiera atar cabos. ¿Qué le contaste?

—Ha conocido al actor que interpreta a Dan.

Aurora se tapó la boca.

—Me ha insistido en que le cuente qué pasa.

—¿Qué le has dicho?

—No he dicho nada, pero lo he dicho todo.

—¡Martin!

—Sin reconocer nada, le he confesado que a mí me gustaría estar en su papel.

—¿Te gustaría?

Martin se deshizo, incómodo, de las caricias de su mujer. Se puso en pie.

—Al decirle que hay mucho dinero en juego me ha preguntado si está metida la mafia colombiana por medio.

—Qué espanto, Dios mío —gimió Aurora—. Está más perdido que el barco del arroz.

—Y sabe que no tenemos más hijos que Patricia…

—Hablaré con Rufo para decir que ya no…

—No hablamos de nada con nadie.

Aurora temía tanto el teléfono de Álex como ganas de medrar. Consideraba necesario reconducirle el tiro, darle pistas. Ansiaba una llamada del gallego, una aparición suya para explicarle con anécdotas cómo de bonita podía ser la existencia si se cogían al vuelo las oportunidades que no volverían. Era la más ferviente entusiasta del episodio que vivían, detestaba el mal humor de su hija en ese tramo final, no entendía el miedo de su marido a redirigir el tiro. De buena gana se hubiera plantado en Madrid para hablar con Dolores y hacerle replan-

tear la estrategia. Se paseaba por la Alameda con ganas de cruzárselo, bordar de nuevo su papel de loca. Gritarle que viva, que escriba, que aproveche, que vea la realidad con los ojos de escritor, que use sus armas sin pensar quién las carga.

Sin embargo, Álex la llamó el día menos esperado, haciéndose pasar por guardia civil, y ella no supo escapar de su falso mundo de ficción.

Nierga

Cuando me quise dar cuenta estaba en el hotel Juan Carlos I de Barcelona revisando el cuestionario base de la entrevista que me harían media hora más tarde en la Cadena SER.

—Su novela deja una fuerte sensación de complicidad en el lector, señor Panelas —comentó Gemma Nierga, jugando con el libro entre sus manos.

—Háblame de tú, por favor.

—Claro, Álex. Te decía que tu relato es una búsqueda esquizofrénica de la verdad en la que compartes en todo momento con el lector tus dudas acerca de lo que te está ocurriendo.

—Así decidí que ganaba fuerza la historia. He sufrido tratando de desbrozar qué era verdad y qué mentira, o si estaba en un juego peligroso o tan solo morboso.

—Nos confirma entonces que la base de la novela es real, que a usted le pagaron cinco mil euros al mes por hacerse amigo del protagonista.

—Tal vez sea lo único cierto de la novela.

—¿Es consciente que con estas ventas millonarias habrá mucha gente diseccionándola para encontrar contradicciones?

—No les resultará difícil. Está lleno de ellas.

—¿Puedo confesarte algo, Álex?

—Claro.

—Me impacta tu desparpajo. ¿Qué edad tienes? ¿Veintisiete?

—Sí.

—¿Y es cierto que las mujeres maduras te resultamos atractivas?

—Y tanto que sí. Miro tus ojos esos vivarachos y muero.

—Álex, por favor. ¡Que enrojezco!

—No entiendo que haya nada más hermoso en el mundo que una mujer sin tonterías.

MARICÓN

Barcelona, 2017

—HACÍA SIGLOS QUE NO PISABA BARCELONA. —DOLORES estaba cansada de patear la ciudad—. Deja que me quite los tacones, Marga.

—Voy pidiendo los cafés en la barra, Dolores. Aquí son lentos.

—¿Qué prisa tienes?

—Tengo mucho que contarte.

—A ver, ya vendrá el camarero, ¿ha ocurrido algo con tu jefe?

—No, Dolores. Mi jefe tiene claro que este proyecto va a ser un éxito. ¡Ya quisiera él más clientes así! Tenemos una novela decente y un enorme capital para promocionarla.

—¿Decente?

—Es un principiante, Dolores. No me hagas hablar más de la cuenta.

—Pues claro que te hago hablar.

Marga miró alrededor, como si los tentáculos de la perversión de Dolores llegasen a introducirla también a ella en la trama de circunstancias falsas que rodeaba ese experimento editorial. La novela, cierto era, tenía todos los componentes para triunfar como best seller.

—Pero le falta serenidad literaria.

—¿Serenidad literaria, Marga? Pero qué me estás contando...

—Álex es bueno retratando personajes, lo sabemos. Sus diálogos no están mal. Ok. La prosa, en cambio, está poco trabajada.

—La novela está en barbecho aún, Marga.

—No podemos esperar eternamente.

—¿No me decías que tu jefe está encantado?

—Él ha estado ya calentando el ambiente. Hace quince días tuvo la reunión semestral con los libreros de Madrid. No habla de otra cosa que de esta novela. Si no sale ahora, el tema se desinfla. Y perdemos credibilidad.

Dolores quedó en silencio. Marga se acercó a por los cafés.

—Me temo que no era de los plazos de lo que querías hablarme, ¿me equivoco?

Marga se recompuso en la silla.

—No te equivocas. —Volvió a mirar a todos lados—. No tengo ninguna duda a día de hoy de que Álex confía plenamente en mi honestidad.

—Lógico.

—¿Lógico, Dolores? —Se aceleró—. No le queda nadie en Sevilla en quien confiar. —Dolores bajó la cabeza, consciente de que ella estaba en ese paquete—. Me gustaría cerrar este capítulo y no manchar mi reputación.

—¿Qué te asusta?

—Me ha encargado que investigue lo del Nueva Casilda.

Dolores se incorporó.

—¿Quién le ha contado eso?

—Alfredo Rey.

—¡Maricón! —Pegó dos palmetazos en la mesa que casi tira los cafés—. A ese tipo le hundo la carrera.

—Dolores...

—¿Lo ha vuelto a ver?

—Sí, en Madrid. Durmieron incluso en el mismo hotel.

—¿Se acostó con él? —Dolores se colocó la mano en el pecho.

—No hubo sexo.

—Bien. —Dolores suspiró—. Hay que llevarle al patrón del Nueva Casilda. Nos tendremos que ceñir a la información de prensa de esos días. Es capaz de contrastarlo todo en la hemeroteca. ¿Qué edad podrá tener ese hombre ahora?

—Debe ser un anciano —insinuó Marga.

—Perfecto. Ya tengo al tipo.

Plaza de los Carros

De la lectura de mi libro por Estíbaliz solo tenía intuiciones, de ahí que cuando se cerró la gira nacional de promoción en la Casa del Libro de Gran Vía no pude sino obsesionarme con la idea de que ella apareciese entre los asistentes a la presentación. Lo comenté con Elvira Lindo justo en el café del día anterior preparando el acto.

—No me digas cómo es ella, Álex. ¡Estaría desconcentrada mirando al público!

Dos horas antes del acto desconecté de todo, en un paseo errático por las calles de Madrid en que puse a prueba mi capacidad para retornar a la madriguera de los vagones de metro y el frío seco de Castilla; como un órgano mal trasplantado, todo era rechazo; mis pasos eran los del intruso en terreno conocido. Atravesé hacia La Latina por acercarme a la Plaza de los Carros. Envié un mensaje a Alfredo. Cuando me contestó ya estaba yo en el café de las Letras.

—Voy hacia allá.

Como no podía ser de otro modo, apareció con su ejemplar entre las manos. Me dio dos largos besos. Sin contar él con mis nervios, lo sentí emocionado.

—Ha sido terapéutico para mí el verme aquí dentro, Álex. —Señalaba un libro manoseado, atiborrado de anotaciones y dibujos—. Has sido generoso conmigo.

—Eres un currante, un tío honesto, Alfredo.

—¿Has llegado a ver a Estíbaliz?

—No.

Él me sonrió embelesado.

—Te aterroriza que aparezca, imagino…

—Imaginas bien, Alfredo.

—Siento celos de ti, ¿sabes?

—¿Celos?

—Hasta que no leí la novela pensé en ti como un niñato…

—¡Vaya!

—¡Un niñato encantador! —Me dio un puñetazo en el muslo y sacó su sonrisa de entonces, amplia, la del autista que nunca fue—. Pero no entendía que con tu edad nadie pudiera invertir tanto dinero en ti. Me negaba a admitir que un tipo con veintitantos años llegase a provocar nada tan grande en una mujer millonaria que lo tenía todo. En el fondo, pensaba que no eras sino un antojo sexual de una tipa encoñada que no sabía qué hacer con su dinero…

—¿Qué te ha hecho pensar que no es así?

—Leerte, Álex. Esa escena con Teresa, el cuchitril de Madrid, tus ojos pegados. ¡Me has provocado emociones muy fuertes, cabrón!

Alfredo me hacía creer en mí.

—Tengo celos de no haber sido amado nunca así… de no haber visto ese abismo, de no tener ni de lejos a nadie en la cabeza que pudiera poner el mundo a mis pies como Estíbaliz lo puso por ti.

Caricias

Nueva York, 2004

—Nunca pensé en querer a alguien como tú.

Estíbaliz jugaba con el vello canoso del pecho de Germán.

—Me gustan los hombres más jóvenes, cabrones, iletrados.

—¿Para hacerles de mamita?

—Sí. De mamita perversa.

Las vistas desde el Paramount eran puro Broadway; las habitaciones pequeñas de muebles blancos de madera, su territorio. Las visitas de Estíbaliz se sucedían, a escondidas de Dolores. Germán, cada vez con más insistencia, suplicaba un armisticio.

—Cada viaje que haces tengo una gotera nueva, mi amor. —Bajó las sábanas hasta sus rodillas—. Ya ni se despereza sin viagra.

Ella le acarició los testículos, le besó el pezón izquierdo.

—Las goteras se irán tapando, Germán. No te obsesiones con eso.

Él no quiso hablarle de la degradación acelerada de sus arritmias, que lo había llevado hasta dos veces desde su última visita al Monte Sinaí, gracias a la intermediación de una Eleanor que le dio la promesa de no hablar con su sobrina del tema. Sentía que se le iba la vida.

—Dolores recibiría con alegría una visita sorpresa tuya, amor.

—Sabes que no es cierto.

—¡Testaruda! —Ella seguía haciendo remolinos con su vello blanco—. Si dices quererme, demuéstralo con este poco esfuerzo que te pido.

—No me chantajees, Germán.

—¿Pedir que veas a mi hija es chantaje?

—¡En toda regla! —Se levantó de la cama, desnuda, consciente del disfrute que provocaba en Germán, a pesar de que los cuarenta y muchos años estaban atropellando sus coqueteos con el cristal. Se asomó a la puerta del baño—. Tu hija me dijo cosas muy feas, Germán. De puta para arriba.

—Eran celos del momento... —Él se había tapado hasta el cuello.

—Me considera una ladrona, cree que solo te quiero para vivir como una reina en Madrid. —Se cepillaba el pelo—. Si ella supiera la emoción que yo siento cada vez que cojo el avión en Barajas para venir a verte...

—¡Díselo!

—Pero, ¿qué maldito interés tienes en que la vuelva a ver?

Germán, desesperado, le explicó una vez más sus miedos.

—Ella se quedará sola en esta inmensa ciudad...

—¿Se quedará?

—Cuando yo no esté.

—¡Dios, Germán, con las tragedias!

Se metió en el baño y se duchó. Germán pudo decirle que le aterrorizaba no volver a verla, pero no lo hizo, mientras meditaba acerca del momento supremo en que le diría que no quería que volviese a tomar el avión a Nueva York. No podía tardar en romper amarras con quien lo era todo para él.

Gran Vía

Hice bien en llegar un rato antes, de la mano de Alfredo, a la Casa del Libro. Todos los asientos estaban ocupados, por lo que mi entrada fue saludada con un murmullo genérico del que él me protegió.

—Haré que soy tu editor para evitar que te asalten —propuso, firme, Alfredo.

No podía sustraerme a asomar la cabeza ante cada persona que entraba. A diez minutos del inicio aún no había llegado Elvira Lindo. Estíbaliz no aparecía. Dolores tampoco. El relaciones públicas me tranquilizó hablándome de los atascos en Gran Vía.

—Si viene en taxi, puede que se retrase.

Me hicieron fotos en ese tiempo muerto de espera. Noté el sudor en las axilas, que intenté disimular cruzando los brazos en cada pose. Elvira Lindo, apurada, llegó diez minutos tarde. Ella, ducha en actos de ese cariz, tomó el micro y se disculpó.

—Evito el metro los días menos indicados, Álex —me sonrió, tomó mi mano para tranquilizarme—. ¿Tenemos novedades? —Supe que me preguntaba por Estíbaliz.

—Sin novedades, Elvira.

—Pues tranquilízate, y vamos al lío. Estoy segura que aparecerá el día menos pensado.

Relajado, me dejé llevar por las artes de la escritora, mientras barría con la mirada las cabezas entregadas a mi causa. Quise distinguir a Silvia entre el público.

—¿Sabes que yo viví mucho tiempo cerca de donde Germán, en Nueva York? —me preguntó Elvira.

—Sé que viviste allí, Elvira, pero no dónde.

Ella notó mi mirada distraída.

—¿Has visto a alguien entre el público, Álex?

—Sí. Silvia. Está allí al fondo. —Todos los asistentes se giraron hacia atrás—. Vestida de rosa, como el color de su etiqueta en mi corcho.

—Silvia, ¿puedes acercarte?

Silvia, rauda, se escabulló hacia el fondo de la sala.

Pasillo

Nueva York, 2009

Tras oír la puerta cerrar, Germán gritó:

—¡Mamá!

Dolores acudió corriendo hacia su habitación.

—¡Papacito! —Germán intentaba incorporarse, pero no podía con sus huesos—. Tranquilo, tranquilo, mi amor. —Con palabras dulces consiguió tumbar su frágil espalda—. Me dijo esta loca puertorriqueña que todo estaba bajo control.

—¿Ya nos vamos? —La mirada perdida de su padre seguía retorciéndole el estómago.

—Pero, ¿dónde quieres ir?

—A Santa María, Lili.

—¿Lili? ¿Lili? —Le tapó con las sábanas, tocó por ver si estaba mojado—. La Liliana anda muy lejos, querido padre. ¿Un poco de agua?

Germán, insurrecto, giró la cara hacia el techo. Sus brazos huesudos de pellejos caían reventados sobre el colchón. Su cabeza era un torbellino de recuerdos de la infancia; la cara de Dolores le provocaba calambrazos a sus neuronas, que la situaban en esferas atemporales a las que tenía vetado el acceso. Quería asomarse a la ventana a ver la selva una vez más, pero esa mujer actuaba como tirana impidiéndole el movimiento.

Dolores se acomodó en la silla tras retirar el abrigo, dejar el bolso en la cómoda del dormitorio y tomar una manzana de la nevera permitiendo a las lágrimas correr. Se limpió con un paño de la cocina. Germán seguía sin mirarla, tozudo.

—¿Quieres moverte al salón?

—Déjame salir de aquí —protestó.

—Ya querría yo dejarte salir, Germán. —Dejó la manzana a un lado para no atragantarse con sus mocos—. Verte vestirte un día más, bien trajeado, con tu perfume francés, papá. Y que te dieras tu paseo por la Sexta hasta Broadway. ¡Qué no daría yo por verte en tu café leyendo el periódico, papá!

—Lili...

—¡Lili no está!

—¿Dónde se fue?

—Se fue cerca, amor mío. Tu Lili se fue a un recado... —Dolores se tapaba sus lágrimas. Quiso tomar sus manos finas de uñas largas, pero él las rechazó.

—Vámonos ya. —Sacó fuerzas de donde no tenía para incorporarse.

—¡Papá!

Con ayuda de su hija, consiguió levantarse de la cama. Sin apenas capacidad para tomar suficiente aire, movía de forma compulsiva los pulmones. A duras penas se sostenía erguido. Dolores, frente a él, volvió a sentarse. Se miraron fijamente, tal vez en un momento de cordura en él, pensó ella, que aguantó su mirada de padre bueno, de exiliado de lujo en tierra extraña, de amante fiel de escasas mujeres, generoso benefactor de dinero manchado en sangre. Él la miró fijo, con toda la escasa vida focalizada en esa mirada para intentar pedir ayuda a esa desconocida que lo observaba con cara de pábulo.

—¿Llegaron mis cosas?

—¿Qué cosas, padre?

—Las que me envió Eulogio.

—Eulogio ya se fue, no te preocupes.

—Vamos al rancho. —Se apoyó para levantarse, Dolores tomó sus huesos hasta colocarlo de pie. No tenía fuerzas para mantenerse firme—. Se hace tarde, Lili…

A pasitos diminutos consiguieron enfilar el giro hacia la puerta. Germán pudo asomarse a la ventana y no vio selva. No entendía que hubieran edificado justo ahí. A pasos aún más pequeños, con la respiración revolucionada, caminaron durante minutos hasta llegar a la puerta, en cuyo quicio se apoyó, elegante, rechazando sin hacerlo la ayuda de su hija. Dolores le dio un beso largo en la mejilla. Temblando. Se le iba su vida con él.

—Estíbaliz… —susurró Germán, coqueto, al recibir el beso—. Amor mío.

—Sí, Germán. —Dolores decidió ser su Estíbaliz—. Aquí me tienes. Ya tenía yo ganas de estar contigo.

—Vámonos de aquí —suplicó Germán, casi ahogado—. Sácame. Esa mujer me regaña a cada vez.

—Ya no te regañará nadie nunca más, amor.

Él se apoyaba en las paredes del pasillo en su último camino para siempre hacia el salón, feliz de tener de nuevo a Estíbaliz a su lado.

Bluf

Durante las primeras semanas tras el ciclo promocional me obsesioné con el sentido de las críticas. Blogs literarios, notas de prensa, revistas especializadas, suplementos culturales. Era el fenómeno del momento. Hubo un artículo, sin embargo, que hizo cambiar la percepción de lo que me estaba pasando, seguramente porque daban en el clavo: Álex Panelas era un bluf, un producto de mercadotecnia elaborado. Yendo lejos en sus conjeturas, aseguraban que mi novela era una sesión de trabajo mediocre de un grupo de guionistas de televisión. Acertaban en el diagnóstico: yo no era sino carnaza, señuelo para vender literatura de masas.

Me rebelé contra las evidencias, releí un par de veces la historia, cotejé mis borradores. Había mucho que mejorar, pero no renegaba de lo escrito. Planteé entonces, gracias al espolón recibido donde más dolía, un año dedicado a mí, sin injerencias, a la luz de mi piso sevillano, para construir, ahora sí, una ficción sin padrinazgos.

A pesar de mi juventud, el propósito era un año de vida monacal. Buen sueño, comida sana, deporte diario, lectura de clásicos. Quedé adormecido, con móviles apagados, bajo el sol primaveral que calentaba mi sofá.

Me despertaron un par de golpes secos en la puerta. Era Estíbaliz.

Frustraciones

Madrid, 2017

Para Rufo la entrega del libro supuso un dulce amargor. El regodeo de la misión cumplida, y bien, daba paso a un período de pérdida de poder. Ya no era imprescindible para nada que tuviese que ver con el buceo en las entrañas del pasado feliz, y cuerdo, de su patrona. Solo le quedaba observar, como voyeur, los cambios de humor en Estíbaliz al leer el libro, única vía para saber hasta qué punto esa aventura había aportado alguna salida al laberinto en que parecía estar definitivamente perdida.

Que la novela fuera un superventas no dejaba de producir satisfacción, comedida por el hecho de no aparecer en los títulos de crédito su ímprobo esfuerzo por que la narración hubiese encontrado un espejo eficiente en el que reflejarse. Leerla, a un perro callejero como él, le supuso una catarsis. Verse en ella, con trazos ciertos, una terapia de cierta fustigación. Le horrorizaba contemplar en qué se había convertido. No era centro de nada, sino mamporrero de la realidad de otros. Nadie se interesaba en sus razones; ni siquiera se le juzgaba. El universo eran los otros.

Los nudillos le dolían cada vez que sus tatuajes aparecían. Cerraba los puños. Ni tan siquiera su web se llamaba así para aprovechar la difusión de su negocio, ni había tenido la agilidad para abrir un dominio que ya estaba pillado.

Todo en él era torpe; su masculinidad, capacidad de organizar o el liderazgo entre mujeres lo veían los lectores. Él no.

—¿Quién instruyó a la tal Patricia? —preguntó, por fin, una noche al terminar de cenar, Estíbaliz.

—Sobre lo que tenía que hacer cada día, yo.

—¿Quién le habló sobre mí?

—Yo.

—Tú de mí sabes cuatro cosas, Rufo.

—¿Eso piensas?

—Esa Patricia no soy yo, es evidente. —Dejó su yogur a medio terminar—. El caso es que me interpreta bien. Es más dura, un poco ramplona, pero tiene carácter. ¿Es una de las madamas de tus negocios porno?

—No. —Rufo bajó la cabeza.

—¿Es cierto que se acostó con Álex? —Se limpió con la servilleta, sin un pestañeo, con toda la mirada puesta en Rufo para no perderle un gesto.

—No lo puedo saber. —Él también sufrió esa escena.

—Si Álex imaginase que yo tuviera que ver algo con toda esta movida, jamás lo habría escrito.

—En la novela tu niño se hincha de follar…

—Las otras me dan igual. Álex es un animal sexual, nunca estaré celosa de que… Pero… Patricia… No lo hubiera escrito.

—Tal vez lo hizo pensando en el momento en que tú lo leyeras.

—¿Para qué?

—Para decirte que ya se había curado de ti.

Blusa

—Hola —me dijo, con su hoyuelo en la barbilla, la paleta montada y sus orejillas del primer día.

Mareado por la impresión, cerré los ojos sin decir nada.

—Solo bajé a Sevilla para que me firmaras mi ejemplar. —Le temblaba la voz—. Solo a eso.

Yo tomé su mano, la hice pasar y me derrumbé en sus brazos. Olía a mi mejor yo. Me excité como adolescente, besé su cuello. El aliento de su respiración era bendición atemporal para mi espalda. Sus pechos, mi refugio devuelto. Susurró como lo hacía en mis pesadillas. El ruido de la ciudad era la única realidad en ese abrazo. Separó mi cabeza mocosa de su regazo.

—Mi niño…

Caí al suelo arrastrando mi espalda contra la pared. Desarmado. La tarea del rescate estaba en mí, su aparición desarbolaba todos mis esfuerzos por retrasar el momento del reencuentro hasta que yo adquiriese el caparazón que evitase caídas tan bruscas en sus brazos.

De golpe, recordé su cabeza.

—¿Cómo estás?

—Emocionada, Álex. —Supe que no había verdad más nítida que esa—. Levántate, cariño.

Me vi feo. Destartalado. Acepté sus brazos para levantarme. Quise cerrar ventanas, apagar luces, dejar que me acostase, me arropase. Dormir con la cabeza en su vientre. Ella, sabedora de mis simplezas, ejecutó mis deseos sin yo abrir la boca. Quise, sin fuerzas, desabrocharle su blusa. Ella, con delicadeza, apartó mis manos. Acordamos, sin hablarlo, un silencio de horas para recomponernos.

Ramsés

Madrid, 2017

A la hora acordada con Rufo, Dolores apareció. El Ramsés estaba lleno, Estíbaliz esperaba en su mesa de siempre, junto a la ventana. Se dieron dos besos, fríos.

—Gracias por venir.

—Era preciso vernos. —Dolores, tensa, se movía con lentitud para no demostrar sus nervios.

—¿Ruinart?

—Claro que sí.

Estíbaliz hizo gestos a Esteban, raudo en traer la botella helada con su cubitera de pie.

—Has hecho un trabajo soberbio, Dolores.

—Gracias.

Ninguna sabía por dónde empezar, aunque la pelota estaba en el tejado de Estíbaliz, bella, con lentillas de azul turquesa, labios rosa pálido.

—He llorado mucho estos días. —Brindó con ella—. De emoción, ¡mucha emoción!

—Puedo suponerlo.

—Ya me hablaron maravillas de ti en la academia, pero no imaginaba que pudieses construir algo tan sólido a partir de mi relato.

—Vuelvo a agradecértelo, Estíbaliz. El que me dieses libertad, un margen tan amplio de tiempo y disponibilidad económica absoluta ha sido clave.

—¿Qué tal Rufo?

—Un productor ejecutivo impecable. Haría carrera en la industria cinematográfica.

—Díselo, Dolores. Bajo esa capa de villano hay un hombre grande.

—Lo sé.

Se hizo un silencio que ninguna sabía reconducir, desviaban sus miradas hacia las burbujas del champán o el techo del restaurante.

—Eleanor —dijo, por fin, Dolores—, la amiga de Remigio... no acepta cobrar nada. Dice que lo ha hecho de corazón.

—Envíale un ejemplar de mi parte, le emocionará el retrato que Álex ha construido de ella.

A Estíbaliz se le hacía un mundo hablar de Álex.

—Leí su entrevista en El Mundo, el domingo.

—Es un chico ágil de mente, Estíbaliz. Álex es todo corazón.

Estíbaliz asintió. Tomó su servilleta para secarse lágrimas aún por salir.

—¿Cuándo lo viste por última vez? —preguntó a Dolores.

—Este fin de semana. Cenamos en El Gallinero de Sandra.

—Allí donde Patricia le tiró los cien euros, ¿no es eso? —Estíbaliz sonrió—. Me hubiera encantado conocerla. ¡Qué carácter de mujer!

—Me recuerda a ti.

Estíbaliz respiraba lento para tranquilizarse.

—No voy a poder comer —confesó—. Tengo el estómago cerrado.

—No te preocupes. Desayuné tarde...

—¿Te resultará duro desaparecer, Dolores?

—No —mintió—. Nunca había hecho un trabajo similar, pero tenía claro cuáles eran las metas, dónde debíamos llegar. Reconozco que me emocioné el otro día en El Gallinero. Me he emocionado mu-

chas veces en todo este tiempo, porque me metí como la que más en el personaje. Esa capacidad de amar y de odiar que tenía esa mujer… Cuando él lloraba hablando de ti yo lloraba sintiendo tan profundo como lo habría hecho ella. Tan torpe y tan auténtica… Álex disfrutó, en cierto modo, con mis lágrimas. Confirmaban que tú eras una persona única. Le di dos besos tan sentidos al despedirme que él se turbó. Solo yo sabía que era un adiós definitivo.

—Es un ángel, ¿verdad? —Estibaliz no quería entrar en otros juegos.

—Lo es.

—Pues ya está, Dolores. Misión cumplida. No hay como tener un proyecto de amor y capacidad para desarrollarlo. ¡Soy feliz!

Dolores se permitió tomarle la muñeca. Estíbaliz agarró su mano con fuerza. Sus lágrimas sí caían redondas. Las de Dolores también.

—Elegí este sitio tan chic a propósito. No quería derrumbarme. Aquí me conocen y la Estíbaliz, aquí donde la ves, es muy digna.

A Dolores se le hacía un mundo preguntar por lo que no estaba en el contrato.

—¿Harás llegar un ejemplar a Vicky?

—No —respondió Estíbaliz, rotunda—. No sería justo. Sé de buena tinta que está feliz con Ralph.

—Sería una gigantesca muestra de amor —opinó Dolores en voz baja.

—O una traición. —Volvió a secarse los lagrimales—. Se preocuparía además por mí, creería que en verdad estoy volviéndome loca como mi madre. ¡No! —Se sorprendió a sí misma con su grito—. No…

La botella de Ruinart se terminó. Estíbaliz le extendió el cheque final.

—Ahora me toca a mí actuar. —Se colocaba la mano en el pecho—. El niño no se decidió a subir. No podré vivir con esa angustia.

—¿Bajarás a Sevilla?

—Sí, Dolores. Es mi última penitencia. —Tenía el rostro cambiado—. Toda mi vida ha sido un cerrarle la puerta a los demás en sus narices. Ahora me merezco que me las cierren a mí.

—Si él supiera que no eres sino tú quien ha construido este regalo de amor…

—Nunca lo sabrá, Dolores. El amor es darlo todo sin pedir… Yo he podido dar. Esa es mi felicidad. Haberle podido devolver un poco de tanta vida como me dio.

Mi amor

Desperté sin saber qué era lo soñado. Escuché algunos ruidos que me tranquilizaron. Estíbaliz seguía ahí. Los nervios volvían, de manera más controlada.

—¿Sigues tomando café tras la siesta?

Iba descalza. Le di un sí sin sonido. Se fue a la cocina. Me aterrorizaba hablar de nosotros; no quería saber nada, todo me haría sufrir. Que se fuera esa tarde, que se quedara; escucharle palabras cariñosas, sentirla fría. Todo lo que me tuviera que decir me dolería. Tres años de disciplina en vano.

—Estoy orgullosa de ti —murmuró, asomada a la ventana—. Imaginé muchos años cómo me sentiría con una novela tuya en mis manos, Álex. —Sabía que yo la iba a dejar hablar—. Sin tener dudas acerca de tu capacidad para contar historias, temía que esa estúpida falta de seguridad en ti pudiese transmitirse a algo tan complejo como una novela. —Se apoyó en la pared y ya sí me miró—. Te muestras vulnerable, sexual sin complejos, arisco y sensible, te entregas tal y como eres tú. Honesto con el lector. Inocente con esa trampa tendida…

—Quise tu aprobación antes de sacarla, pero…

Me pidió que no siguiera por ahí con un gesto. Se colocó los zapatos.

—Hubieras tenido todo mi apoyo, corazón. —Se agarró los hombros como entonces...—. Da igual cómo haya ocurrido, pero destapaste mi pasado y comprobaste que he sido una mujer feliz. He vivido todo y lo he vivido bien. —Hice por decirle que aún le quedaba mucho, pero no me dejó tirar por ahí—. Pretendo seguir así, Álex. —Colocó la silla frente a mi sofá—. Lamento haber pagado en ti mi desconfianza en los otros, pero llega un momento en la vida en que te proteges de haber creído que el mundo giraba redondo... Te debo muchos días luminosos.

—Eres grandiosa...

—Qué tonto eres...

Me tomó las manos, jugó con mis dedos, metió sus uñas en las mías, me acarició el pelo.

—No hay demencia ni Alzheimer... ¿verdad?

—No, Álex. Tengo la cabeza bien en mi sitio... A esa colombiana puro corazón le gusta dramatizar e inventar realidades que justifiquen lo que no entiende.

Estíbaliz le sonrió como entonces.

—Ahora te toca a ti, Álex. —Sus palabras llevaban años entrenadas, las mías no aparecían por ningún lado—. La vida se abre para ti con las puertas de par en par. —Sabía que era cierto—. Eres alguien reconocido, con un camino trazado y tienes para siempre mi amor.

Se levantó con los brazos en mis muslos, sin permitirme dejar el sofá. Tomó sus pulseras del mueble de entrada y se las colocó.

—Debemos ser valientes para tomar decisiones... Ya ves que yo las tomé. No sé cuántas veces creí que se hundía mi mundo, que todo se iba al garete, que hacía las cosas mal. Pero la vida es más grande que todo eso, ¿sabes?

Supe que no iba a llorar, la conocía demasiado bien; no había cuentas pendientes, pero sí un amor insoportable de compartir. La quería como no se puede querer. Era mi tesoro a preservar, el sentido de mi vida, el pecho en que convertiría mi almohada cada noche en mi futuro imprevisible. Me miraba con los ojos de aquella noche en Callao. No podía ofrecerle lágrimas.

—¿Quieres que me vaya? —Se atrevió a preguntarme, y por primera vez vi el terror en su mirada.

Merecía una respuesta clara.

Agarré mi corazón con sus ojos.

—Sí, Estíbaliz. —Hundí la cabeza en mis manos, escuché el silencio de su abrigo moverse, la puerta abrirse—. Sí, mi amor.

La puerta se cerró contra mis sollozos.